JODIE S. CALUSSI

INTO THE STARS

ZWISCHEN MONDLICHT
UND MYSTERIEN

Gazing into the Stars
Zwischen Mondlicht und Mysterien

1. Auflage

© 2025 Community Editions GmbH, Weyerstraße 88-90, 50676 Köln

Alle Rechte der Verbreitung, auch durch Film, Funk, Fernsehen, fotomechanische Wiedergabe, Tonträger aller Art, auszugsweisen Nachdruck oder Einspeicherung und Rückgewinnung in Datenverarbeitungsanlagen aller Art, sind vorbehalten. Vervielfältigungen dieses Werkes für das Text- und Data-Mining bleiben vorbehalten.

Die Inhalte dieses Buches sind von Autorin und Verlag sorgfältig erwogen und geprüft, dennoch kann eine Garantie nicht übernommen werden. Eine Haftung von Autorin und Verlag für Personen-, Sach- und Vermögensschäden ist ausgeschlossen.

Text & Illustrationen: Jodie S. Calussi
Foto Umschlagsklappe: Stefan Hergli
Layout & Design: Vanessa Weuffel
Satz: Joachim Buhmann
Projektleitung & Redaktion: Johanna Bachmann
Lektorat: Carina Rogaschewski
Entwicklungslektorat: Kanut Kirches

Gesetzt aus der Garamond ATF Text von American Type Founders Collection, der Dancing Script von Impallari Type, der Couture Bold von Chase Babb, der Qene-G von Balibilly Design und der Asap von Omnibus-Type.

Gesamtherstellung: Community Editions GmbH
produktsicherheit@community-editions.de

ISBN 978-3-96096-370-7

Druck: GGP Media GmbH, Karl-Marx-Str. 24, 07381 Pößneck
Printed in Germany

www.community-editions.de

Für die Kinder in uns,
die von Abenteuern träumen

Mein Kind,

trotz meines plötzlichen Verschwindens hoffe ich, dass du wohlauf bist, wenn dich dieser Brief erreicht. Seit unserem letzten Aufeinandertreffen sind einige Jahre vergangen, in denen ich meiner Pflicht nachkommen musste. Inzwischen bist du sechs Jahre alt und kannst vielleicht verstehen, warum ich gerade nicht bei dir sein kann. Bevor ich ging, habe ich dir erzählt, was ich tun muss.

Erinnerst du dich?

Ich lebe auf dieser Erde, um sie zu beschützen. So wie mein Vater, sein Vater und irgendwann einmal, so es das Schicksal will, du.

Es ist etwas passiert, mein Kind, dessen Ausmaß ich nicht verstehe. Mehr kann ich schriftlich nicht erwähnen. Doch ich werde es dir beizeiten erklären, das verspreche ich. Egal, wie lange es dauert, ich werde zu dir zurückkehren. Mit Antworten. Hab Geduld, mein Silberkind.

Vater

„**VIELLEICHT IST ES DAS**", flüsterte eine Stimme.

Gazing blieb stehen und schaute sich um. Um der Realität noch einen Moment zu entgehen, heftete er seinen Blick an eine Kirschblüte, die den Bach neben seinem Weg hinunterfloss. Gerade eben noch musste sie an einem der wunderschönen Kirschbäume Brenins gehangen haben, umgeben von guten Freunden und guten Gerüchen. Jetzt tänzelte sie unkontrolliert Richtung Dorf, unfähig, ihr Schicksal selbst in die Hand zu nehmen. Solange er es aushielt, schaute Gazing ihr hinterher, bevor er seinen Blick hob. Er starrte in das Dorf – und das Dorf starrte zurück.

„Glaubst du das wirklich?", entgegnete Gazing der flüsternden Stimme, die müde und so fremd klang, ganz offensichtlich aber in seinem Kopf steckte. Er bekam keine Antwort.

Die Menschen im Dorf, die geschäftig und beschämt so taten, als hätten sie Gazing nicht hinterhergestarrt und als müssten sie plötzlich ganz dringend irgendwohin, waren gerade so weit entfernt, dass Gazing ihr Tuscheln nicht mehr hören konnte. Dennoch wusste er genau, was in ihren Köpfen vor sich ging, wann immer sie ihn erblickten. Jeder von ihnen stellte sich dieselbe Frage: *Warum um alles in der Welt war Gazing hier?* Als würde er die Antwort darauf nicht selbst suchen.

Brenins Bewohner wandten sich wieder ihren eigenen Sorgen zu. Geschäftig wuselten sie durch die Straßen und würdigten Gazing keines Blickes mehr. Nur hin und wieder erwischte er doch jemanden, der zu neugierig war, um ihn komplett zu ignorieren. Ein Junge klammerte sich an die Beine seines Vaters und spähte zwischen ihnen hindurch. Für den Bruchteil einer Sekunde sahen sie sich in die Augen.

Oft war ein solcher Blick gefüllt mit Sorge, Angst und Ablehnung. Die Bevölkerung von Brenin hatte sich sofort nach Gazings Ankunft darauf geeinigt, dass er der Vorbote für etwas Schreckliches sei. Solche wie er waren damals schließlich auch nur hergekommen, weil eine der größten Katastrophen der frühen Menschheit bevorstand.

Doch im Blick des kleinen Jungen konnte Gazing ein bewunderndes Funkeln erkennen, bevor dieser sich schnell wieder hinter einem stabilen Oberschenkel versteckte. Im Gegensatz zu den meisten Erwachsenen waren es die Kinder, die mutig genug waren, gegen die ihnen eingetrichterten Glaubenssätze zu rebellieren und Gazing zu akzeptieren. Ihre Neugierde konnte nicht von so etwas Simplem wie Angst gebrochen werden. Zwar blieben auch sie meist auf Abstand – was Gazing als reine Vernunft anstatt als Ablehnung verstand –, doch immerhin schenkten sie ihm hin und wieder ein Lächeln, winkten verlegen oder funktionierten ihre Hände zu Hasenohren um; einer der seltenen Momente, die Gazing zum Schmunzeln brachten.

Die Kirschblüte tauchte noch einmal in seinem Blickfeld auf. Sie kämpfte mit den Stromschnellen, hielt sich tapfer über Wasser, bevor sie von einem Strudel erfasst und endgültig zwischen die Kieselsteine im Bachbett gezogen wurde. Gazing atmete tief ein und wandte sich ab. Vor ihm lag ein langer Weg und ein noch längerer Tag.

Glaubst du das wirklich?, wiederholte er schweigend, hielt kurz inne und nickte dann langsam. Innerlich hatte er schon längst aufgegeben, akzeptiert, dass dieses Leben sein vorbestimmtes Leben war. Die Frage nach seiner Herkunft ließ ihn beinahe kalt. Kein Gefühl regte sich, wenn er über den potenziellen Grund seiner Ankunft in Brenin nachdachte. Schmerzlich hatte er gelernt, dass es einfacher war, nichts zu fühlen, als sich damit zu quälen, niemals zu erfahren, weshalb er hier war.

Gazing setzte einen Fuß auf die schmale Brücke, die über den Bach führte, den anderen auf den Pfad, der dahinter im dichten Wald verschwand. Der Klang seiner Schritte hallte leise wider, als er ebenfalls in den Wald eintauchte, das Rascheln der Blätter schuf eine symphonische Begleitung. Die Luft war feucht, sie roch nach Moos und nasser Erde. Ein Gefühl von Geborgenheit überzog Gazing, als befände er sich in einem Kokon, geschützt vor der Welt und all ihren Unannehmlichkeiten. Er genoss diesen Moment der Ruhe, bevor er Alen traf.

Alen stand inmitten einer Lichtung, angelehnt an einen Baumstamm, und rauchte eine ungewöhnlich dünne Zigarette. Der Anblick seiner schmächtigen Gestalt, die von einer zarten Rauchwolke umgeben war, wirkte auf Gazing wie ein Bild aus einem surrealen Film. Dieser dramatische Auftritt passte wirklich sehr gut zu Alen, der hinter verschlossenen Türen dafür bekannt war, seine Geschichten mit zu viel Theatralik auszuschmücken. Er sprach mit tiefer, gelassener Stimme, die alles, was aus seinem Mund kam, wahrhaftig wirken ließ. Genau das machte er sich gern zunutze.

„Was für ein Anblick", murmelte Gazing und fragte dann lauter: „Hast du dich für mich so in Schale geschmissen?"

Alen antwortete nicht sofort. Stattdessen nahm er einen tiefen Zug von seiner Zigarette und starrte in den Himmel. „Gazing, mein alter Freund!" Erst jetzt blickte er über seine Schulter in die Richtung, aus der Gazings Stimme gekommen war. „Ich dachte, ich schnappe ein bisschen frische Luft." Er hob die Zigarette in die Luft. „Der Rauch vertreibt die dunklen Gedanken."

Die Bekanntschaft von Gazing und Alen zu beschreiben war keine leichte Aufgabe. Als *alte Freunde* hätte man sie aber ganz bestimmt nicht betitelt. Sie brauchten einander in gewissen Situationen. Deswegen waren sie höflich zueinander. In Wahrheit konnte Gazing Alen nicht leiden. Und er konnte nicht mit Sicherheit sagen, ob Alen jemals auch nur ein Wort von dem, was Gazing gesagt hatte, bewusst wahrgenommen hat. Trotzdem war Alen einer seiner einzigen zwei Vertrauten. Und noch viel mehr – er war der Grund, warum Gazing noch auf dieser Erde wandelte.

Doch heute war etwas anders an ihm. Seine Augen bewegten sich hektisch und seine Haltung wirkte verkrampft, als wollte er sich gleich vor etwas ducken.

„Wie hast du geschlafen?", fragte Gazing, als er ihn näher betrachtete. Alens tiefe Augenringe und sein glasiger Blick sprachen Bände.

„Schlafen? Ach, wer kann schon sagen, was das ist." Alen fuhr mit der Hand durch sein wirres, dunkles Haar, strich es grob nach hinten und blieb dabei mit den Fingern in einem Knoten hängen. „Ich hatte Albträume, schlimmere als sonst."

Sag bloß, dachte Gazing. In jedem Jahr, das Gazing Alen kannte, fixierte sich der Pharmazeut auf ein neues, eigentümliches Problem. In diesem Jahr waren es Albträume, die ihn Nacht für Nacht plagten und denen er eine viel zu große Bedeutung andichtete. Dadurch, dass sie ihn in seinem Wachleben immer mehr beschäftigten, wurden die Träume immer intensiver. Ein Teufelskreis, aus dem Alen einfach nicht aussteigen wollte.

„Bestimmt gibt es irgendetwas in Liliths Garten, was dir dabei helfen kann. Meinst du nicht? So ein Kraut. Lavendel?", schlug Gazing vor und hoffte, dass Alen den Wink verstand. Aus Erfahrung wusste er, dass er nicht aufhören würde, über seinen Traum zu sprechen, bis er seine Bedeutung ergründet hatte, und gern hätte Gazing das Problem diesmal nicht zu seinem gemacht.

Aber Alen hörte nicht zu. Er war in seine eigenen Gedanken vertieft und sprach weiter, als ob er allein wäre. „Ich wurde an einem dunklen Ort festgehalten. Von schrecklichen Gestalten mit zu langen Gliedmaßen. Ich wusste, dass ich träumte, aber konnte nicht aufwachen. Bewegen konnte ich mich auch nicht, nur ab und zu schaffte ich es, meine Augen zu öffnen und verschwommen zu erkennen, was um mich herum passierte." Alen schnaufte, als wäre er gerade gesprintet. „Mir wurden so viele Fragen gestellt, ich erinnere mich an keine. Ich weiß nur, dass ich keine Antworten auf die Fragen kannte." Unzufrieden zog er die

Augenbrauen zusammen. „Plötzlich flehten mich die Gestalten an, sie zu erlösen. Sie fingen an zu schreien. Schrecklich laut. Um ehrlich zu sein – der Schrei hallt immer noch in meinen Ohren." Für die perfekte Dramaturgie schüttelte er mit schmerzverzerrtem Gesicht den Kopf. „Diese Wesen waren so anders. Als ob sie aus einer fremden Welt stammten." Alen biss die Zähne zusammen, sog scharf Luft ein und schaute Gazing aus dem Augenwinkel an.

„Klingt ganz so wie damals, als du das Medikament gegen Feuerschwäche entwickelt hast. Die Dämpfe im Labor tun dir nicht gut. Vielleicht brauchst du eine Auszeit. Ich könnte dir ein bisschen Arbeit abnehmen", entgegnete Gazing und ignorierte die kurze, aufgeladene Stille.

Alen seufzte theatralisch. „Als ob du mir helfen könntest. Du verstehst mein Handwerk nicht, Gazing. Du verstehst nicht, wie tief ich in die Abgründe meiner Seele tauche, um meine Ideen zu finden."

Gazing verdrehte die Augen. „Ich verstehe, dass du wieder zu viel von deiner eigenen Ware konsumiert hast", sagte er.

Diesmal schnaubte Alen und warf seinen Zigarettenstummel hinter den Baumstamm. „Immerhin weiß ich, dass ich kein Vorbote für eine bevorstehende Katastrophe bin. Du solltest dir nicht so viele Gedanken um mich machen."

Dann schob er eine zittrige Hand in die Innentasche seines Sakkos und zog eine bereits angebrochene Schachtel Zigaretten hervor. Energisch schüttelte er die Packung, bis zwei Zigaretten mit dem Filter voran aus ihr herausragten. Ehe sich Gazing versah, steckte eine der beiden zwischen Alens blassen Lippen. Als Alen aus derselben Jackentasche ein goldenes Feuerzeug fischte, segelte ein Stück Papier zu

Boden. Trotz einer gewissen Distanz konnte Gazing erkennen, worum es sich handelte.

EINLADUNG ZUR FEIER DER VOLLMÜNDIGKEIT

Diese fünf Worte waren mit silbern schimmernden Lettern auf die Karte gestanzt worden. Behutsam steckte Gazing eine Hand in seine eigene Manteltasche und ertastete dort einen ähnlichen Zettel.

Alen, der seine Zigarette inzwischen entzündet hatte, bückte sich hastig nach dem Papier. „Wollen wir?", fragte er und löste sich vom Baumstamm.

Gazing sammelte heimlich den Zigarettenstummel ein, den sein alter Freund entsorgt hatte, und folgte ihm dem Pfad entlang, weg von der Lichtung, zurück in den Brenin umgebenden Wald.

Alen sprach, wie erwartet, weiter über seinen belastenden Traum, während sie, umgeben von den Gesängen der Vögel und dem Plätschern des kleinen Bachs, in Richtung eines durch die Baumkronen zu erahnenden Gebäudes liefen.

Diesmal war es Gazing, der nur halbherzig zuhörte. Immer wieder wanderten seine Gedanken zu dem Ort, den sie gleich erreichen würden: Schloss Brenin. Eine dunkle Wolke breitete sich über seinem Gemüt aus, wenn er daran dachte, was ihm bevorstand. Schon bald würde er sich inmitten eines Spiels befinden, in dem es den Spielern darum ging, so nah wie möglich an ihn heranzukommen und ihn für die eigenen Zwecke zu gewinnen. Während die Bewohner Brenins ihn als schlechtes Omen verteufelten, sahen die oberen ein Prozent ihn als Chance.

Bevor Gazing sich weiter in diesem Gedanken verlieren konnte, fand er sich vor dem Eingang zum Schlossgarten wieder. Es war ein massives Tor aus Eisen, das von zwei steinernen Gargoyles bewacht wurde. Stumm und grimmig starrten sie über die Köpfe der Eintreffenden hinweg in den Nachthimmel. Sie hatten schon bessere Zeiten gesehen, wirkten aber immer noch imposant und bedrohlich. Im ersten Moment mochte es befremdlich wirken, solch abschreckende Skulpturen am Eingang eines Schlosses zu sehen, doch sie spiegelten eindrucksvoll die Verrohung der königlichen Familie wider. Niemals hätte Gazing diesen Gedanken laut ausgesprochen, aber die strengen Regeln im Königshaus Brenins darüber, mit wem sich die Mitglieder der Familie paaren durfte, hatten womöglich dafür gesorgt, dass sich das royale Genmaterial so oft im Kreis gedreht hatte, dass ihre Unberechenbarkeit und Absurdität inzwischen legendär waren.

Auch der Schlossgarten, der hinter dem Tor lag, durch das sie nun hindurchschlüpften, spiegelte das Innere des amtierenden Königs wider. Über Gazing schlossen sich die wild wuchernden Kronen der Bäume zu einer undurchdringlichen Decke zusammen. Nur vom schwachen Schein der Laternen, die spärlich in den Büschen und Bäumen versteckt waren, wurde die dadurch resultierende Dunkelheit erhellt. Die Lichter warfen tiefe und bedrohliche Schatten, die Gazing zu beobachten schienen. Ranken hingen von den Ästen herab, bis auf den Boden, stellten jedem ein Bein, der nicht ganz wachsam war. Der Nebel, der sich langsam, wie ein Schleier, ausbreitete, versteckte die eigentliche Schönheit des Gartens. Hier und da blühten ein paar wenige Blumen, drängten durch den Nebel hindurch, als würden sie sich gegen die Düsternis wehren wollen. In der Nähe plätscherte ein Springbrunnen. Das Kräuseln des Wassers klang wie ein geheimnisvolles Lachen, das das Blut in Gazings Adern gefrieren ließ. Angezogen von diesem Gefühl trat er an den Brunnen und beugte sich über den Rand. Das Wasser war tief, dunkel und unruhig, er konnte das spiegelnde Bild seiner selbst darin kaum erkennen. Nur ein paar blonde Locken waren zu sehen und über ihnen schwebten zwei weiße, längliche Flecken.

Das satte Schwarz des Wassers hätte Gazing fast verschluckt, als er eine Hand auf seiner Schulter spürte. Langsam richtete er sich auf. Was er zuvor als Lachen des Brunnens wahrgenommen hatte, wurde zu einem menschlichen Lachen. Zum Lachen vieler Menschen, um ihn herum. Er konnte ihren Atem spüren, ihr Tuscheln hören. Seine Knie wurden weich und er stützte sich auf den Brunnenrand. Die plötzliche Erkenntnis, dass er sich, ohne es gemerkt zu haben, inmitten einer Gruppe augenscheinlich geladener Gäste befand, ließ seinen Atem stocken. Sein Sichtfeld verschwamm zu einem kleinen Punkt, um ihn herum wurde es dunkel. Das Lachen war zu einem verzerrten Rauschen geworden, das sich mit einem sich nähernden Piepton mischte.

„Ausatmen", hörte er die Stimme in seinem Kopf flüstern.

Gazing tat, was sie ihm befahl. Er spürte, wie sein Puls sich regulierte – und einen warmen Druck an seinem Rücken. Erneut richtete er sich auf und folgte mit dem Blick der Hand auf seiner Schulter, einen Arm entlang. Dann sah er in das Gesicht einer wunderschönen, seelenlosen Fremden. Das Spiel hatte offenbar begonnen.

Mit einem süffisanten Lächeln streckte die Frau ihm ein Glas prickelnden Alkohol entgegen. „Für die Nerven", säuselte sie und ließ erkennen, dass das volle Glas in ihrer anderen Hand nicht ihr erstes an diesem Abend sein würde.

Die mitschwingende Alkoholfahne erinnerte ihn unwillkürlich an Alen und daran, dass sie zusammen hergekommen waren. Suchend blickte er umher. Von Alen war keine Spur zu sehen, was Gazing vor ein paar Minuten noch gefreut hätte, jetzt sehnte er sich beinahe nach seiner Anwesenheit.

Als die Fremde bemerkte, wie Gazing verloren in die Menge starrte, aus der sich bereits ein paar Menschen lösten und langsam auf ihn zukamen, zischte sie ein „Beachte sie nicht" in sein Ohr.

Plötzlich spürte er ihre kalten Fingerspitzen auf seiner Haut. Sie hatte nach Gazings Kinn gegriffen und sein Gesicht zu ihrem gedreht. Er blickte in ihre Augen, die wie Opale leuchteten. So wie alles an ihr sahen sie teuer aus. Teuer und gelangweilt.

„Keiner von ihnen hat deine Aufmerksamkeit verdient", hörte Gazing sie sagen, konnte sich aber nicht von ihrem Blick losreißen. Seine Haut kribbelte unter ihrer Berührung. „Sie hätten es nicht mal verdient, hier zu sein. Ach, Gazing." Obwohl ihm bewusst war, dass sie seinen Namen kannte, fuhr ihm ein Schauer über den Nacken, als sie ihn aussprach. Das Funkeln hatte ihre Augen verlassen. Mitleidig blickten sie in seine. Eher herablassend, dachte Gazing, während sie fortfuhr: „Von außen muss es so wirken, als wären alle Menschen hier so aufregend und von Bedeutung, dabei ist es lächerlich einfach, ein Teil davon zu werden."

Noch immer starrte Gazing in ihre Augen. Sie hatte sie inzwischen verengt und strahlte Verachtung aus. Ihre hypnotische Wirkung machte es Gazing schwer, ihren Worten zu folgen, trotzdem verstand er, wovon sie sprach.

Die Frau rückte ein Stück näher an Gazing heran, er fühlte ihren Oberschenkel an seinem und dann eine Hand, die sich langsam an seinem Bein hochtastete. An seiner Hüfte angekommen, griff sie in Gazings Hosenbund und hielt seinen schwarz glänzenden Gürtel umfasst. Sie zog ihn zu sich heran.

Das Kribbeln weitete sich aus, eroberte seinen gesamten Körper. Genervt von seiner eigenen körperlichen Reaktion, verdrehte Gazing die Augen.

Die Fremde seufzte. „Um Mitglied dieser erhabenen Gesellschaft zu sein, musst du doch nichts anderes tun, als die richtigen Hintern zu lecken."

Erst jetzt nahm Gazing den mädchenhaften, unschuldigen Tonfall ihrer Stimme war. Er passte nicht zu dieser Situation.

„Lass mich dich von hier wegbringen. Ich kenne einen Ort."

Zum ersten Mal, seitdem sie sein Gesicht berührt hatte, blinzelte er. Seine Augen füllten sich mit Wasser und die Sicht verschwamm für einen Moment. Das makellose Gesicht der Fremden zerfloss zu einem hautfarbenen Klumpen. Auch sie war nicht weniger enttäuschend als irgendein anderer Gast hier. Menschen, die Gazing mit ihrer gespielten Perfektion vom Gegenteil überzeugen wollten, um ein Teil seiner Geschichte zu werden, war er schon zu oft begegnet. Und mehr als einmal auf sie hereingefallen. Das Kribbeln verblasste. Gazing zog sein Gesicht aus ihrer Berührung. Gerade wollte er etwas entgegnen, als die Fremde herumwirbelte.

Ein Mann hatte sie gepackt und mit einem Ächzen hinter sich gezogen. Nun stand er vor ihm, keuchend, alt und leicht gekrümmt. Sein gesamtes Erscheinungsbild wirkte reich und äußerst schleimig, sodass Gazing instinktiv einen Schritt von ihm zurückwich.

„Genug von der da", platzte es aus dem Alten heraus. „Mit Huren und solchem Gesocks geben wir uns erst später am Abend ab." Ein schäbiges, lautes Lachen entfloh ihm. Mit der linken Hand wischte er sich die zu große, triefende Nase ab, die rechte streckte er Gazing entgegen.

Sich der Aufmerksamkeit aller Umstehenden bewusst, erwiderte Gazing den Gruß, schüttelte die Hand mit einem kurzen, kräftigen Ruck. Etwas Klebriges berührte seine Handfläche. Ab diesem Moment konzentrierte er sich stark darauf, nicht zu würgen.

„Ich bin Bart, ein Freund von Alen, ein Freund von Euch, na?" Etwas in der Hand des Mannes blitzte auf. Es war ein kleiner, silberner Kamm, mit dem er sich jetzt in einer fließenden Bewegung durch die genauso silbern schimmernden, fettig nach hinten gekämmten Haare fuhr.

„Okay", sagte Gazing, dem nichts Besseres einfiel. Er blickte über Bart hinweg und sah gerade noch, wie die Frau in der Menge verschwand.

„Jetzt, da Ihr meinen Namen kennt, möchte ich gestehen, dass auch ich weiß, wer Ihr seid." Bart verstaute den Kamm und hob einen Zeigefinger, als wollte er um einen Moment Geduld bitten. Dann fischte er ein geblümtes Seidentuch aus seiner Manteltasche, schnäuzte sich herzhaft hinein, und als er das Tuch wieder senkte, zog er einen gelben, glitschigen Faden aus seiner Nase. Gazing wollte sich abwenden, konnte aber nicht. Der Faden riss und Bart sog ihn mit Elan zurück in seinen Zinken. „Euer Glück! Da ich weiß, wer Ihr seid, weiß ich auch, was Ihr braucht, na?"

Hinter dem Alten hatte sich eine kleine Traube Neugieriger versammelt, die sich eng aneinanderpressten. Auch hinter sich selbst konnte Gazing die Blicke einer sich nähernden Gruppe spüren. Bald würden sie umzingelt sein.

„Bart, was möchtet Ihr von mir?", raunte Gazing. Je schneller er ihn loswurde, desto besser.

Bart zog eine Augenbraue in die Höhe und ein Lächeln umspielte seinen Mund. „Ihr seid sehr klug, das merke ich, na? Deswegen möchte ich Euch ein Geschäft anbieten. Ihr werdet reich und unabhängig sein, wenn Ihr es annehmt. Reicher, als Ihr es euch jetzt erträumen könntet."

„Und das macht Ihr natürlich ganz uneigennützig." Aus einer Laune heraus beendete Gazing seinen Satz mit einem „Na?".

Ein paar der schaulustigen Gäste fingen an zu kichern und Gazing fühlte sich zum ersten Mal an diesem Abend ein wenig beschwingt. Auch der Alte fing an zu glucksen. Offensichtlich amüsierte ihn die Situation. Typisch für die Elite Brenins. Ihr Leben war so einfach, dass sie nichts besonders ernst nahmen.

„Ihr lasst Euch nicht so leicht täuschen, na?" Bart klatschte in die Hände und schaute sich mit einem breiten Grinsen um. Dann trat er einen Schritt näher an ihn heran. Diesmal wich Gazing nicht zurück. Der Mann fuhr so leise fort, dass nur Gazing ihn hören konnte: „Ihr habt recht, wenn ihr zweifelt. Das Geschäft ist kein sauberes." Bart räusperte sich und seine Kehle machte dabei ein schmatzendes Geräusch. „Und auch nicht ganz legal. Aber einem wie Euch, der hier so berühmt ist und doch so gemieden wird, dem würden sie so etwas nicht zutrauen. Ihr könntet jedes Verbrechen begehen, beschuldigen würden sie Euch zuletzt. Ihr versteht, na?" Ein weiterer Tropfen hatte seinen Weg aus Barts Nase gefunden und wurde mit einer energischen Handbewegung auf den Boden geschleudert. „Kommt mit mir, gemeinsam sind wir unaufhaltsam."

Der Klang einer Posaune stahl die Aufmerksamkeit aller. Ihm folgten drei weitere und beim fünften stiegen mehr Instrumente in ein prunkvolles, düsteres Lied ein, das die Zeremonie zu Prinzessin Liliths Erreichen der Volljährigkeit einläutete.

Gazing hob den Blick und sah, wie sich eine Prozession von kostümierten Musikern und Tänzern langsam durch die Menge bewegte. Einen besseren Zeitpunkt hätten sie dafür nicht wählen können. Im Stillen dankte Gazing dem Schicksal für dieses Timing. Er drehte sich schnell zurück zu Bart, machte eine verbeugende Geste zur Verabschiedung, hinterließ ein „Vielleicht beim nächsten Mal" und verschwand im Strom der Masse, die sich auf den Weg zum Festsaal gemacht hatte.

DER PLÖTZLICH ENTSTANDENE TRUBEL spielte Gazing in die Karten. Unbemerkt konnte er sich zwischen den geladenen Gästen hindurchschlängeln und erreichte den Eingang des Schlosses, ohne weiter beachtet zu werden. Vor der Brücke, die sich an der Eingangstür befand, entstand ein kleiner Pulk aus Menschen, die unkoordiniert versuchten, sich schnellstmöglich und gleichzeitig hinüberzudrängeln, ohne dabei ins Wasser zu fallen. Und erneut fand sich Gazing von einer Masse umzingelt wieder. Allerdings schien diesmal keiner um ihn herum ein besonderes Interesse an ihm zu haben. Eine ganze Weile würden sich die Schönen und Reichen Brenins nun vor dem König und seiner Familie selbst darstellen wollen. Ihre konzentrierten Blicke verrieten, dass sie schon jetzt planten, mit welcher Taktik sie sich eine Audienz verschaffen würden, und ihre gehetzten Schritte sollten sie schnell zu einem der opulent beladenen Tische tragen, die sich in der Nähe der Königsfamilie befanden.

Gazing sollte all dies recht sein. Er atmete erneut tief aus und ließ seinen Blick über die glänzenden Kleider der

Anwesenden gleiten. Je näher er der Brücke kam, desto enger drängten sich die Gewänder an seinen Körper, sie zogen und schoben ihn, trugen ihn Schritt für Schritt weiter nach vorne. Kurz bevor er die Türschwelle übertrat, blickte Gazing intuitiv nach oben. Die massiven Schlossmauern erhoben sich hoch über ihm in den Himmel, als würden sie die Wolken berühren wollen. Kantige Zacken und filigrane Schnörkel rankten sich entlang der Wände und bildeten ein Labyrinth aus Ästhetik. Die Fenster waren von spitzen Gittern überzogen, die einem Netz aus Dornen ähnelten. Hinter den dicken Silvitglasscheiben tanzten Schatten und Lichtflecken.

Ohne dass Gazing sich dagegen wehren konnte, schob ihn die Masse über die Schwelle und verteilte sich aufgeregt in der Eingangshalle. Ein pompöses Lichtermeer empfing ihn. Die warmen Strahlen der Kronleuchter wurden von unzähligen goldenen Verzierungen und Gegenständen hin und her geworfen. Im Gegensatz zum düsteren Schlossgarten war die Halle so hell erleuchtet, dass Gazings Augen schmerzten und einen Moment brauchten, sich daran zu gewöhnen.

Gerade wollte er der Masse in den Festsaal folgen, als sein Blick an der Flügeltreppe zu den Privatgemächern der Königsfamilie hängen blieb. An ihrem oberen Ende stand die Prinzessin und sah Gazing eindringlich an.

Lilith. Das in Gazings Augen einzige Wunder, das seit Generationen in die Königsfamilie von Brenin geboren wurde.

Sie war der erste Mensch, dem Gazing begegnet war. Selbst wenn er sich an diese Begegnung nicht erinnern konnte. Auch nicht daran, wie oder warum er nach Brenin gekommen war. Umso besser erinnerte er sich an die ersten Eindrücke, nachdem er aus einem tiefen Schlaf in einer Welt erwacht war, die er nicht kannte. Das Zimmer, in dem er zum ersten Mal die Augen geöffnet hatte, war wunderschön und fremd. Die dünnen Stoffe vor dem Fenster, die sanft im Wind wehten, die verspielten Schnörkel auf dem Rahmen, der um das Gemälde einer aufgespießten Zitrone gespannt war, das weiß schimmernde Fell eines Bären, das auf dem Boden lag – alles, was er sah, gab ihm das Gefühl, nicht hierher zu gehören.

Doch wohin gehörte er?

Sosehr sich Gazing auch bemühte, er konnte keine einzige Erinnerung an die Zeit vor seinem Erwachen abrufen. Wie ein lähmender Fluch, der seine Seele in eine endlose Finsternis riss, kam diese Erkenntnis über ihn. Ein Schrei riss ihn aus der Dunkelheit. Viel zu spät erkannte Gazing, dass dieser Schrei seinem geöffneten Mund entwichen war.

Das knarrende Geräusch der Tür, die sich langsam öffnete, hatte sich in Gazings Gehirn gebrannt. Gemeinsam mit den ängstlichen, aber auch besorgten Gesichtsausdrücken der zwei Personen, die leise durch sie hindurchglitten. Voran ging ein Mann, dem man ansah, dass ihn der Wachzustand Gazings nicht nur freute. Ganz offensichtlich war er angespannt, sein Gesicht war blass und seine Hände zu Fäusten geballt. Auf seiner Stirn konnte Gazing ein paar Schweißtropfen ausmachen.

„Vertrau mir", sagte die Gestalt, die hinter ihm den Raum betreten hatte. Sie trat aus seinem Schatten hervor und ging ein paar bewusste und dennoch vorsichtige Schritte auf Gazing zu.

„Könnt Ihr mich verstehen?" Diesmal hatte sie ihre Worte an Gazing gerichtet.

Diese Frage hatte ihn so sehr verwirrt, dass er es nicht schaffte, etwas zu entgegnen. Ob er sie verstehen konnte? Wieso stand das zur Debatte? War er krank? Warum konnte er sich nicht erinnern, wer er war? Gazing wurde schlecht, er hatte das Gefühl, sich entweder übergeben oder auflösen zu müssen. Für einen Moment, der ihm wie eine Ewigkeit vorkam, schien er wieder die Besinnung zu verlieren. Der Raum krümmte sich um ihn herum, sein Körper wurde erst leicht, dann taub. Dann spürte er nichts mehr. Sein Gehirn setzte aus, er hatte keine Chance, einen klaren Gedanken zu fassen. Das Einzige, was blieb, war sein Bewusstsein. Und dieses Bewusstsein fing an zu fallen.

Es fiel.

Es fiel.

Es fiel.

Der Raum war krumm, sein Körper nichts.

Und dann war er plötzlich wieder da.

Gazing spürte das Blut durch seine Adern rauschen, seine Lunge wurde mit Luft geflutet, er riss die Augen auf.

Neben ihm, noch immer sichtlich nervös, stand der fremde Mann und hielt ein Päckchen mit einer unbekannten Flüssigkeit in der Hand, die durch einen kleinen Schlauch in Gazing blassen, venenüberzogenen Arm floss.

„Jetzt lass uns bloß nicht noch mal warten", wisperte der Mann mit einem ungeduldigen und gleichzeitig sehr unsicheren Ton in der Stimme.

„Wo bin ich?", krächzte Gazing und versuchte sich hinzusetzen.

Sanft hielt ihn der Mann mit einer Hand an der Schulter zurück. Gazing merkte, dass er zu schwach war, um sich dagegen zu wehren. Er resignierte und ließ sich zurück in das weiche Kissen fallen. Dröhnende Kopfschmerzen überfielen ihn nach dieser leichten Erschütterung. Ansonsten schien er aber nicht verletzt zu sein. Um sicherzugehen, versuchte er mit den Zehen zu wackeln und war erleichtert, als er ihre kleinen Bewegungen unter der Bettdecke sah.

Der Mann und die andere Gestalt tauschten einen vielsagenden Blick aus. Erst jetzt nahm Gazing die dritte Person im Raum richtig wahr. Sie war ein paar Schritte auf ihn zugekommen und stand jetzt ebenfalls an einer Seite seines Bettes. Erstaunt stellte er fest, dass sie ein Mädchen war, nicht älter als vierzehn, wenn Gazing schätzen müsste. Wenn er einen Unfall gehabt hatte und nun in einem Krankenhaus lag, war diese junge Person doch sicher nicht seine Ärztin. Was machte sie hier? Kannte er sie?

„Sie sprechen also wirklich unsere Sprache", hörte Gazing den Mann in Richtung des Mädchens sagen.

Langsam kam sein Kreislauf wieder in Fahrt und mit ihm überkam ihn die Wut.

„Welche Sprache soll ich denn sonst sprechen?", wollte er fauchen, doch es blieb bei einem ächzenden Kratzen. „Wo bin ich? Wie komme ich hierher? Was ist passiert? Und was macht dieses Kind hier?" Er blickte noch einmal zu dem Mädchen, das ihn nun mit zusammengepressten Lippen ansah. „Und wer zum Teufel sind Sie?", fragte er wieder an den Fremden gerichtet.

Der Kopf des Mannes lief rot an, er sah plötzlich aus, als würde er gleich platzen. „In so einem Ton sprecht Ihr nie wieder in Anwesenheit von Pri..."

„Alen!", fuhr das Mädchen dazwischen. „Es ist schon gut. Er hat einen Schock erlitten. Womöglich hat er sein

Gedächtnis verloren. Lass ihn emotional reagieren und nimm es nicht persönlich. Es gibt jetzt wichtigere Dinge, um die wir uns kümmern sollten." Ihre Stimme klang ungewöhnlich sanft und bedacht. Sie drang wie eine warme Brise in Gazings Gehirn und legte seine Anspannung.

Den Klang ihrer Stimme konnte Gazing jetzt nur erahnen, als Prinzessin Lilith, noch immer am oberen Ende der Treppe stehend, ein „Folg mir" mit den Lippen formte und in Richtung der königlichen Bibliothek verschwand. Umgehend kam er ihrer Aufforderung nach, nicht zuletzt, um dem wieder einsetzenden Tuscheln um ihn herum zu entkommen. Er drängte sich quer durch die noch immer in den Festsaal strömende Masse.

Als er die unterste Stufe der Treppe erreicht hatte, spürte Gazing eine drückende Stille hinter sich. Würde er sich jetzt herumdrehen, würde er eine ähnliche Szenerie vorfinden wie vorhin, als er den Weg vom Dorf hinaufgelaufen war. Er fühlte die Blicke all der Menschen, an denen er sich vorbeigedrängt hatte, in seinem Nacken. Die kurze Kommunikation zwischen ihm und der Prinzessin war offenbar nicht unbemerkt geblieben. Die Luft knisterte vor Anspannung. Und wieder stellten sich alle dieselben Fragen: Warum war Gazing hier? Und was würde als Nächstes geschehen?

Gazing beschloss auf diese Aussicht zu verzichten. Entschlossen schritt er die breiten Treppenstufen hinauf und verließ die Eingangshalle durch einen dunklen Flur in der oberen Etage.

Die Geräuschkulisse der Gäste verblasste, je weiter Gazing in den Korridor vordrang. Seine dunkelbraunen Wände und der warme, hölzerne Boden wurden spärlich von flackernden Kerzen in gläsernen Laternen beleuchtet.

Links und rechts von Gazing sahen ihn die historisch wichtigsten Männer und Frauen Brenins aus ihren prunkvollen Bilderrahmen heraus an. Jeder von ihnen war einmal Herrscher über dieses Land gewesen. Jetzt waren sie nur noch Erinnerungen, festgehalten und für immer konserviert in Ölfarbe.

Vor dem Porträt einer Dame aus dem Jahre 10.008 blieb Gazing stehen und konnte ein Schmunzeln nicht unterdrücken. Mit der neonpinken Lockenpracht unter einer opulenten Krone, auf dem ungewöhnlich großen Kopf mit einem absurd breiten Grinsen, stach ihres zwischen den ansonsten sehr einheitlichen und tristen Gemälden heraus.

Die Geschichte dieser Königin war eine der vielen skurrilen Legenden, die dieses Land zu einer Kuriosität machten. Lilith hatte ihm einst aus einem ihrer unzähligen Bücher von einem Fest vorgelesen, das die Bewohner Brenins zu Silvester im Jahr 10.000 veranstaltet hatten. Aus Versehen endete dieses Fest erst ganze fünfzehn Jahre später. Der damalige Pharmazeut Frederic von Flieghof, einer von Alens weiter entfernten Verwandten, hatte es wohl ein wenig zu gut gemeint und zur Feier des Tages heimlich eine neu entwickelte Rezeptur zur Stimmungsaufhellung in das Pulver des groß angekündigten Feuerwerks gemischt. Als dieses pünktlich um Mitternacht den Himmel zum Leuchten, Funkeln und Glitzern brachte, legte sich ein feiner, nahezu unsichtbarer Staub über die Straßen, Gewässer, Wiesen und Dächer der Stadt. Er versetzte alle Bürger Brenins für lange Jahre in einen kollektiven Rausch. Über eine Dekade ließen sie Pflichten Pflichten sein und verloren sich in einer ewigen Ekstase. Königin Ray, vor deren Porträt Gazing nun stand, war während dieser unendlichen Feierei vereidigt worden, nachdem ihr Vater, Jerry der Zweite, tragischerweise von einem Baugerüst erschlagen worden war, das über Jahre unbeaufsichtigt an einem der Schlosstürme hing.

Noch Jahrzehnte nach Abklingen der Symptome hatte die neue Königin mit den verheerenden Folgen für die Wirtschaft, Infrastruktur und das gesellschaftliche Leben Brenins zu kämpfen. Und man sollte meinen, dass so eine fiebertraumartige Epoche den Verlauf der Zeit maßgeblich beeinflusst hätte. Jetzt aber, nach all der Zeit, war diese Geschichte auch nicht mehr als eine Geschichte.

Wie stumme Zeugen der Zeit beobachteten die Gemälde Gazing, während er weiter Richtung Bibliothek lief. Seine Schritte hallten leise durch den Gang und verloren sich zwischen den Wänden. Vor einer eindrucksvollen, massiven Holztür machte er erneut halt.

Ein beunruhigendes Flattern durchzog seinen Magen, als er den kalten Türknauf berührte. Bisher hatte er noch nicht einen Moment darüber nachgedacht, weswegen Lilith ihn an ihrem Geburtstag, wenige Minuten vor Beginn der Feierlichkeiten, sprechen wollte. Doch die plötzliche Kälte an seinen Fingerspitzen hatte ihn aus seinen Träumereien über vergangene Anekdoten zurück in seinen Körper und in die Realität gezogen. Der Blick, mit dem die Prinzessin ihn von der Treppe aus beobachtet hatte, verhieß nichts Gutes. War sie besorgt? Bestürzt? Oder sogar erzürnt? Die Erinnerung verschwamm, je länger Gazing sich darauf konzentrierte. Hier würde er keine Antworten finden. Der einzige Weg war der durch die Tür zur Bibliothek, in der Lilith mit der Wahrheit auf ihn wartete.

Mit einem Seufzen drehte er den Knauf in seiner Hand. Die Tür öffnete sich knarzend und schwer. Direkt flog ihm der süßliche Duft von ausgeblichenen Buchseiten und altem Leder entgegen, der ihm so vertraut war. Einer der Gründe, warum er Lilith in den vergangenen Jahren so oft in der Bibliothek besucht hatte, war das Gefühl, in das ihn dieser Duft versetzte. Es fühlte sich an, als würde er von einer unsichtbaren, warmen Hand umfasst werden. Wie die sanfte Berührung einer Geliebten. Wie nach Hause kommen.

Prall gefüllt mit Büchern aus mehreren Jahrtausenden streckten sich hohe Regale aus dunklem Mahagoni bis unter die Decke. Tausende Ledereinbände schimmerten in einer Vielzahl von Farben, von verblasstem Braun bis hin zu tiefem Burgunderrot. Gazing strich im Vorübergehen mit der Hand über die Buchrücken. Die verschiedenen Texturen ließen seine Finger kribbeln. Ein paar Titel stachen ihm ins Auge. Es gab „Die Kunst des königlichen Papierfliegens: Falttechniken für elegante Monarchen", „Das geheime Tagebuch einer unglaublich durchschnittlichen Person" und eine fast zu Staub zerfallende Ausgabe von „Die Suche nach dem verlorenen Algorithmus: Ein Programmierer auf Irrwegen" aus dem Jahre 2019. Zu gern wollte Gazing in eins der Regale greifen, wahllos ein Buch herausziehen und seine Worte in sich aufsaugen.

Als er in einen zweiten Gang abbog, hörte er in kurzer Entfernung ein Geräusch. Es klang unruhig und angespannt. Noch einmal bog er ab, dann sah er Lilith vor dem riesigen runden Mosaikfenster der Bibliothek auf und ab laufen.

Mit sich überschlagendem Herz und schwer atmend ging er auf sie zu, Schritt für Schritt, als die Bücher wie in einem wirren Traum um ihn herum begannen, wild ihre Plätze zu tauschen, und Gazing sich in einer Erinnerung wiederfand.

Wo Lilith gerade noch unruhig hin und her lief, stand jetzt ein reich verzierter, hölzerner Schreibtisch. Über ihn gebeugt und die Nase tief in den inhaltsschwersten Büchern der Bibliothek vergraben, Lilith, im zarten Alter von gerade mal zwölf Jahren. Ihr sommerliches, mit feiner Spitze versehenes Kleid schaukelte im Takt ihrer Beine, die sie unter dem Tisch baumeln ließ.

Umgehend realisierte Gazing, an welchen Moment ihn seine Erinnerung zurückgebracht hatte und was nun geschehen würde. Er drehte sich genau rechtzeitig herum, um sich selbst in den Korridor zum Fenster einbiegen zu sehen. Diese jüngere Version von ihm, die vor nicht einmal sieben Tagen, ohne Gedächtnis, an einem völlig fremden Ort aufgewacht war, bewegte sich mit behutsamen Schritten auf das Mädchen zu.

„Prinzessin?", hörte Gazing sich selbst sagen.

Lilith drehte sich um und es schien, als sähe sie direkt in Gazings Augen. Sie lächelte.

Eine Kälte durchzog Gazing und im nächsten Moment trat sein Erinnerungs-Ich durch ihn hindurch. „Ich denke, ich bin jetzt so weit, mehr zu erfahren", verkündete dieses.

Gazing starrte von hinten auf seinen blonden Lockenkopf, der vom langen Liegen an einer Stelle platt gedrückt und verknotet war. Dieser junge Mann war ganz und gar nicht bereit gewesen, mehr zu erfahren. Er hatte sich sehr anstrengen müssen, das Zittern seiner Knie zu unterdrücken, die Worte fielen stockend aus seinem Mund und hämmernde Kopfschmerzen vernebelten sein Gehirn. Alles in seinem Körper schrie danach, loszurennen und nie wieder anzuhalten. Er hätte alles getan, um der Realität zu entkommen. Doch die Gedankenspirale, in der er sich seit seinem Aufwachen vor ein paar Tagen befand, quälte ihn inzwischen mehr, als er ertragen konnte. Vor ihr konnte er nicht wegrennen. Er musste sich der Wirklichkeit stellen.

„Bitte erklärt mir, wer ich bin." Durch das transparente Abbild seiner selbst sah Gazing Liliths prüfenden Blick.

„Wahrscheinlich habt Ihr recht, Gazing. Ohne mehr zu wissen, kommt Ihr nicht weiter", gab die Prinzessin zu. Für einen Moment sah sie zu Boden, schien sich zu sammeln. „Seitdem Ihr hier seid, habe ich jede freie Minute in der Bibliothek verbracht und so viele Schriften wie möglich durchstöbert. Trotzdem ist es nicht viel, was ich Euch heute berichten kann. Gazing ..." Sie deutete auf den Stuhl zu ihrer Rechten. „Vielleicht wollt Ihr euch setzen." Gazing sah seiner Projektion dabei zu, wie sie sich leblos neben der Prinzessin niederließ. Diese räusperte sich und sagte dann mit gebrochener Stimme: „Also, es ist so: Ihr stammt nicht von hier. Ihr seid ein Yaahk."

Genau wie damals zogen ihm diese wenigen Worte den Boden unter den Füßen fort. Ohne zu begreifen, was sie bedeuteten, hatten sie ein Loch in sein Herz gerissen, das bis heute nicht geheilt war. Gleichzeitig mit diesem Gefühl lösten sich die Erinnerungen an die junge Prinzessin Lilith in Rauch auf und stiegen sich kräuselnd empor. Über Gazings Kopf rauschten Bücher und Schriftrollen zurück an ihren Ursprungsort. Wo gerade noch ein Tisch gestanden hatte, sah die jetzt volljährige Prinzessin Lilith, die aufgehört hatte, vor dem Fenster auf und ab zu laufen, mit eindeutig besorgtem Blick zu Gazing.

„Zum Glück hast du es hergeschafft! Für einen Moment habe ich mich gesorgt, dass sie dich vorher erwischen würden", fing sie an und kam mit zügiger Bewegung zwei Schritte auf Gazing zu. Sie streckte ihre Hand aus und griff nach seinem Arm. Fest schloss sie ihre Finger um sein Handgelenk. „Uns bleibt nicht viel Zeit", flüsterte sie energisch. „Du musst mir jetzt ganz genau zuhören. Ich komme gerade von einer Audienz bei meinem Vater." Ihre Augen glänzten nass. „Teil der heutigen Veranstaltung wird meine Verlobung sein." Eine Träne bildete sich in ihrem Augenwinkel. „Es scheint, dass schon bei meiner Geburt festgelegt wurde, dass ich am Tag meines 18. Geburtstages dem Thronfolger von Elderwood versprochen werde. Und ich muss mich dem hingeben." Still perlte die Träne über ihre Wange. Ein Kloß bildete sich in Gazings Hals, und auch wenn er wusste, dass sie tapfer bleiben wollte, brach ihre Stimme, als sie sagte: „Das ist das Schicksal, in das ich geboren wurde." Sie wischte sich die Manifestation ihrer Verzweiflung mit dem Ärmel ihres prachtvollen Kleides aus dem Gesicht.

Eine Woge von instinktiver Panik stieg in Gazing auf. Der einzige Grund, warum er in Brenin leben konnte, ohne aufs Kleinste erforscht oder unter Androhung von Folter verhört zu werden, waren die Gunst und Gutherzigkeit von Lilith. Sie war es, die ihn damals bewusstlos und allein im Wald gefunden und im Schloss versteckt hatte, während Alen sich im Verborgenen um seine Gesundheit kümmerte. Weil sie alle Knöpfe drückte, die sie kannte, um ihren Vater davon zu überzeugen, dass Gazing keine Gefahr darstellte, hatte er Asyl bekommen. Nur dadurch, dass das Volk seiner Prinzessin vollkommen vertraute, wurde er von diesem akzeptiert und konnte ein halbwegs normales Leben führen. Wenn er das, was Lilith ihm gerade erklärte, richtig interpretierte, dann ...

„Ich werde von hier weggehen müssen. Und du musst das auch. Gazing, hörst du?"

Er wünschte, er würde nichts hören.

„Noch heute musst du von hier verschwinden. Vater wird mit Gewalt herausfinden wollen, warum du hier bist. Wenn ich nicht mehr da bin, wird ihn keiner aufhalten können." Mit leiser Stimme fügte sie hinzu: „Oder wollen."

Das durch das Mosaik fallende Sonnenlicht blendete Gazing leicht. Gebrochen vom Glas verteilte es sich in bunten Flecken auf den Büchern der Bibliothek. In diesem Augenblick fühlte Gazing gar nichts. Seine Gedanken schwiegen. Er war nichts anderes als eine Blase, die in einer hohlen Stelle seines Gehirns zu schweben schien. Aus dieser Trance heraus beobachtete er, wie Liliths Augen sich weiteten.

„Du musst mir glauben, wenn ich dir sage, dass ich von alldem nichts wusste! Hätte ich auch nur einen Funken Ahnung gehabt, hätte ich mir einen Plan überlegen und dir helfen können. Ich hätte Alen überzeugt, uns zu helfen. Ich hätte einen Ort gefunden, an dem du vorerst in Sicherheit bist. Ich hätte dir erklären können, was dich außerhalb von Brenin erwartet. Ich hätte ..." Die Worte sprudelten so hektisch aus ihr heraus, dass sie es verpasst hatte zu atmen und jetzt nach Luft rang. „Gazing, es tut mir so leid!"

Mit einem Knall flog die schwere Tür zur Bibliothek auf. Geistesgegenwärtig zog Lilith Gazing hinter eins der Bücherregale, die vom Gang aus nicht zu sehen waren, und drückte ihn fest an sich.

„Es tut mir leid", flüsterte sie erneut und löste sich wieder von ihm.

„Prinzessin, seid Ihr hier drin?", hallte die raue Stimme eines Soldaten durch die Bibliothek.

Lilith zuckte kurz zusammen und sah Gazing mit einem Blick an, der alles sagte. Mit einem Mal wurde ihm die Tragweite der Informationen, die er gerade bekommen hatte, bewusst. Nicht nur er musste Brenin verlassen. Lilith selbst wurde von ihren eigenen Eltern fortgeschickt, um jemanden zu heiraten, zu dem sie zuvor keinerlei Beziehung hatte, mit ihm zu leben, seine Kinder zu gebären. Sie lief in eine mindestens genauso ungewisse und beängstigende Zukunft wie er. Die Hilflosigkeit, mit der sie ihn ansah, verriet, dass auch sie erst in diesem Moment realisierte, was geschehen würde. Am liebsten hätte er sie gepackt und wäre mit ihr fortgerannt. Doch wie weit würden sie kommen? Eine entflohene versprochene Prinzessin und ein merkwürdiger Junge mit weiß glänzenden, in den Himmel ragenden Hasenohren.

Von jetzt auf gleich änderte sich Liliths komplette Erscheinung. Die zusammengezogenen Augenbrauen entspannten sich, ein Lächeln umspielte ihre Lippen, dann fingen ihre Augen an zu strahlen. Sie hob das Kinn ganz leicht nach oben und ganz leicht nach rechts, während sie noch immer Gazing fixierte. Ihre Schultern zog sie sanft nach hinten, die Brust füllte sich mit einem tiefen Atemzug. Mit engelsgleicher Stimme bekundete sie: „Hier hinten, Gustaw."

Und dann ging sie los. Vorbei an Gazing, der noch immer hinter einem der Regale kauerte. Vorbei an all den Büchern, die sie zu dem Menschen geformt hatten, der sie heute war. Vorbei an den Gerüchen, den Erinnerungen, der Vergangenheit. Und dann war sie verschwunden.

ICH ZÄHLE BIS ZEHN *und dann gehe ich los,* sagte sich Gazing nun schon zum vierten Mal in Folge. Zuvor hatte er ein paar Mal versucht, zu visualisieren, wie er sich bewegte, doch dieser Trick war genauso kläglich gescheitert wie die Nummer mit dem Zählen. Trotzdem.

Eins. Er hörte in die Stille der Bibliothek. Wie ein Echo hallten Wortfetzen des gerade Gesagten durch die Gänge. War das eben wirklich passiert? Stand er kurz davor, erneut alles zu verlieren, was er kannte?

Zwei. Gazing presste fest die Augen zu, in der Hoffnung, aus diesem Albtraum zu erwachen.

Drei. Blinzelnd öffnete er seine Augen und musste feststellen, dass er sich noch immer in der Bibliothek befand, die ihm plötzlich wie der letzte friedliche Ort der Welt vorkam.

Vier. Wenn er diesen Ort gleich verlassen würde, warteten nichts als düstere Zeiten auf ihn. Er wollte sich in den Arm kneifen, konnte aber seinen Körper nicht dazu bringen, sich zu bewegen.

Fünf. Wohin um alles in der Welt sollte er denn auch gehen? Er kannte nichts anderes außer Brenin. Jetzt, wo er in

Lichtgeschwindigkeit über alle möglichen Szenarien nachdachte, fiel ihm auf, dass er nicht einmal wusste, wie weit entfernt die nächste Zivilisation war. Geschweige denn wie sie hieß. Oder in welche Richtung er gehen sollte. Ob es überhaupt überall auf der Erde Wasser und Nahrung gab oder ob er das Ganze von vornherein einfach lassen sollte.

Sechs. Mal angenommen, er würde eine andere Stadt finden – wie würden ihre Bewohner auf ihn reagieren? Immerhin war er sehr auffallend nicht menschlich. Und potenziell eine ernst zu nehmende Bedrohung.

Sieben. Er wollte schreien, als er feststellte, dass er sich darüber wahrscheinlich gar nicht den Kopf zerbrechen müsse. Erst mal war es seine Aufgabe, an den Wachen und Mauern des Königs vorbeizukommen. Eine an sich schon unmögliche Aufgabe, falls sie wirklich ernsthaft nach ihm suchen sollten.

Acht. Die Anspannung in Gazings Körper wich einer eigenartigen Ruhe. In ihm breitete sich ein warmes Gefühl von Zuversicht aus.

Neun. Er schob die Zweifel, die das Gefühl mit sich brachte, bewusst zur Seite. Dieser kleine Funke könnte seine einzige Chance sein, einen Weg hier rauszufinden. Ohne verarbeiten zu können, was genau er sah, sah er es ganz klar vor sich. Alles würde Sinn ergeben. Er musste sich nur bewegen. Jetzt.

Zehn. Mit einem völlig unerklärlichen Schub an Selbstvertrauen bewegte Gazing eines seiner Beine und löste sich damit aus seiner Versteinerung.

Mit beiden Beinen wieder unter Kontrolle schritt er hastig in Richtung Tür und erreichte den Ausgang der Bibliothek. Noch einmal nahm er all seinen Mut zusammen und öffnete die Tür einen Spaltbreit. Durch den kleinen Schlitz konnte er eine Seite des düsteren Korridors einsehen. Bis auf die mit Öl Gemalten war keine Menschenseele zu sehen. Vorsichtig drückte er die Tür weiter auf und steckte seinen Kopf durch die Öffnung. Er hielt seinen Atem an und lauschte. In der Ferne hörte er Schritte durch den Flur hallen. Sie schienen sich von ihm zu entfernen, nach ein paar Sekunden waren sie nicht mehr wahrnehmbar.

„Jetzt oder nie", flüsterte Gazing, um sich selbst den nötigen Antrieb zu geben, die Bibliothek zu verlassen. Ein kalter Windzug erfasste ihn, als er in den Gang trat. Der Wind zog an ihm vorbei in Richtung Eingangshalle, aus der noch immer Gelächter und das Klirren zahlloser Weingläser an seine Ohren drang.

Vor seinem inneren Auge sah Gazing, wie zwischen den Gästen getarnte Soldaten Ausschau nach ihm hielten. Hatten sie seine Abwesenheit schon bemerkt?

Ohne ein einziges Geräusch zu machen, schlich er in die andere Richtung, bloß weg von dem Trubel, dorthin, von wo der Luftzug kam. Seine Sensoren liefen auf Hochtouren, als er am Ende des Korridors eine weitere Tür erreichte. Behutsam schob er sie auf.

Gleißendes Licht strahlte um ihn herum in den Gang. Gazing spürte die Hitze der Sonne auf seiner vor Stress angespannten Haut. Eilig glitt er durch die Tür, ließ sie hinter sich ins Schloss fallen und sank, mit dem Rücken an sie gedrückt, auf den Boden. In einem erneuten Anflug von Panik griff er energisch nach den Büscheln, die links und rechts neben seinen Beinen wuchsen. Die saftig grünen Stängel schmiegten sich beruhigend in seine Hand und kitzelten seine Finger.

Der Ort, an dem er sich befand, war ihm mindestens genauso vertraut wie die Bibliothek. Sein Hals schnürte sich zusammen, als er an die Zeiten dachte, in denen er hier kurze Momente von Harmonie und Frieden genossen hatte.

Der Wintergarten des Schlosses war von einer riesigen gläsernen Kuppel umgeben, gehalten von sich um sich selbst windenden, stählernen Streben. Diese glitzerten silbern im grellen Sonnenlicht. Es roch nach Frühlingsblumen, Lavendel und frischer Luft. Libellen flogen von Blüte zu Blüte und aus einem Teich unter der Weide, die im Zentrum des Gartens wuchs, erklang das rhythmische Quaken einer Froschfamilie.

Das Gewächshaus war übersät von Pflanzen aus, laut Liliths Erzählung, der ganzen Welt. Einen Winter lang hatte die Prinzessin in der Bibliothek alle Bücher durchstöbert, die sie zum Thema Pflanzenkunde fand. Seit dem darauffolgenden Frühling war sie die treibende Kraft im königlichen Gewächshaus. Sie beauftragte Forscher mit skurrilen Kreuzungen, um so viele exotische Pflanzen wie möglich zu rekreieren, von denen sie gelesen hatte. So schuf sie aus der ursprünglich sehr praktisch und effizient angelegten Anlage eine lebhafte Oase der Sinne. Ihre Lieblingspflanze war die Cambira-Orchidee, Gazings der Jadewein.

Er ließ den Blick über diese florale Perfektion an Design und Geschmack schweifen, bis er sich blitzschnell mit beiden Händen den Mund zuhalten musste. Etwas in seinem Sichtfeld hatte ihn so sehr erschreckt, dass ein elender Schrei seiner Kehle entfliehen wollte. Nur in allerletzter Sekunde hatte er mit den Händen seinen Mund verdecken können, um das Geräusch zu ersticken.

Hinter einem Busch wohlduftender Rosen stand ein kitschig verziertes Schaukelpferd. Lilith hatte es als Kind von einem Prinzen aus Elderwood geschenkt bekommen.

Von demselben Prinzen, den sie nun heiraten müsse, fiel es Gazing mit schwerem Herzen ein.

Auf dem Pferd saß eine Gestalt, die Gazing aus Reflex und in Panik für eine der Wachen gehalten hatte. Jegliches Blut war ihm ohne Vorwarnung komplett in die Beine gesunken und ohne zu zögern hatte er mit seinem Leben als halbwegs freie Person abgeschlossen. Beim zweiten Hinsehen sah die Figur einer Puppe ähnlicher, die Kapuze eines dunklen Umhangs weit ins Gesicht gezogen.

Leise fluchend erhob sich Gazing vom Boden. Schon im ersten heiklen Moment hätte er sich fast verraten und damit sein Schicksal für immer aus der Hand gegeben. *Krieg deine Emotionen in den Griff,* ermahnte er sich selbst gedanklich.

Mit wackeligen Schritten lief er den Pflastersteinweg um den Busch herum, bis das Schaukelpferd vor ihm stand. Er prustete, als er erkannte, wovor er sich so erschrocken hatte.

Die Puppe, die er jetzt eindeutig als solche wahrnahm, war nicht mal einen Meter groß. Das Abbild eines zierlichen Kindes saß rittlings im Sattel, ihren von der Kapuze bedeckten Kopf an den Hals des Pferdes gelehnt.

„Gazing, Ihr seid festgenommen!", äffte Gazing mit mädchenhaft verstellter Stimme die Situation nach, vor der er sich gerade noch gefürchtet hatte. Lachend wandte er sich ab und wollte sich Richtung Ausgang aufmachen, als ihm ein zweiter eisiger Schauer durch den Körper fuhr.

Erstarrt beobachtete er aus dem Augenwinkel, wie sich der Arm der Puppe Zentimeter für Zentimeter ihrem Gesicht entgegenbewegte. Eine Hand tauchte aus dem Ärmel auf und streckte sich langsam unter die Kapuze. Dort wackelte sie dreimal auf und ab, bevor sie vorsichtig wieder hinunterwanderte.

Gazing konnte es nicht weiter unterdrücken, schnappte laut nach Luft und der Arm der Puppe hielt augenblicklich inne. Langsam drehte Gazing seinen Kopf in ihre Richtung. So konnte er sehen, wie die Puppe nach dem Saum der Kapuze griff und ihn leicht nach oben schob. Ein großes, braunes Auge blickte in Gazings mitten im Lachen erstarrtes Gesicht.

„Scheiße", fauchte die Puppe und riss die Fäuste in die Luft. Die ruckartige Bewegung ließ die Kapuze von ihrem Kopf rutschen. Zum Vorschein kam das Gesicht eines Mädchens, mit zwei dunklen, geflochtenen Zöpfen, zusammengebunden mit Schleifen aus schimmernden, hellblauen Bändern. Vor Ärger kniff das Kind fest ihre Augen zusammen und kräuselte die stupsige Nase.

„Ah!", diesmal hatte Gazing nicht die geringste Chance gehabt, sein ungünstigerweise sehr piepsiges Schreien zu unterdrücken. Umgehend warf auch er ein „Scheiße!" hinterher. Wie wenig konnte sich jemand selbst unter Kontrolle haben? Würde er sich von jedem noch so unbedrohlichen Ding, wie diesem kleinen Mädchen, erschrecken lassen, würde er es keine zehn Meter vom Schlossgelände herausschaffen. So konnte er sich auch einfach selbst dem König ausliefern und sich wahrscheinlich einiges an Stress sparen.

„Ich dachte, du wärst schon weiter weg! Warum gehst du denn so langsam?", keifte ihn das Mädchen an.

„Warum hängst du hier so rum?", keifte er zurück, noch immer voller Adrenalin.

„Ich wollte nicht, dass du mich siehst", knurrte sie und pustete eine Haarsträhne aus ihrem Gesicht. „Hat ja auch geklappt, aber dann hat meine Nase gejuckt." Das Mädchen verschränkte die Arme und sah herausfordernd zu Gazing.

Ein schlechtes Gewissen überkam ihn. „Entschuldige", sagte er einsichtig. „Ich wollte dich nicht erschrecken." Plötzlich kam er sich so dämlich vor. Was fiel ihm ein, ein Kind zu tadeln, das sich vor einem Unbekannten verstecken wollte. Er hätte jedem Jungen oder Mädchen dasselbe geraten. „Kinder haben hier eigentlich keinen Zugang, verstehst du?", erklärte er. „Wie bist du überhaupt hier reingekommen? Und wie ist dein Name?"

„Durch die Tür", gab das Mädchen unbeeindruckt von sich. „Und ... Amber."

Es schien nicht, als wäre Amber eine große Rednerin. Oder daran interessiert, Gazing eine wirkliche Antwort auf seine Frage zu geben. Trotzdem hakte er nach. „Okay. Und äh ... Warum siehst du so aus?" Gazing deutete mit dem Kopf auf Ambers Umhang.

Amber schloss langsam die Augen. Sie atmete scharf ein. „Ich spiele Hexe", presste sie durch ihre fast geschlossenen Lippen und atmete frustriert aus. Es wirkte fast, als hätte sie diese Frage schon tausendmal beantworten müssen. „Und warum siehst du so aus?" Amber zeigte mit dem Finger auf Gazings Ohren.

Für einen Moment fühlte sich Gazing angegriffen. So direkt hatte ihn schon ewig keiner mehr auf seine Ohren angesprochen. Konnte es sein, dass sie nicht wusste, wer er war? Und auch nicht, was?

„Ich spiele Hase?", entgegnete Gazing. Er zog eine Augenbraue nach oben und wartete ab.

Amber dachte offensichtlich nach. „Ja gut. Mach doch", sagte sie dann etwas zu gleichgültig und sprang geschickt vom Pferd. Sie hüpfte gelassen durch einen der offen stehenden Ausgänge des Wintergartens, den Gazing merkwürdigerweise vorher noch nie bemerkt hatte, in Richtung des dahintergelegenen Waldes.

Gazing ging hinterher. Eine unangenehme Kälte erfasste ihn, als er durch den verspiegelten Türrahmen trat. Irgendwas an dem Mädchen schien nicht ins Bild zu passen. Wieso hatten die Wachen sie nicht aufgehalten? Hatte sie sich verlaufen? Wo waren ihre Erziehungsberechtigten? Ihre Gesichtszüge sahen ganz anders aus als die der Kinder Brenins. Weicher. Ihre Wortwahl war auch merkwürdig. Sie sprach aufmüpfig. Gazing schnaubte ungläubig. Kein Kind in Brenin würde es wagen, aufmüpfig zu sein.

Anscheinend hatte Amber ihn gehört, überrascht drehte sie sich zu Gazing um. „Was machst du? Hast du nicht irgendwas zu tun?", fragte sie mit einem skeptischen Unterton.

„Ich …" Er machte sich Sorgen? „Hast du dich verlaufen?"

„Nö?" Ihre Antwort klang eher wie eine Frage.

Gazing musste sich kurz fangen. Wurde er gerade von einer höchstens Achtjährigen provoziert?

Die Wangen des Mädchens waren rosig. Gut, sie war also gesund. Das war das Einzige, was Gazing über Kinder wusste. Eigentlich hätte er es gern bei diesem Wissen belassen, doch irgendwas brachte ihn dazu, weiterzufragen. „Also bist du absichtlich hier, ganz allein und ohne Erlaubnis im Wintergarten des Königs, um Hexe zu spielen?"

„Natürlich nicht!"

Verdrehte sie jetzt etwa ihre Augen? Was machte Gazing falsch?

„Ich muss hier durch, da hab ich das Pferd hier gesehen und wollte es kurz besuchen. Aber eigentlich gehe ich nach Xenon, um Blade zu finden. Ach, mein Blade!" Die letzten Worte hatte Amber geflüstert und theatralisch ihren gesenkten Kopf geschüttelt. Sie war stehen geblieben und malte mit der Fußspitze einen Halbkreis in den Staub.

Gazing konnte mit dieser Information nichts anfangen. Er wusste nicht, was Xenon war, und von einem Blade hatte er auch noch nie gehört. Offensichtlich aber löste der Gedanke an diese Dinge eine große Traurigkeit in dem Mädchen aus. Dieses Gefühl war so stark, dass selbst Gazing melancholisch wurde. Verlegen strich er sich über die Ohren.

So wie er die Dinge betrachtete, stand er gerade an einem wichtigen Scheidepunkt. Entschied er jetzt, sich umzudrehen und einfach zu gehen, würde diese skurrile Begegnung bald nichts mehr als eine verblassende Erinnerung sein. Sollte er aber bleiben und weiter nachfragen, verlieh ihm das eine gewisse Verantwortung für dieses Kind. Konnte er es mit sich vereinbaren, sie danach einfach allein zu lassen? Konnte er das jetzt überhaupt noch? Und war es nicht auch verlockend zu erfahren, was es mit diesem Blade auf sich hatte? Wo dieses Xenon war?

Gazing hatte noch keine bewusste Entscheidung getroffen, als er sich sprechen hörte. „Was für ein verrückter Zufall, ich will auch nach Xenon!" Was für ein verrückter Zufall, er wollte auch nach Xenon?

Ambers Kinnlade klappte hinunter. „Du willst auch nach Xenon?"

„Ja!" Nein! Oder vielleicht doch? Höchstwahrscheinlich war Xenon die nächste Stadt oder zumindest das nächste Land. Wie weit würde ein Kind freiwillig allein wandern? Vermutlich log er nicht, als er behauptete: „Absolut. Ich bin auf dem Weg nach Xenon. Warum sonst sollte ich denselben Weg laufen wie du?" Er würde sich ihr einfach anschließen, bis sie Xenon erreicht hätten, und von dort aus …

Plötzlich strahlte Amber. „Das hier ist der richtige Weg?", quietschte sie erfreut.

Gazing stockte der Atem.

Amber fuhr fort: „Ich sag dir die Wahrheit, Bunny. Darf ich dich Bunny nennen?"

„Mein Name ist Gazing."

„Ich hab gelogen, als ich gesagt hätte, ich hab mich nicht verlaufen. Eigentlich habe ich mich gestern schon verlaufen und dann mit Glück den richtigen Eingang gefunden. Aber da wusste ich eigentlich auch schon, dass ich mich nicht daran erinnern werde, wo lang es von hier aus geht."

Gazing stammelte etwas Unverständliches, aber das Mädchen hörte überhaupt nicht hin.

„Das war schon kurz ein bisschen kritisch. Zurück hätte ich auch nicht mehr gefunden. Ich hab richtig doll dran gedacht, mir den Weg zu merken, aber dann bin ich mit einem Reh durch den Wald gerannt und von da an hab ich nicht mehr daran gedacht, daran zu denken." Frustriert kickte sie einen kleinen Stein ins Gebüsch. „Egal! Jetzt bist du da und bringst mich nach Xenon." Mit glitzernden, kugelrunden Augen grinste sie ihn an.

Anstatt zuzugeben, dass er nicht wirklich nach Xenon wollte und auch nicht wusste, wo sich dieser Ort befand, sah Gazing sich um. Sie waren inzwischen mehrere Meter in den Wald eingetaucht. Hinter ihnen konnte er gerade noch so den Waldrand erkennen. Durch die Bäume hindurch schimmerte das Grün einer Wiese. Weder den Schlossgarten noch das Schloss konnte er sehen. Gazing kniff die Augen zusammen, um mehr wahrnehmen zu können.

Nichts.

Wenn sie schon so weit gelaufen waren, dass das Schloss außer Sichtweite war, sollten sie dann nicht schon längst an eine Mauer gestoßen sein? Auch waren sie bisher keiner einzigen Wache begegnet. Die Haare auf Gazings Ohren stellten sich auf, als ihm wieder einfiel, dass vermutlich eine ganze Menge Soldaten auf der Suche nach ihm waren, um ihn zu fesseln und bei unmoralischen Versuchen als Testobjekt ...

Das Mädchen zupfte an seinem Hemd. „Wo gehts jetzt lang?", fragte sie und formte den Mund zu einer Schnute.

Sie standen vor einem riesigen Felsbrocken, an dem links und rechts ein Weg vorbeiführte. Der rechte schien sich weiter in den Wald zu winden, am Ende des linken erkannte Gazing ein paar Stufen einer Treppe.

„Äh ... Links", stotterte er. Verdammt. Es war eine von Gazings schwächeren Charaktereigenschaften, dass er unter sozialem Druck dazu neigte, sich als zu kompetent zu präsentieren. Leider war er dazu kein besonders talentierter Lügner, weswegen er sich permanent in die unmöglichsten Situationen manövrierte.

„Komm schon, Bunny!" Amber war fröhlich den linken Weg entlanggehüpft und sah jetzt zu Gazing zurück.

„Ich heiße Gazing", betonte dieser und lief auf sie zu. Zurück zum Schloss zu gehen war keine Option. Dass er es bis hierher ohne Komplikationen geschafft hatte, war ein Wunder, das Gazing nicht aufs Spiel setzen konnte. Amber zu helfen, nach Xenon zu gelangen, erschien ihm als der sinnvollste Plan. Dass er nicht wusste, wie sie dort hinkommen sollten, klammerte er bei seiner Rechnung großzügig aus.

„Na endlich", krächzte Amber. Als Gazing sie erreichte, drehte sie sich mit einem Sprung hundertachtzig Grad um die eigene Achse und schlenderte dann neben ihm her.

Schweigend liefen sie in Richtung der Treppenstufen.

Aus den Augenwinkeln beobachtete Gazing das Mädchen, das immer mal wieder heimlich zu ihm heraufstarrte. Inzwischen war er sich ziemlich sicher, dass sie nicht aus Brenin stammte. Jedes Kind dort kannte ihn. Dieses Mädchen schien nicht einmal den Hauch einer Ahnung zu haben, geschweige denn Interesse. Letzteres, stellte Gazing fest, empfand er als ziemlich erfrischend.

Es war jedoch ihre Kleidung, die am stärksten verriet, dass sie nicht von hier kam. Unter dem dunklen Mantel blitzten ab und zu eine braune Hose mit vielen praktischen Taschen und ein einfaches schwarzes Shirt hervor. Eine

Kombination, die Gazing so noch nie zuvor gesehen hatte. Besonders nicht bei einem der Kinder Brenins, die eigentlich nur ihre Schuluniformen trugen.

Die schwarzen Stiefel, die Amber trug, vollendeten Gazings Verwirrung. Er sah auf seine eigenen Füße. In Brenin trugen alle Menschen Sandalen, die mit ledernen Riemen an Zehen und Fußgelenken gehalten wurden. Zu kaufen waren sie bei Coco im Laden, wo sie auch hergestellt wurden. Da das Königreich keinen Handel mit anderen Ländern betrieb, musste Amber ihre recht klobig wirkenden Schuhe an einem anderen Ort gekauft haben.

„Sag mal, wo kommst du eigentlich her? Du bist nicht aus Brenin?", wagte Gazing es endlich zu fragen.

„Ich weiß das nicht so genau. Was ist Brenin?", entgegnete Amber.

„Brenin ist die Stadt, in der wir gerade sind? Du standest mitten im Gewächshaus des Königs", antworte Gazing verwirrt.

„Ach so. Ja. Nein. Von hier komm ich ganz bestimmt nicht."

Sie erreichten die Treppen und erklommen die ersten Stufen.

„Du musst doch wissen, wo du geboren wurdest." Fragend sah Gazing auf Amber herab.

„Ganz genau das ist es, was ich nicht weiß", schnaufte diese. „Ich komme aus dem Heim." Ihre Stimme wurde leiser. „Keine Ahnung, wo ich geboren wurde. Sie haben mich gefunden, als ich noch ein ganz kleines Baby war."

„Oh." Gazing sah betreten zu Boden. „Das tut mir leid", murmelte er. Tief in ihm flammte das Echo seines eigenen Schmerzes in ihm auf und spannte sich wie ein unsichtbares Band zwischen den beiden.

Ein erneutes Schweigen legte sich über sie.

Zum ersten Mal sah Gazing die Treppenstufen hinauf und musste schlucken. Die Stufen schlängelten sich einen von dichtem Grün bewachsenen Hügel hinauf und verschwanden schließlich im Dickicht. Wie viele es waren, konnte Gazing nicht einmal schätzen, und wohin sie führten, war nicht in Sicht. Der Gedanke an den beschwerlichen Aufstieg trieb ihm schon beim bloßen Darüber-Nachdenken kalten Schweiß auf die Stirn.

Neben sich hörte er Amber tief ein- und ausatmen. Nach jedem Schritt vernahm er ein leises Flüstern: „Neunundsiebzig. Ähm. Neunzig. Einundneunzig." Tapfer lenkte sich ihr Unterbewusstsein von der Situation ab, in der sie zu stecken schien. Etwas Mächtiges trieb sie an. Und so wie sie gerade dreinblickte, würde sie nichts davon abhalten, ihr Ziel zu erreichen.

In Amber sah er Teile von sich selbst. Ein Teil, der zurückgelassen wurde und auf sich allein gestellt war, seitdem er Denken konnte. Und einen Teil von sich selbst, den er vergessen hatte. Der in ihm ruhte, vergraben unter hoffnungslosen Trümmern. In ebendiesem Moment beschloss Gazing, das Mädchen nach Xenon zu bringen. Komme, was wolle.

DIE TREPPE WAR UNFASSBAR LANG. Bei Stufe zweihundertachtundzwanzig hatte Amber aufgehört zu zählen. „Nicht, weil ich nicht weiter zählen kann, sondern weil ich absichtlich eine Pause machen wollte!", hatte sie sich verteidigt, nachdem Gazing sich über ihre fehlenden Mathematik-Künste amüsierte.

Die Dämmerung hatte eingesetzt, ein paar letzte orangefarbene Sonnenstrahlen fielen durch das Dickicht. Seitdem hatte auch Gazing den Überblick verloren, wie lange sie schon liefen. Vor und hinter ihnen lagen nichts als endlose Stufen, die sich in perfekter Spiegelung von ihnen fortbewegten. Ein undurchdringlicher Dschungel aus Sträuchern, Ranken und Bäumen wuchs links und rechts der Stufen. Für einen Augenblick ließ dieses Bild Gazing den Sinn dafür verlieren, wo oben und unten war. Desorientiert taumelte er auf der Stelle, als Amber ihn im Vorbeigehen leicht streifte und sein Gehirn sich wieder vernünftig kalibrierte.

Ein paar Schritte lief sie an ihm vorbei, bis sie sich umdrehte und fragte: „Bunny, was willst du in Xenon?"

„Ich heiße Gazing." Gazing seufzte. Obwohl er gewusst hatte, dass er sich dieser Frage früher oder später stellen musste, hatte er bisher nicht über seine Antwort nachgedacht. Am besten blieb er nah an der Wahrheit. „Hör zu", setzte er an. „Ich bin gerade an einem merkwürdigen Punkt in meinem Leben. Nicht der merkwürdigste. Aber merkwürdig. Ich wurde ..." Wie sollte er sagen? „Ich wurde von zu Hause rausgeschmissen."

Ambers Augen wurden größer. „Wollten deine Eltern dich auch ins Heim bringen?"

Gazing schüttelte den Kopf. „Dafür bin ich doch schon viel zu alt." Konzentriert versuchte er, nicht außer Atem zu klingen. „Es waren auch nicht meine Eltern, die mich rausgeschmissen haben. Es war der König selbst!" Ein bisschen log er, in der Hoffnung, aus dieser hoffnungslosen Geschichte eine aufregende zu machen.

„Warum sollte ein König *dich* irgendwo rausschmeißen?", fragte Amber kichernd.

Gazing kniff die Augen zusammen. „Traust du mir etwa nicht zu, hm? Aber so ist es wirklich!" Beinahe wirklich. „Das Ganze ist eine sehr lange und ermüdende Geschichte aber am Ende läuft sie darauf hinaus, dass er anscheinend Angst davor hatte, dass ich ihm seinen Platz als König streitig mache, oder irgendwie so was", sagte Gazing und gähnte dann etwas zu lang und etwas zu laut, um seine Lüge zu überspielen. Das war sogar für seine Verhältnisse eine große Übertreibung. Vor Alen hatte er gern vorgegeben, viel mehr von dem zu verstehen, worüber er mit ihm sprach. Gegenüber Lilith spielte er manchmal den mutigen Helden. Aber zu so etwas Absurdem wie einem potenziellen Thronfolger hatte er sich dabei bislang nicht im Ansatz gemacht.

Amber schien nichts Auffälliges bemerkt zu haben. Unbeschwert sprang sie ein paar Stufen hinauf und gluckste. „Ein Junge, der König wird. Ist klar." Bevor Gazing sich die Worte zu seiner Verteidigung zurechtlegen konnte, die ihn wohl noch tiefer in diese Lüge hereinziehen würden, fragte sie: „Und was genau will dieser Junge jetzt in Xenon?"

Gazing räusperte sich. „Ich weiß nicht, wo ich sonst hinsoll. Nach Xenon zu gehen ist das Erste, was mir eingefallen ist." Immerhin war das diesmal nicht gelogen. Also fast. Irgendwie.

„Genau das hat Blade auch gesagt", flüsterte Amber.

Gazing war dankbar für die Möglichkeit, das Thema von seinen Absichten abzulenken. „Wer ist denn dieser Blade?", fragte er und kratzte sich befangen am Hinterkopf.

Ambers Augen fingen an zu leuchten. „Blade kenne ich aus dem Heim. Er ist schon acht. Und eigentlich wohnt er bei seinem Vater. Aber manchmal wohnt er bei mir ... äh, also bei uns im Heim. Auf jeden Fall ist er jetzt weg und ich muss ihn finden." Ihre auf doppelte Geschwindigkeit gestellte Stimme überschlug sich mehrmals beim Sprechen.

„Bist du verknallt?" Gazing sah sie verschmitzt an.

„Nein! Bah! Niemals!" Um ihre Aussage zu unterstreichen, streckte Amber die Zunge weit aus dem Mund und imitierte einen Würgereiz. Dass ihr Gesicht rot anlief, könnte an dieser Grimasse liegen, oder daran, dass Gazing recht hatte. Mit einem Grinsen drehte er sich wieder nach vorne. Gerade rechtzeitig, um eine Bewegung weiter oben auf der Treppe wahrzunehmen.

Ohne nachzudenken, packte er Amber und zog sie mit sich in die Büsche neben der Treppe. Kurz spürte er einen Widerstand, der sich nach einem weiteren Ruck recht plötzlich wieder auflöste. Unkontrolliert fielen die beiden zwischen die Sträucher. Gazing blickte zurück und sah

Ambers Umhang in einem der Büsche an der Treppe hängen. Er hatte sich wohl verfangen und war durch Gazings Ziehen von seiner Besitzerin getrennt worden.

„Was zur Hölle?", fluchte das Mädchen, doch Gazing hielt ihr nur den Mund zu.

„Duck dich, kein Wort", befahl er ihr und versuchte, durch die dichten Zweige einen Blick auf die Treppe zu erhaschen. Er war sich ziemlich sicher, gleich eine oder sogar mehrere von Brenins Wachmännern zu erblicken, die ausgeschickt worden waren, um ihn zu finden. Panik wollte Besitz von ihm ergreifen, doch je näher die Gestalt kam, desto unwahrscheinlicher wurde seine Theorie.

Der Mann war alles, nur kein brenischer Soldat. Zuerst bemerkte Gazing die Glatze, die strahlend auf seinem Haupt thronte, dann seinen federnden Gang, mit dem er die Treppe hinuntereilte. Gekleidet war er in etwas, das Gazing als Bettlaken bezeichnen würde. Mit einer geschickten Technik und einer orangefarbenen Kordel hatte sich der Mann den weißen Stoff um den Körper geschlungen.

Vor dem Umhang, und damit unmittelbar vor Amber und Gazing, blieb er stehen. Gazing konnte sein Gesicht nicht sehen, dafür aber seine Hand, die jetzt nach dem dunklen Stoff griff.

Er hörte, wie Amber neben ihm vor Spannung die Luft anhielt, und tat es ihr gleich.

Ein paar Sekunden, die Gazing wie eine Ewigkeit vorkamen, bewegte sich nichts. Der Mann stand einfach dort, den Umhang in der Hand, rieb ihn leicht zwischen seinen Fingern. Er zog den Stoff ein wenig nach oben, verdeckte damit Gazings Sicht auf ihn. Etwas raschelte und dann ließ er ihn wieder fallen. Der Mann schien sich kurz umzusehen, dann lief er weiter die Treppe hinunter.

Als er die ersten Stufen nahm, erhaschte Gazing durch die Blätter hindurch einen kurzen Blick auf seine Schuhe. Die silbernen Spitzen von weißen Lederstiefeln blitzten unter seinem Gewand hervor.

In Gazing drehte sich alles. Was war heute für ein Tag? Gerade war er quasi aus Brenin rausgeworfen worden und jetzt begegnete er im Abstand von nur wenigen Stunden dem zweiten Nicht-Bewohner Brenins? Das waren zwei mehr, als er überhaupt in seiner Zeit in dieser Stadt zu Gesicht bekommen hatte. Wo kam er her? Wo kam Amber her?

„Ach du Scheiße!", flüsterte Amber in die Stille. „Das war so komisch, was war das für einer?"

„Manche Dinge liegen jenseits unserer Vorstellungskraft", sagte Gazing abwesend, noch immer dorthin starrend, wo der Mann gerade im Dickicht verschwunden war.

„Sehr weise", kommentierte Amber, die Stimme ironisch zu der einer alten, hochnäsigen Frau verstellt.

Sie drückte von hinten gegen Gazing, um ihn wieder auf die Treppe zu schieben. Er gab ihrem Druck nach und schlurfte gedankenverloren von Stufe zu Stufe. Ein Ende des Aufgangs war noch immer nicht in Sicht.

„Ach du scheiße!", hörte er Amber nach ein paar Minuten erneut rufen.

Dachte sie auch noch immer über den seltsamen Mann nach? Gazing drehte sich zu ihr um und sah sie mit großer Verwirrung auf ein Blatt Papier in ihrer Hand starren.

„Guck mal, was ich hab!", prustete sie los und streckte Gazing den Zettel entgegen.

Beim genaueren Hinsehen erkannte er, dass es sich um eine Karte handelte. Etwas größer als die Spielkarten, die er aus Brenins Taverne kannte. Ein gold glänzender Rand umfasste das Abbild eines Mannes, der sich mit einem

Schwert gegen sechs nicht abgebildete Gegner wehrte. Die Schwerter seiner Kontrahenten streckten sich ihm von außerhalb des Bildausschnittes entgegen.

„Ich schwöre bei allem, was ich kenne, dass ich die gerade noch nicht hatte. Entweder sie ist in der Tasche meines Umhangs gespawnt oder der merkwürdige Typ hat sie mir untergejubelt."

Einen Moment lang sahen sich Gazing und Amber rat- und bewegungslos an. Dann zog das Mädchen mit einer eingeübten Bewegung ein kleines Gerät aus ihrem Umhang und klappte es auf.

Neugierig beobachtete Gazing, wie sie das Teil mit ausgestrecktem Arm auf sich selbst richtete. Sie schien sich in ihm zu spiegeln und begutachtete ihr Gesicht aus verschiedenen Winkeln. Bald hatte sie eine Position eingenommen, die sie anscheinend zufriedenstellte, das Gerät gab ein Piepsen von sich und Amber begann zu plappern: „Okay. *Das* glaubt ihr mir *nie!* Gerade ist mir etwas richtig Mystisches passiert. Bleibt unbedingt dran und helft mir, dieses Rätsel zu lösen. Diese Karte …" Sie hob die Hand, um die Karte vor das Gerät zu halten, blieb jedoch mit ihrem Ärmel an einer Ranke hängen. „Verdammt!", fluchte sie leise, „noch mal." Sie zupfte am Kragen ihres Mantels, strich sich kurz eine Strähne hinters Ohr und setzte erneut an: „Diese Karte …" Diesmal erreichte die Karte ihre designierte Position. Amber hielt sie zwischen ihrem Gesicht und dem Ding in ihrer Hand, lehnte dann ihren Kopf zur Seite und sprach weiter. „… hab ich gerade in meinem Umhang gefunden. Und jetzt kommt das Verrückteste." Sie riss ihre Augen weit auf. „Ich hab sie davor noch nie gesehen! Wenn einer von euch weiß, was es damit auf sich hat, lasst es mich wissen." Aufgeregt grinsend zog sie das Gerät näher zu sich heran und drückte darauf herum.

Gazing stellte sich gerade rechtzeitig hinter sie, um auf einem kleinen Bildschirm eine Wiederholung des eben Gesagten zu erblicken. Wäre es ein anderer Tag, würde er erschrocken zurückweichen. Da heute aber nur unwirkliche Dinge passierten, behielt er die Fassung.

Das Gerät in Ambers Hand hatte tatsächlich aufgezeichnet, was sie zuvor hineingesprochen hatte. Ton und Bild. Faszinierend.

„Dich stell ich auch noch irgendwann vor", versicherte Amber, die Gazings Interesse gespürt hatte.

„Mich machst du was?", fragte Gazing überfordert.

Amber verdrehte die Augen und seufzte tief. „Ich stelle dich meinen Leuten vor!"

„Sind diese *Leute* gerade in diesem Gerät?" Gazing zweifelte langsam doch ein wenig an Ambers Gesundheit. Zumindest an ihrem Geisteszustand.

„Bunny!", rief sie theatralisch, „die Leute sind im Internet!"

„Gazing. Mein Name ist Gazing." Einmal wollte er es noch versuchen. „Und wo genau liegt dieses Internet?"

„Das ist verrückt. Du bist ja viel älter, als du aussiehst. Das Internet hat doch gerade voll den Hype, jedes Kind weiß, was das ist. Sie haben es neulich erst wieder entdeckt. Ist irgendwas aus 'ner ganz alten Zeit. Super retro-alt. Man kann damit Sachen durch die Luft schicken. Also Bilder und Videos und Texte und so was. Weiß nicht so ganz, wie das funktioniert." Sie kratzte sich zwischen ihren Augen und sah dabei aus, als würde sie sich allen wichtigen Fragen der Welt auf einmal stellen. „Nein. Keinen blassen Schimmer", gab sie schließlich zu. „Auf jeden Fall haben die Leute im Internet damals darüber gesprochen, was sie Neues gekauft haben, wie sie sich das Gesicht waschen, wie dumm ihre Haustiere sind. Alles eben. Alle im Heim machen gerade solche Videos, aber mir folgen fast die meisten!"

Amber klang unfassbar stolz und Gazing war unfassbar irritiert. Es schien ihm so, als hätte das Mädchen kurz in einer fremden Sprache von fremden Dingen gesprochen. Wer waren diese Menschen mit ihren Haustieren? Und wohin folgten sie Amber? Weil er sich nicht entscheiden konnte, wo er anfangen wollte zu fragen, pustete Gazing Luft durch seine zusammengepressten Lippen.

„Ist doch nicht so kompliziert!", bemerkte Amber ungeduldig. „Hier hab ich auch endlich wieder Netz. In diesem Gewächshaus ging kein einziges Video raus."

Gazing würde sie bei einer anderen Gelegenheit danach fragen, was ein Netz in diesem Fall bedeutete. Vorerst galt seine Aufmerksamkeit dem Brunnen auf einer Lichtung, die am endlich erreichten Ende der Stufen auftauchte.

AUS DEM BRUNNEN drang ein leichter Dunstnebel. Er schien schon vor langer Zeit in Vergessenheit geraten zu sein. Moos und Farn wucherten an seinen Mauern. Alte Bäume ragten hoch über ihn und warfen lange Schatten auf die Lichtung, während das Licht des Mondes, das durch die Baumkronen zu brechen versuchte, sich in weißen Flecken auf dem feuchten Boden widerspiegelte. Wann war es Nacht geworden?

Gazing ließ seinen Kopf in den Nacken fallen und starrte durch die Äste. Ein paar Sterne funkelten hindurch. Die Dunkelheit des Waldes ließ sie so viel heller erscheinen. Gerade meinte Gazing eine Sternschnuppe gesichtet zu haben, als ein „Bunny, guck mal!" durch seine Hypnose drang.

Es klang seltsam hallend und weit entfernt. Zu weit entfernt. Gazing schaute hinab. Die Lichtung, auf der der Brunnen stand, war nicht sehr groß und wirkte, als wäre sie auf der Spitze eines Berges. Rund um sie herum ging es steil abwärts in den dichten Dschungel. Der einzige Weg hinauf war die Treppe, von der sie gekommen waren. Von Amber war weit und breit nichts zu sehen.

In einem direkten Anflug von Sorge lief Gazing um den Brunnen. Nach der kurzen Zeit, die sie einander jetzt kannten, konnte er sich mehr als gut vorstellen, dass sie ihm einen Streich spielen wollte und im passenden Moment hinter dem Brunnen hervorgesprungen kam. Doch der Moment blieb aus.

Einmal ging Gazing ganz um den Brunnen herum.

Dann ein zweites Mal.

Ein drittes.

Seine Sorge mischte sich mit einem leichten Gefühl von Schwindel, das ihn innehalten ließ. *Fokussier dich,* ermahnte er sich selbst, als eine Welle aus Panik versuchte, Besitz von ihm zu ergreifen. Unter keinen Umständen durfte er jetzt die Kontrolle verlieren. Wo, um Himmels willen, konnte Amber stecken? War sie in das Gebüsch gefallen? In den Brunnen? Erschrocken und mit pochendem Herz trat Gazing an den Abgrund und schaute hastig hinein. Seelisch darauf vorbereitet, das Schlimmste zu sehen, erblickte er einige Stufen, die sich in einer Spirale den Brunnen hinunterwanden.

Ungefähr auf der Hälfte der Treppe erkannte er Amber. Putzmunter blickte sie zu ihm herauf. „Komm doch, Bunny! Hier geht's weiter, oder nicht?", hallte ihre Stimme zu ihm hoch.

„Ach so. Doch. Klar." Die Erleichterung, die seinen Körper durchzog, unterdrückte das schlechte Gewissen, dass er noch immer log. Amber hatte keine Ahnung, dass er nicht wusste, wohin sie liefen. Sie vertraute ihm blind. Und ohne es genau begründen zu können, glaubte auch Gazing daran, dass sie in Xenon ankommen würden. Wo es lag, würde er schon noch herausfinden.

Die gewonnene Sicherheit, dass Amber nichts zugestoßen war, half ihm dabei, seine Beine über den Brunnenrand zu schwingen. Gefährlich hoch baumelten sie über dem Abgrund. Mit einem mulmigen Gefühl im Bauch ließ Gazing sich langsam auf die erste Stufe gleiten. Erst jetzt bemerkte er, dass die Wendeltreppe keine Möglichkeit bot, sich beim Hinabsteigen festzuhalten. Seine Angst vor Höhen hinunterschluckend, presste er sich konzentriert gegen die Wand, als er die von Moos überzogenen Stufen eine nach der anderen hinunterschritt.

Mit einer Leichtigkeit, wie nur ein Kind sie fühlen konnte, machte Amber vier Schritte, während Gazing in derselben Zeit nur einer gelang. Sein einziges Glück war es, dass diese Treppe nicht einmal im Ansatz so lang war wie die, die sie zum Aufstieg genutzt hatten. Bei jedem Schritt hatte ihn das Adrenalin gepackt, aber nach knapp fünfzig musste er nicht weiter um sein Leben bangen.

Schmunzelnd zu ihm heraufblickend, wartete Amber am Boden des Brunnens auf Gazing, der die letzten Stufen mit einer gespielten Gelassenheit nahm – konzentriert darauf, nicht so zu wirken, als wäre er gerade Tausende Tode gestorben.

„Ja. War doch ganz … cool … hier runterzugehen", gab er von sich. Doch Amber, vor der er sich besonders großartig präsentieren wollte, reagierte nicht.

✶ AMBER ✶

Nachdem sie dem ulkigen Jungen mit den blassgrauen Augen und dem blond gelockten Kopf kurz amüsiert beim Abplagen zugesehen hatte, widmete Amber ihre Aufmerksamkeit dem engen Schacht, in dem sie stand, die Füße versunken in einer abgestandenen Pfütze. Wäre sie schon eine Lerngruppe höher, könnte sie jetzt schätzen, wie breit der

Brunnen war. Aber Maßeinheiten hatte sie noch nicht gelernt. Sie stellte sich in seine Mitte, breitete ihre Arme aus, berührte fast mit beiden Fingerspitzen die Wände des Brunnens.

Zwanzig Meter, versuchte sie es und nickte zur Bestätigung zufrieden. Bis auf die Treppe, den Matsch und ein paar Büschel Brunnenkresse war hier unten nichts zu sehen. Nichts, bis auf … Amber drehte sich um und erstarrte zu Stein.

Hinter ihr klaffte ein tiefes, schwarzes Loch in der Wand. Es öffnete sich vom Boden bis *bestimmt fünfzig Meter* in die Höhe und zog ihren Blick in das steinerne Mauerwerk. Oder in den Boden? Plötzlich war es Amber nicht mehr möglich, oben und unten, links oder rechts zu unterscheiden. Sie starrte in die Öffnung. Ein seltsamer Schleier zeichnete sich vor ihren Augen ab. Er schien das Loch zu überspannen, tanzte im feinen Wind vor ihrer Nase. Hinter ihm befand sich das unendliche Nichts. Sehnsucht packte Amber. Gepaart mit der Angst, von diesem Spalt verschlungen zu werden.

Spring rein, sagte sie sich selbst, doch ihr Körper reagierte nicht.

„Amber, hörst du mir manchmal extra nicht zu?", vernahm sie Gazings Frage.

✳ GAZING ✳

Natürlich bekam er keine Antwort. „Kannst du da drinnen irgendetwas erkennen?" Seine Pupillen hatten Probleme, sich an die Dunkelheit in dem Gang, in den Amber so gebannt starrte, zu gewöhnen. Er trat hinter sie, beugte sich auf ihre Höhe und kniff die Augen zusammen. Das machte es nur schlechter. Der Tunnel blieb ein dunkler

Tunnel. Was ein Glück, dass es einen gab! So konnte er seine Lüge ein wenig länger aufrechterhalten und ... wer weiß? Vielleicht war das durch irgendeinen verrückten Zufall wirklich der Weg nach Xenon.

Da Amber keine Anstalten machte, sich zu bewegen, trat er an ihr vorbei. *Wahrscheinlich hat sie Angst, ich hätte Angst an ihrer Stelle,* überlegte er, während er sich durch die Finsternis tastete und ein eiskalter Schauer durch seine Knochen fuhr. Hinter sich konnte er Amber nach Luft schnappen hören.

„Ich glaubs nicht!", prustete das Mädchen. „Ich dachte echt kurz, du fällst in ein tiefes Loch. Hab irgendwie einfach vergessen, ob ich geradeaus oder nach unten schaue. Abgefahren!"

Kinder. Gazing seufzte innerlich.

Die Wände des Ganges waren feucht, ihre Oberfläche glatt. Kleine, feste Hubbel liefen wie Wassertropfen an ihr hinab. Zweimal stieß Gazing mit dem Fuß gegen einen aus dem Boden ragenden Stein, einmal wäre er beinahe zu spät einem aus der Decke wachsendem ausgewichen.

„Du hättest dir fast ein Auge ausgestochen!" Ambers Lachen hallte tausendfach durch den Schacht.

„Du lachst, aber wie kommst du nach Xenon, wenn ich nichts mehr sehen kann?", gab er zurück.

Das Lachen schrumpfte zu einem mürrischen Grummeln. Sekunden später fiel sanftes Mondlicht in den Tunnel.

Der Ausgang der Höhle war wahrlich unspektakulär. Ein versteckter Tunnel, der aus einem uralten Brunnen herausführt, hatte so viel Potenzial. Doch sein Ende war nur ein Spalt in einem steilen Hügel, bestehend aus dunkler Erde und dicken Wurzeln. Aus diesem Loch blickten Amber und Gazing jetzt auf eine in schummriges, silber-blaues Licht getunkte Sumpflandschaft. Entfernt blubberte und gluckste es, ansonsten lag eine angenehme, allumfassende Ruhe über diesem Ort. Ein Hauch von Alge und Schwefel durchzog die trübe Luft. Einzelne Bäume wuchsen in regelmäßigem Abstand aus dem schlackigen Moorwasser. Ihre Stämme waren knochig dünn, schmale Wurzeln ragten wie Finger in die Luft und die Kronen brachen erst mehrere Meter über Gazings Kopf aus. Sie warfen Schatten auf den Boden, die sich wie Adern über den schlackigen Boden zogen. Ein Uhu krächzte.

„Ist ja wie im Film", gluckste Amber.

„Was ist ein Film?", fragte Gazing.

Betretenes Schweigen breitete sich aus. Ein Frosch schnappte mit einem Schnalzer seiner Zunge eine übergroße Libelle aus der Luft.

Tief ausatmend sah Amber zu Gazing hinauf, ohne ihren Kopf zu bewegen, und klang misstrauisch, als sie fragte: „Bunny, warum kennst du nichts?"

„Amber, ich heiße ..."

Ein Schlurfen klang durch den Sumpf.

Obwohl er sich nach dem ersten Zusammentreffen mit Amber versprochen hatte, ab sofort weniger schreckhaft zu sein, zuckte Gazing zusammen. Etwas schien sich durch die braune Suppe hindurch auf sie zuzubewegen.

Etwas? Jemand? Gazing wusste nicht, was er in dieser Situation präferierte. In so einem feuchten, düsteren Gebiet könnten allerhand seltsame und vor allem tödliche Tiere hausen. Ein einzelner Mensch, der bei Vollmond durch einen Sumpf streifte, war ihm allerdings genauso ungeheuer.

Mit einem Finger auf die Lippen gepresst, signalisierte Gazing Amber, ruhig zu bleiben. Er versuchte angestrengt seine Sinne zu schärfen und schob sich ein Stück vor das

Mädchen. Mit zusammengekniffenen Augen scannte er die Umgebung und durch die hoch aufgestellten Hasenohren vernahm er jedes noch so kleine Geräusch. Er zwang sich ruhig zu bleiben, auch wenn seine Nerven zum Zerreißen gespannt waren.

Das Schlurfen stoppte.

Gazings flaches Atmen mischte sich mit der Ruhe des Sumpfes.

Dann ein Tapsen. Wie nackte Füße auf matschiger Erde. Vorsichtige Schritte, von nicht nur einer Person. Gazing war sich sicher, mindestens zwei Paar Füße herauszuhören. Sie wurden schneller, liefen in ihre Richtung.

Plötzlich huschten zwei Schatten durch die Ferne. Zwischen den knorrigen Bäumen steuerten sie genau auf Gazing zu, nahmen an Fahrt auf.

Er schubste Amber leicht, aber bestimmt zurück in den Gang und richtete sich ihnen entgegen.

Amber protestierte nicht.

Gazing konnte allmählich die Konturen der Gestalten, die gerade gleichzeitig synchron und unkoordiniert über eine Wurzel sprangen, wahrnehmen. Arme und Beine, zwei Körper und zwei Köpfe waren inzwischen klar erkennbar, doch obwohl sie sich ihnen zügig näherten, wurden die beiden nicht signifikant größer. Irritiert machte sich Gazing für das Zusammentreffen bereit und ging in Verteidigungshaltung.

Die einzige Kampferfahrung, die er zu diesem Zeitpunkt hatte, war das Boxduell des Cousins des Königs von Brenin, bei dem er zu Gast gewesen war. Dieser hatte gegen seinen Butler gekämpft, der angeblich die Unterwäsche seiner Verlobten gestohlen haben sollte. Um ein Exempel zu statuieren, hatte der König beschlossen, einen öffentlichen Kampf auszutragen. Der Cousin ging schon in der ersten Runde beinahe k. o., sodass sein Team unbeobachtet den Mundschutz des Butlers in der Pause mit ein wenig Fünfzehn-Jahre-Party-Pulver präparieren musste, um den Kampf für das Königshaus zu entscheiden. Der Verlierer wurde enthauptet und die Unterwäsche der Verlobten fand man einige Wochen später in den Gemächern des Königs selbst. Natürlich wurde hier nicht weiter nachgefragt.

Krampfhaft versuchte Gazing sich jetzt zu erinnern, welche Grundstellung die Kämpfer eingenommen hatten. Zweifelnd hob er seine Fäuste. Stellte erst den rechten Fuß nach vorne. Dann den linken. Und doch wieder den rechten. In weniger als zehn Sekunden hätten die Personen ihn erreicht. Den linken Fuß nach vorne.

„Ich hab's dir doch gesagt, Ziggy", schnaufte eine der beiden atemlos. „Das isser nich'. Du Idiot. Die ganze Rennerei, für nichts."

Gazings Herz fing an zu rasen, während gleichzeitig die Anspannung seinen Körper verließ. Vor ihm standen, bis zu den Knöcheln im Matsch versunken, zwei wirklich kleine Männer. Sie ragten Gazing nicht einmal bis zur Gürtelschnalle und fingen gerade damit an, sich mit ihren kleinen Fäusten zu schlagen.

„Zorro, da kann ich doch nichts dafür, dass er's nich' is'!", keuchte der, der anscheinend Ziggy hieß, und traf den anderen an der Schulter. „Hättest ja selbst mal deine glupschigen Augen aufmachen können, anstatt immer alles mir zu überlassen."

„Ich überlass alles immer dir?", die Fäuste flogen wilder, trafen jedoch öfter die Luft als ihr eigentliches Ziel. „Du schaffst es ja nich' mal, einen mit einer glänzenden Glatze im Auge zu behalten."

„Da waren reife Schleimkirschen im Busch. Du weißt genau, dass mein Körper die braucht!"

Beide setzten zu einem finalen Schlag an. Ihre Fäuste trafen sich in der Luft, ließen die Wichte aus dem Gleichgewicht kommen, ihre Füße fanden keinen Halt mehr auf dem sumpfigen Boden und so rutschten sie mit den Armen rudernd ineinander, landeten verknotet auf dem Hosenboden.

Ambers Kichern drang durch den steinernen Gang. Ihr aufgeregtes Glucksen mischte sich mit einem leisen Piepsen, das wohl den Beginn einer Aufnahme kennzeichnete.

✶ AMBER ✶

Entschlossen nutzte Amber den Moment und stahl sich an Gazing vorbei. Für einen Moment hatte er gewirkt, als würde er sich gleich mutig in einen Kampf werfen. Jetzt, da sie einfach an ihm vorbei- und auf die Wichte zulief, war er wie eingefroren. Ihr Begleiter war nicht unbedingt der tapferste, das war Amber inzwischen bewusst geworden. Vielleicht würde ihr das noch Probleme bereiten. Aber er wusste, wo es langging. Und wenn sie ganz ehrlich war, mochte sie es, nicht mehr allein zu sein.

„Hey! Kann ich euch für meinen neuen Vlog filmen?", kreischte Amber aufgedreht.

Ein nicht ganz so geheimes Geheimnis von ihr war es, dass sie es liebte, komische Menschen zu filmen. Je merkwürdiger, desto besser, um genau zu sein. Und besonders interessierten sie diejenigen, die noch einen Tick anders waren als die anderen. Sie konnte es sich selbst nicht erklären, aber in ihrem Leben war sie schon vielen komischen Wesen begegnet. Sie schien sie regelrecht anzuziehen. Am Anfang hatten sie ihr Angst gemacht, doch inzwischen fürchtete Amber sich vor gar nichts mehr.

Originale nannte sie diese Menschen und heimlich sammelte sie sie. Natürlich nicht in echt. Sondern in ihren Gedanken. Sie hatte sich in ihrem Kopf einen ganzen Zoo voller sonderbarer Wesen gebastelt. Gazing zum Beispiel lebte in einem überladenen Gewächshaus, in dem vereinzelt Möbel aus dem letzten Jahrtausend standen. An seinem Tor stand Bunny und zweimal am Tag bekam er einen großen Haufen geschnittener Karotten. Sie war sich bewusst, dass das vielleicht ein bisschen zu voreingenommen war, da sie aber noch nicht wusste, was Gazing wirklich gern aß, fand sie Möhren äußerst passend.

Amber konnte diesen Gedankenpalast besuchen, wann immer sie wollte. Um ehrlich zu sein, musste sie dafür nicht mal mehr ihre Augen schließen. Wie auf einem zweiten Bildschirm konnte sie durch ihre und die reale Welt gleichzeitig wandern. Sie sprach mit den Originalen, hin und wieder gaben sie ihr sogar einen hilfreichen Ratschlag.

Noch nie hatte sie eins dieser Originale vergessen. Aber um sicher zu sein und damit ihre Freunde ihr ihre wilden Geschichten glaubten, hatte sie begonnen, Videos von ihnen zu machen. Dass sie ihre Videos seit Neustem im Internet teilte, hatte sich irgendwie so ergeben. Und weil es sie glücklich machte, wenn sie den neonroten Punkt einer Benachrichtigung sah, der ihr mitteilte, dass jemand ihr Video favorisiert oder kommentiert hatte oder ihr sogar gefolgt war, dokumentierte sie inzwischen jede Kleinigkeit für ihre Fans.

Dieser Moment im Sumpf hatte alles: zwei sonderbare Menschen in einer einzigartigen Situation. Fast nichts könnte Ambers Künstlerherz höherschlagen lassen. Ein leichter

Nieselregen plätscherte auf die lichten Baumkronen und fiel schimmernd in das vom Mondlicht beleuchtete Nass, als sie ihr Filmgerät halb auf sich selbst, halb auf die noch immer verheddert im Matsch sitzenden Zwerge richtete.

„Heute ist Tag vier oder so meiner Wanderung nach Xenon. Toll, dass ihr alle wieder mit dabei seid."

Ziggy und Zorro sahen einander verblüfft an. Beinahe berührten sich dabei ihre Nasenspitzen.

„Es passieren wieder die verrücktesten Dinge, ich mach bald mal ein komplettes Update. Hab auf jeden Fall den Weg wiedergefunden und - Spoiler Alert - ich bin nicht mehr allein unterwegs." Amber schwenkte ihre Linse für eine Millisekunde auf Gazing, hielt sie dann direkt vor ihr Gesicht und drückte den Zeigefinger auf die Lippen. „Pscht, ich verrat jetzt noch nicht zu viel, da müsst ihr schon beim nächsten Mal einschalten, wenn ihr mehr wissen wollt!" Sie grunzte zufrieden. „Wie dem auch sei, ich hab hier zwei lustige Leute getroffen. Sie heißen Ziggy und Zorro und sie sind schon erwachsen, glaub ich, aber trotzdem so groß wie ich. Wieso ist das so?" Jetzt richtete sie sich direkt an die verdutzten Wichte.

„Was tut sie da?", fragte Zorro.

„Kommen wir in die Nachrichten?", fragte Ziggy.

„Nein, viel besser! Nachrichten sind für Idioten, das hier ist mein Internet-Videotagebuch. Sagt Hallo zu meinen Followern!"

„Hallo", sagte Ziggy und begann überschwänglich zu winken, was das Konstrukt der beiden erneut aus dem Gleichgewicht brachte. Ziggy und Zorro kullerten aus ihrer Verknotung und richteten sich mühsam, inzwischen komplett vom Schlamm verdreckt, auf. Sie waren wirklich genauso groß wie Amber.

„Ich mach gar nichts!", fluchte Zorro, während er versuchte, sich den Schlamm von der ohnehin verdreckten Kleidung zu wischen.

„Doch!", entgegnete Amber. „Ihr erzählt mir jetzt, wo wir hier sind und was ihr hier macht."

„Was hat denn der da auf dem Kopf?" Zorro kniff die Augen zusammen und starrte Richtung Gazing.

„Der spielt Hase. Einfach ignorieren." Amber hasste es, wenn Leute beim Filmen nicht bei der Sache blieben. Wie sollte sie spannende Videos kreieren, die Geschichte von besonderen Menschen erzählen, wenn niemand mitmachte?

„Ich glaub nicht, dass der Hase spielt", sagte Ziggy und zupfte Zorro am Hemd. „Glaubst du auch, was ich glaube?", fragte er.

„Bubba hatte recht", antwortete Zorro mit großen Augen. „Ein Mädchen und ein... Ich hab's dir immer gesagt! Das ist das Ende."

✷ GAZING ✷

„Amber, wir sollten weiter."

Die ernsthafte Gefahr, die die beiden auf einmal darstellten, war plötzlich omnipräsent. Wenn sie wussten, wer er war, was er war, und ihn als Bedrohung sahen, war er hier nicht sicher – ohne Schutz, in einem düsteren, einsam schweigenden Sumpf. Selbst in Brenin hatte er einsame Straßen immer gemieden. Das Gefühl von einem Säbel an der Kehle wollte er kein zweites Mal spüren.

Ohne sich seine Unsicherheit anmerken zu lassen, ging Gazing auf die Wichte zu und dann einfach zwischen ihnen hindurch. Er spürte, wie sie ihm hinterhersahen, ansonsten rührten sie sich nicht. Er hörte sie flüstern, was sie sagten, blieb ihm verborgen. Doch sie schienen ihm nicht zu folgen.

Erleichtert dachte Gazing weiter nach. Dort, wo sie herkamen, mussten andere Menschen zu finden sein. Er war überzeugt, dass seine Existenz inmitten des betriebsamen Treibens einer Stadt oder eines Dorfes weniger bedroht sein würde. Würde er entdeckt werden, wäre er im Schutz der Öffentlichkeit vor direkten Angriffen geschützter. Zumindest, wenn es sich bei den Wichten um eine zivilisierte Gesellschaft handelte.

Wenn wir immer geradeaus gehen, kommen wir schon irgendwo an, versprach er sich.

Anscheinend war er sehr überzeugend, denn selbst wenn nirgendwo auch nur die Spur eines Weges oder die Fußabdrücke vorheriger Reisender zu sehen waren, bewegte er sich mit unaufhaltsam schnellen Schritten durch den Schlamm. Amber an seinen Fersen. Hin und wieder blieb sie stehen, um in ein Astloch zu gucken oder nach einem der zahlreichen Sumpftiere zu jagen, bis es irgendwann anfing zu regnen und Ambers Ausflüge immer seltener wurden.

Und so liefen sie eine ganze Weile. Immer geradeaus. Vorbei an diesem Baum, dann am nächsten, gerade durch diese Pfütze und dann über die Wurzel dahinter. Immer geradeaus.

Irgendwo kommen wir schon an.

Amber hatte schon seit einiger Zeit kein Wort mehr verloren und Gazing musste sein Schritttempo immer wieder verringern, um es an ihres anzupassen. Der Tag hatte ihr zu schaffen gemacht. Wie ihre Nächte davor ausgesehen hatten, konnte Gazing nicht mal erahnen. Müde und gereizt schleppte sie sich hinter ihm her. Bald mussten sie anhalten, versuchen, den Rest der Nacht etwas Schlaf zu finden.

Erschöpft blickte Gazing sich um. Nach wie vor waren sie umgeben von Sumpfgebiet, das immer weiter von dicken Regentropfen aufgeschwemmt wurde. Würden sie sich hier zur Ruhe legen, wäre das vermutlich das Letzte, was sie jemals tun würden.

In kurzer Distanz sah Gazing zwei Schatten durch die Bäume schleichen. Gazing blieb stehen und hielt Amber zurück, die Schritte der Schatten hallten überall um sie herum. Er wagte sich noch ein wenig näher und erkannte, wie einer der beiden seinen kurzen Arm in Gazings Richtung streckte. Er hörte ihn flüstern: „Noch dümmer als du." Dann bemerkte er den tiefen, schwarzen Spalt in dem Hügel, vor dem die Schatten standen. Der Tunnel, durch den sie den Brunnen verlassen hatten. Sie waren im Kreis gelaufen. Erschrocken über seine Erkenntnis, wollte er sich zu Amber umdrehen, doch stattdessen flog etwas auf ihn zu. Er spürte einen dumpfen Schlag auf seinem Kopf, gefolgt von einer eiskalten Brise.

Ein Sturm zieht auf, dachte Gazing.

Dann wurde es dunkel.

WIE DIE LAUT KNALLENDEN BLITZE eines intensiven Sommergewitters zogen die Erinnerungen der vergangenen Stunden an Gazings geistigem Auge vorbei.

Es blitzt und er liegt, den dröhnend schmerzenden Kopf halb im Matsch versunken, auf dem Boden des Sumpfes. Etwas bewegt sich hinter ihm, hält seine Hände zusammen. Seine Sicht ist verschwommen, die Augen zu öffnen schmerzt. Er schafft es gerade so, sie lange genug geöffnet zu lassen, um einige Meter vor sich Amber, bewusstlos im Schlamm liegend, zu erkennen. *Nein. Das darf nicht sein.*

Es blitzt und er nimmt wahr, wie er getragen wird. Um ihn herum ist es dunkel, die Luft stickig. Er versucht sich zu winden und verliert das Bewusstsein.

Es blitzt und etwas zieht ihm ein Stück Stoff vom Kopf. Die dunkle Nacht blendet ihn. Er blinzelt. Zwei-, drei-, neunmal. Seine Sicht wird klarer. Ein weit aufgerissenes Maul, bedrohlich viele, spitze Zähne und zwei Augen, groß wie Teller, schweben vor seinem Gesicht, grinsen ihn an. Er will sich abwenden, aber kann sich nicht bewegen. Hinter sich vernimmt er ein Wimmern. *Amber.* Er spannt seine Muskeln an, will sich von seinen Fesseln losreißen. Sie schneiden in seine Haut und er gibt auf. Ein Krächzen entflieht seiner Kehle. Der Stoff gleitet zurück über seinen Kopf. Er hört ein Nuscheln, ein Summen, dann verschwindet er wieder in der Dunkelheit.

Es blitzt, er sieht sich selbst, wie er mit einem in Laken eingewickeltes Knäuel im Arm in einen Spiegel schaut.

Was?

Die violett schimmernde Umgebung kommt ihm ungewöhnlich vertraut vor. Er verliert sein Gleichgewicht, taumelt, fällt.

Es blitzt und er sitzt an einen winzigen Tisch gefesselt auf dem Boden eines Zeltes. Eine einzelne Fackel beleuchtet die Szenerie. Ihr fahles Licht wackelt über die Wände aus braunem Stoff. Sein Hals ist trocken und sein Mund schmeckt nach Eisen. Blut. Er hört zwei Stimmen miteinander sprechen.

„Was ist mit dem Mönch? Hat er den Weg geöffnet?" fragt die eine.

„Und danach direkt wieder verschlossen", piepst die andere.

„Siehst du, ob er ihn wirklich endgültig drehen wird?"

„Gewiss doch. Ihr solltet euch bereit machen."

„Donnerwetter!"

Es blitzt und Gazing roch Rauch. Er sah Rauch. Nichts als Rauch. Und die Holzscheite, auf denen er stand. Den Boden, der sumpfig glänzend vor ihm lag. Die Fesseln um seine Knöchel und seine Taille. Im Rücken spürte er den Holzstamm, an den er gedrückt wurde. Langsam erlaubten ihm die pochenden Schmerzen in seinem Schädel, auch Teile seiner Umgebung wahrzunehmen. Zuerst bemerkte er die kantigen Spitzen einiger Speere, die sich aus dem Rauch heraus auf ihn richteten. Dann sah er durch den Rauch und schaute in Dutzende Augenpaare. Sie blickten zurück, wütend zitternd, einige schockiert, manche skeptisch.

„Leg ich das jetzt hierhin?", hustete eine Stimme aus dem Rauch. Sie gehörte zu einem Arm, der einen brennenden Ast hielt, der augenscheinlich den Grund für die dicken Rauchschwaden darstellte. Zu wem dieser Arm gehörte, konnte Gazing nicht erkennen.

„Oh oh! Seine Augen sind auf", rief eins der Augenpaare von weiter hinten.

„Egal, oder?", rief jemand anders.

„Bestimmt ist das nicht so gut", bemerkte ein Dritter.

„Der Mond ist bald untergegangen", piepste die Stimme, die Gazing schon kannte.

„Wartet mal!" Der Ton dieser neuen Stimme klang bestimmter, ernster. Eine Gestalt trat rückwärts durch den Rauch. Ihre Arme hoch erhoben, bedeutete sie den Augenpaaren, dass sie sich zurückhalten sollen. Auch dem Arm mit dem Feuer-Zweig gebot er Einhalt, indem er sich zwischen ihn und Gazing schob. Nur noch wenige Rauchschwaden umhüllten den schlaksigen Körper eines normal großen, jungen Mannes. Das weiße Hemd, das er trug, reflektierte das silberne Mondlicht und verteilte ein zartes Leuchten um ihn herum.

„Wo ist Amber?", fauchte Gazing den Mann an, doch der Knebel in seinem Mund verschlang seine Worte. Zum Glück, denn Gazings kurz aufgeflammter Mut verzog sich mit dem ersten Ton, den er gemacht hatte, und drehte sich panisch in seinem Magen.

Der Mann drehte sich zu ihm um und fixierte seine Ohren. Ausgiebig betrachtete er sie, ein leichtes Grinsen unter den verschmitzten Augen. Dann flüsterte er, so leise, dass nur Gazing es hören konnte.

„Spiel mit."

Er zwinkerte Gazing zu.

Er zwinkerte ihm zu? Gazing starrte schockiert zurück.

Für einen Moment, der ihm wie eine Ewigkeit vorkam, sahen sie einander an. Eiskalte blaue Augen trafen auf sanftes Grau. Zwischen dem brennenden Ast und Gazing stehend, strahlte der Junge eine Aura von Gelassenheit aus, die Gazing in Ehrfurcht erschaudern ließ. Sein feines Gesicht, von den Strahlen des Vollmondes umrandet, zeigte eine Mischung aus Ernsthaftigkeit und Erheiterung. Innerhalb dieses kurzen Augenblicks erfuhr Gazing alles, was er über ihn wissen musste. Zumindest genug, um dem jungen Mann jetzt blind zu vertrauen, als der sich wieder nach vorne richtete und den Zuschauenden eröffnete: „Ihr wisst doch, wie ihr manchmal Dinge zu voreilig entscheidet."

Ein zustimmendes Gemurmel fuhr durch die Reihen. Selbst sie schienen dem Mann zu vertrauen, zumindest schenkten sie ihm Gehör.

„Und erinnert euch: Manchmal habt ihr in solchen Situationen nicht alle Faktoren genug überdacht und habt dann etwas hm ... nicht so Kluges beschlossen."

Der Arm ließ den fackelnden Zweig sinken.

„Kiki, du erinnerst dich? Der Vorfall mit dem ach so gefährlichen Vogelangriff, der sich als wichtige militärische Drohnenoperation entpuppte, bei dem ihr mit euren Speeren und Steinen einen Millionenschaden angerichtet habt?"

Kiki schwenkte den Ast betreten über den Boden. Ein paar der flammenden Zweige erloschen, was Gazing mit einem Funken Hoffnung füllte.

„Der Schamane Bubba hatte die Vision, dass in einer Vollmondnacht eine Frau hierherkommt, die einen schwarzen Schatten in Form eines Tieres mit sich zieht. Sie kommen, um unseren Hut zu stehlen!", rief jemand aufgebracht.

„Und Oberhaupt Alf hat entschieden, dass wir den Schatten im Mondlicht verbrennen müssen. Dann wird das mit dem Stehlen für ihn schwieriger, hat er gesagt. Und dem Mondgott würde ein Opfer gefallen, hat er auch gesagt."

Die Menge grummelte.

„Richtig, Walt. Das hast du dir wirklich ausgezeichnet gemerkt. Aber das hier ist doch kein Tier!", erwiderte der junge Mann und zeigte durch den Rauch auf Gazing. „Ich habe euch doch von meinem Bruder erzählt. Und von seinen Forschungen. Ihr wisst, was ein Yaahk ist. Stimmt doch, oder?"

Alle Augen nickten anerkennend.

„Ihr wollt Sumpering beschützen, das ist sehr nett von euch. Und gut! Der Mondgott wird sich freuen. Und ich bedanke mich im Namen aller Anwesenden. Aber glaubt mir, wenn ich euch sage, dass das der falsche Weg ist. Wirklich. Katastrophal, wie falsch ihr liegt."

Das Publikum raunte. Ein paar der Speere wurden zurückgezogen, verschwanden hinter der dichten Rauchwand.

„Ein Yaahk als Tier zu bezeichnen ist nicht besonders sozial. Das muss ich euch doch nicht erklären. Wo kommen wir denn dahin, wenn wir jemanden anhand seiner Ohren vorverurteilen?" Mit einem charmanten Lächeln blickte er in die Runde. Dann trat er zurück durch den Rauch, an eines der Augenpaare heran, und flüsterte ihm etwas ins Ohr. Die restlichen Anwesenden begannen zu plappern, tauschten sich eifrig über das eben Gehörte aus, was Gazing wünschen ließ, es würde auch jemand mal mit ihm über die gesamte Situation sprechen. Noch nie hatte er sich so hilflos gefühlt.

Bei der verzweifelten Suche nach einem Ausweg aus dieser Situation blieb sein Blick an dem noch immer auf dem Boden hängenden, brennenden Ast haften. Würde er das Feuer ersticken können, würde ihm das vielleicht etwas mehr Zeit schenken, dieses offensichtliche Missverständnis zu erklären. Viele Optionen hatte er nicht, also versuchte Gazing sein Glück, indem er ein Stück Holz zu dem Ast kickte. Die Fesseln um seine Gelenke nahmen ihm dabei jeglichen Bewegungsraum. Trostlos kullerte der Scheit den Holzstapel hinunter und blieb klackernd vor ihm im Staub stecken. Ein paar der Tuschelnden hörten auf zu diskutieren, sie starrten aufgebracht durch den Rauch und richteten ihre Speerspitzen zurück auf Gazing. Ein wütendes Grummeln rollte auf ihn zu.

Mit der Hand hinter dem Rücken fuchtelnd, zischte der junge Mann durch den Mundwinkel in Richtung Gazing: „Nicht jetzt!"

Nicht jetzt? Entrüstet suchte Gazing nach Worten, als sich etwas in der Menge bewegte.

Das Augenpaar, dem der Junge etwas zugeflüstert hatte, trat durch den Rauch hervor. Endlich konnte Gazing einen Körper erkennen. Die beinahe komplett weißen, mit Schlupflidern verhangenen Augen gehörten zu einem vielleicht einen Meter großen Zwergling mit schrumpeligem Gesicht und kaum noch weißem Haar. Er war so breit wie hoch, mit in Relation ungewöhnlich dünnen Beinchen. Um die Hüfte trug er einen Rock aus dunklen Stofffetzen und seine nackte, haarige Brust schmückten mehrere Perlenketten. Er stützte sich seufzend auf einen hölzernen, ebenfalls mit Perlen behangenen Gehstock.

„James, seit Ihr hierherkommt, steht Ihr uns immer mit Raten und Taten zur Seite." Er schüttelte seinen Stock in die Richtung des jungen Mannes.

„Nicht doch, Oberhaupt Alf", entgegnete James schmunzelnd.

„Und habt uns vor dem ein oder anderen Schlamassel bewahrt." Der Stock rutschte dem Oberhaupt aus der Hand und fiel klimpernd zu Boden. Ein noch kleinerer und deutlich schlankerer Wicht tauchte aus der Menge auf, beeilte sich, den Stock wieder aufzurichten, und verschwand keuchend zurück in den Rauchschwaden.

„Wir haben uns über Eure Worte beratschlagt und Ihr habt wieder mal recht. Bubba wird erneut gestehen müssen, sich geirrt zu haben."

Ein einzelnes, unzufriedenes Zischen drang aus dem Rauch. Alf presste die Lippen zusammen und atmete schwungvoll durch die Nase aus. Sein Schnauzbart erzitterte unter dem Lufthauch. „Ich werde ihn dafür ein, zwei Tage ins Baum-Loch stecken lassen, versprochen."

James nickte geduldig und aus der Menge erklang ein protestierendes Piepsen.

„Ein Yaahk ist kein Tier", gab das Oberhaupt zu und James begann den Kopf zu schütteln, seine Augen sanft geschlossen. „Die Prophezeiung spricht aber von einem Tier. Was für ein Zufall, dass dieses Mädchen mit einem Yaahk hier auftaucht. Damit hätte nun wirklich keiner zählen können. Und beinahe hätten wir einen Unschuldigen geopfert, weil wir dachten, er wäre ein Hase. An einem Moontag." Grölend lachend fuhr Alf fort: „Ich hab mir ehrlich schon Sorgen gemacht, dass wir es nicht schaffen, ihn durchzubraten und alle Spuren zu beseitigen, bevor meine Rede beginnt. Da hätte ich mir wieder was ausdenken können, um das dem Mondgott zu erklären. Zur Hölle! Ich bin froh, dass Ihr knapp vor kurz eingeschritten seid und wir unseren Gast nicht länger belästigen müssen."

Kiki ließ den brennenden Zweig auf den Boden fallen und stampfte mit einem Fuß die Flammen aus. Ein paar glimmende Stängel blieben übrig. Sie leuchteten verheißungsvoll in die Nacht.

Mit wenigen Schritten stand James hinter Gazing und schnitt ihm mit einem Messer die Fesseln von den Händen. Ansonsten blieb es still. Niemand atmete. Niemand wagte es, sich zu bewegen.

Blicke wanderten zwischen Alf und Gazing hin und her, verwirrt und verunsichert. Auch Gazing fiel es schwer, die Situation richtig einzuschätzen. War er gerade um ein Haar dem Tod von der Schippe gesprungen? Hatten diese ulkig kleinen Wesen ihn fast geopfert? Und hatten sie wirklich von ihrem barbarischen Plan abgesehen, nur weil dieser Junge aufgetaucht war und gesagt hatte, sie sollten es lassen?

„Wo ist Amber?" Gazings Stimme war kratzig vom Rauch.

Die Augenbrauen hochgezogen und den Mund gespitzt, schielte Alf erst nach links, dann nach rechts. Als ihm klar wurde, dass ihm keiner seiner Untertanen diese Aufgabe abnehmen würde, watschelte er ein paar Schritte auf Gazing zu. „Ach so ... das Mädchen. Ihm geht es gut. Wunderbar. Hat eins auf den Deckel bekommen. Eine Beule wird wohl bleiben."

„Was habt ihr mit ihr gemacht?", zischte Gazing, sich seiner bald wiedererlangten Freiheit bewusst. Das Seil, das ihn gerade noch an den Pfahl fesselte, glitt an seiner Hüfte hinunter zu Boden. Etwas in ihm verlangte, dass er sich auf den Wicht stürzte, sobald er die Chance dazu hatte.

Er musste wiedergutmachen, was er Amber angetan hatte. Doch wenn er die Dinge realistisch betrachtete, wusste er, dass er nicht den Mut dazu hatte.

„Nichts. Ehrlich. Versprochen", flötete das Oberhaupt. „Das Mädchen war ganz brav, als sie aufgewacht ist. Für eine ganze Weile hat sie sich kaum bewegt und kein Wort verloren. Sie wirkte bescheuert, aber nicht gefährlich, also haben wir sie in eines der Zelte gesperrt. Und da haben wir ihr von der Prophezeiung erzählt."

Gazing verharrte.

„Erst wollte sie weiterhin nichts sagen. Starrte bloß an das Zelt. Als würde die Wand mit ihr sprechen. Doch dann schien sie irgendetwas umzustimmen." Alf schien Gazings

Anspannung zu spüren und kam einen Schritt auf ihn zu. Mit etwas mehr Drama in der Stimme fuhr er fort: „Sie fing an zu lachen, als wäre die Kleine besessen, und hat bestätigt, dass es stimmt. Dass sie Schatten mit sich trägt, die sie begleiten, seitdem sie lebt. Dass sie verflucht ist und Böses anzieht. Der Hase sei der Neuste in ihrer Sammlung. Dann war für uns eigentlich alles klar."

Die Gedanken um eine schreckliche Erkenntnis kreisend, schwieg Gazing. Es traf ihn wie ein Schlag, unerwartet und hart. Amber hatte recht. Er hatte sie nicht beschützen können. Er war schuld daran, dass sie jetzt gefangen in einem Zelt darauf vertrauen musste, dass man sie wieder freilassen würde. Nicht nur dieses Dorf war Ambers Feind. Gazing selbst hatte sie in diese Gefahr gebracht. Er war wahrhaftig einer der Schatten, von denen sie gesprochen hatte. Reihte sich ein in eine vermutlich recht lange Schlange von Personen, die ihr geschadet hatten.

„Verfluchte Scheiße noch eins, Kinder haben eine verwelkte Fantasie", unterbrach Alf seine Gedanken. „Natürlich glauben wir Euch und unserem geschätzten Freund mehr als einem bekloppten Mädchen. Beim Namen aller, will ich mich entschuldigen." Grunzend warf er seinen Kopf in den Nacken und die Zusehenden fielen grölend in sein wildes Lachen ein. Er schlug mit den Fäusten auf seinen runden Bauch und das Grölen verstummte. „Seht es als Wiedergutmachung, dass Ihr die Wahl darüber habt, was mit dem Kind passieren soll. Einsperren, foltern, peinigen – wir haben Erfahrung mit Bestrafungen jeglicher Art. Was auch immer Euch gefällt, sagt es einfach freiheraus."

Gazing verengte die Augen zu Schlitzen. Er hatte die Wahl worüber? Wo um alles in der Welt war er hier gelandet? Schockiert über dieses Angebot und verwirrt von seiner Selbstverständlichkeit, erkannte er trotzdem sein Glück. Selbst wenn es nicht Ambers Vertrauen zurückgewinnen sollte, konnte er wenigstens sicherstellen, dass ihr jetzt nichts mehr passierte. Konzentriert schluckte er seine Angst und das schlechte Gewissen hinunter und trat näher an das Oberhaupt heran. „Lasst sie frei und bringt sie zu mir", sprach er mit wackeliger Stimme. „Unverletzt. Also ... ja. Ich werde mit ihr sprechen und ihr ihre Fantasie austreiben."

James hinter ihm räusperte sich.

„Sprechen. O-kay", erwiderte Alf und klang dabei etwas enttäuscht. Trotzdem wedelte er mit einer Hand und befahl, das Mädchen an ihren Platz im großen Zelt zu bringen.

Zwei der Wichte, die Gazing inzwischen alle klar und deutlich als ziemlich klein geratene Menschen in dunkler, grob gestrickter Kleidung identifizieren konnte, standen hastig auf und liefen mit kurzen, aber schnellen Schritten in Richtung einer Baumgruppe. Beim Laufen gab der eine dem anderen einen heftigen Klaps auf den Hinterkopf, woraufhin der stolperte und der eine mit einem fiesen Lachen an ihm vorbeizog.

Erst jetzt erkannte Gazing die hellbraunen Wände mehrerer Dutzend Zelte in den hohen Baumkronen. Strickleitern und Hängebrücken verbanden sie, machten aus der Landschaft ein surreales Kunstwerk. Beinahe fasziniert schaute Gazing den zwei waffenbehangenen Wichten dabei zu, wie sie geschickt die Stricke hinaufkletterten. Nicht ohne dass Ziggy dem etwas weiter unten hängenden Zorro eine Axt auf den Kopf fallen ließ und dieser laut schimpfend versuchte, Ziggy an seinem Fuß von der Leiter zu ziehen.

„Na gut. Da wir das jetzt geklärt hätten", meldete sich James wieder zu Wort und trat mit schlaksiger Bewegung zwischen die beiden, „würde ich vorschlagen, wir kümmern uns um etwas zu essen und zu trinken für unsere Gäste. Und eine Bleibe für die Nacht? Morgen früh brechen wir auf und ihr seid das Problem los." Auffordernd frech lachte er dem Oberhaupt ins Gesicht.

Etwas mürrisch, aber ohne zu zögern, gab Alf zwei weiteren Wichten einen unverständlichen Befehl und auch diese verschwanden zwischen den Bäumen.

„Es wird ihnen an nichts fehlen", versicherte er.

„Wenn ich bitten dürfte, wir haben jetzt einiges zu besprechen", verlangte James an Gazing gewandt und deutete mit ausgestrecktem Arm zu einem der Zelte über ihnen.

Gazing kam der gestikulierten Aufforderung nach, stieg endlich von seinem Scheiterhaufen hinab. Ein letztes Mal blickte er in die Gruppe kleiner Menschen, die ihm nach wie vor verdutzt und seltsam verärgert hinterherschauten, dann lief er hinter James auf eine Strickleiter zu, die in einen besonders hohen Baum mit besonders dichter Zeltgruppe führte.

Tausende Fragen schossen Gazing durch den Kopf, in einer Geschwindigkeit, dass es ihm unmöglich war, eine davon zu greifen. Wahllos drehten sich seine Gedanken um das plötzliche Erscheinen seines Retters, seine Absichten, sein Wissen über die Yaahks. Was genau wusste er? Was wollte er von Gazing? Wohin brachte er ihn jetzt? Was für eine Hut hätten sie stehlen sollen? Und wohin brachen sie morgen früh auf? Wo um alles in der Welt waren sie?

Doch war es der Fremde, der die erste Frage stellte.

„Erklär mir ein paar Dinge, so präzise, schnell und kurz wie möglich. Hör nicht auf zu laufen und sprich leise. Warum bist du hier? Ich meine, auf der Erde."

Ohne zu überlegen, antwortete Gazing: „Ich weiß es nicht. Hatte einen Unfall. Gedächtnisverlust."

„Kranke Scheiße", flüsterte James. „Weißt du, woher du kommst?"

„Nein. Hab nur ein paar Sachen in Büchern gelesen."

„Was für Bücher?"

„Aus der Bibliothek in Brenin. Da hab ich die letzten Jahre gelebt."

James blieb entgegen seiner eigenen Anweisung abrupt stehen. Ein paar Wachen mit spitzen Speeren, die um den Dorfplatz herum positioniert waren, blickten argwöhnisch zu ihnen herüber.

„Willst du mich verarschen? Die letzten *Jahre?* Du lebst schon Jahre auf der Erde und niemand weiß davon?", fragte er, noch immer flüsternd, trotzdem mit viel Druck in der Stimme, der sein Entsetzen deutlich zum Ausdruck brachte.

„Ich glaube, König Reynold wollte selbst herausfinden, was es mit mir auf sich hat. Als dann keine weiteren Yaahks auf der Erde auftauchten und ich nicht bedrohlich genug wirkte, hat er irgendwann vergessen, jemandem Bescheid zu sagen", gab Gazing zu.

„Die haben echt den Arsch offen in Brenin!" James schnaubte ungläubig. „Wie bist du von dort weggekommen? Was war mit den Mauern?"

„Weiß nicht so recht. Bin durch einen Brunnen gestiegen und dann war ich hier."

„Oh, Junge! Nicht dein Ernst! Woher weißt du von dem Portal?"

„Von dem was?"

„Von dem ... Ach, nicht so wichtig." James blickte zurück. „Wir gehen schon, Freunde, keine Sorge", rief er winkend in Richtung der Wachen, die inzwischen einige Schritte auf sie zugekommen waren. „Komm, hier lang." Er griff Gazing am Ellenbogen und zog ihn sanft weiter.

Gazing legte beim Laufen seinen Kopf in den von den Strapazen der letzten Stunden steifen Nacken. Von hier unten konnte er goldenes Licht durch die dicken Zeltwände schimmern sehen und allmählich erkannte er, dass die vielen Zelte in dem Baum, auf den sie zusteuerten, miteinander verwoben waren. Sie bildeten ein einzelnes großes Zelt, aus dem er ein wuseliges Treiben vernahm. Eine Duftwolke der feinen Speisen und Getränke eines Festbanketts flog von oben durch Gazing hindurch und ließ ihn für einen Moment vergessen, dass er gerade so etwas wie ein fürchterlich traumatisches Erlebnis durchgestanden hatte. Dafür meldete sich sein Magen umso lauter, den es plötzlich nach den köstlich duftenden Dingen verzehrte.

„Hör zu", raunte James, „ich muss dir jetzt ganz schnell etwas erklären. Und irgendwie musst du mir dann einfach vertrauen. Oder nicht. Wie du willst. Ist dein Schicksal. Aber ich würd's dir raten." Er umfasste den Strick einer Leiter mit einer Hand und drehte sich lässig zu Gazing um. „Also ... etwas Geschichtsunterricht für Leute mit wenig Zeit: Die Leute hier in Sumpering haben echt ein mieses Schicksal." Leicht betroffen schwang er seinen Körper hin und her. „Vor Jahrhunderten ist hier in der Gegend eine riesige Bombe in die Luft gegangen. Irgendwer wollte irgendwas erobern oder so." Er blickte in den Nachthimmel, schien sich erinnern zu wollen, versagte offenbar. „Egal. Für die Menschen der Region war das auf jeden Fall eine Katastrophe." Aufgeregt fuchtelte er mit dem freien Arm. „Die meisten hat es bei der Explosion schon erwischt und die Armen, die sie überlebten, haben echt heftige genetische Schäden abbekommen. Es gibt Aufzeichnungen darüber, dass viele komplett durchgedreht sind, weil ein Teil ihres Gehirns geschmolzen ist. Andere hier erzählen stolz, dass ihre Urururgroßväter drei Beine gehabt haben oder Flügel. Mit jeder Generation wurden die Mutationen verrückter. Also ich sag dir ganz ehrlich, das hätte echt schlimm ausgehen können, aber vor zwei Generationen verschwanden die Mutationen wieder beinahe komplett. Keiner weiß genau wieso, plötzlich wurden fast normal gesunde Babys geboren. Heute sind die Leute hier, vielleicht hast du es schon gecheckt, nur ziemlich winzig und etwas... IQ-vermindert." Wieder stahl sich ein unterdrücktes Grinsen in James' Gesicht. „Sie sind alle ein bisschen, ich weiß auch nicht, dumm und deswegen manchmal etwas aggressiv. Darum auch der ganze Voodoo-Scheiterhaufen-Kram. Manchmal finden sie einfach keine bessere Lösung für ihre Probleme als brutale Gewalt. Aber dafür schmeißen sie umso heftigere Partys." Jetzt funkelte er Gazing mit einem breiten Lächeln an. „Das ist einer der Gründe, warum ich hier ab und zu vorbeischaue. Es geht doch nichts über einen ordentlichen Sumpf-Rave." Mit einem Glucksen setzte James den ersten Fuß auf die Leiter. „Mein Liebster, du hast Glück im Unglück. Bist genau im richtigen Moment hier vorbeigekommen. Bei Vollmond geht's nämlich richtig ab. Sie nennen diese Nacht Moontag und glauben, in ihr sieht ihr Gott vom Himmel auf sie herab. Also der Mond ist das Auge. Ach, du verstehst schon. Oder halt nicht." James steckte eine dunkelbraune Strähne, die hinter seinem Ohr hervorgefallen war, mit einer lässigen Bewegung zurück. „Auf jeden Fall veranstalten sie immer ein Riesending mit Buffet und Free Drinks und kranken Bässen, um diesem Gott zu zeigen, wie gut es ihnen geht und wie sorglos ihr Leben ist. Ich glaube, irgendwie wollen sie damit von ihrem sonst ziemlich brutalen Lebensstil ablenken und ein paar Sünden unter den Tisch fallen lassen." Mit beiden Händen hielt er sich an einer der oberen Sprossen fest. „Na ja, das geht mich ja überhaupt nichts an, stimmt's?" Leichtfüßig erklomm er die ersten Stufen. „In dieser Baumkrone findet der ganze Spaß heute statt. Herzlich willkommen in Sumpering, fremder Freund."

Wo Gazing sich auf dem Scheiterhaufen schon dafür entschieden hatte, dem Oberhaupt Verständnis und Vergebung vorzugaukeln, konnte er jetzt doch wohl genauso gut mit ihm zu Abend essen. Nichts in seinem moralischen Kompass ließ ihn daran zweifeln, dass es mehr als sein gutes Recht war, sich den Magen auf Kosten der Sumpf-Bewohner mit allerlei Gutem vollzuschlagen. Die Vorfreude auf das wohlig warme Gefühl im Bauch erfüllte ihn mit neuer Energie, die ihn den Rest von James' Erzählung einfach verdrängen ließ.

James zog sich von Stufe zu Stufe und plapperte unbeirrt weiter. „Bleib weiter so entspannt und wir sind hier raus, ohne dass uns ein weiteres Haar gekrümmt wird. Andernfalls wird es eher schwierig, also halte dich einfach genau an das, was ich dir sage."

Weil er kaum noch verstehen konnte, was James, der jetzt gute zehn Meter über ihm hing, sagte, musste sich auch Gazing daranmachen, die Leiter emporzuklettern. Immer zwei Stufen auf einmal nehmend, wollte er mit James Schritt halten, was er bereits nach einigen Metern in den Oberschenkeln spürte und sofort wieder abbremste. Als wüsste er nicht, was für ein immenser Fehler dies war, blickte Gazing nach unten. Augenblicklich wurde ihm übel. Er hing wesentlich viel höher in der Luft, als er es geahnt hatte. Eine Windböe zog durch die Baumkronen und erfasste Gazings Strickleiter, die von da an schaukelnd hin und her schwang. Eine leichte Schweißschicht bildete sich auf seinen Handflächen und es fühlte sich an, als würden seine schlotternden Knie jederzeit nachgeben wollen. Nur mit viel mentaler Stärke und den von Lilith beigebrachten Atemübungen konnte er sich überwinden, eine seiner fest um den Strick der Leiter gekrallten Hände zu öffnen und weiter nach oben zu greifen.

Angekommen auf der hölzernen Plattform, die den Eingang des Festzeltes mit mehreren Hängebrücken verband, wurde die Situation nicht angenehmer. Während James, fröhlich vor sich hin pfeifend, mit Leichtigkeit über die knarzenden und schwankenden Bretter tänzelte, setzte Gazing vorsichtig einen Fuß vor den anderen – bis seine Beine den Kampf gegen die Angst verloren und nachgaben. Langsam und beschämt ließ Gazing sich auf den Boden gleiten und krabbelte auf allen vieren auf das Zelt zu. Inzwischen war ihm kotzübel. Kalter Schweiß mischte sich mit der Hitze, die in seinen hochroten Kopf gestiegen war. Erste Tropfen bahnten sich bereits den Weg unter seinem weißen Hemd den Rücken herab, als Gazing mit dem Kopf gegen etwas Weiches stieß.

James war am Zelteingang stehen geblieben und sah Gazing mit schräg gelegtem Kopf von oben herab an. „Ein Yaahk mit Höhenangst. Sachen gibt's", murmelte er vergnügt.

„Was weißt du über Yaahks?", presste Gazing durch seine blutleeren Lippen, ohne auch nur in Erwägung zu ziehen, sich zu erheben. Dass die Welt wusste, von welcher Herkunft er war, war Gazing bewusst. Sie kannten den Namen der Yaahks, kannten wahrscheinlich den Teil der Geschichte, den man sich auf der Erde über sie erzählte, hatten sich ganz bestimmt ihre Meinung über sie gebildet. Dass jemand in seiner Anwesenheit so selbstverständlich über sie redete, wie James es nun schon zum zweiten Mal tat, war jedoch äußerst ungewöhnlich. Und noch etwas Beachtenswertes fiel Gazing ein. Kurz bevor James das erste Mal vor den Sumperingern erwähnt hatte, dass Gazing ein Yaahk war, hatte er von einem Bruder und dessen Forschungsarbeiten gesprochen. Und wenn er sich recht erinnerte, hatte es so geklungen, als könnte dieser Bruder auf irgendeine Art und Weise etwas mit dem Volk der Yaahks zu tun haben.

Eine längst erloschene Hoffnung, mehr über seine Herkunft zu erfahren, als Lilith und er bei ihren nächtelangen Recherchen in der Bibliothek zusammentragen konnten, packte Gazing mit voller Wucht. Bis vor nicht mal vierundzwanzig Stunden war die Erde, auf der er wohnte, so groß wie Brenin gewesen. Niemand von außen betrat die Stadt, genauso wenig, wie sie jemand verließ. Die Tore der dicken Mauern, die sich um Wälder und Felder rund um den Stadtkern zogen, verschlossen Brenin seit Jahrhunderten. Gazing hatte verstanden, dass es auf der Welt noch eine Handvoll größerer Städte und einige verteilte kleinere Dörfer gab, gelegentliche Einsiedler oder Gebiete, bei denen ungeklärt war, ob und wie sie besiedelt waren. Dass er aber jemals an Informationen von außerhalb dieser Mauern kommen würde, war für ihn immer so wahrscheinlich gewesen, wie dass ein Baugerüst auf den amtierenden König in einer regionalen psychedelischen Pandemie stürzte. Sehr unwahrscheinlich. So unwahrscheinlich, dass er noch nicht einmal das Gedankenexperiment gewagt hatte, wie der Rest der Welt wohl auf ihn reagieren würde, würden sie ihn jemals zu Gesicht bekommen. Welche Geschichten sie über die Yaahks erzählten. Wie viel Wissen diese fremden Völker über die Jahrtausende bewahren konnten.

Doch wie bereits bewiesen, hieß *unwahrscheinlich,* selbst im extremsten Fall, nicht *unmöglich.* Und so war er nun, so kurz nachdem seine Welt aufgebrochen und erweitert worden war, Eindrücken ausgesetzt, die ihm das Gefühl gaben, eine Chance zu haben, seine Wahrheit zu finden. Und die beste Chance stand gerade mit einem schiefen Lächeln über ihm.

„Ich bin genauso interessiert an dir wie du an mir", sagte James, anstatt auf Gazings Frage zu antworten. Seine Stimme klang ernster als zuvor. „Halten wir uns diese Nacht an meinen Plan. Sobald wir hier raus sind, verspreche ich dir, alle Fragen zu beantworten. Und einige zu stellen." Seine hochgezogene linke Augenbraue zeigte einen Anflug von Misstrauen, wurde aber schnell durch ein freudiges Strahlen ersetzt. „Hast du schon mal eine Überraschung erlebt?", fragte James verheißungsvoll und zog den dicken Stoff, der den Zelteingang verdeckte, mit einem Arm zur Seite.

DAS, WAS SICH HINTER dem Zelteingang befand, als Überraschung zu betiteln war eine haltlose Untertreibung. Überfordert mit dem, was sich vor ihm abspielte, verharrte Gazing.

Was ihm am nächsten war, erschrak ihn am meisten – der Boden. Anstatt aus einer zu erwartenden Zeltplane bestand er aus Knochen. Kleine und große, ineinandergesteckte Knochen. Sie bildeten den unebenen Untergrund, auf dem eine große Gruppe von mit roten Roben bedeckten Sumperingern an ihm vorbei in das Zelt strömte.

Noch immer auf allen vieren kniend, sah Gazing James hinterher, der sich ihnen angeschlossen hatte. Er blieb neben einem aus Eis geschnitzten Skelett eines übergroßen Greifvogels stehen, dessen Flügel in der Hitze der um ihn herumwirbelnden Wichte langsam tropfend schmolzen. James sah sich zu Gazing um, forderte ihn mit einer Handbewegung und seinem besonderen, schiefen Grinsen auf, ihm zu folgen.

Die Neugierde, diese skurrile Szenerie zu erkunden, überwog Gazings zu geringe Schwindelfreiheit. Noch leicht zittrig, aber entschlossen, richtete er sich auf.

Um den Vogel herum standen die sündhaft beladensten Festtafeln, die Gazing je gesehen hatte. Die auf ihnen gestapelten Speisen und Getränke ragten weit über die Tischkanten und hoch in die Luft. Gazing reckte seinen Kopf an dem des Vogels vorbei, erkannte einen gigantischen Krustentierhaufen auf einem angelaufenen, silbernen Tablett, umrandet von kleinen Schalen voller scharf riechender Kräuter und Gewürze. Dazwischen wucherten bizarre Korallenranken, auf denen schleimige Käfer ihre Bahnen zogen. Gebratener Lurch am Stock, eine glibberige, mit roten Fäden durchzogene Brühe in einem Kupferkessel, mit Moos gefüllte Pilze, etwas, das aussah wie eingelegte Spinnenbeine; ab da hatte Gazing Probleme, die um- und übereinandergestapelten Gerichte zu identifizieren. Der kurz zuvor entflammte Appetit war ihm eh schon wieder vergangen.

Die meisten Gäste saßen bereits an beiden Seiten der langen hölzernen Tafeln, auf den kleinsten Stühlen, die Gazing je gesehen hatte. Einer von ihnen streckte seinen kurzen Arm nach einem der Käfer aus und steckte ihn glücklich schmatzend in seinen Mund. Zufrieden strich er seine fettigen Finger an der roten Robe ab.

Angewidert ließ Gazing seinen Blick weiter ziehen, beobachtete die vielen kleinen Wichte, die ihm wiederum kaum Beachtung schenkten. Eine düstere, fast bedrohliche Szenerie, doch die Anwesenden schienen ausgelassen zu sein. Sie spuckten auf den Boden, was sie nicht weiter essen wollten, sangen dabei lautstark Lieder, die von Tod und Schrecken handelten, lagen sich in den Armen, lachten grölend, stiegen auf Stühle und Tische, schubsten sich, schlugen sich, fielen auf den Knochenboden, der gefährlich knackte. Gazing wäre jetzt gern ganz woanders, folgte seinem Begleiter trotzdem durch die Menge.

James setzte sich, unbeschwert mit zwei Gästinnen scherzend, vor einen großen Turm aus knuspriger Schlangenhaut. Gazing musste würgen, ließ sich widerwillig neben ihm nieder. Der Stuhl, auf dem er hockte, war so klein, dass seine Knie seine Brust berührten.

Über das aus moosigen Baumstämmen und Farn bestehende Tischgesteck vor ihm hinweg sah Gazing eine Gruppe Wichte, die sich in einer Ecke des Zeltes um etwas tummelten, das wie ein Käfig aussah. Im ersten Moment hätte Gazing schwören können, eine kleine, pummelige Fee in knapper, lederner Rüstung im Käfig tanzen zu sehen. Als er ein zweites Mal hinsah, war die Fee verschwunden und die Traube hatte sich aufgelöst. Nur noch der leere Stahlkäfig, in dessen Mitte eine Metallstange von der Decke bis zum Boden steckte, war zurückgeblieben.

Zu seiner Rechten ertönte ein Klappern, gefolgt von aufgeregtem Gejaule. Gazings Sitznachbarn hatten ein Stück des Tisches von Schüsseln und Tellern befreit und nun drehte sich eine leere Weinflasche auf der fleckigen Tischdecke. Je langsamer sie wurde, desto lauter wurde das kriegerische Heulen der Umstehenden, bis sie schließlich zum Stehen kam und auf eine stupsnasige Frau mit ausladendem Busen zeigte. Sie sprang in den Arm des Sumperingers, der die Flasche gedreht hatte, und begann ihn heftig zu küssen.

Schnell ließ Gazing seinen Blick zurück auf den Haufen Häute vor ihm wandern. Was auch immer hier geschah, musste eine dieser merkwürdigen Traditionen sein, von denen Lilith ihm immer wieder erzählen wollte.

Gazing hatte es sich über die Jahre angewöhnt, bei den ausufernden Erzählungen der Prinzessin hin und wieder nur mit halbem Ohr zuzuhören. Auch wenn Lilith immer mit großer Euphorie von diesen Dingen sprach, interessierte er sich nur wenig für beispielsweise die Gebräuche der Häfen im hohen Norden und wie sie ihre Gärten pflegten. Jetzt ärgerte er sich über sein fehlendes Allgemeinwissen in Bezug auf die Völker der Erde.

Neben ihm schlug James wild lachend einen hölzernen Krug auf den Tisch. Ein paar Tropfen braun-grüner Flüssigkeit spritzten heraus und landeten auf Gazings elfenbeinfarbener Stoffhose. Der beißende Geruch von verwelktem Seetang stieg ihm in die Nase.

„Ich bin übrigens James", sagte James zu ihm gewandt, „und du?"

„Ich heiße Gazing." Gazing seufzte.

„Okay, cool", entgegnete James und griff nach einem Moos-Pilz. Offensichtlich hatte er weniger Probleme mit der für Gazing recht unkonventionellen Auswahl an Speisen.

„Vorhin hast du gesagt, du kommst öfter hierher." Gazing sah zu, wie der Pilz in James' Rachen verschwand. „Also kommst du nicht von hier?"

„Stark kombiniert", feixte James schmatzend. „Gerade wohne ich bei meinem Bruder in Zandria. Er ist Wissenschaftler und so was wie ein herrschaftlicher Berater. Nee, eigentlich ist er genau das. Ein herrschaftlicher Berater. Wohnt deswegen in einer krassen Bude in Lady Adinas Palast. Da hab ich mich direkt mit einquartiert." Er lachte laut und ein Stück Moos flog aus seinem Mund über den Tisch.

Verärgert schnaubend schnippte der Sumperinger, der James gegenübersaß, das Stück von seinem roten Gewand. Ein kleiner Fleck blieb zurück.

„Stört ihn aber auch gar nicht, ich bin eh die meiste Zeit unterwegs", sagte James und zu dem Wicht vor ihm gewandt: „Nach Sumpering komm ich am liebsten. Hier sind die Leute nicht so spießig." Er verzog das Gesicht zu einem übertriebenen Strahlen, streckte dann einen Arm über den Tisch und klopfte dem Sumperinger ein paar Mal an der Stelle auf den Bauch, an der sich der Fleck befand. Mit jedem Klopfen vergrößerte sich die grüne Fläche.

Der Wicht schaute James so wütend an, dass Gazing sich schon darauf vorbereitete, James gleich bei einem Kampf zu unterstützen. Gerade dachte er darüber nach, ob er nicht genau jetzt einfach wegrennen sollte, da stimmte der Sumperinger in James' Gelächter ein und nahm prostend einen tiefen Schluck von seinem Algen-Gebräu.

Gazing richtete sich ein wenig auf. Er musste James' anscheinend recht geringe Aufmerksamkeitsspanne nutzen, um mehr über seinen Bruder zu erfahren. „Dein Bruder in Zandria, was erforscht er dort?", fragte er und sah James eindringlich an.

„Jarow ist Astronom", gab dieser unbeirrt zurück. „Er widmet sein Leben dem Erforschen der Sterne. Ist auf der Suche nach Leben auf anderen Planeten. Ich denke, er wird dich kennenlernen wollen. Genauso wie mein anderer Bruder aus ..."

Plötzlich spürte Gazing, wie sich die Energie im Raum änderte. Aufmerksam sah er sich um, doch niemand außer ihm schien wahrzunehmen, dass sich etwas näherte. Aus dem Augenwinkel sah er, wie der Zeltvorhang aufgezogen und Amber durch ihn hindurchgeschoben wurde. Eilig sprang er auf, stieß dabei mit seinen Knien gegen den Tisch. Die gerade frisch gedrehte Flasche seiner Tischnachbarn wurde von diesem Ruckeln erfasst, schlitterte sich drehend auf die Tischkante zu, fiel dann zu Boden und zerbarst.

Enttäuscht heulten die Spielenden auf. Einer zog ein Messer, wurde jedoch gleich von James zurück in seinen Sitz gedrückt.

„Meine Herren, die Zeremonie ist ein gewaltfreier Ort", hörte Gazing ihn sagen, doch beachtete ihn nicht.

Vorsichtig winkte er Amber zu, während sie einen skeptischen Blick auf das Geschehen im Zelt warf. Als sie ihn in der Menge erblickte, verengten sich ihre Augen. Mit dem Mund formte sie ein Wort, das Gazing als „Hühner" interpretierte. Vielleicht auch „Gute Nacht". Oder „Luna"?

Ein stämmiger Wicht, der anhand seiner stark gebrauchten Lederrüstung und einer sichelartigen, rostigen Klinge, die auf seinen Rücken geschnallt war, als Soldat zu erkennen war, tauchte hinter ihr im Zelteingang auf, packte Amber an der Schulter und führte sie grob in Gazings Richtung. Widerwillig stolperte sie ihm entgegen, nicht ohne laut fluchend zu versuchen, die Hand von dem kaum größeren, aber deutlich kräftigeren Sumperinger von ihrer Schulter zu entfernen. Schließlich gab sie nach und fixierte stattdessen Gazing mit einem Gesichtsausdruck, der tödlich für ihn ausgehen könnte.

Ansonsten schien sie okay zu sein. Ihr Umhang war etwas verdreckt und auf ihrer Stirn, unter den Fransen ihres Ponys, bildete sich eine kleine Beule. Wenigstens schienen die Sumperinger ihr Wort gehalten zu haben, Amber nicht weiter zu verletzen.

Offensichtlich aus Protest ging sie, ohne ein Wort zu sagen, an Gazing vorbei und setzte sich auf den freien Platz neben James. Dieser sah ein paar Mal zwischen ihr und Gazing hin und her, bis er schließlich verstand.

„Ach so! Du musst diese Amber sein? Krass, du bist kleiner als ich dachte."

„Ich bin schon sieben!", fauchte Amber und verschränkte ihre Arme vor der Brust.

„Oho, sorry", sagte James ironisch und sah, eine Hand ausschüttelnd und die Lippen eng zusammengepresst, zu Gazing. „Ganz schön patzig, die Kleine. Bist du ihr Aufpasser oder so was?"

Amber schnaubte verächtlich.

„Nein, nicht so wirklich", erklärte Gazing leise. „Wir haben uns zufällig getroffen und müssen in dieselbe Richtung."

„Einen Scheiß müssen wir", grunzte Amber in ihre verschränkten Arme.

„Wohin geht's?", fragte James neugierig, ignorierte Ambers Aussage komplett.

Gazing wiederum ignorierte James' Frage und wandte sich direkt an Amber. „Pass auf, das hätte alles nicht passieren dürfen. Ich hätte im Sumpf vorsichtiger sein müssen. Wäre ich nicht sofort ausgeknockt worden, hätte ich dich sicher besser beschützen können, aber ..."

„Dafür entschuldigst du dich? Echt jetzt?" Amber verdrehte die Augen und seufzte theatralisch. Sie murmelte etwas, das sich anhörte wie „typisch Erwachsene" und „alle gleich", gefolgt von einem „verdammte Kacke".

„Wofür sonst?", fragte Gazing verwirrt. Er war sich sicher gewesen, Amber zu besänftigen, wenn sie erfuhr, dass er physisch keine Chance gehabt hatte, sie vor diesem Dilemma zu bewahren, er sie aber sofort vor größerem Schaden bewahrt hatte, als es ihm möglich war. Dass sie sich absolut nicht dafür interessierte, stellte ihn vor ein Rätsel.

„Oh Mann, ey! Ich glaub's nicht. Wieso hab ich das nicht viel früher gemerkt. Du bist nicht nur ein verdammter Lügner, sondern auch ein verdammt schlechter verdammter Lügner." Amber pustete sich eine Haarsträhne aus der

Stirn. Dann starrte sie direkt an Gazing vorbei in die Leere. „Ich hab die zwei Typen im Sumpf auch wiedergesehen. Wir sind im Kreis gelaufen. Du weißt gar nicht, wo es langgeht. Ich wusste schon die ganze Zeit, dass mit dir irgendwas nicht stimmt", flüsterte sie wütend.

In Gazing ging etwas zu Bruch. Er erinnerte sich an den Moment im Sumpf, als er in den Schatten, die zwischen den knorrigen Bäumen herumliefen, Zorro und Ziggy erkannt hatte, kurz bevor ihn der Schlag am Kopf erwischte. Gazing hatte sie tatsächlich unabsichtlich im Kreis geführt, während er so tat, als wüsste er, wo Xenon war. Nicht nur das, er hatte sie direkt in die Arme ihrer Entführer gelenkt. Er beugte sich um James herum, näher an Amber heran.

„Leute, worum gehts hier?", hörte er James fragen.

Natürlich weiß ich, wo Xenon ist, bot Gazings Gehirn an.

Du hast eine Gehirnerschütterung, Amber. Die Wichte hast du nur in deiner Fantasie gesehen, versuchte es eine zweite Variante.

Gazing entschied sich für eine dritte.

„Es tut mir leid, dass ich gelogen habe. Ich weiß wirklich nicht, wo Xenon ist. Hab auch keine Ahnung, warum ich das behauptet habe. Ich glaube, ich brauchte einfach selbst ein Ziel. Das verstehst du bestimmt, wenn du älter bist."

Amber fauchte entrüstet wie eine kleine Katze.

„Aber ich verspreche dir, dass ich dich nach Xenon bringen werde. Ganz ohne Lügen. Wenn du mich noch lässt." Denn nach wie vor klammerte Gazing sich an diese Aufgabe. Viel mehr als das hatte er nicht.

„Ich weiß, wo Xenon ist", prahlte James zwischen ihnen.

„Er weiß nämlich, wo Xenon ist", erklärte Gazing Amber.

Als die Realisation eintraf, drehte er sich blitzschnell zu James um. „Du weißt, wo Xenon ist?"

James sah Gazing triumphierend an. „Hättest du mich vorhin aussprechen lassen, anstatt fast, wie vom Teufel besessen, diese köstlich bestückte Tafel umzuwerfen, wüsstest du jetzt schon, dass ich noch einen Bruder habe, und der wohnt in Xenon. Ah verdammt!", sagte er grinsend und klatschte mit der einen Faust in seine andere Hand. „Jetzt weißt du es ja so oder so."

Amber sah inzwischen weniger wütend, eher skeptisch drein. „Wer ist das?", fragte sie und nickte in James' Richtung.

James setzte sich empört auf, fuchtelte mit einer Hand vor Ambers Gesicht und krächzte: „Hallo? Ich bin auch hier. Und ich kann dich hören. Frag doch direkt mich?"

Gazing zuckte mit den Schultern. „James." Viel mehr hatte er über den seltsamen Typen noch nicht in Erfahrung gebracht. „Wohnt bei seinem Bruder in Zandria. Und hat anscheinend noch einen Bruder in Xenon. Er hat mich gerettet. Wär fast verbrannt worden", sagte Gazing und tat seine Bemerkung umgehend mit einer Handbewegung ab. „Keine große Sache, wirklich."

Amber hatte sich schon von ihm weggedreht und sah James durch ihre frechen Augen an. „Okay, Mister Ich-weiß-wo-es-langgeht."

„Er heißt James", korrigierte Gazing, der sich noch immer an Ambers geringe Zurückhaltung gewöhnen musste. Er zog sich jedoch augenblicklich zurück, als Amber ihm mit einem kurzen Zischen Ruhe gebot.

„Zeig mir mal dein Twirr-Profil", forderte sie James auf.

James sah aus, als müsste er innerhalb weniger Sekunden alle Variablen einer komplizierten Rechnung lösen. Er schien etwas zu analysieren oder zumindest sehr tief in seinen Erinnerungen zu wühlen. Dabei ließ er Amber nicht aus den Augen. Auch Amber brach den Blickkontakt nicht. Gazing war sich sicher, dass sie nicht einmal blinzelte.

„Aber nur, wenn du mir dann folgst", sagte James nach einer für Gazing gefühlten Ewigkeit, grinste und reichte Amber ein kleines Gerät, das dem, das Amber auf ihrem Weg ein paar Mal genutzt hatte, sehr ähnlich sah. Der einzige Unterschied war die Farbe. James' Apparat war von einem grünlich schimmernden Farbton, während Ambers die silber-glitzernden Umrisse von unterschiedlich großen Totenköpfen zierte.

Sie nahm es ihm mit einem Schnauben aus der Hand, drückte ein paar Knöpfe und begann etwas zu lesen, zog eine Augenbraue in die Höhe, klappte den Mund leicht auf. Was auch immer sie gerade sah, es schien sie stark zu überraschen. Und zufriedenzustellen, wie kurz darauf an dem Lächeln abzulesen war, das flüchtig über ihr Gesicht huschte.

„Worum geht's? Was hast du da? Twirr?", fragte Gazing und guckte aufgeregt zwischen den beiden hin und her. Diese neue Welt, in die er hineingeworfen wurde, überforderte ihn sehr. Er konnte es fast nicht aushalten, dass er kein Wort von dem verstand, was für die anderen beiden so selbstverständlich war. Doch niemand schien ihm etwas erklären zu wollen.

„Interessant", gab Amber zu und wischte noch ein paar Mal mit dem Finger über die glatte Oberfläche des Geräts, bevor sie es James zurückreichte. Als er es entgegennehmen wollte, verhärtete sich ihr Griff. Beide hielten die dünne, grüne Box in der Hand und blickten sich kämpferisch in die Augen, bis Amber schließlich fragte: „Zeigst du uns, wo wir langmüssen?"

James beugte sich über Amber. „Ich hab' noch eine viel bessere Idee", erklärte er verheißungsvoll, als die Gespräche um sie herum, eins nach dem anderen, verstummten.

Der Eingang zum Festzelt war erneut geöffnet worden. Nacheinander drehten die Gäste des Abends ihre Köpfe und starrten dann regungslos aus dem Zelt in die Nacht. Eine Weile geschah gar nichts. Bis auf ein paar vereinzelte saftige Schmatzer war kein Geräusch zu vernehmen.

„Jetzt mach schon, oder dein Kopf wird abgehackt!", eine ruppige Stimme klang aus der Dunkelheit. Dann ein Rumpeln.

Plötzlich rollte sich ein roter, von schlammigen Fußspuren und anderen undefinierbaren Flecken verdreckter Teppich über den Boden in Richtung der Eisstatue aus, deren Flügel inzwischen fast restlos geschmolzen waren. Er endete platschend in der Pfütze, die sich stattdessen unter der Figur gebildet hatte.

Einer von Alfs Untertanen löste sich aus seiner Starre und begann gleichmäßig eine Trommel zu schlagen, in einem Rhythmus, der Gazing an den der traditionellen Brenischen Märsche erinnerte. Die Menge klatschte im Takt. Dann streckte sich ein dünnes Beinchen durch den Eingang. Es folgte ein zweites, dem wiederum ein prunkvoll und gleichzeitig abstoßend gekleideter Körper folgte. Wenigstens war er jetzt gekleidet.

Oberhaupt Alfs Oberteil war übersät von groben, goldenen Stickereien und den Schädeln kleiner Tiere. Die Perlenketten waren zur Hälfte in rote Flüssigkeit getaucht worden und tropften direkt auf seine, aus zwei ganzen Mardern bestehenden Schuhe. Seine dicken Zehen ragten aus den weit geöffneten, mit spitzen Zähnen versehenen Mündern der präparierten Tiere.

Alf schritt ungefähr im Takt der Trommel über den Teppich. Dabei hielt er nach jedem dritten Schritt kurz inne, wartete einige Schläge ab und nickte, bis er sich sicher war, den Rhythmus wieder gefunden zu haben. Jedes Mal täuschte er sich. Die Menge johlte unbeirrt und feuerte ihr Oberhaupt an, als würde dieses kurz davorstehen, das Turnier einer beliebten Sportart zu gewinnen.

„Öffnet das Dach!", brüllte Alf durch das Grölen.

Ein schmächtiger Sumperinger, der genau vor ihm stand, zuckte erschrocken zusammen und begann hastig an einem Seil zu ziehen, das mithilfe einer Vorrichtung aus Rädern und Haken die höchste Spitze des Zeltes aufrollte. Schlagartig erloschen alle Lichter und die Meute starrte gebannt durch das geöffnete Dach in den sternenklaren Nachthimmel.

Alf seufzte.

Er lief einmal um die Vogelstaue, die exakt unterhalb der nun geöffneten Zeltspitze stand, den Blick weiter nach oben auf die Luke gerichtet. Offensichtlich suchte er nach etwas. Dem Mondgott, schoss es Gazing durch den Kopf.

Durch die unangenehm drückende Stille drang ein leises Piepen, das Gazing inzwischen dem Aufnahmegerät von Amber zuordnen konnte, ohne sehen zu müssen, wie sie frech grinsend auf den Start-Knopf drückte und das Gerät abwechselnd auf Alf und die Spitze des Zeltes richtete.

„Zu spät", grunzte Alf. „Wir sind zu spät." Er drehte sich zum Zelteingang zurück. „Zu spät, Bubba! Verfluchte Scheiße. Nicht mal die Position vom scheiß Mond kannst du vernünftig vorhersagen." Leise fluchend machte er sich auf den Weg zurück, hinaus aus dem Zelt. Nach wenigen Sekunden betrat er es wieder, schritt rasch auf Gazing zu. Ihm folgte ein Soldat, der eine altertümliche Kanone hinter sich herzog.

Gazings Hände wurden schwitzig.

Kurz vor ihm blieb Alf stehen, zeigte circa zwei Meter über Gazings Kopf auf eine Stelle der in Dreiecksform aufgespannten Leinentüchern, die die Zeltwände bildeten, und tönte: „Loch rein!"

Der Soldat richtete die Kanone auf die von Alf bestimmte Stelle und zündete die Lunte. Eine Eisenkugel schoss aus dem Lauf, sauste über Gazing hinweg und riss ein kreisrundes Loch in den Stoff.

Nichts geschah.

„Weiter runter! Bist du blind, du unfähiger Vollidiot?" Alf wedelte wild mit den Armen.

Der Soldat belud die Kanone ein zweites Mal, richtete sie weiter nach unten aus. Ein bisschen zu nah über Gazings Kopf, für seinen Geschmack, doch er wollte sich nichts anmerken lassen und blieb unbeeindruckt aufrecht sitzen. Erst als der Knall der Zündung durch seine Knochen fuhr, brach Gazing auf dem Tisch vor sich zusammen, die Hände schützend über die Ohren geworfen.

Wie geplant segelte die Kugel knapp über ihn hinweg und riss ein zweites Loch in die Zeltwand. Der Vollmond schien ungewöhnlich hell hindurch und bildete einen Lichtkegel in dem sonst komplett verdunkelten Zelt, der direkt auf den krummen Schnabel des Eisvogels schien und von diesem in Hunderte bunte Strahlen gebrochen wurde. Wäre die Szenerie nicht so unberechenbar, würde Gazing sie gerade als wunderschön beschreiben.

„Nun gut. So wird es gehen", verkündete Alf und alle Augen richteten sich wieder auf ihn. Er stellte sich neben die Statue und winkte dem Vollmond aufgesetzt freundlich grinsend entgegen.

„Hallo", säuselte er mit hoher Stimmlage. „Da sind wir wieder. Wir freuen uns, dass Ihr uns auch in diesem Monat vermehrt, Eure Seligkeit." Der Wicht an der Kanone fuchtelte mit den Händen, woraufhin die Gäste fröhlich jauchzend zu klatschen begannen.

„So ein Film", flüsterte Amber, und als Gazing sah, dass James zustimmend nickte, nickte er auch einmal kurz.

„Natürlich sind wir äußerst erfreut, dass wir euch wieder einmal beweisen können, dass unser Volk von außerirdischer Brillanz ist", fuhr Alf in einer tiefen Verbeugung fort.

„Ihr meint *außerordentlicher!*", lallte ein Sumperinger weit hinten im Zelt und riss seinen Humpen, in den er offensichtlich zu tief geguckt hatte, in die Luft.

„Raus mit diesem Klugschwitzer!", brüllte Alf zurück.

Der sich wenig wehrende Betrunkene wurde gepackt und durch die Menge gezogen, die laut grölend allerlei Schnecken, Algen und Gabeln nach ihm warfen, und dann schmiss ihn ein Soldat mit einer Leichtigkeit aus dem Zelt, die Gazing wirklich beeindruckte.

Alf richtete sich wieder in das Licht. „Entschuldigt, dieser Kerl hatte eh vor, gleich zu gehen. Wo war ich? Ach ja. Diesen Monat waren wir extra brillant. Zum Beispiel ... Was hätten wir da ..." Er zog eine Schriftrolle aus seinem Ärmel und rollte sie auf. „Ah, hier. Wir haben, wie letzten Moontag versprochen, an unseren Manieren gearbeitet. Dafür haben wir einen Kurs veranstaltet, zum Thema ‚Schlammspuren verwischen – richtig hinter sich aufräumen'. Ein Kurs von großem Wert, der einige von uns noch perfekter gemacht hat."

Einige Wichte kicherten hinter vorgehaltener Hand.

„Aber das war noch nicht alles, Eure Seligkeit. Wir, die Sumperinger, sind weltweit bekannt als offene und herzliche Samanthariter. Solltet Ihr schon wissen. Und in diesem besonderen Monat des Glücks wurde uns die Aufgabe erteilt, zwei verlorenen Seelen Obhut zu geben. Haben wir natürlich getan. Gab gar keine Zweifel, ob die Seelen zum Beispiel Teil einer irreführenden Prophezeiung sind, die den Untergang unseres Volkes ..."

Der Kanonen-Wicht trat Alf fest gegen das Schienbein. Stöhnend hörte dieser auf zu reden, bedrohte den Bediensteten kurz mit der Faust, aber fing sich dann wieder.

„Was? Ach so. Nein. Nichts. Egal. Also ... Wir haben das Mädchen und den Mann mit den fluffigen Ohren, die Ihr zu uns geführt habt, mit offenen Augen aufgenommen und ihnen liebevoll ein Zuhause geschenkt. Wir haben ihnen ein warmes Feuer gemacht und leckere Speisen zubereitet und ... ja, so gute und nette und gastfreundliche Dinge eben. Wir wollen uns für diese wertvolle Lektion bedanken."

Ein „Danke" zog durch die Reihen.

Gazing sah verwirrt in die Gesichter der Masse. Nichts von dem, was gerade gesagt wurde, bekam er so zusammengebastelt, dass es der Wahrheit entsprach. Anscheinend schien das aber niemanden zu belasten.

Mit glasigen Augen und leicht geöffneten Mündern starrten die Sumperinger zu ihrem Oberhaupt, hingen gebannt an seinen Lippen und nickten eifrig mit dem Kopf, wenn sie glaubten, etwas verstanden zu haben.

Alf fuhr fort: „Dafür, dass wir so ausgezeichnet waren, in diesem Mondzyklops, haben wir uns eine Belohnung verdient, oh große Gottheit. Lasst die Gerüchte wahr werden. Dreht den Weg und öffnet den Eingang zu unserem Feind, damit wir ihn endlich vernichten können!"

„Jawohl!", tönte es von der anderen Seite des Zeltes. Entsetzt drehte Gazing seinen Kopf und blickte in das von leidenschaftlicher Wut verzerrte Gesicht eines besonders kleinen Sumperingers. Zur Bestätigung hatte er seine Miniatur-Faust in die Luft gestreckt.

„Das ist doch lächerlich", raunte Gazing.

Ein wenig zu laut. Alf schien das Geflüster gehört zu haben und sah sich grimmig schnaubend um. Zuerst landete sein Blick auf James, der ihm schnell freudestrahlend zuprostete, dann auf Amber, die ihn wild anfunkelte, als würde sie ihn verhexen wollen, und zuletzt verharrte er auf Gazing, der ihn zuerst ertappt anstarrte und dann schnell verlegen seine Hände auf dem Schoß ansah.

James stieß unter dem Tisch mit dem Fuß gegen sein Bein und raunte: „Tu wenigstens so, als hättest du nichts zu sagen." Er drückte Gazing ebenfalls einen Humpen mit brauner Flüssigkeit in die Hand.

Gazing hob den Behälter und nahm einen Schluck, während er sich zwang, dem Oberhaupt tief in die Augen zu sehen.

Das Gebräu schmeckte genauso schrecklich, wie es roch. Noch schlimmer vielleicht. Gazing musste aufstoßen und bereute es direkt, der Nachgeschmack erinnerte ihn an nassen Hund. Dafür breitete sich in seinem Kopf eine warme, weiche Decke aus. Langsam zog sie sich über die Windungen seines Gehirns, bis sich seine gesamte Welt wie in Watte gepackt anfühlte. Zum ersten Mal seit langer Zeit konnte er sich ein wenig entspannen. Selbst der bohrende Blick, den Alf ihm nach wie vor zuwarf, schüchterte ihn weniger ein.

Er lehnte sich ein Stück in Richtung James und fragte flüsternd: „Wie hast du Alf vorhin dazu gebracht, mich nicht auf dem Scheiterhaufen zu rösten?"

„Hab ihm gesagt, dass Yaahks nicht brennen", entgegnete James grinsend.

„Yaahks können nicht brennen?" Gazing spulte all seine Erinnerungen der letzten Jahre zurück, auf der Suche nach einer Situation, in der er besonders nah mit Feuer in Kontakt gekommen war. Ihm fiel keine ein, die James' Worte bestätigen oder widerlegen konnte.

Das Widerlegen übernahm James selbst. „Ein Teil Eures Körpers besteht aus flauschigem Fell. Natürlich brennt Ihr. Lichterloh, würd ich schätzen. Aber die Leute hier denken nicht so weit. Meistens glauben sie mir einfach, was ich erzähle. Irgendwie halten sie mich für schlau und ganz ehrlich, das ist echt krass gut für mein Selbstbewusstsein und sehr schlecht für mein Ego."

Gazing spürte das Kribbeln einer leichten Enttäuschung unter der Haut. Die Vorstellung, endlich etwas Neues über sich und seine Abstammung zu lernen – und dann auch direkt, dass er eine Art Super-Power besaß –, hatte ihn für einen Moment erregt.

„Dass ich nicht brenne, war Grund genug dafür, dass ich leben und als Gast an ihrem Tisch sitzen darf?", fragte er zweifelnd.

James' Grinsen wurde schiefer. Er druckste ein wenig herum, schien die richtigen Worte finden zu wollen.

„Na ja, also, Tatsache ist, Alf interessiert sich nur für sehr spezielle Dinge. Ich hab' versucht, ihn zu überzeugen, dass er sich mit deinem Tod den ganzen Planeten Yaahk zum Feind machen wird. Aber das hätte ihn fast dazu gebracht, die Sache nur zu beschleunigen. Hätte ich mir eigentlich denken können. Für den Herrscher der Sumperinger kann es nichts Besseres geben als einen guten interplanetaren Krieg." Entschuldigend sah James zu Boden. „Aber was ihm wirklich etwas bedeutet, ist Geld. Ich hab ihm versprochen, ihm etwas von meinem Gewinn abzugeben, wenn ich dich im Darknet verkaufe", erklärte James mit einem schuldbewussten Gesichtsausdruck.

„Wie bitte was?", stammelte Gazing. „Du verkaufst mich wo?"

Mit flacher Hand schob sich James ein paar Mini-Shrimps in den Mund. „Im Darknet", murmelte er kauend.

„Der Typ kennt nichts", grummelte Amber und schlürfte lautstark an einer Schnecke.

Der Typ kommt aus Brenin", erwiderte James, der bereits die nächsten Shrimps fixierte, die ihm gleich zum Opfer fallen sollten. Dabei erklärte er: „Das Darknet ist ein anonymer Teil des Internets, in dem Menschen allerlei Zeug anbieten, das nicht ganz legal ist. Oder sogar ziemlich illegal." Er lehnte sich zu Gazing herüber und sprach leiser. „Natürlich verkaufe ich dich nirgendwo. Aber das muss Alf jetzt noch nicht wissen."

„Ach so. Na dann", entgegnete Gazing, dem der Kopf so doll dröhnte, dass er sich taub anfühlte.

„Als ob man in diesem Brenin nicht weiß, was das Darknet ist. Oder das Internet. Oder ein Video." Amber starrte wütend auf ihren unbenutzten Teller.

„Anscheinend weißt du zu wenig über Brenin." James schmunzelte, als Amber empört entgegnete, sie würde sehr wohl sehr viel über Brenin wissen, um genau zu sein nämlich alles.

„Dann muss ich dir ja nicht erzählen, dass die Erdatmosphäre über der Stadt, seit einem Unfall vor mehr als dreitausend Jahren, so verstrahlt ist, dass im ganzen Gebiet kein einziges elektronisches Gerät funktioniert. Oder dass sich Brenin im Laufe seiner Geschichte von allen anderen Ländern abgegrenzt hat und die Leute dort seitdem komplett ihr eigenes Ding machen. Ohne Internet, ohne Medien von außerhalb, ohne Weltregierung, sogar ohne Telefonleitungen. Ein Traum, wenn ihr mich fragt. Ich würde echt viel dafür geben, dort mal Urlaub machen zu können. Muss so richtig entschleunigend sein." Selig vor sich hin träumend widmete James sich den letzten Shrimps.

„Richtig, musst du gar nicht erzählen. Wusste ich schon", grummelte Amber.

„Warum bist du von dort weg?", fragte James schließlich neugierig an Gazing gewandt.

„Ich musste", sagte Gazing starr ins Nichts blickend und fühlte sich dabei wie der dramatische Held einer abenteuerlichen Geschichte. Normalerweise schämte er sich, sich auch nur leicht in den Vordergrund zu stellen. Die ewige, einsame Zeit in Brenin und der langsam eingeschlichene Alltag dort hatten ihn beinahe vergessen lassen, woher er kam und was er war. Bis auf die besonders skrupellosen Mitglieder von Brenins Elite hatten alle um ihn herum so krampfhaft versucht, ihn nicht wie etwas Besonderes zu behandeln, dass er sich wirklich nach nichts Besonderem mehr fühlte.

Er hatte sich damit abgefunden, dass seine Existenz keinen Sinn hatte und niemandem etwas bedeutete. Die Fragen, die ihn so gequält hatten, waren viel erträglicher, wenn er sie einfach beiseiteschob. Mit der letzten Buchseite, auf der sie mehr Hinweise auf Gazings Herkunft hätten finden können, hatte er auch seine Gedanken an seine Andersartigkeit zugeschlagen.

Gerade spürte er das beschwingende Verlangen, seine dramatische Geschichte mit James zu teilen, ihm jedes Detail zu erzählen, vielleicht alles sogar etwas auszuschmücken, um als echter Held in dieses neue Kapitel seines Lebens zu starten, als er erst einen feuchten, warmen Windhauch und dann ein Flüstern an seinem linken Ohr vernahm.

„Ich weiß, dass du ein Schatten bist."

Die piepsige Stimme erkannte Gazing sofort und mit dieser Erkenntnis gefror das Blut in seinen Adern. Er hatte sie bereits während seiner Ohnmacht gehört und dann erneut, als er auf dem Scheiterhaufen stand.

Mit einem Ruck drehte er den Kopf zur Seite. Das Gesicht des Schamanen schwebte nur wenige Zentimeter von seinem entfernt vor ihm. Etwas, das wie verschmierte Kohle aussah, umfasste seine Augen, machte sie zu zwei surreal großen Löchern in seinem Kopf. Seine Zähne, die nur spärlich von seinen dünnen Lippen bedeckt wurden, waren von einem schwarzen Belag umrandet, der sie spitz und monströs wirken ließ. Die graue Haut war durch sein absurdes, fieses Lächeln in Tausende Falten gelegt. Ein Geruch von faulem Ei und Eisen stieg Gazing entgegen, zog durch seine Nasenlöcher und brannte in seinen Augen, die unmittelbar anfingen zu tränen.

Angeekelt und ein wenig erschrocken entzog sich Gazing seiner Nähe. Jedoch nicht weit genug, um der Hand des Schamanen auszuweichen, die sich ihren Weg zu seinen Ohren bahnte. Kaum traf ihn die eiskalte Berührung, verrenkte der Schamane seinen Kopf in eine Position, die Gazing nicht mit Worten beschreiben konnte. Seine Augen drehten sich so weit nach hinten, dass nur noch blutunterlaufenes Weiß zu sehen war.

Gazing rückte noch ein Stück weiter von ihm weg, sein Ohr noch immer im Griff des Alten, und drehte sich fragend zu James um. Dieser hatte inzwischen von den Shrimps abgelassen und sah ebenso erstaunt zum Schamanen. Als er Gazings Blick spürte, zuckte er kurz mit den Schultern, seine Mundwinkel sanken ratlos in die Tiefe. Und dann wanderte seine Hand doch wieder zu einer der skurrilen Köstlichkeiten, den Blick weiterhin auf dem Spektakel ruhend.

Der Mund des Schamanen öffnete sich langsam, untermalt von einem knarzenden Geräusch, das vermutlich aus seiner Kehle kam. Gazing war gerade versucht, ihn an der Schulter zu schütteln – vielleicht würde das den Schamanen aus dieser Situation befreien –, als sich das Knarzen in Wörter verwandelte.

„Weil sie nur der Hut zum Schwert führt", krächzte der Schamane so leise, dass nur James, Amber und Gazing etwas hören konnten, und holte dann tief und rasselnd Luft. „Doch nur wenn die Klinge schläft und alle Gräber ruhen, sind die Träume frei." Dann setzte sein Atem ganz aus. Wie versteinert stand der Schamane neben Gazing, das Gesicht zum Himmel gerichtet, den Blick innerhalb seines Kopfes auf seine eigene Schädeldecke.

Plötzlich, wie als wäre nie etwas passiert, stellte er sich wieder auf. Verwirrt blinzelte er in die Runde. Und dann ging er einfach davon.

Gazing blickte sich um. Keiner der Anwesenden schien Notiz von dem ungewöhnlichen Geschehnis zu nehmen. Ohne den Schamanen eines Blickes zu würdigen, stopften sie sich weiter die Mäuler.

Nur der Wicht, auf dessen Kleidung sich neben dem grünen inzwischen auch zwei rot-braune Flecken gebildet hatten, bemerkte James' verwunderten Blick, beugte sich über den Tisch und lallte: „Hat der Alte euch was von der Zukunft erzählt?" Er spuckte etwas Schleimiges auf seinen Teller. „Ich verrat euch jetz' mal was, okay? Diese Leute hier dreh'n immer komplett am Rad, wenn der Alte irgendwas faselt. Aber ich bin da was auf der Spur. Irgendwie stimmt nie irgendwas von dem, was der vorhersagt. Aber irgendwie check'n die das hier alle nicht. Sagen mir immer, ich wäre dumm und würde versuchen, das System zu stürzen. Aber ich weiß, dass ich recht hab', und der Rest is' mir doch scheißegal. Jetz' labert mich hier nicht so voll!"

Er riss den Humpen in die Luft und warf seinen schweren Körper gegen die Lehne seines Stuhls. Den Mund so weit aufgerissen, wie Gazing es nie für möglich gehalten hatte, nahm er einen genauso schwungvollen Schluck des stinkenden Gebräus. Die gesamte Bewegung überforderte den klapprigen Holzstuhl; mit einem lauten Krachen brach eines seiner Beine in zwei und er kippte nach hinten. Halt suchend ruderte der Sumperinger mit den Ärmchen und verteilte damit seinen Drink in einem Zwei-Meter-Radius gleichmäßig auf alle Anwesenden. Kapitulierend knallte er auf den harten Holzboden, begleitet von einem Regen aus Bechern, Tellern und Gabeln derjenigen, die etwas von der Flüssigkeit abbekommen hatten, und denjenigen, die anscheinend einfach Lust darauf hatten, etwas zu werfen.

James sah blitzschnell an die Decke, atmete tief ein, um ein Lachen zu unterdrücken, und schenkte den Worten des Schamanen fortan keinen Funken Beachtung mehr. Doch hinter ihm sah Gazing Amber kerzengerade auf ihrem Stuhl sitzen, mit weit aufgerissenem Blick, der hastig von links nach rechts und wieder zurück hoppelte.

✴ AMBER ✴

Schon in dem Moment, als der Schamane an Gazing herangetreten war, hatte Amber die ungewöhnliche Energie gespürt. Etwas war wie elektrisch aufgeladen. Die Luft.

Der Wind. Die um sie herumschwirrende Feuchtigkeit. Amber fühlte sie in ihren Fingerspitzen.

Dann legte der abscheuliche Wicht seine Hand an Gazings Ohr und ein Blitz durchfuhr den Schamanen. Für den Bruchteil einer Sekunde schlug das gleißend helle Licht durch die Zeltdecke und geradeaus durch ihn hindurch. Amber zuckte und erstarrte. Doch weder James noch Gazing schienen etwas bemerkt zu haben. Beide starrten weiterhin neugierig zu dem schrumpeligen Typ, dessen Kopf sich sehr unnatürlich verdreht hatte.

„Weil nur der Hut zum Schwert führt", hatte er gesagt.

Amber wusste genau, was hier gerade passiert war, kein Zweifel. Blade hatte sie gut vorbereitet.

„Es gibt Dinge, die wir nicht kennen, von denen wir niemals wissen können, bis wir sie spüren", hatte er gesagt.

„Und was sollen das für Dinge sein?", hatte sie gefragt.

„Das wirst du schon merken, wenn es so weit ist."

„Oh Mann! Sag doch wenigstens ein bisschen!"

„Geister-Dinge, Traum-Dinge, Psycho-Dinge, gruselige Sachen. Aber wenn du keine Angst hast, tun sie dir nichts."

Amber hatte keine Angst. Amber hatte nie Angst. Erst recht nicht jetzt, da sie Zeuge eines echten Geister-Dings geworden war. Etwas war in diesen Schamanen gefahren und Amber hatte es, vielleicht als Einzige im Raum, genau gesehen. Umso wichtiger wurden ihr die Worte, die der Kerl danach aus seinem verkrampften Kiefer gespuckt hatte.

Weil nur der Hut zum Schwert führt.

Dieser Satz passte wie ein perfektes Puzzleteil zu der Prophezeiung, von denen die Wichte ihr erzählt hatten, als sie gefesselt in diesem Zelt hocken musste.

Eine Frau und ein Schatten kommen, um den Hut zu stehlen.

Amber würde ihre letzte Erinnerung an Blade verwetten, dass diese zwei Sätze eine Einheit bildeten. Und beide zu einer wirklich echten Geister-Traum-Psycho-Prophezeiung gehörten, die sie und Blade wieder vereinen würde.

✸ GAZING ✸

Einige Zeit war vergangen, in der Gazing stumm beobachtet hatte, wie James mit vielen der kleinen Wichte über viele ihrer kleinen Wicht-Probleme sprach, die Menge immer mehr dem Rausch verfiel und die Türme an Speisen schrumpften, bis das Festessen offiziell beendet wurde. Wummernde Trommelschläge und metallische Klänge durchzogen jetzt das Zelt und brachten die Anwesenden in eine wallende Stimmung. Mehrere Stühle wurden durch die Luft in Richtung der Zeltwände geworfen, Tische hinterher. Gerade noch rechtzeitig konnte Gazing Amber zur Seite ziehen, bevor sie ein silbernes Tablett, mit einem halb verspeisten, goldbraun gebratenen Vogel darauf, im Gesicht traf. Wie in Zeitlupe segelte es an Ambers linker Gesichtshälfte vorbei, bis der letzte Flug des armen Tierchens trostlos in der Stoffwand endete.

Das Mädchen schüttelte sich, als wäre es aus einem Traum erwacht, und sah Gazing das erste Mal seit ihrer Entführung direkt in die Augen.

„Ich mach das alles wieder gut. Versprochen", versuchte Gazing es.

„Schon okay, Gazing."

Dass sie seinen Namen aussprach, traf ihn unerwartet tief.

Amber zeigte mit einer Hand auf ihn, mit der anderen auf James. „Wir drei müssen jetzt diesen Hut klauen gehen."

Mein Silberkind,

ich werde das Gefühl nicht los, dass sich eine große Katastrophe ereignet hat, die alles, was wir kennen, durcheinanderbrachte. Ich wollte dich nie beunruhigen, mit sieben Jahren bist zu jung, um all das zu begreifen, doch ich halte es für wichtig, dich zu ermahnen, wachsam zu bleiben. Achte auf alle Zeichen. Besonders in deinen Träumen. Sie können uns Dinge verraten, das weißt du bereits. Hör ihnen zu.

Ich habe etwas verloren, das über Jahrtausende unserer Familie gehörte. Ich werde es zurückholen. Dann komme ich und vererbe es dir. So, wie es vorgesehen ist. Sei bis dahin auf der Hut und geh Gefahren aus dem Weg. Du bist tapferer, als du weißt. Vergiss das nicht.

Vater

OHNE WEITERE ERKLÄRUNGEN bahnte sich Amber einen Weg zwischen den Tanzenden hindurch. Mit Verwunderung sah Gazing James hinterher, der ihr direkt auf den Fersen war.

„Endlich passiert mal wieder was", hörte Gazing ihn flöten.

So wie er es sah, liefen die beiden gerade zielstrebig in ihr Verderben. Hatte James nicht einen Plan, an den sie sich halten sollten? Wie konnten sie es für klug erachten, eben genau die eine Sache zu machen, wegen der Gazing beinahe bei lebendigem Leib geröstet worden war? Die letzten Stunden hatten sie alles dafür gegeben, die Sumperinger davon zu überzeugen, dass sie kein Interesse an ihrem Hut hatten, um ihn jetzt doch, ohne auch nur eine Sekunde drüber zu diskutieren, zu stehlen? Frustriert stand er auf und folgte den beiden nach draußen.

„Es muss stimmen! Alles passt. Ich bin hier mit einem Hasen und ich suche nach einem Schwert. Also nach Blade, meinem Freund. Äh. Ich meine, einem Freund." Amber redete, hochrot im Gesicht, auf James ein, der sie mit schief gelegtem Kopf anschaute. „Mann, checkst du's nicht? Der Hut führt mich zu Blaahaade!" Den Namen des Jungen hatte sie theatralisch in die Länge gezogen.

James grinste breit und platzierte eine Hand auf ihrer Schulter. „Erst mal solltest du etwas leiser sprechen, sonst führt dich dein einziger Weg zurück in das Zellen-Zelt."

Amber sah aus, als wollte sie platzen, konnte sich aber zurückhalten. „Ich mach, was ich will!", die Lautstärke war zwar ungefähr dieselbe geblieben, diesmal hatte Amber immerhin gezischt.

„Wieso kannst du das einfach so bestimmen?"

Alle Blicke richteten sich auf Gazing.

„Ich mein ja nur. Wir sind alle betroffen, wenn hier irgendwas passiert. Niemand sollte einfach machen, was er will."

Amber streckte die Zunge raus und tat, als müsste sie sich übergeben. „Gazing, niemand mag Langweiler."

James nickte zustimmend.

„Außerdem glaubst du doch nicht im Ernst, dass ich mich von dir umstimmen lasse. Ich will Blade finden, auf dem Weg passiert ein echtes Geister-Ding, das mir sagt, wie ich ihn finden werde, und du denkst, ich ignorier das, weil du betroffen bist?"

„Ohne dich wäre ich jetzt gar nicht in dieser Situation. Keine Ahnung, ob es woanders besser für mich wäre, aber ich finde, du könntest schon ein wenig empathischer mir gegenüber sein." Gazing wollte Amber nicht angehen, noch weniger aber wollte er hier sterben.

„Empathischer am Arsch!"

„Entschuldigung?", mischte James sich ein. „Wer hat dich denn erzogen?"

„Das Heim", blaffte Amber.

„Oh", machte James.

„Das ist aber keine gute Ausrede, um uns alle umbringen zu können", fiel Gazing ein.

„Dann geh doch einfach zurück durch den Brunnen!", befahl Amber.

„Das ist keine gute Idee." James stand jetzt zwischen den beiden, die Handflächen auf jeweils einen richtend. „Durch den Brunnen solltet ihr auf gar keinen Fall zurückgehen. Und überhaupt ... Klingt doch irgendwie vernünftig, was die Kleine sagt. Keine Ahnung, ich glaub an so spirituellen Voodoo-Kram. Hab da schon echt kranken Scheiß erlebt. Und lasst das bloß keinen von denen hören, aber hier passt echt viel zusammen, wenn das alles stimmt, was Amber sagt. Dass sie nach einem Blade sucht und so."

Gazing hielt einen Moment inne. Er hatte in der Vergangenheit gelernt, auf bestimmte Zeichen zu achten. Auf Hinweise des Universums, in welche Richtung er sich bewegen sollte. Diese Achtsamkeit hat ihn gelehrt, mental einen Schritt zurück zu gehen und seine Einstellung zu überprüfen, wenn mehrere Menschen ihn darauf aufmerksam machten, eine andere zu haben. Amber und James schienen so unbeschwert. Machte er sich zu viele Sorgen?

Plötzlich fühlte Gazing sich wie ein Schwächling. Oft hielt er sich hinter Prinzipien und Ängsten versteckt, das war ihm bewusst. Aber diese Hürden zu überwinden, sich überhaupt klar zu werden, dass es sie gab, strengte ihn sehr an.

Mit glasigem Blick sah er zu James. „Ich dachte, du hast einen Plan und willst uns hier sicher rausholen und wir sollen nichts Auffälliges machen?"

„Ach, Pläne-Schmäne. Das Kind braucht seinen Hut! Ist doch auch nichts einzuwenden gegen ein bisschen Adrenalin. Fast jeder von denen ist inzwischen betrunken. Außerdem glauben sie mir wirklich, dass ihr hier nichts stehlen wollt. Bestimmt wird der Hut gerade nicht mal besonders bewacht. Und ..." James drehte sich wieder zu Amber. „Ich weiß sogar, wo er ist."

„Nicht dein Ernst." Amber schnalzte zufrieden mit der Zunge. „Du bist wirklich zu was zu gebrauchen." Dann sah sie zu Gazing. Etwas Bittendes strahlte durch ihren frechen Blick. Sie wartete ab, was er zu sagen hatte. Als bräuchte sie dieses Mal doch seine Zustimmung und in diesem Moment erinnerte Gazing sich, dass hinter Hürden immer ein wenig Glück lag.

„Wenn ihr so überzeugt seid, will ich natürlich kein Spielverderber sein", sagte er und verdrehte die Augen, obwohl er innerlich etwas ganz anderes spürte. Er hätte es niemals zugegeben, aber entgegen jeder Vernunft zu entscheiden, so etwas Gefährliches zu tun, fühlte sich unerwartet gut an.

James führte sie, ohne Aufmerksamkeit zu erregen, über die Hängebrücken durch die Bäume, hin zu einem mit fremden Zeichen bemalten Zelt. Es überragte die Zelte ringsum um einiges und auf seinen insgesamt fünf Spitzen steckte jeweils ein Totenschädel. Gazing schauderte. Aus der Mitte der fünf Spitzen ragte ein massiver Baumstamm bis in eine üppige Baumkrone. Das Zelt war anscheinend um den Baum herum errichtet worden. Vor dem Eingang standen zwei schwer bewaffnete Wachen, die in ein hitziges Gespräch verwickelt waren. Sie waren so vertieft, dass sie die drei nicht bemerkten.

James zog Gazing und Amber sanft hinter eines der Zelte. Leise drang das Gerede der Wachen an sie heran.

„Er hat gesagt, wir sollen den Brief auf den Tisch legen, damit Alf ihn morgen lesen kann. Nur ein hirnloser Trottel, wie du es bist, legt den Brief dann geöffnet und ausgebreitet auf den Tisch. Alf wird dir den Kopf abhacken."

„Ich hab noch was viel Dümmeres gemacht."

„Was hast du getan?"

„Ich hab den Brief gelesen."

„Du kannst lesen?"

„Ja."

Die beiden verfielen in Schweigen.

„Ist der Hut in diesem Zelt?", fragte Amber, nun wirklich leise flüsternd.

„Zehn Punkte für Amber!", jubelte James ebenfalls flüsternd, was das Mädchen dazu brachte, genervt die Augen zu verdrehen.

„Wie kommen wir an denen vorbei?", fragte Gazing in die Runde, während er die Wachen nicht aus den Augen ließ. Er war sich sicher, dass sie ihnen nicht einfach den Eingang zum Zelt aufhalten würden. Vermutlich würden sie Alarm schlagen, sobald sie einen von ihnen zu Gesicht bekamen. Aufregung stieg in ihm auf.

„Warte kurz ab, ich glaube, wir werden es gleich sehen", gab James zurück.

Gazing grübelte noch darüber, wie genau James das meinte, als eine der Wachen wieder zu sprechen begann. „Und was stand drin?"

„Ich glaub, da stand was Gefährliches."

„Was Gefährliches?"

„Ja."

„Wie gefährlich?"

„Ja, schon so."

„Wie so, du Pfeife. Sag, was du gelesen hast."

„Na ja, da ist irgendwas und keiner weiß, was es ist, und vielleicht ist es eine Bedrohung für die ganze Erde und ein paar Leute werden herkommen, um auf der anderen Seite des Weges davor geschützt zu sein."

„Welche Leute?"

„Leute aus Xenon."

„Hm."

Schweigen.

„Was macht man denn da jetzt?"

„Wir müssen das melden."

„Aber wir müssen auch das Zelt bewachen."

„Stimmt."

Schweigen.

„Dann geh du es Alf sagen und ich bleibe hier."

„Aber Alf wird so vollgesoffen sein, der könnte den Zettel nicht mal selbst lesen. Eher hackt er mir den Kopf ab dafür, dass ich ihm an einem Moontag so eine Nachricht überbringe."

„Dann komm ich mit, und wenn er dir den Kopf abhackt, zieh ich dich zurück."

Schweigen.

„Das könnte gehen."

„Gut. So machen wir's. Auf."

Die Männer marschierten davon.

Gazing richtete den Blick auf James. Was gerade passiert war, war eines der unsinnigsten Dinge, die Gazing auf Erden erlebt hatte, und trotzdem schien James vorhergesehen zu haben, dass der Weg ins Zelt für sie frei gemacht werden würde.

„Bist du so was wie ein Hellseher?" Das Wort hatte er von Lilith gelernt.

James grinste. „Nein, nicht im Geringsten. Ich hab einfach manchmal Glück." Er lief ohne zu zögern auf das Zelt zu und verschwand in seinem Inneren.

✶ AMBER ✶

Amber schaute zu Gazing, der gebannt James hinterhersah. In seinen aufgerissenen Augen spiegelte sich die Angst davor, erwischt zu werden. Doch in seinen Pupillen, die sich ebenfalls fast vollständig geweitet hatten, versteckte sich Euphorie. Das Adrenalin, das vermutlich durch Gazings Körper schoss, kribbelte auch in Ambers Venen.

Sie mochte nicht viele Menschen, aber irgendwie mochte sie diesen komischen Jungen und seine Hasenohren. Vielleicht mochte sie auch nur seine Hasenohren. Immerhin hatte er sie belogen. Aber er war noch hier, an ihrer Seite, sorgte sich darum, wie es mit ihr weiterging. Und schien gerade zu entdecken, wie aufregend Abenteuer waren. Amber spürte, wie sie zu schmunzeln begann, und wandte sich ebenfalls wieder in die Richtung, in der James gerade einfach in dieses Zelt hineingelaufen war.

Amber würde sich selbst als sehr mutig betiteln. Die meisten Menschen, die sie kannte, trauten sich viel weniger als sie. Aber dieser James war irgendwie anders. Sie hatte ihn im Festzelt heimlich beobachtet. Wie er sich mit seinen hellblauen, fast durchsichtigen Augen umschaute, ständig auf der Suche nach irgendetwas, und dabei leicht grinsend einem der vielen Menschen zuhörte, die an diesem Abend den Kontakt zu ihm gesucht hatten. Was er dabei sagte, wie er sich bewegte, welche Entscheidungen er in den letzten Minuten getroffen hatte, alles an ihm strahlte aus, dass ihm die Welt gehörte. Und das, weil ihm auf die merkwürdigste Art alles egal war. Von der ersten Sekunde an hatte sie sich bei ihm sicher gefühlt, weil er sich sicher fühlte. Weil es für ihn keine Gefahr gab. Das wusste sie. Deswegen vertraute sie ihm. Deswegen und weil er ziemlich sicher ein enger

Bekannter von @Jas_on83 war. Das hatte sie auf seinem Twirr-Profil entdeckt.

Amber war ganz sicher mit Abstand Jas' größter Fan. Er hatte vor zwei Jahren das Internet wieder entdeckt und der ganzen Welt zur Verfügung gestellt. Dann hatte er Twirr gegründet, die Plattform für Gesellschaft und Kreation, wie er sie betitelte. Er besaß den Account mit den meisten Followern, aber keiner wusste, wie er aussah. Oder wo er wohnte. Nicht mal, ob Jas sein richtiger Name war. Schon vor seiner großen Entdeckung sollte er einer technikaffinen Gruppe angehört haben, die so krasse Dinge entwickelte, dass sogar Außerirdische nach ihr suchten. Das schrieb zumindest @xXPrincelessXx in einem ihrer Twirr-Posts. Laut ihr lebte die Gruppe im Verborgenen, deswegen war Jas schon Jahre lang von keiner Überwachungsdrohne mehr gesichtet worden, es gab keine Aufzeichnungen über ihn, niemand kannte seine Identität. Jas war einfach nur cool.

„Alles Gute zum Geburtstag!", hatte er als einer von vielen vor einigen Tagen auf James' Pinnwand gepostet. Er postete nie bei irgendwem auf die Pinnwand. Sollten die Albträume Amber holen, wenn die beiden nicht miteinander verwoben waren.

Ihr Schmunzeln wandelte sich zu einem schelmischen Grinsen, sie blickte noch einmal kurz zu Gazing, der inzwischen eher grübelnd als besorgt aussah, und flitzte dann an ihm vorbei, über die letzte kleine Hängebrücke und hinein in das merkwürdig bemalte Zelt.

In der Sekunde, in der sie es betrat, änderte sich Ambers gesamte Wahrnehmung. Nachdem der Eingang des Zeltes hinter ihr zufiel, stand sie in einer Dunkelheit, die nur von ein paar in verschlossenen Gläsern schwebenden, leuchtenden Fliegen unterbrochen wurde.

Die dicken Zeltwände schluckten nicht nur jegliches Licht, auch die Geräusche des Sumpfes waren draußen geblieben. Zum ersten Mal in ihrem Leben hörte Amber ihren eigenen Herzschlag in ihrem Ohr.

„Wie krass." Sie seufzte.

„Na ja, also eigentlich…", James' Satz wurde von hellem Mondlicht unterbrochen, das plötzlich durch das Zelt strahlte. Aus dem einen Augenwinkel sah Amber Gazing durch den Zelteingang schlüpfen, aus dem anderen sah sie etwas aufblitzen, das aussah wie – ein silberner Hut!

„Da ist er!", japste sie und sprang in die inzwischen wieder verdunkelte Ecke.

„Nicht!", rief James und streckte seinen Arm in ihre Richtung. Die Luft wurde aus ihr herausgepresst, als Amber im Sprung mit dem Oberkörper dagegenstieß. Wie ein nasser Lappen blieb sie in James' Arm hängen.

„Du musst an deiner Impulskontrolle arbeiten", raunte er ihr ins Ohr. „Sonst gehst du bald drauf, ich schwör's dir." Er nickte auf den Boden.

Amber folgte seinem Blick und sah unter ihren Füßen, die über dem Zeltboden baumeln sollten, einen mindestens dreihundert Meter tiefen Abgrund.

„Und halte selbst dumme Menschen nicht für dümmer als dich selbst. Sonst stellen sie dir die leichtesten Fallen und du fällst einfach rein." Er zog sie an sich ran und ließ sie vorsichtig wieder herab.

Ambers Herz pochte jetzt noch lauter. Sie blickte erneut über den Rand des Loches, das in den Zeltboden eingearbeitet worden war. Die wenigen Äste, die sich zwischen ihr und dem schlammigen Sumpf befanden, hätten ihren Fall kaum gebremst. James hatte ihr tatsächlich gerade das Leben gerettet. Eigentlich wollte sie nie gerettet werden.

Sie empfand das als schwach und schwach war sie auf gar keinen Fall. Doch gerade, in diesem Moment, fühlte sie sich geborgen.

✶ GAZING ✶

Gazings Zehenspitzen kribbelten noch immer. Gerade erst hatte er sich überreden können, das Zelt nach Amber zu betreten, als er beinahe Zeuge ihres Sturzes geworden war. Er hatte das Loch direkt bemerkt. Das Mondlicht fiel darüber hinweg in die Ecke, in der auch er etwas Silbernes aufblitzen gesehen hatte. Und im nächsten Moment zog der Schock durch seine Adern, als er Amber direkt hineinspringen sah. Wie James es geschafft hatte, sie zu packen, konnte er absolut nicht begreifen, während sein eigener Körper nur langsam aus seiner Starre erwachte.

Vielleicht war es doch ein riesengroßer Fehler, diese Reise mit zwei Fremden anzutreten, die eindeutig nicht ganz dicht waren. Innerhalb der letzten Stunden hatten ihn die beiden voller Freude in mehr gefährliche Situationen gebracht, als er in Brenin gesammelt erlebt hatte. Auf der anderen Seite empfand er mit ihnen etwas, was er zuvor nicht erlebt hatte. Sein Leben war vielleicht bedrohter. Aber fühlte sich lebendig an.

James und Amber waren vorsichtig um das Loch herumgelaufen und standen jetzt direkt vor dem vorher silbern aufgeblitzten Ding. Gazing näherte sich ihnen, auch wenn er einen etwas größeren Bogen um das Loch machte als sie. Sicher war immer noch sicher.

„Okay, also der glitzert, das ist schön. Aber was soll jetzt so besonders an diesem Hut sein?", fragte Amber spöttisch.

Gazing inspizierte den Gegenstand. Auf ein kleines Podest gestellt, schimmerte er im sanften Licht der Glühwürmchen. Seine Form ähnelte einem Hut, man könnte ihn aber auch als kleines Segelschiff bezeichnen. Er schien aus einer Art verspiegeltem Papier zu bestehen. Zumindest vermutete Gazing das, weil der Hut einige Falten und Dellen hatte, die ihn an zerknittertes Papier erinnerten. Alles in allem musste er Amber recht geben. Bis auf die Tatsache, dass er glänzte, war nichts an ihm besonders erwähnenswert.

„Ich sag euch ganz ehrlich, ich hab mir nie wirklich Gedanken drüber gemacht. Irgendwann gibt man hier einfach auf, nach einem Sinn zu fragen. Aber das Ding hier scheint ein Symbol für die Wahrheit zu sein. Wer es trägt, kriegt angeblich den vollkommenen Durchblick. Das Ding ist nur ..." James beugte sich hinunter und begutachtete eine Plakette, die an dem Podest angebracht war, „keiner darf ihn aufsetzen". Dann las er vor: „*Gut verwahrt, verbirgt er den König vor den Strahlen des ewigen Lichts. Verliert er den Hut, verendet das Volk und verdampft im siegenden Nichts.* Die Prophezeiung hat Bubba ausgespuckt, als er den Hut zum ersten Mal gesehen hat. Seitdem glauben alle daran, dass die Sonne auf sie fallen wird, wenn sie den Hut verlieren."

„Und du glaubst nicht daran?", fragte Amber.

James sah sie einen Moment schweigend an.

„Schau mal", fing er dann an. „Ich glaub schon an Zeichen und an Schicksal und all so was. Aber wie dieser Hut irgendwen vor einer herabfallenden Sonne bewahren soll, das seh ich einfach nicht."

Amber wirkte plötzlich ganz entkräftet.

„Wie soll er mich dann zu Blade führen? Das macht doch auch keinen Sinn", murmelte sie in den Zeltboden.

„Finden wir's heraus", sagte James und griff ohne zu zögern nach dem Hut. Mit einer Handbewegung faltete er ihn zusammen und ließ ihn in der Brusttasche seines Shirts verschwinden. „Worauf wartet ihr noch?" Er lachte und verschwand aus dem Zelt.

Sobald das Mondlicht durch den Eingang in Gazings Richtung fiel, blieb sein Blick an einem Brief hängen, der ausgebreitet neben ihm auf einem kleinen Schreibtisch lag.

Die Gesellschaft Xenon erklärt:

Mehr als die Überschrift konnte er in der kurzen Zeit nicht lesen. Erst als Amber aus dem Zelt trat, konnte er noch ein paar Worte erhaschen. Dort stand

Regierung, eintreffen, Bedrohung, Schutz

und – ihm stockte der Atem –

nicht von dieser Welt.

Es wurde wieder dunkel. Gazing atmete einmal ein, dann einmal aus und stürmte mit rasendem Herzen aus dem Zelt.

JAMES RANNTE.
Amber rannte.
Gazing rannte ihnen hinterher.
Sie flogen beinahe über die Hängebrücken, vorbei an Bäumen und Zelten und betrunkenen Sumperingern. Niemand nahm sie mehr wahr und Gazing war noch nie so frei. In ihm zog ein Gefühl von Glück auf, das er nicht kannte. Gerade so konnte er ein Jauchzen unterdrücken, das seine Kehle heraufwandern wollte.
Am letzten Zipfel der Zeltkonstruktion fanden sie eine Strickleiter, die sie auf den Sumpfboden zurückbrachte, und kurze Zeit später erreichten sie, komplett unbemerkt, den äußeren Rand des Dorfes Sumpering, der mit ein paar in den Boden gerammten Pfählen markiert worden war. James, noch immer an der Spitze der Gruppe, bremste seinen Sprint. Er drehte sich zu Gazing und Amber um, ging langsam rückwärts weiter.
„Folgende Situation", fing er an. „Sumpering ist kein zufällig gewählter Standort. Das klingt komisch, weil es im Sumpf liegt, was das Leben beschwerlich macht, aber dafür

sind hier Angriffe von außen fast unmöglich. Und dann grenzt es direkt an ein – Amber, das wird dich jetzt freuen – sehr spezielles Gebiet."

Amber weitete tatsächlich die Augen.

„Hinter der Grenze sind es wirklich nur wenige Meter, ihr werdet es gleich sehen. Es ist wunderschön." James seufzte selig. „Das ist natürlich nicht der Grund, warum sich die Sumperinger hier niedergelassen haben. Ästheten sind sie keine, das wisst ihr inzwischen. Sie sind nicht hinter der Schönheit der Landschaft her, sondern hinter ihren Pollen. Amber …" Er richtete sich an das Mädchen. „Was hast du noch mal gesagt, wie alt warst du? Sechs?"

„Sieben!", erklärte Amber vehement.

„Sieben. Na gut. Dann drück ich es mal so aus. Als Tee gekocht wirken die Pollen der Blumen der Genso-Flor stimmungsaufhellend. Sie helfen gegen Kopfschmerzen und manche Menschen berichten von kreativen Ausbrüchen. Anders konsumiert …" Er zwinkerte Gazing zu, der rot anlief. „… wirken sie auch anders. Die ganze Welt ist verrückt nach dem Zeug. Heimlich, natürlich. Der Verkauf ist in allen Wohngebieten strengstens verboten. Aber wie durch ein Wunder scheinen sich die Sumperinger doch ihre Taschen damit vollzuschlagen." James lachte kurz auf.

„Die dealen mit Drogen?"

„Mann, Gazing! Hier ist ein Kind anwesend!" James verdrehte gespielt entrüstet die Augen. „Aber ja, so ist es. Sie verteidigen das Gebiet seit Jahrhunderten, nicht einmal die Regierung kann etwas gegen sie ausrichten. Sie haben es mit den unmenschlichsten Mitteln versucht, aber Unkraut vergeht nicht. Es wird anscheinend höchstens dumm und klein. Irgendwann wurde einfach akzeptiert, dass sie dieses Business betreiben. Sie haben angeblich sogar Deals bis an die Spitze Xenons. Aber davon hab ich euch nie erzählt."

„Schon klar", murmelte Gazing, während er darüber nachdachte, wann genau er in den letzten Stunden falsch abgebogen war.

„Also", fuhr James fort, „um nach Xenon zu kommen, führt uns unser einziger Weg direkt durch den Genso-Flor. Genießt die Schönheit und habt keine Angst, aber sagt nachher nicht, ich hätte euch nicht genügend aufgeklärt."

Als wäre es geplant gewesen, tauchte am Horizont hinter James die bunteste Blumenwiese auf, die Gazing je gesehen hatte.

Obwohl es noch immer tief in der Nacht war, leuchteten ihnen lila-pinke, pastell-orangefarbene, weiß-rosa und nachtblaue Blüten entgegen, manche an großen Büschen, andere als getummelte Punkte näher am Boden. Einige rankten sich die wenigen, dafür jedoch riesigen Laubbäume empor und beleuchteten sie, wie die Festdekoration in Brenin zum Jahreswechsel.

Je näher Gazing der Wiese kam, desto intensiver wurde ihr Geruch. Süßlich und frisch wie weiche Wäsche oder Zitronenkuchen, manchmal schwer und würzig, wie das Parfüm von Brenins Königin. Etwas davon kitzelte ihn in der Nase und Gazing musste niesen.

„Man sagt Entschuldigung!" Amber hüpfte vergnügt an ihm vorbei und Gazing wollte es ihr gleichtun.

Als er den letzten Schritt aus dem sumpfigen Gebiet auf das saftig grüne Gras tat, fiel alles von ihm ab. Weiche Halme strichen an seiner Hose entlang, einige streiften seine Hand. Als hätte er bis hier die Luft angehalten, atmete er zum ersten Mal richtig aus. Ein sanfter Wind strich über seine Haut und nahm ihm seine Anspannung. Das Rascheln der Bäume flüsterte ihm Mut zu.

Es geht schon, hörte er es singen.

„Spürst du schon was?", flüsterte James und sah Gazing mit überraschter Miene an.

Sein Gesicht verschwamm vor Gazings Augen zu zwei riesigen blauen Augen und in diesem Moment verstand Gazing, warum James dieses Gebiet so speziell erklärt hatte. Auf was für einer Reise sie sich die nächste Zeit befinden würden. Er wollte wütend werden. Doch eigentlich war es ihm auch egal. Ganz recht sogar.

„Ja", gab er zurück und lief mit baumelnden Armen an James vorbei. Die Blüten und ihr lieblicher Geruch hatten ihn benebelt und benebelt wollte er sein.

Die nächsten Stunden vergingen für Gazing wie im Flug. Es fühlte sich an, als würde er einfach nur treiben, ohne Gedanken und ohne Erinnerung. Hinter Amber und James her, die sich offensichtlich ebenfalls an der Schönheit und Sorglosigkeit dieses Ortes erfreuten, wenn auch auf einem ganz anderen Level als Gazing.

Während er vor sich hin schlenderte, flitzte Amber so schnell von links nach rechts, dass Gazing schwindelig wurde. Sie inspizierte alle Blumen, teilte lautstark jede Beobachtung mit ihm und James. „Bei dieser Blume leuchtet sogar der Stiel. Aus der hier tropft grüner Saft raus." Sie protestierte, als James ihr eindringlich verbot, den grünen Saft anzufassen, und fragte ihn dann, ob er im Austausch dafür, dass sie ihm gehorchte, ein Video von ihr und der riesigen Saft-Blume machen würde. James entgegnete, dass er nicht mit Terroristen verhandelte, machte das Video aber trotzdem.

Wie macht sie das?, fragte eine hallende Stimme in Gazings Kopf.
Wie macht sie was?, fragte Gazing zurück.
So unbeschwert zu sein, hauchte die Stimme.
Ich weiß es nicht, sagte Gazing, denn er wusste es nicht.
Sie ist ganz allein auf dieser Welt. Aber sie hat keine Angst. Wie macht sie das?, fragte die Stimme.
Ich weiß es nicht, sagte Gazing.
Warum sind wir so anders?
Ich weiß es nicht.
Kurze Zeit später ging die Sonne auf. Helles Rosa, sanftes Gold und ein grünliches Blau wandelten die Nacht zum Tag. Die Landschaft erschien dadurch nur atemberaubender. Tau glitzerte auf den noch immer sanft leuchtenden Blüten und ein paar Wolken, die wie gemalt aussahen, schoben sich langsam über den Himmel.

Gazings innerster Wunsch war es, sich auf eine dieser Wolken zu legen und in einen tausendjährigen Schlaf zu fallen. Die Müdigkeit überrannte ihn geradezu. Seine Lider wurden unerträglich schwer. Während sie kapitulierend zu Boden sanken, drehte sich Gazing blinzelnd zu James.

„Amber, guck mal, ich glaub, er braucht 'ne Pause."

Er hörte die beiden lachen und das Nächste, woran sich Gazing erinnerte, war das geborgene Gefühl von Moos in seinem Rücken, zugedeckt von den ersten Sonnenstrahlen des Tages. Selig bemerkte er, wie sich seine Gedanken verloren und er in die Tiefen eines Traumes glitt.

Gazing befand sich an einem Ort, den er nicht erkannte. Kerzengerade stehend, blickte er in die Ferne. Dort griffen Äste wie knorrige Finger nach verzweifelt flüchtenden Blättern und trotz der gespenstigen Aura fühlte Gazing sich in diesem Moment behütet. Zwischen ihm und den Bäumen lag ein aus weißem Stein gebauter Marktplatz. Lila-graues Licht umgab ihn und von toten Ranken überzogene Säulen ragten an seinen Seiten bis in den Himmel.

In der Mitte des Platzes standen einige Gestalten um ein Feuer herum. Ihre Umrisse wurden von einem schwarzen Schleier verschluckt, die spitzen Hörner, die aus ihren Köpfen wuchsen, konnte er jedoch genau erkennen.

Die Gestalten murmelten durcheinander. Gazing konnte sie nicht verstehen, doch er spürte, dass sie etwas bedrückte. Gerade wollte er sich bemerkbar machen, als vier leuchtende Wesen auf sie zuschwebten.

Verzweifelt seufzend gesellten sie sich zu den dunklen Gestalten an das Feuer. Sie begannen zu klagen, zu jammern, doch ihre Stimmen blieben ein rätselhaftes Flüstern.

Gazings Herz begann zu rasen. Er verstand sie nicht, doch die Situation machte ihn äußerst nervös.

Unheil lag in der Luft.

Krampfhaft versuchte er seinen Atem zu kontrollieren – je mehr er sich darauf konzentrierte, desto weniger funktionierte es –, als Amber auf den Platz lief. Überrascht hob Gazing seine Hand zum Gruß. Doch seine Hand gehorchte ihm nicht. Erschrocken sah er zu ihr hinab, doch auch sein Kopf blieb bewegungslos. Keinen einzigen Muskel konnte er regen, egal mit wie viel Kraft Gazing es versuchte.

Ein Schweißtropfen perlte seine Stirn hinunter. Er floss einmal um sein Auge herum und verwandelte sich in eine Träne.

Hilfe suchend richtete er seinen verschwommenen Blick zurück zu den Gestalten, da lösten sich die leuchtenden Wesen an der Feuerstelle in schwarzen Rauch auf. Eine Verzweiflung, die er sich nicht erklären konnte, stieg bei dem Anblick in Gazing auf. Er zerrte so sehr an seinem Arm wie die Ohnmacht an ihm. Bald würde sie ihn packen und er würde sich ihr vor Anstrengung ergeben müssen.

Amber stand plötzlich wenige Zentimeter vor ihm, ihr Gesicht war wie vor Schmerz verzerrt.

„Aufwachen, Bunny", sagte sie. Dann löste auch sie sich in Rauch auf. *Lasst sie hier,* schrie er stumm, ohne zu verstehen, warum er diese Worte wählte, und in dem Moment, in dem er merkte, wie sein Arm sich stark verkrampfte und im Schneckentempo bewegte, zog ihn die Ohnmacht ruckartig nach hinten.

„Gazing, du musst aufwachen, du verpasst alles!"

Ambers Stimme hallte durch Gazings neblige Gedanken. Er öffnete die Augen und fragte sich, ob er noch immer träumte. Vielleicht war er auch gestorben, denn das, was er sah, kam dem, wie er sich den Himmel vorstellte, am nächsten.

„Bin ich gestorben?", fragte Gazing und machte seinen Frieden mit der Antwort, während er zwei pink schimmernden Schmetterlingen beim Umwerben zusah. Er lag noch immer mit dem Rücken im weichen Moos, direkt unter einem knorrigen, verwobenen Baum, durch dessen gelbe Blätter das Strahlen der Sonne blitzte. Es war zu hell.

„Ich hab nicht gewusst, dass Yaahks so anfällig für Genso-Pollen sind, ich schwöre." James kam mit einem unterdrückten Grinsen auf Gazing zu. In der Hand hielt er ein großes, zu einem Trinkhorn gerolltes Blatt. „Hier, Wasser, frisch aus der sprudelnden Genso-Quelle, aber ohne Nebeneffekte. Hast du 'nen Kater?"

„Woher soll ich jetzt einen Kater haben, James?" Gazing setzte sich auf. Ihm war seltsam schwindelig.

James lachte. „Nach einer Nacht, wie du sie hattest, kann man schon mal mit einem aufwachen."

Gazing nahm verwirrt einen Schluck vom Wasser. Eine Nacht, wie er sie hatte? Was hatte er letzte Nacht getan?

Was hatte er letzte Nacht getan??

„Was war letzte Nacht?", fragte er besorgt.

„Gar nichts, versprochen." James hob verteidigend beide Hände. „Aber ich hab dir von den Pollen hier erzählt. Anscheinend gehörst du zu den Glücklichen, die schon auf sie reagieren, wenn sie ihre Sporen einatmen oder etwas davon ihre Haut berührt. Dachte, es schien dir ganz gut zu gefallen. Am zweiten Tag sind die Effekte sanfter, keine Sorge."

James schlug Gazing freundschaftlich auf die Schulter und plötzlich erinnerte er sich wieder. Das Gefühl von Freiheit drehte sich ein letztes Mal in Gazings Magen, bevor es einer unendlichen Leere wich.

„Guck nicht so, als würde die Welt gleich untergehen. Ein bisschen was wirst du schon noch spüren." Auch wenn James es anders meinte, seine Worte erfüllten Gazing mit Hoffnung. Dann erinnerte er sich an seinen Albtraum.

Etwas wacher als zuvor, drehte er den Kopf zu Amber. Sie hatte sich eine Krone aus Grashalmen und kleinen Blumen gebastelt und erzählte gerade ihrem Aufnahmegerät davon. In seinem Traum war sie ihm so bekannt vorgekommen. So wichtig. Zu sehen, wie sie sich auflöste, hatte Gazing ernsthaft wütend gemacht. War sie in dieser kurzen Zeit schon so tief in sein Unterbewusstsein gedrungen? Möglich war es, die Situation, in der sie sich befanden, war schließlich sehr extrem und extreme Situationen sorgen für extreme Träume. Das hatte ihm Alen beigebracht.

Von ihm hatte er auch gelernt, wie sich verschiedene Substanzen auf den Körper auswirkten. Welche Gefühle, Gedanken und Taten sie in Menschen wecken konnten. Gazing hatte Alen einige Male dabei beobachtet, wie er ausführliche Tests an sich selbst vollzog, mit allen möglichen Kräutern aus Liliths Garten, Gebräuen und Räucherwerken. Dann hatte Alen ihm immer wieder ausschweifend davon berichtet, wie er plötzlich Metaebenen in seinem Kopf öffnen konnte, um die Geheimnisse des Universums zu verstehen. Wie er völlig klar sah, dass das Kleine im Großen steckte oder warum alles eins war.

Gazing hatte das für dämlich gehalten. Alen wirkte in diesen Momenten mehr wie ein neurotischer Spinner als wie ein genialer Denker. Bewusst hatte er sich deswegen von allem ferngehalten, was in Alens Labor gedampft, geblubbert oder streng gerochen hatte. Immer wenn er eines von Alens qualmenden Stäbchen abgelehnt hatte, beschimpfte Alen ihn zwar als „Spießer", Gazing wusste jedoch nicht einmal, was das sein sollte. Es machte ihm deswegen wenig aus und er konnte seinen Prinzipien treu bleiben.

Prinzipien, die er jetzt gebrochen hatte. Obwohl, wenn er genauer darüber nachdachte, hatte James sie gebrochen.

„Du hast mich auf gar keinen Fall genug aufgeklärt." Gazing hielt sich den Kopf, als ein pochender Schmerz durch ihn zog.

„Vielleicht hast du recht", entgegnete James lachend. „Aber sag nicht, dass du es bereust."

Vielleicht bereute er es. Gazing war sich nicht sicher. Es war befreiend gewesen, sich nicht zu sorgen. Was davon übrig geblieben war, zog ihn aber weiter runter als das, was er noch vor ein paar Stunden empfunden hatte. Jetzt, da er wusste, wie es sich anfühlen konnte, wollte er mehr davon. Doch gab es in seiner Geschichte mehr davon? Wie sollte er, Gazing, der Yaahk ohne Erinnerungen, gestrandet auf einem fremden Planeten, je so ein sorgloses Leben führen, wie er es letzte Nacht erlebt hatte?

Er sah James in die Augen. Das kalte Blau ließ ihn verweilen. Nichts in James' Blick fühlte sich gezwungen an. Er war wahrhaftig. Das war Gazing auch schon im Sumpf auf dem Scheiterhaufen aufgefallen.

„Dacht' ich mir", sagte James zwinkernd und streckte ihm die Hand entgegen.

Gazing griff sie und mit einem Ruck beförderte James ihn auf die Füße. Die Erde drehte sich für einen Moment. Konturen verschoben sich, Farben tanzten vor seinen Augen. Dann war alles wieder normal.

„Gut. Wir sollten weiter, damit wir ankommen, bevor es dunkel wird." James rief nach Amber, die es sich auf einem großen Stein in der Sonne gemütlich gemacht hatte und auf ihr Videogerät starrte.

Nach einer kleinen Diskussion –
Ich schneid' grad' ein Video.
Mach das im Laufen.
Im Laufen kann ich mich nicht konzentrieren.
Da, wo wir hingehen, gibt es WLAN.
– schloss sich die plötzlich höchstmotivierte Amber ihnen an und sie verließen den großen Baum und sein Bett aus Moos.

Die Sonne stand inzwischen hoch am Himmel. Neben ihnen erstreckte sich ein flüssiges Silberband, ein glasklarer Bach, der der einzige Wegweiser in der sonst kaum zu unterscheidenden Landschaft war. Am Horizont jedoch beobachtete Gazing seit einigen Minuten eine Veränderung. Dicht besiedelt schoben sich meterhohe Pflanzen Schritt für Schritt in sein Sichtfeld. Sie wurden größer, was bedeutete, dass sie entweder in rasanter Geschwindigkeit wuchsen, oder Gazing näherte sich ihnen.

Amber klagte regelmäßig darüber, dass ihr irgendein Empfang fehlte, mit dem sie ihre Videos ins Internet schicken wollte.

„Mhm", machte Gazing hin und wieder und nickte verständnisvoll.

Dann erzählte James eine Geschichte aus den Tagen, in denen er so alt war wie Amber. „Als ich sechs war …"

„Ich bin schon sieben!"

„Na gut, vielleicht war ich auch sieben …"

Als er sieben war, kam ein Entführer zu ihm nach Hause. Gazing fiel es nicht leicht, sich auf die Bedeutung von James' Worten anstatt auf den Klang seiner Stimme zu konzentrieren. Wenn er es richtig verstanden hatte, wollte jemand James kidnappen, weil dieser immer so viel Glück hatte und er davon etwas abhaben wollte.

Theatralisch stellte James dar, wie der Einbrecher seinen Vater mit einem Hieb auf den Kopf überwältigt hatte. Doch seine Brüder hatten sich schützend vor ihn gestellt.

Gazing seufzte gerührt.

Gerade als der Mann seinen stämmigen Arm durch die herzzerreißend schwache Abwehr der Kinder gestreckt hatte, schlug der Blitz in ihrem Haus ein. Es donnerte so laut, dass ihnen die Ohren klirrten und alle Lichter erloschen.

„Mein Glück hat mir schon damals geholfen. Ich rannte so schnell, wie der Blitz eingeschlagen war, und versteckte mich im Hof. Hab den Entführer dann noch gesehen, wie er davonhinkte und nie wieder zurückkam."

Zum krönenden Abschluss seiner Geschichte sprang James an einen Baumstamm und spähte, mit einem Arm an einem Ast baumelnd, in die Ferne. Etwas Glänzendes fiel aus seinem Hemd. Es wurde vom Wind aufgegriffen und herumgewirbelt. Ein Lächeln breitete sich auf Gazings Gesicht aus. Es gefiel ihm sehr, das funkelnde, tanzende Ding in der Luft. Gern hätte er es noch eine Weile beobachtet, doch Amber schnappte es sich mit einem Hechtsprung, bevor es über den Bach hinfort in weite Ferne getrieben worden wäre.

„Wenn du das Teil verlierst, mach ich die Prophezeiung wahr und erledige den, der den Hut besitzt!", fauchte sie und stopfte das silberne Papier zurück in James' Hemdtasche.

„Mir kann nur etwas passieren, wenn du mich ab jetzt mit Eure Majestät ansprichst."

„Niemals!"

„Siehst du, genau das ist es, was ich mein Glück nenne."

Noch immer lächelnd sah Gazing zwischen den beiden hin und her. Waren sie nicht zwei ganz besondere Seelen?

„Oh, ich glaub es geht wieder los", bemerkte Amber, zeigte auf Gazing und kicherte erfreut.

„Du hast recht." James sah genauso erfreut zu Gazing.

„Was geht los?", fragte Gazing. Die Freude der beiden steckte ihn an. Worauf auch immer sie warteten, es musste aufregend sein. James und Amber kringelten sich vor Lachen, anstatt ihm zu antworten, aber das war Gazing auch ganz recht.

Und dann verstand er.

James hatte die Wahrheit gesagt. Die Wirkung der Pollen war am zweiten Tag viel weniger intensiv, aber immer noch deutlich spürbar. Wie in Watte gepackt wackelte Gazing über die blühende Wiese, liebte ihren Geruch und das Leben. Und dann waren sie am Horizont angekommen.

Eine Mauer, geflochten aus Palmwedeln ähnelnden Pflanzen, zog sich vor ihnen in die Höhe. Sie reflektierte die Umgebung wie ein Spiegel. Was dahinter lag, konnte Gazing nicht erkennen.

„Hey, James", sagte er und legte seinen Kopf in den Nacken, um die Spitze der silberglänzenden Blätter erahnen zu können. „Ich weiß, ich bin noch nicht lange auf dieser Erde, aber das kommt mir nicht normal vor." Er drehte die Welt ein Stück nach links und sah James an. „Diese Pflanzen sind zu groß. Sie umranden eine Blumenwiese, auf der Drogen wachsen und die an einen von Zwergen bewohnten Sumpf grenzt." Er blickte wieder in Richtung Himmel. „Das passt alles nicht zu dem, was ich in Brenin über die Natur der Erde gelernt habe, ich sag's dir, wie es ist."

James schnaubte wissend. „Das kommt davon, dass die in Brenin einen totalen Brainwash-Film fahren. Sie wollen sich so sehr von dem Rest der Erde abgrenzen, dass sie sogar die neueren Naturgesetze leugnen. Ich bin mir sicher, dass sie sich schon so lange dieselben, alten Geschichten erzählen, dass sie inzwischen wirklich daran glauben, dass alles so geblieben ist, wie es vor ihrer Isolierung war." James drückte seinen Körper gegen die Pflanzen und schlüpfte geradezu in sie hinein.

Gedämpft klang es jetzt aus der dichten Mauer: „Aber die Welt hat sich geändert, seitdem ihre Bücher verfasst wurden. Es gab Vulkanausbrüche, Sandstürme, Tsunamis, Kontinente haben sich in kürzester Zeit ineinandergeschoben, Meere kamen und gingen. Kommt ihr?" James hatte seinen Kopf wieder aus dem Gestrüpp gesteckt und bedeutete Amber und Gazing, ihm zu folgen.

Gazing sah Amber zu, die sich schulterzuckend in die Pflanzen warf, bevor er sich selbst gegen sie lehnte. Sie waren viel weicher, als sie aussahen. Wabbelig, ein bisschen glitschig. Man konnte sich mit ein bisschen Anstrengung einfach zwischen ihnen durchdrücken.

Als Letztes zog Gazing seine Hand in die Mauer hinein und mit ihr ging das Licht. Gazing hielt die Luft an, aus Angst, etwas von dem Schleim der Pflanzen einzuatmen, und folgte James' Stimme.

„Kaum ein anderer Ort hatte das Privileg, so verschont zu bleiben, wie Brenin. Der größte Teil der Bevölkerung dieser Welt lebt in den paar wenigen Städten, die sich an den einzigen noch bewohnbaren Gebieten der Erde gebildet haben", klang es dumpf aus einer Richtung. „Nur wenige Völker wie die Sumperinger sind in der Lage, woanders zu überleben. Die meisten Länder sind überflutet oder ausgetrocknet. Viele sind durch Kriege oder Unfälle verseucht. Neue Arten haben sich gebildet, viel mehr sind ausgestorben. Darum gibt es hier riesige Pflanzen und Sümpfe grenzen an Blumenwiesen."

Nach ein paar klaustrophobischen Metern nahm die Dichte der Pflanzen ab. Inzwischen konnte man zwischen den dicken Stängeln laufen, ohne sich durch sie hindurchquetschen zu müssen.

„Aber erst als sich das Magnetfeld verschoben hat, sind die Dinge so richtig aus dem Ruder gelaufen. Das war dreihundert Jahre nach Brenins erster Emanzipation. Wir sollten jeden Tag froh sein, nicht in dieser Zeit geboren worden zu sein."

„Was ist ein Magnetfeld?", fragte Amber, die von James' Erzählungen genauso gebannt war wie Gazing, was ihn freute, denn zum ersten Mal war er nicht der Einzige, der etwas noch nicht wusste. Sie sah ihn neugierig an und wischte energisch ein paar glitschige Pflanzenstücke von ihrem Umhang.

„Es umschließt die ganze Erde wie eine Art Schutzschild. Es geht vom Nordpol bis zum Südpol und zurück. Ohne das Feld sind wir allen möglichen kosmischen Strahlungen ausgesetzt und Leben auf der Erde wäre unmöglich. Wissenschaftler haben nach seiner Entdeckung gemessen, dass es immer wieder stärker und schwächer wurde, aber keiner konnte das so richtig erklären. Bis es dann auf einmal so schwach wurde, dass es sich gedreht hat. Es ist einfach umgekippt. Und das hat den *großen Shift der Energien* verursacht, wie sie es später genannt haben." James schob ein Blatt zur Seite und ein Sonnenstrahl kämpfte sich seinen Weg durch die Pflanzen. „Keiner hätte zu der Zeit damit gerechnet, dass ausgerechnet die spirituellen Forscher die richtige These aufstellen würden. Sie haben schon jahrhundertelang vor dem Shift gewarnt, aber man hörte ihnen erst zu, als es zu spät war. So wie der Nordpol und der Südpol mit der Drehung des Magnetfelds tauschten, wurde alles, was gut war, auf einmal schlecht."

„Alles? Auch die Menschen?" Vor ihnen ging die Sonne langsam unter, ihre letzten Strahlen fielen durch die Stängel der Blätter auf Ambers gerötetes Gesicht.

„Vor allem die Menschen. Wer ein ausgezeichnet gutes Leben gelebt hatte, wurde plötzlich schwer kriminell und gleichzeitig war der schlimmste Rumtreiber auf einmal heilig. Die ganze Welt verfiel dem Chaos. Das Zeitalter der Magnes-Anarchie wurde eingeläutet. Es war krank. Zum Glück gibt es immer genauso viel Gutes wie Schlechtes auf der Welt. Es gab nie ein Ungleichgewicht. Aber bis wir einige Generationen später zurück zu einem funktionierenden System gefunden haben, sind unfassbar schreckliche Dinge passiert. Unaussprechliche Dinge." Er hob die Hände zum Mund und riss die Augen auf. Wie erstarrt sah er von Amber zu Gazing und zurück. Dann brach ein Lachen aus ihm heraus. „Spaß beiseite, aber es sind wirklich üble Geschichten. Ein einziges kleines Dorf blieb jedoch von diesem Wahnsinn verschont, weil es aufgrund seines eigenen Schicksals von einem privaten Magnetfeld geschützt wurde."

„Brenin", sagte Gazing, der die Verknüpfung schon vor einem Moment hergestellt hatte. „Ich kenne die Geschichte. Sie nennen dieses Ereignis die *Enthüllung des wahren Kerns*. In ihren Erzählungen haben sich vor vierhundert Jahren alle ihre Verbündeten gegen sie verschworen. Freunde kamen, um sie zu ermorden, und Feinde versuchten sich mit großzügigen Geschenken einzuschleichen. Danach haben sie ihre Mauern gebaut und ausnahmslos niemanden mehr in ihr Gebiet gelassen. Von einem Magnetfeld oder einem Shift hab ich aber nie gelesen." Gazing setzte einen Fuß auf heißen Sand.

„Krass!", raunte Amber und Gazing war sich unsicher, ob sie die Geschichte meinte oder erstaunt war, dass Gazing etwas wusste.

„Die zweite Emanzipation Brenins. So nennen wir diese Zeit außerhalb des Königreiches. Wie gesagt, sie haben ihre eigene Realität erschaffen. Eine heile Welt, in der sie ihr heiles Leben führen können." James blieb stehen.

Gazing setzte seinen zweiten Fuß in den Sand.

Die Pflanzenwand endete so abrupt, wie sie begonnen hatte. Sie blickten alle drei in eine endlose, trockene Ferne.

„Nie im Leben gibt es hier WLAN."

„Stimmt, das war vielleicht gelogen."

„Halluziniere ich oder stehen wir am Rande einer Wüste?", fragte Gazing leise.

„Das ist eine echte Wüste", gab James zurück und kickte zum Beweis etwas Sand in die Luft.

„Und wie weit ist es noch bis Xenon?"

James blickte Gazing ausdruckslos ins Gesicht. „Weit."

✶ AMBER ✶

EINE WEILE STARRTEN SIE einfach geradeaus. Minuten vergingen wie Stunden, vergingen wie Minuten. Die Einöde, die sich vor ihnen erstreckte, war so massiv, dass sie die Zeit einfach aufsaugte. Mindestens siebzehn Stunden waren vergangen, Amber war sich sicher, als James das Unaussprechliche aussprach.

„Na ja, also. Wenn wir nach Xenon wollen, müssen wir hier durch. Führt kein Weg dran vorbei. Also, es führt schon ein Weg dran vorbei, aber glaubt mir, ihr wollt nicht um diese Wüste herum laufen."

Amber sah zu Gazing, der langsam zu nicken begann. Dann sah sie zur Sonne, die noch immer so hoch am Himmel stand wie zu dem Zeitpunkt, als sie aus der Pflanzenwand gekommen waren.

„Hätten wir uns für so eine Reise nicht besser ausrüsten müssen, James?", hörte sie Gazing fragen.

„Du vertraust mir nicht", gab James zurück.

„Ich will nicht in einer Wüste sterben", konterte Gazing.

„Du vertraust mir nicht." James legte den Kopf schief.

„Die Sonne brennt auf meinen Kopf und wahrscheinlich werden wir gleich verdursten."

„Du vertraust ihm nicht", mischte sich Amber ein.

Gazing sah sie ausdruckslos an, dann platzte es aus ihm heraus: „Ja gut! Ich vertraue ihm nicht. Wieso sollte ich auch? Ich kenne ihn nicht. Ja, er hat mich einmal gerettet und irgendwie scheint er Dinge über meine Herkunft zu wissen, aber vielleicht ist er auch ein kompletter Psychopath. Schon mal daran gedacht?"

Amber hatte darüber nachgedacht, sie war nicht dumm. Dennoch hatte sie genug Gründe gefunden, um James ihr Vertrauen zu schenken.

„Und dich kenne ich auch nicht", fuhr Gazing fort. „Ich wollte dir helfen, weil wir uns so ähnlich sind, und auf einmal bin ich kurz davor, den Hitzetod zu sterben. Zum zweiten Mal!"

Bei Gazing hatte sie weniger konkrete Hinweise darauf, dass man ihm vertrauen konnte. Ihr Bauchgefühl tat es einfach und ihr Bauchgefühl irrte sich nie.

„Und da ich schon mal dabei bin: Ich kenne mich selbst nicht einmal. Die letzten Jahre waren die Hölle! Wisst ihr, wie es sich anfühlt, nicht zu wissen, wer man ist?"

Amber nickte fast unmerklich und aus dem Augenwinkel sah sie, wie James, starr dem Horizont entgegenblickend, tief ausatmete.

„Und gerade als ich mein Schicksal akzeptieren wollte, ist die Hölle geplatzt und ich bin wieder nichts. Ich spüre nichts, ich weiß nichts, ich weiß nicht wohin, ich weiß nicht warum. Nur eine Sache weiß ich und das ist, dass ich vor einer verfickten Wüste stehe. Und das wüsste ich lieber nicht. Verdammte Scheiße." Gazing griff nach etwas Sand und schleuderte es in die Ferne. Der Staub verteilte sich in der Luft. Es war so still, dass Amber hörte, wie er sanft zu Boden rieselte.

„Verdammte Scheiße!", schrie James so plötzlich, dass Amber zusammenzuckte. „Verdammte Scheiße!", schrie er erneut und sah zu Gazing. „Verdammte Scheiße!", schrie er, den Blick wieder auf die Wüste gerichtet.

Amber drehte sich der Magen um. Sie machte einen Schritt nach vorne. „Verdammte Scheiße!", schrie sie, so laut sie konnte. Sie legte all ihren Schmerz in diesen Schrei. Alles, was sie nie ausgesprochen hatte, ließ sie frei.

„Verdammte Scheiße!", schrien James und Amber im Chor.

„Verdammte Scheiße." Gazing war auch einen Schritt nach vorne gekommen und stimmte verhalten in ihr Schreien ein.

„Lauter", befahl James.

„Verdammte Scheiße!" Gazings Stimme überschlug sich, war aber kaum lauter geworden.

„Lauter!", schrie James ihn an.

„Sorry Leute, ich glaub, ich kann das nicht", sagte Gazing. Er ließ die Schultern sinken. „Lasst uns einfach gehen."

Und dann ging er einfach.

OHNE EIN WORT zu wechseln, beobachteten Amber und James, wie Gazing mit festem Schritt in den Weiten der Wüste verschwand. Der Umhang um Ambers Hals fühlte sich auf einmal zu eng an. Mit einer Hand versuchte sie ihn zu lockern, mit der anderen angelte sie nach ihrer Kamera. Der Knoten löste sich, doch das Gefühl, dass sie etwas erdrosselte, blieb.

Amber richtete die Kamera auf Gazing, der wie ein Schatten in der Ferne immer kleiner wurde. Ein Piepsen durchfuhr die Stille.

Während sie diesen Moment für alle Zeiten konservierte, hallten Gazings Worte durch ihren Kopf. Er hatte gefragt, ob sie das Gefühl kannten, nicht zu wissen, wer man war. Für Amber war es ihr ganzes Leben lang schon viel mehr als das gewesen. Im Heim aufzuwachsen, ohne eine einzige Information über ihre Eltern oder warum sie sie dorthin gebracht hatten, war die eine Sache. Selbst im Heim nicht dazuzugehören war eine ganz andere Herausforderung.

Amber war schon immer fantasievoller als die anderen Heimkinder. Beim Spielen erschuf sie Hexenhäuser und

Wolkentürme, turnte voller Elan auf ihnen herum, doch außer ihr konnte sie keiner sehen. Wem sie davon erzählte, der schaute sie mit zweifelndem Blick an, schüttelte den Kopf und beschäftigte sich mit etwas anderem. An einem Mittwoch fing ein Mädchen an, über ihre Fantasie zu lachen. Am Donnerstag schlossen sich ihre Freunde an. Am Tag darauf wollte niemand mehr mit ihr spielen. Also erschuf sie ihre eigenen Freunde, in der Welt, in der das Hexenhaus und der Wolkenturm standen. Vielleicht war das ihr größter Fehler gewesen.

Ihr ganzes Leben lang hatte sie es perfektioniert, so zu tun, als würde es ihr nichts ausmachen. Als würde sie das Lachen nicht hören. Denn wenn sie das tat, wenn sie ihre echten Gefühle gut genug versteckte, wusste niemand, wie man ihr wehtun konnte.

Amber wusste, wie es sich anfühlte, nicht zu wissen, wer man war. Es war, wie ohne Plan durch eine Wüste zu laufen.

„Verdammte Scheiße", murmelte sie und ließ die Kamera sinken. Durch den Bildschirm sah sie die den Saum ihres Umhangs und die Spitzen ihrer Stiefel, verdreckt von Matsch, schleimigen Pflanzenresten und Sand, dann beendete sie die Aufnahme.

Sie wandte sich James zu. In seinem Blick erkannte sie ein stilles Einverständnis. Gleichzeitig nickten sie einander zu und setzten sich in Bewegung, um Gazing zu folgen.

Die Wüste breitete sich um sie herum aus, ein Meer aus Hitze und Staub. Amber hatte sich diesen Teil der Welt romantischer vorgestellt. Sie dachte an bunte Kakteen, kreisende Geier und blühende Oasen, an denen Gnus und Erdmännchen sich Gute Nacht sagten. Aber diese Wüste war enttäuschend. Staub, überall wohin sie sehen konnte, auf ihrem Umhang, in ihren Haaren, ihren Augen und der Nase. Hitze in der Luft und auf dem Kopf. Sonst gab es hier nichts.

Bis auf Gazing, der stillschweigend geradeaus lief. Und James, der schon mindestens zum sechsten Mal erklärte, dass in fünf Minuten etwas am Horizont erscheinen würde. Bisher waren das Einzige, was hinter den Dünen aus Sand erschienen war, weitere Dünen aus Sand.

Langsam musste sich Amber eingestehen, dass Gazing eventuell recht damit hatte, James nicht zu vertrauen. Heimlich ärgerte sie sich darüber, so naiv zu sein, dann fragte sie James, wonach sie überhaupt Ausschau halten sollte, obwohl sie eigentlich lieber fragen wollte, ob er wirklich der war, für den sie ihn hielt.

„Ein Freund von mir wohnt hier irgendwo", antwortete James und hörte ruckartig auf zu laufen.

„Einer wohnt hier?" Hätte man sie gefragt, hätte Amber zugegeben, die tote Landschaft recht faszinierend zu finden, um in ihr zu leben, war sie jedoch eindeutig zu tödlich.

„Irgendwo?", fragte Gazing mit kratziger Stimme und blieb einige Meter vor ihnen stehen. Er räusperte sich. „Irgendwo?" Er drehte sich um, ging ein paar Schritte auf James zu, den Blick fest auf ihn gerichtet. „Sag mir, dass du weißt, wohin wir gehen", stieß Gazing aus und stampfte schneller durch den Sand.

Amber war sich sicher, dass er James gleich eine reinhauen würde, und als sie noch darüber nachdachte, wie sie das finden sollte, schnaubte James stark.

„Ich hab dir gesagt, du kannst mir vertrauen", sagte er leise und zeigte auf den Horizont.

Gleichzeitig blickten Amber und Gazing in die Richtung, und tatsächlich – wenn man wusste, wonach man Ausschau halten musste, erkannte man eine schwarze Silhouette auf einer der Dünen am hintersten Rand der Erde.

„Das ist aber nicht dein Freund, oder?" Amber kniff die Augen zusammen. Die Sonne ging direkt hinter der Silhouette unter, was diese in nichts mehr als einen undefinierbaren Schatten verwandelte.

„Das ist sein Haus", antwortete James an Gazing gerichtet.

Er klang traurig, was Amber wunderte, eigentlich waren es doch gute Nachrichten, dass sie das Haus gefunden hatten und nicht, wie Gazing wahrscheinlich vermutete, komplett verloren durch die Wüste irrten. Trotzdem sah keiner der beiden besonders glücklich darüber aus.

Wenige Meter vor James war Gazing zum Stehen gekommen, und so verharrten sie alle drei, bis sich der Junge mit den Hasenohren abrupt abwendete und in den orangefarbenen Sonnenuntergang lief.

Die Sonne war schon lange untergegangen, als sie das Haus erreichten. Wie ein ungeheuer großes Segel streckte es sich in den Himmel, spitz und scharf, als würde es damit drohen, die Sterne zu zerteilen.

Ehrfürchtig starrte Amber das surreale Bauwerk an, während sie über die letzte Düne darauf zuliefen. Der Anblick erfüllte sie mit einer Mischung aus Bewunderung und Angst. Mit jedem Schritt vergrößerte sich das Gebäude und mit jedem Schritt fühlte sich ihr Körper kleiner an. Es war fast so, als wäre jeder Winkel, jede Linie darauf ausgelegt, die menschliche Winzigkeit zu betonen. Wer auch immer es gebaut hatte, hatte viele, große Probleme. Oder gar keine.

Ein Geräusch, metallisch klirrend und merkwürdig summend, riss Amber aus ihrer Trance.

Links neben dem Haus, eingezäunt von nicht mehr als ein paar weißen Bändern und Stöcken, stand ein Tier, dass sie für ein Trampeltier hielt. Ihr war bewusst, dass es sich auch um ein Dromedar handeln könnte, aber sie hatte sich noch nie merken können, wie viele Höcker welches der beiden Tiere besaß. Blade hätte es gewusst. Aber selbst Blade wäre überrascht von diesem Anblick. Zwischen dem braunen Fell des Kamels blitzten metallene Platten hervor. Um seinen Hals und die Beine wickelten sich Kabel, die im Mondlicht glänzten. Es hob den Kopf und sah Amber durch seine großen Augen an. Sie erinnerten sie an die Linse ihrer Kamera. Zwei rote Punkte leuchteten inmitten seiner Pupillen. Sie schienen Amber zu scannen, wanderten dann zu Gazing und blieben schließlich an James hängen.

Der Mund des Kamels klappte auf. „Was willst du hier?", fragte es mit einer blechernen, kratzigen Stimme, ohne den Mund weiter zu bewegen.

Amber fielen fast die Augen aus dem Kopf, so wenig konnte sie glauben, was sie gerade sah.

James schien sich weniger darüber zu wundern, als er schmunzelnd antwortete: „Du hast es also wirklich immer noch nicht vergessen können?"

Das Kamel blickte James ausdruckslos an. Mit dem ausgeklappten Kiefer wirkte es irgendwie ein bisschen dümmlich und Amber hätte sich nicht gewundert, wenn es begonnen hätte zu sabbern. Ein rasselndes Pfeifen drang aus seinem Mund. Es schien so, als würde das Kamel tief ausatmen. „James, lass die Spielchen. Was machst du hier?", fragte es dann. Es klang gereizt.

Hatte James Streit mit einem Kamel? Wieso machte ihn das in Ambers Augen auf einmal so viel cooler?

„Wir brauchen was zum Schlafen für die Nacht." James' freches Grinsen war in seinem Tonfall deutlich zu hören.

Amber war der Einordnung dieser Situation nicht wesentlich näher gekommen, hatte jetzt jedoch das Gefühl, James reizte das Kamel absichtlich.

„Dein scheiß Ernst?" fluchte das Kamel.

„Sieht es so aus, als würde ich lügen?" James breitete die Arme aus und schaute in den glänzenden Sternenhimmel über ihnen. „Wir stehen ernsthaft vor deiner Tür. Wenn du uns wegschickst, sterben wir wahrscheinlich."

Amber konnte förmlich spüren, wie Gazing die Augen verdrehte. Sie schielte zu ihm hinüber. Auch seine verschränkten Arme sprachen nicht dafür, dass sich seine Laune in irgendeiner Weise verbessert hätte. Irgendwie verständlich. Aber irgendwie auch echt lahm. Wann in seinem Leben sah er noch mal ein sprechendes Kamel? Jetzt würde diese einmalige Erinnerung für immer von einem grauen Nebel aus Missmut überzogen sein.

Was für eine Verschwendung, dachte Amber und beschloss, sich erst mal nicht mehr mit Gazings Laune zu beschäftigen. Da der Nebel jetzt aber auch ein bisschen in ihre Erinnerung gezogen war, ging sie auf Nummer sicher und richtete ihre Kamera auf das Kamel.

„Trifft sich gut, ich wünschte, du würdest sterben. Vielleicht lässt du mich dann endlich in Ruhe", hallte es aus ihm heraus.

James zog scharf die Luft zwischen seinen Zähnen ein und drehte sich zu Gazing und Amber. „Er meint es nicht so", versicherte er mit vertrauensvollem Blick.

„Doch, so mein ich das. Und sag dem Kind, es soll die Kamera ausmachen", krächzte das Kamel.

„Ich mach, was ich will!", schoss es aus Amber heraus, ohne dass sie etwas dagegen machen konnte. Das waren also die ersten Worte, die sie mit einem Tier gewechselt hatte.

„James, sag ihm, es soll die Kamera ausmachen."

„Amber, vielleicht solltest du sie ausmachen, man weiß nie mit diesem Kerl. Er tickt manchmal nicht ganz ..."

Pfft!

Ein Strahl aus Licht schoss an Ambers Kopf vorbei, schnell und lautlos wie ein Pfeil. Anscheinend hatte er kurz vorher die Kamera in Ambers Hand getroffen, die plötzlich einige Meter weiter hinter ihr im Sand lag.

„Hiram, verdammt, geht's noch?", schrie James das Kamel an. „Das ist ein Kind und kein scheiß Videospiel."

Aus einem Nasenloch des Kamels stieg sanfter Nebel, sein Kopf war in Ambers Richtung gewandt.

„Komm nicht an mein Haus, bitte mich um Hilfe und nenn mich dann einen Spinner", raunte es.

„Ganz offensichtlich bist du einer", murmelte Gazing und sah dabei sehr angestrengt aus.

„Was sagt der da?", fragte das Kamel etwas lauter und hob den Kopf.

„Nichts!", fiel James ein und machte einen Schritt zwischen Gazing und das Kamel. „Lass uns einfach rein."

Er blickte zu einem einzelnen, dunkel schimmernden Fenster, weit über der Eingangstür des Hauses. Amber meinte, die Bewegung eines Schattens zu erkennen. Ein kleiner Schauer lief ihr den Rücken hinunter.

Das rote Leuchten in den Augen des Kamels erlosch. Wenige Sekunden später hörten sie ein Summen und die übertrieben große Eingangstür des Hauses sprang einen Spaltbreit auf. Neugierde packte sie, doch jemand stellte sich ihr in den Weg.

„Es ist mal wieder an der Zeit, dass ich euch etwas erkläre", sprach James und positionierte sich zwischen Amber, Gazing und der Tür.

Trotz Ambers Erwartung, dass Gazing einen fiesen Kommentar zu der Situation abgeben würde, blieb er still. Sie wusste nicht mal, ob er atmete. Er stand einfach da und sah James an. An seinen geballten Fäusten konnte sie die Adern pochen sehen. Ein Anblick, den sie irgendwie nur schwer ertrug.

„Wieso kann das Kamel sprechen?", platzte es aus Amber hinaus in die Stille.

James blickte zu ihr und sah dabei so überrascht aus, als hätte sie ihm erklärt, dass die Erde eine Scheibe war, was sie nicht verstand, weil ihre Frage berechtigt war.

„Was genau meinst du?", fragte er, als hätte sie sich das Kamel nur eingebildet.

Amber warf einen schnellen Blick auf das Tier. Es stand noch immer am selben Ort, den Mund so dämlich ausgeklappt wie zuvor. „Ich weiß nicht, was man daran nicht verstehen kann. Und auch nicht, wie ich es anders fragen soll. Wieso kann dieses Kamel reden? Haben die Schläuche an seinem Hals was damit zu tun?"

„Amber", sagte Gazing, aber sie konnte nicht hören, was er danach sagte, weil James urplötzlich in einen hysterischen Lachanfall ausbrach.

„Ich kann's nicht glauben ... Ich dachte eigentlich ... du wärst ganz klug ...", japste er.

Irritiert schaute Amber zu Gazing.

„Das Kamel ist ein Roboter", drang seine Stimme durch das Gelächter.

Amber wollte im Boden versinken, jetzt sofort, ohne Verzögerung. Dass sie diesen Zusammenhang nicht selbst hergestellt hatte, ärgerte sie sehr. Und dann sah Amber ein Lächeln über Gazings Gesicht huschen. Es war nur klein und verschwand im nächsten Moment schon wieder. Und obwohl sie eigentlich wütend darüber war, dass sie sich blamiert hatte und sich die zwei darüber lustig machten, freute sich Amber, Gazing so zu sehen.

„Ja, klar! Lacht nur. Ihr werdet schon sehen, was ihr davon habt!", sagte sie entrüstet, ohne selbst zu wissen, was sie davon haben werden. Ambers Blick fiel auf ihre Hand und den kleinen, schwarzen Fleck, der sie zierte.

„Meine Kamera!", stieß sie aus und drehte sich ruckartig um.

James' Lachen verstummte und Amber konnte spüren, dass er sie beobachtete, als sie das halb versunkene Gerät aus dem Sand zog.

Ein dunkles Loch hat sich auf ihrer Rückseite eingebrannt. Es ließ Amber das Schlimmste vermuten. Sie drehte die Kamera um, drückte jeden Knopf, doch der Bildschirm blieb schwarz. Tränen stiegen ihr in die Augen, ohne dass sie es verhindern konnte.

Plötzlich spürte sie Gazing neben sich.

„Das bringen wir schon wieder in Ordnung", versicherte er flüsternd und legte eine Hand auf ihre Schulter.

Ohne dass Gazing es sehen konnte, wischte sich Amber die Tränen aus dem Gesicht. „Ist schon okay", sagte sie, obwohl es gar nicht okay war.

✶ GAZING ✶

Obwohl sie sich alle Mühe gegeben hatte, sie zu verbergen, bemerkte Gazing Ambers Tränen. Auch wenn er es nie laut aussprechen würde, tat es ihm gut, sie so zu sehen. Nicht, dass er sich darüber freuen würde, dass Amber weinte – ganz im Gegenteil. Ihre Tränen holten ihn jedoch aus seiner eigenen, düsteren Gedankenwelt heraus und zurück in die Realität, weil er das Gefühl hatte, jetzt gebraucht zu werden.

Hinter ihnen räusperte sich James. „Mir tut das mit deiner Kamera auch echt leid, ich werd Hiram deswegen nicht einfach so davonkommen lassen. Ehrenwort." Er kreuzte die Finger. „Aber merkt ihr, wie kalt es wird? Gleich ist es hier so unerträglich, dass ihr euch mit der Kamera gemeinsam zur letzten Ruhe legen könnt."

„Ich werd sie reparieren", sagte Gazing mit einer Zuversicht, die ihn selbst überraschte.

„Nicht, wenn du mir nicht kurz zuhörst. Es ist wichtig, dass ihr etwas wisst, bevor wir in dieses Haus gehen." James seufzte tief. „Also gut. Hiram, der Mann, der hier wohnt und der mit uns durch sein Roboter-Kamel gesprochen hat ..." Er zwinkerte Amber zu, woraufhin das Mädchen kurz wütend durch die Nase ausatmete. „... und ich haben nicht die angenehmste Vergangenheit. Ja, so könnte man das sagen."

„Klang doch, als wäre er höchst erfreut, dich hier zu sehen", schnaubte Gazing.

„Irren ist menschlich, Gazing", gab James schlagfertig zurück. „Hiram ist ein, wie soll ich sagen ... sehr spezieller Mensch. Seine Geschichte ist ziemlich krass. Um unser Leben willen erspare ich es uns jetzt, zu sehr in die Tiefe zu gehen. Ihr müsst nur wissen, dass ihn seine Vergangenheit ziemlich kaputt gemacht hat. Er wirkt vielleicht etwas ruppig, aber ganz tief in ihm schlummert ein echt ganz guter Kerl." James wirkte, als müsste er sich selbst auch noch davon überzeugen. „Wir bleiben über Nacht hier. Das Haus ist der einzige Ort auf dem Weg, an dem wir nicht erfrieren. Würde es die Situation nicht verlangen, hätte ich euch nicht zu ihm gebracht, das versichere ich euch. Morgen früh geht's weiter. Bis nach Zandria ist es dann nicht mehr weit."

„Zandria?", fragte Gazing und merkte, wie sich seine Pupillen weiteten, doch James hatte sich schon auf den Weg zum Haus gemacht und schlüpfte gerade durch die geöffnete Tür.

Das Innere des Hauses wirkte genau wie sein Äußeres: düster, gefährlich und mächtig. Die schwarzen Wände schluckten fast jedes Licht, das die entlang der Decke angebrachten Leuchten abgaben. Ein feines Orange beleuchtete die sehr minimalistisch verteilten Möbel: ein schmales, dunkles Sofa ohne Kissen, das zu einer kahlen, schwarzen Wand ausgerichtet war, ein Esstisch ohne Stühle vor einer Küchenzeile, die aussah, als würde sie aus nur einem Steinblock bestehen, eine steile Treppe ohne Geländer, und vor einem Fenster, das vom Boden bis zur Decke reichte, stand ein einsamer, runder Sessel, der sich jetzt langsam drehte.

✶ AMBER ✶

„Hiram", steht auf dem Schild vor dem riesigen Vogelkäfig, dessen goldene Stäbe so weit auseinanderstehen, dass jedes Tier aus ihm entkommen könnte. Hindurch sieht man einen prächtigen Vogel mit gebogenem Schnabel und knorrigen Krallen einsam und allein auf einem verkohlten

Baumstamm hocken. Um ihn herum nichts als Staub und Hitze. Sein linkes Auge zuckt unkontrolliert, während er scharf in die Ferne schaut. Keiner weiß so recht, wohin genau er sieht oder was er sucht, aber eigentlich weiß man das bei keinem so genau. Deswegen wird einfach akzeptiert, dass er den ganzen Tag nichts anderes tut, als auf diesem Stamm zu sitzen und von links nach rechts zu starren. Seine Augen sind vom Starren glasig geworden. Vielleicht ist er sogar blind, ohne es zu wissen.

Manchmal hat man Glück und kann ihn dabei beobachten, wie er seine Flügel aufspannt und mit ihnen wackelt, als würde er gleich abheben, das tut er aber nie. Dabei hat man die Chance, sein innerstes Federkleid zu sehen. Es ist zerzaust, an manchen Stellen fehlen Federn, andere Stellen sind geschwollen und eitrig. Der Vogel ist krank geworden, weil er nur starrt, aber auch davon will er nichts wissen.

Eine silberne Pistole steckt zwischen den schwarz schimmernden Federn des Vogels, von der Amber allerdings noch nichts wusste, als sie Hiram zum ersten Mal sah.

Das Erste, was Ambers Aufmerksamkeit auf sich zog, als sie hinter Gazing das Haus betrat, waren die Umrisse eines runden Sessels, der sich exakt in diesem Moment in ihre Richtung drehte.

Obwohl es dunkel war, spürte Amber die Intensität der schwarzen Augen, deren Blick sie durchbohrte. Erst danach erkannte sie die Silhouette des Mannes, der sich, im Sessel sitzend, nach vorne beugte. Mondlicht fiel durch das Fenster hinter ihm auf seine dunklen Locken, die ihm in Strähnen ins Gesicht fielen.

Amber schauderte. Etwas an dem Mann schreckte sie ab, obwohl sie eigentlich nie von Menschen abgeschreckt wurde. Aber dieser hier glühte schwarz und kalt. Als er sich erhob, meinte sie fast, dunkle Rauchschwaden um ihn herum wirbeln zu sehen, schrieb das aber ihrer Fantasie zu und schämte sich ein wenig dafür, wieder Dinge zu sehen, die die anderen bestimmt nicht sahen.

„Du hast mit deinem Kamel meine Kamera kaputt gemacht!", platzte es aus ihr heraus. Amber merkte, wie Gazing zu Eis erstarrte. Sein Problem, dass er immer so vorsichtig war. Sie hatte keine Angst, auch nicht vor einem Mann ohne Seele. Um das zu beweisen, ging sie ein paar Schritte auf den Mann zu und reckte die Kamera in ihrer Faust hoch in die Luft. Ein Kribbeln durchfuhr ihren Arm und breitete sich in ihrer Brust aus. Sie fühlte sich stark und mutig und Blade wäre bestimmt stolz auf sie gewesen, wenn er gesehen hätte, dass sie so tapfer war.

„Wenn du Angst vor deinem Gegner hast, gibt ihm das die Macht über dich", hatte er ihr erklärt, nachdem sie ihm von einem schlimmen Albtraum berichtet hatte.

„Aber immer wenn die Monster auftauchen, zittern meine Beine so sehr", hatte sie mutlos entgegnet.

„Stell dir das nächste Mal einfach vor, dass ich sie festhalte, schau, so", Blade griff nach ihren Knien, „und dann helfe ich dir zu laufen." Er zog ein Knie nach vorne, sodass Amber einen Schritt machen musste. Dann noch einen und noch einen.

Jetzt stand sie direkt vor dem Mann, hielt ihm die Kamera entgegen. In ihren Augen glitzerte Heldenmut und Zorn. Skeptisch fielen seine Pupillen in ihre. Seine Braue hob sich und ihre zogen sich zusammen. Der Mund des Mannes öffnete sich leicht, als würde er etwas sagen wollen. Doch ihm entwich nichts als ein leises Seufzen. Amber spürte, wie eine kalte Welle sie erfassen wollte, doch sie stellte sich ihr entgegen. Und dann schob der Mann sie einfach beiseite.

Die Welle brach über ihr zusammen. Sie breitete sich von ihrer Schulter aus, wo der der Mann sie berührt hatte, und sammelte sich in ihren Knien, die zu wackeln begannen. Erschrocken taumelte sie ein paar Schritte zur Seite und stieß gegen etwas Weiches. Es brauchte einen Moment, bis sie realisierte, dass es Gazing war, gegen den sie sich drückte.

✶ GAZING ✶

Ohne den Blick von dem Fremden abzuwenden, nahm Gazing Amber die Kamera aus der Hand, die sie noch immer gen Himmel streckte. Nachdem er sie repariert hatte, würde er Amber bitten, in Zukunft bis fünf zu zählen, bevor sie den Mund öffnete.

„Ich habe mich oft gefragt, wie es sich anfühlen wird, wenn wir uns zum ersten Mal wiedersehen", schallte die tiefe, raue Stimme des Mannes durch den Raum.

Amber zuckte leicht zusammen und starrte schnell auf den Boden, als wollte sie vertuschen, dass sie der harsche Ton erschrocken hatte.

„Und?", fragte James kurz und frech.

„Hab' nicht wenig Lust, das Leben aus dir rauszuquetschen", raunte Hiram.

Unsicher sah Gazing zwischen James und dem Schatten hin und her. Sie hatten sich in einem Blickkontakt verfangen, der mehr Gewicht trug als die meisten Geschichten. Wie ein Blitzschlag durchfuhr es Gazing, als Hirams schwarze Augen in seine Richtung zuckten.

„Warum bringt du den Yaahk zu mir?"

Das Fell auf Gazings Ohren stellte sich auf.

„Ich bringe den Yaahk nicht zu dir", tat James mit einer lässigen Handbewegung ab. „Wie gesagt, wir brauchen nur was für die Nacht, ein paar Stunden Schlaf, vielleicht ein kleines Frühstück ..."

„Wieso ist der Yaahk bei dir?", fiel ihm der Fremde ins Wort.

James' Blick wurde misstrauisch. „Warte, warte ... der Yaahk? Weißt du schon von ihm?", fragte er und jagte Gazing damit einen Schauer über den Rücken.

„Ein Sumperinger Bote ist vor wenigen Stunden auf dem Weg nach Zandria hier vorbeigekommen. Er war in Plauderlaune." Die beiden warfen sich einen speziellen Blick zu, der Gazing zwar nicht entging, den er jedoch nicht wirklich deuten konnte. Der Schatten erhob sich. Er war locker einen Kopf größer als Gazing und James und wahrscheinlich so kräftig wie sie beide zusammen.

„Oh, Scheiße", murmelte James und grinste Gazing unschuldig an.

Gazing versuchte angestrengt zu verhindern, die Konsequenzen dieser Neuigkeit zu berechnen. Stattdessen betrachtete er die Kamera in seiner Hand zum ersten Mal eingehender.

„Ich bringe ihn zu meinem Bruder", wandte sich James wieder an den Fremden.

Die Kamera war von einem Laser getroffen worden, das fand Gazing schnell heraus, denn darüber hatte er in Science-Fiction-Romanen in Brenin gelesen. Wirklich gesehen hatte er aber nie einen. Er hatte Laserwaffen, so wie vermutlich viele andere, ziemlich reale Dinge, für Produkte einer ferneren Zukunft gehalten. Dass er sich mitten in dieser Zukunft befand, konnte sein Gehirn noch nicht verarbeiten. Dafür brachte es seine Hände unterbewusst dazu, die Kamera von dem angekokelten Teil ihres Gehäuse zu befreien.

„Dann ist er für dich von Wert?", raunte Hiram durch den Nebel in Gazings Kopf.

Unter der stählernen Abdeckung führten einige Drähte von links nach rechts, durch alle möglichen Ringe und Löcher. Nur an der Stelle, wo der Laser ihre Oberfläche getroffen hatte, war einer der Drähte aus seinem Loch gerutscht und zeigte ins Leere. Ohne zu zögern, steckte Gazing ihn mit einer gezielten Handbewegung wieder hinein.

„Von geringem Wert, höchstens." Er hörte zwar nicht genau hin, diese Worte nagten jedoch für einen Moment an Gazings Ego.

Der Schatten lachte auf. Der raue Laut flog die hohen Wände entlang, bis an die Decke des spitz zulaufenden Raumes.

Gazing drückte vorsichtig alle Knöpfe der Kamera. Das Display flimmerte auf.

„Hiram, ich bitte dich. Das hier ist größer als wir zwei."

„Sie war es auch", zischte der Mann, der mit einem Satz an James herangesprungen war. Sie standen jetzt Kopf an Kopf, die Blicke fest verbunden. Beinahe berührten sich ihre Nasenspitzen.

Obwohl Gazing spürte, dass er James jetzt unterstützen müsste, tat er gar nichts.

Gar nichts, bis auf seinen Arm zu heben und auf den roten Knopf zu drücken, mit dem Amber für gewöhnlich ihre Aufzeichnungen startete.

Ein Piepton erklang, so leise, dass nur er und Amber ihn hören konnten.

Dem Mädchen klappte still die Kinnlade hinunter, als sie den leuchtenden Bildschirm in Gazings Hand wahrnahm. Er hielt die Kamera auf sie und schob ihren Mund mit der anderen Hand wieder zu. Durch den Bildschirm beobachtete er, wie sie kurz damit kämpfte, nicht laut zu lachen, und ihm die Kamera dann aus der Hand schnappte.

Wie hast du das gemacht, formte sie lautlos mit den Lippen.

Gazing zuckte mit den Schultern.

„Ist nicht so, als wäre sie gestorben", sagte James.

„Sie ist nicht hier. Und das ist deine Schuld", erwiderte Hiram.

„Pfft." James lehnte sich zurück. „Siehst du, genau das ist der Grund, warum sie nicht mehr hier ist. Du musst endlich anfangen, ein bisschen Selbstreflexion zu betreiben."

Hiram bewegte seinen Arm in einer Geschwindigkeit in James' Richtung, von der Gazing schwindelig wurde.

Doch James schaffte es, den Angriff blitzschnell mit einer Hand abzuwehren. Er hielt Hirams Armgelenk fest, als er entschlossen sagte: „Wenn du mich jetzt umbringst, kriegst du den Deal nicht, den ich dir mitgebracht habe."

Hiram kochte. Wutentbrannt verzog er die dunklen Augenbrauen zu einem scharfkantigen M. Sein breiter Kiefer pochte gefährlich. Gazing wurde heiß, dann kalt, dann wurde ihm schlecht. Und dann entspannte sich das Gesicht des Mannes plötzlich. Er trat einen Schritt von James weg, klopfte ihm zweimal fest auf die Schulter.

Der verdutzte Gazing schauderte, als er realisierte, dass Hiram sich jetzt auf ihn zubewegte. Schon stand er wenige Zentimeter vor ihm, die Augen auf Höhe seiner weißen Ohren. Er schien sie genau zu studieren, strich einmal unerwartet zart mit der Hand an ihrem Fell entlang.

„Mal sehen, wie mir dein Deal gefällt, James van Emmett. Wenn er deine Dreistigkeit, hier aufzutauchen, übertrumpft, sei es drum. Wenn nicht, nehme ich mir den Hasen."

Ich bin kein Hase, wollte Gazing erwidern, doch er blieb still. Dass ihn niemand einfach nehmen durfte, fiel ihm erst als Zweites auf.

Hirams Blick wanderte an ihm hinunter. Instinktiv zog Gazing Amber, die noch immer vor ihm stand, ein klein wenig näher an sich heran. Hiram beugte sich zu ihr hinab.

„Ich bin ein ausgezeichneter Schütze, Kleine", raunte der Mann. Sein fein getrimmter Oberlippenbart kräuselte sich über einem fiesen Grinsen.

Amber nickte langsam und sah dabei aus, als hätte sie irgendetwas verstanden.

Dann flatterte Hiram in seinem geöffneten goldenen Kimono zurück zu James. Mit einer kräftigen Bewegung packt er den Jungen und zog ihn mit sich in einen anderen Raum. Hinter ihnen schloss sich die schwarz-weiß marmorierte Tür und Amber und Gazing blieben atemlos zurück.

„Nur dass du weißt, ich hatte gar keine Angst. Er hat mich nur so fest geschoben, da bin ich irgendwie gestolpert", erklärte Amber, nachdem Gazing ihr die Decke übergelegt hatte, die er auf der Couch gefunden hatte.

„Ich weiß gar nicht, wovon du sprichst", beteuerte er und drehte den runden Sessel, den sie sich zum Schlafen ausgesucht hatte, zum Fenster herum.

„Na dann", sagte Amber. „Gute Nacht, Gazing." Sie lehnte sich in Richtung der Wüste und sah hinauf in die Sterne.

Gazing würde kein Auge schließen können, bevor James und dieser Hiram nicht wieder aufgetaucht waren. Zu hoch war die Gefahr, dass er im Schlaf entführt wurde, von einem der beiden oder beiden zusammen. Sicher war er sich da wirklich nicht.

Im Nachhinein hätte er nicht sagen können, woher er den Mut nahm, aber er beschloss, die Zeit zu nutzen und sich ein wenig in diesem surrealen Raum umzusehen.

Obwohl er inmitten einer staubigen Wüste gebaut worden war, wirkte er makellos steril. Gegen die Hitze der Umgebung kam seine kalte Atmosphäre ohne Probleme an.

Gazing strich über die steinerne Küchenzeile. Als hätte er damit einen versteckten Mechanismus bedient, schoss ein Strahl Wasser aus der Wand vor ihm. Erschrocken zog er die Hand zurück. Das Wasser plätscherte auf den Stein und floss wie auf magische Weise in einem feinen Strom in ein Loch an der Wand.

Panisch sah Gazing auf, doch die Tür zum Nebenraum blieb geschlossen. Etwas neben der Tür stach ihm ins Auge. Die frei stehende Treppe in ein weiteres Stockwerk.

Nach oben hin wurde es so dunkel, dass Gazing nicht ausmachen konnte, wo die Treppe endete. Das machte ihn neugierig. Auf Zehenspitzen schlich er an der Tür vorbei und die Stufen hinauf.

Vor einer Glastür, die durch die dicke Hauswand führte, fand die Treppe ihr Ende. Gazing drückte die Klinke nach unten und grinste erfreut, als sie nachgab. Hinter der Tür eröffnete sich ihm ein Balkon aus schwarzem Glas. Er ragte einige Meter über der Eingangstür in den Sternenhimmel.

Vorsichtig und mit flauem Magen wagte Gazing ein paar Schritte auf das kalte Glas. Von hier aus wirkte es, als stände man mitten im Universum. Die Sandkörner in der tiefschwarzen Wüste unter ihm funkelten im Mondlicht, als wären sie Sterne. Und die Sterne glitzerten über ihm, als könne er sie berühren, wenn er sich ein klein wenig streckte. Gazing lehnte sich behutsam über das durchsichtige Geländer.

Die Wüste klang wie das Rauschen des Meeres. Windstöße brandeten an den Wänden des Hauses und feiner Sand zog raschelnd über die Dünen.

Die Glastür hinter ihm schob sich fast lautlos auf. Gazing zuckte zusammen, als James neben ihn trat.

„Und? Ist Hiram mein neuer Besitzer, oder bleibst du es?", fragte er. Dass Hiram James dazu gebracht hat, ihm Gazing zu „überlassen", hielt er nicht für unwahrscheinlich.

„Ich bleibe es", antwortete James mit Stolz in der Stimme, doch dann hielt er inne. „Moment mal! Das war eine Fangfrage, richtig? Niemand ist dein Besitzer. Ich hab kein Interesse daran, irgendwen oder irgendwas zu besitzen. Ich helfe dir nur, ganz uneigennützig." Er grinste Gazing frech an und stieß ihn freundschaftlich in die Seite. „Du bist frei, zu gehen, wohin du willst." Ausladend zeigte er auf die düstere Landschaft um sie herum.

Gazing blickte in die Leere und überlegte, wie lange er wohl überleben würde, so ganz allein in der Wüste. Er sah sich selbst unter dem gläsernen Balkonboden durch die Haustür laufen, stellte sich vor, wie er ungebändigt die Mittelfinger in die Höhe streckte und über die Dünen verschwand, in die unendliche Freiheit. Die unendliche Weite. Die unendliche Ungewissheit.

Gazing wünschte sich sein altes Leben zurück, in dem seine einzige Ungewissheit gewesen war, wie sein Leben vor dem Gedächtnisverlust ausgesehen hatte. Seufzend dachte er an die Version von sich selbst, die geglaubt hatte, dass es einen nicht schlimmer treffen konnte. Fast hätte er bei dem Gedanken laut gelacht. Er hätte alles dafür gegeben, jetzt frustriert und wütend neben Lilith in der Bibliothek zu sitzen, um staubige Bücher zu wälzen, die ihm nichts Neues verrieten. Stattdessen stand er in einer staubigen Wüste, die ihn womöglich noch heute Nacht umbringen würde, wenn er sich entschied zu gehen.

„Was ist eigentlich euer Problem?", fragte Gazing und nickte in Richtung der Tür.

James seufzte. „Das ist eine sehr traurige Geschichte", sagte er und steckte nachdenklich eine Haarsträhne hinter sein Ohr.

„Okay", sagte Gazing.

„Sie ist auch ein bisschen gefährlich", erklärte James eindringlich.

„Okay", sagte Gazing.

„Und vielleicht stellt sie mich ein bisschen als Arschloch dar. Aber ich hab aus meinem Fehler gelernt, versprochen." James schaute ihm tief in die Augen.

„Okay", sagte Gazing.

„Okay", sagte James und atmete tief ein. „Hiram ist der letzte Sohn einer ganzen Reihe von Söhnen. Sie lebten alle hier, in dieser Wüste, und suchten nach etwas, womit seine Vorfahren der Legende nach ihr ganzes Vermögen aufgebaut haben. Ehrlich gesagt, was genau das sein soll, konnte Hiram mir nie richtig erklären. Ich glaub, er weiß es selbst nicht so genau. Sein Vater wusste es schon nicht und er hatte es von seinem Vater erklärt bekommen, der sich auch nicht mehr ganz sicher war, weil sein Vater schon nicht wirklich sagen konnte, worum es eigentlich ging. Aber er sucht trotzdem. Jeden Tag." Frustriert pustete James eine Haarsträhne aus seinem Gesicht. „Ich hab ihn vor ein paar Jahren kennengelernt, da war er noch ganz anders als jetzt. Ein zielstrebiger junger Mann, mit Träumen und Ambitionen. Aber auch verloren. Irgendwie macht das Verlorensein Menschen interessanter, findest du nicht?"

„Darüber habe ich nie nachgedacht", sagte Gazing, denn darüber hatte er noch nie nachgedacht. Er fühlte sich sehr verloren. Das machte ihn in seinen Augen aber keinesfalls sehr interessant.

„Na ja. Vor ungefähr vier Jahren ist Hirams Vater in die Wüste gegangen und nie wieder zurückgekommen. Aber er hat einen Brief dagelassen, in dem stand, dass er nicht mehr kann. Dass er sich entschieden hat, diese Welt für immer zu verlassen. Und dass er Hiram viel Glück bei seiner Suche wünscht. Es war genauso hart, wie es klingt. Danach war Hiram nie wieder derselbe. Du hast gesehen, was das ewige Suchen nach nichts aus ihm gemacht hat. Einen garstigen, alten Bock. Es ist miserabel anzusehen." James seufzte theatralisch und ließ sich über die gläserne Brüstung hängen.

„Wieso hört er nicht einfach auf zu suchen?", fragte Gazing, der allein bei dem Gedanken an diese Aufgabe in starke Depressionen verfiel.

„Ach, was weiß denn ich. Ich denke, wenn deine Vorfahren so lange hinter der einen Sache her sind, ist die Jagd danach irgendwann Teil deiner DNA. Er will dieses Ziel erreichen, selbst wenn es niemanden mehr gibt, der ihm dafür danken wird. Ich hab oft versucht, ihm dabei zu helfen, ihn mit Wissenschaftlern und Technikern auf der ganzen Welt bekannt gemacht. Er hat mit ihnen Maschinen entwickelt, die niemals funktioniert haben, weil auch sie nicht wussten, wonach sie suchen sollten. Dafür hat er etwas ganz anderes gefunden." James machte eine Pause, um die Spannung steigen zu lassen. „Ich wusste eine ganze Weile nicht, was es war. Aber ich hab die Auswirkungen mitbekommen. Plötzlich traf ich hier immer wieder auf fremde Gestalten. Düstere Gestalten, von denen Hiram mir nichts erzählen wollte. Und Frauen, schöne Frauen, wunderschöne Frauen. Hiram veranstaltete Partys für sie, exzessive, sündhafte Partys. Dir würde schwindelig werden, wenn ich dir erzähle, was wir auf diesen Partys getrieben haben."

Fremde, viele Fremde, mit dunklen Geheimnissen und wilde Partys – Gazing schüttelte es bei dem Gedanken. Aber ein bisschen kribbelte es auch.

„Es war keine schlechte Zeit, sag ich dir ehrlich, aber irgendwie passte das alles nicht ins Bild, das ich von Hiram hatte. Unsere Treffen wurden immer obszöner, ich spreche von Drogen und Sex, und immer wieder sah ich Leute mit Waffen tanzen. Es ging mich nie etwas an, aber irgendwann wurde ich neugierig, wer diese Leute waren, mit denen wir feierten. Ich hab angefangen, Fragen zu stellen, aber Hiram hat ein Riesengeheimnis aus allem gemacht. Und dann hab ich es vielleicht ein bisschen übertrieben."

Gazing spitzte die Ohren.

„Genso-Blüten wirken immer anders, je nachdem, wie man sie nimmt. Das hab ich euch schon erklärt, mehr oder weniger. Wenn man ihr Öl mit Wasser mischt und trinkt, blockieren sie den Teil des Gehirns, der Fantasie zulässt. Was gleichzeitig auch bedeutet, dass man nicht mehr lügen kann. Ich hab Hiram in kürzester Zeit jedes einzelne Geheimnis entlockt." Er geriet kurz ins Stocken. „Irgendwie hat er recht, ich bin wirklich an vielem schuld." Nachdenklich stützte er den Kopf auf seine Hände. „Durch einen meiner Kontakte, die Hiram bei seinen technischen Forschungen unterstützt hatten, ist er an die falschen Leute geraten und in einen Waffenhandel-Ring gerutscht. Sein

Haus hier in der Wüste war der perfekte Knotenpunkt zwischen einigen Gebieten, mit denen der Ring handelte. Und Hiram war verzweifelt auf der Suche nach einem Sinn. Ich wunder mich nicht, dass er so schnell zugestimmt hat, sein Haus für dieses Business zu öffnen. Verlorene Seelen sind besonders anfällig für schwarze Magie."

„Ich glaube ehrlich nicht, dass ich davon wissen sollte", murmelte Gazing, der inzwischen bereute, überhaupt gefragt zu haben. Man sollte die eigene Nase nicht in die Dinge anderer stecken. Und seine steckte jetzt ziemlich tief in etwas ziemlich Illegalem.

„Das war noch nicht mal alles. Das Drama beginnt jetzt erst. Zu dieser Zeit war Hiram zu allem Überfluss auch noch unendlich unglücklich verliebt. Sie hat für die Händler hin und wieder allerlei Zeug erledigt und war oft bei Hiram zu Gast. Seit er sie zum ersten Mal gesehen hat, hat er nur noch von dieser Frau gesprochen. Das war schlimmer auszuhalten als sein Klagen über die Versäumnisse seiner Vorfahren, ich schwörs." James grinste frech. „Clarissa war so was wie die größte Liebe seines Lebens. Sie ist es noch immer, wie es scheint. Kann's ihm nicht verübeln, sie ist eine einzigartige Frau. Wild wie ein Fuchs, genauso klug und listig. Im positivsten Sinne. Aber Füchse lassen sich nicht gern fangen. Als ich Hiram das Genso-Öl gegeben habe, ist er schnurstracks zu Clarissa marschiert und hat sie gebeten, seine Frau zu werden. Im Nachhinein ist das echt eine lustige Geschichte, aber du hättest es live erleben müssen. Ich war noch nie so unangenehm berührt. Konnte fast nicht hinsehen. Aber weggucken erst recht nicht. Die meiste Interaktion zwischen Hiram und Clarissa hat vorher in seinem Kopf stattgefunden. Die Arme hatte keinen blassen Schimmer von seinen Gefühlen und war so überfordert mit der Situation, dass ihr nichts Besseres eingefallen ist, als noch in derselben Nacht abzureisen. Endgültig."

Gazing schwieg betroffen. Plötzlich empfand er Mitleid für den Mann, vor dem er sich gerade noch so gefürchtet hatte.

„Hiram schiebt die Schuld auf mich und das Öl, anstatt die Dinge so zu sehen, wie sie sind. Clarissa ist gegangen, weil Hiram ein einziges Chaos ist. Trotzdem war ich es, der bestraft wurde. Er hat mir Hausverbot erteilt. Wirklich. In seinem Büro hängt sogar ein Foto von mir, damit seine Lakaien wissen, dass sie mich hier nie wieder reinlassen dürfen. Nicht, dass ich es jemals versucht hätte. Also … Bis auf heute Nacht offensichtlich."

James lehnte den Kopf in den Nacken und sah in die Sterne. Gazing tat es ihm gleich.

„Ich glaube, dass er mir nie verzeihen wird. Was mal war, kommt nie wieder zurück. Aber das heißt nicht, dass nichts Neues entstehen kann, oder?" Ein sanftes Lächeln glitt über James' Lippen.

✶ AMBER ✶

Amber erwachte durch das kribbelnde Gefühl des Fallens. Wind rauschte an ihr vorbei, sie hörte ihn, doch er berührte sie nicht.

Sie öffnete die Augen. Der blaue Himmel strahlte auf sie herab, makellos, bis auf einen kleinen schwarzen Punkt, der sich ihr näherte. Mit gefährlich hoher Geschwindigkeit schoss er an ihr vorbei. Amber drehte sich zu ihm um. Ein Junge. Seine Augen waren geschlossen, Arme und Beine flatterten leblos im Wind. Von seinem Kopf löste sich ein Tuch. Es reichte von ihm bis an Amber heran. Sie griff danach, da löste es sich in Luft auf. Zurück blieben zwei weiße Hasenohren, die aus dem lockigen Haar des Jungens ragten.

Gazing.

Gazing fiel unaufhaltsam der Erde entgegen. Genau wie Amber. Sie versuchte mit den Armen zu rudern, den Fall aufzuhalten. Gerade hatte sie das Gefühl, dabei Erfolg zu haben, als sich auf der Erde ein Spalt auftat.

Die oberste Schicht öffnete sich. Darunter erschien ein Auge. Es blinzelte, als müsste es sich orientieren. Dann starrte es zu ihnen hinauf. Ließ den Blick nicht von ihr und Gazing, die sich immer weiter seiner Pupille näherten. Gazing fiel durch sie durch und das Auge verschloss sich. Mit Schrecken stellte sich Amber darauf ein, auf der Erde aufzuschlagen. Ein Schauer blitzte durch ihren Körper. Dann war alles vorbei.

✴ GAZING ✴

Am nächsten Morgen erwachte Gazing zu den lieblichen Klängen eines Kreischens. Sofort war er hellwach. Er sprang von der Couch, auf der er sich für eine Weile hin und her gewälzt hatte und dann in einen unruhigen Schlaf geglitten war. Hektisch sah er sich um und ließ sich von der Realität einholen. Er befand sich irgendwo inmitten einer tödlichen Wüste, im gruseligen Haus eines Verbrechers. Und geweckt hatte ihn ... Amber!

Schnell blickte er in die Richtung, aus der er meinte, ihren Schrei gehört zu haben. Und tatsächlich. Eingewickelt in die Decke saß Amber auf der Küchenzeile und starrte mit einem breiten Grinsen auf ihre Kamera.

„Gazing!" Als sie merkte, dass er aufgewacht war, strahlte sie ihn so überglücklich an, als hätte sie gerade eine seltene Pflanzenart entdeckt.

„Was ist passiert?", fragte Gazing, halb besorgt, halb verwirrt, ob er wach war oder noch träumte.

„Blade!", quiekte sie und hielt sich den Bildschirm der Kamera direkt vors Gesicht.

„Hast du Blade gefilmt?" Die halbe Besorgnis in Gazing schloss sich der Verwirrung an.

„Er hat mein Video kommentiert!" Jetzt drückte sie die Kamera fest an sich, als wäre sie ein Kuscheltier.

„Was soll das bedeuten?", fragte Gazing und trat neben sie. Er wurde manchmal einfach nicht schlau aus ihr.

„Ach Mann, du Opa!", jauchzte das Mädchen. „Das bedeutet, er hatte irgendwo auf seinem Weg Zugang zum Internet und hat auf Twirr nach meinen Videos gesucht. Und dann hat er bei einem etwas druntergeschrieben!"

Gazing ging langsam ein Licht auf. Die Betonung lag auf langsam, aber wenigstens war da ein Licht.

„Was hat er geschrieben?", fragte er ehrlich interessiert. Vielleicht stand in der Nachricht etwas über den Aufenthaltsort des Jungen und wie sie ihn finden konnten. Das würde ihn ein ordentliches Stück näher an sein Ziel bringen, Amber zu helfen.

„Hier, guck selbst", sagte Amber und hielt ihm das Gerät unter die Nase. „Unter dem Video, in dem ich die komische Karte in meinem Umhang gefunden hab."

Gazing fand das Video und las.

„(0h3min) blxdx kommentierte:
Amber, das sind die sieben Schwerter, nimm dich in Acht!
Wo bist du? Was ist das für ein Weg?
Mir geht es gut.
Pass auf dich auf.
B".

Enttäuscht gab er Amber die Kamera zurück.

„Steht nicht besonders viel drin", murmelte er schulterzuckend und schlurfte gähnend zurück zur Couch.

„Also erst mal steht da, dass es ihm gut geht, du Unempathischer." Amber sprang von der Ablage und lief, eingewickelt wie eine Raupe, hinter ihm her. „Aber viel wichtiger ist doch, dass er seine kostbare Zeit im Internet dafür nutzt, meine Videos zu sehen." Sie verdrehte die Augen, als würde sie ohnmächtig werden, und ließ sich auf das Sofa fallen.

In dem Moment ging die Haustür auf und James betrat den Raum. In den Händen hielt er unterschiedlich große Eier.

„Ah! Morgen", säuselte er und streckte ihnen stolz die Eier entgegen. „Ich hab was zum Frühstücken gesammelt. Hattet ihr schon einmal Schlangeneier?"

Amber und Gazing verzogen gleichermaßen entsetzt das Gesicht.

„Nicht?", deutete James ihre Mienen. „Ist eine Delikatesse, ich schwörs! Das einzig wirklich Gute, was man in dieser Wüste findet. Inklusive seiner Bewohner." Den letzten Satz rief er in Richtung der schwarz-weißen Tür, die sich mit einem Ruck geöffnete hatte.

„Ihr seid wach? Dann könnt ihr gehen", begrüßte sie Hiram, der aussah, als hätte er die Nacht nicht geschlafen und, wenn man ganz ehrlich war, vielleicht auch ein paar Nächte davor nicht.

Mit all den Informationen, die Gazing letzte Nacht von James erhalten hatte, wirkte er auf einmal viel weniger bedrohlich. Die schwarzen Ränder um seine Augen waren nicht die eines gefährlichen, sondern die eines gebrochenen Mannes. Gebrochen, aber auch sehr stark, woran sich Gazing unmittelbar erinnerte, als sich der große Mann gähnend reckte. Gazings mitleidiger Blick wandelte sich schnell in einen neutralen. Vielleicht musste er keine Angst vor Hiram haben, aber provozieren wollte er ihn auch nicht.

Gazing machte sich sofort auf den Weg zur Haustür, denn offensichtlich waren sie hier endgültig nicht mehr willkommen, als James die Eier auf dem Steinblock ablegte und fröhlich flötete: „Wir bleiben noch zum Frühstück, danke!"

Mit einem Zischen verschwanden die Eier in der Ablage. Gazing hob überrascht die Augenbrauen. Es war, als hätte der Stein sie einfach eingesaugt. Für ein paar Sekunden hörte er ein leises Surren, dann ein weiteres Zischen und die Eier kullerten gekocht und geschält aus einer sich plötzlich öffnenden Luke in der Wand.

Amber und James hatten offenbar denselben Gedanken. Belustigt sahen sie zu Gazing, der mit offenem Mund auf die Eier starrte, die in einer gläsernen Schüssel zum Ruhen gekommen waren. Die Welt war so viel größer, als er es je geahnt hätte.

Hiram grummelte unzufrieden, griff jedoch nach einem der Eier und stellte sich neben den Sessel ans Fenster.

„Das Buffet ist anscheinend eröffnet", scherzte James und reichte Amber die Schale. Mit gespitzten Fingern nahm sie sie an, roch vorsichtig an ihrem Inhalt und stellte sie mit angeekeltem Gesicht zurück auf den Steinblock.

James fing eine Diskussion mit ihr an, wie wichtig Proteine wären und wie nahrhaft Schlangeneier. Amber konterte damit, wie schrecklich widerlich sie ausgewachsene Schlangen fand und dass sie gut darauf verzichten konnte, ihre Brut zu verspeisen.

Gazings Blick schwenkte zu Hiram, der seinerseits konzentriert aus dem Fenster sah. Auf seinen breiten Schultern lag so viel Druck, das wurde Gazing erst jetzt klar. Kein Wunder, dass er so stark war. Und kein Wunder, dass er so bedrohlich wirkte. Sein Leben war von Beginn an dazu bestimmt, schwer und dunkel zu sein, ohne dass er es sich hätte aussuchen können. Vielleicht hatte James doch recht, verlorene Seelen waren wirklich interessanter.

Gazing ging einen halben Schritt auf Hiram zu, entschied sich spontan dagegen und wieder dafür, was dafür sorgte, dass er sich ziemlich unbeholfen einmal im Kreis drehte. Ein Kichern von der Küchenzeile ließ ihn vermuten, dass Amber seine merkwürdige Aktion beobachtet hatte, und brachte Hiram dazu, sich zu der Gruppe umzudrehen.

Gazing, der sich unangenehm ertappt fühlte, fror in seiner halb verdrehten Bewegung ein. Sein Kiefer klappte auf, dann zu und unbeholfen sprudelte es aus ihm heraus: „Hiram, was genau suchst du da draußen?"

Hiram kräuselte die Nase, was ihn so gefährlich aussehen ließ wie nie zuvor, und grunzte ein „Hm?" in Richtung James.

„Was hast du erwartet?", antwortete dieser, ohne zu zögern. „Ich hab ihm alles erzählt. Er ist mein Freund."

Ein kleines Glücksgefühl fuhr durch Gazings Körper. Schnell schüttelte er es ab, bevor es ihm zu nahe kam. „Ich frage mich nur", begann er, „ob es etwas gibt, das du vielleicht übersehen hast. Du hast uns hier übernachten lassen, jetzt schulden wir dir was."

Hiram schnaubte. „James, meint der Yaahk das ernst? Glaubt er, er kommt hierher und löst ein Rätsel, das meine Familie seit Jahrtausenden beschäftigt? Reicht es ihm nicht, dass sein Volk die Welt einmal gerettet hat?"

„Ansonsten erzählst du diese Geschichte doch auch jedem, der danach fragt. Lass ihn doch. Und wer weiß, was sich in den Tiefen dieses außerirdischen Gehirns verbirgt", erwiderte James schmunzelnd.

Kopfschüttelnd drehte Hiram sich zurück zum Fenster, stützte sich mit einer Hand an den Rahmen und starrte wieder nachdenklich in die Ferne.

Beinahe konnte Gazing ein Grinsen nicht unterdrücken. Die Szene war wirklich wie in einem schlechten Theaterstück. Er wollte sich gerade abwenden und die Stille durchbrechen, indem er James nach dem weiteren Reiseplan fragte, als Hiram zu sprechen begann.

„Meine Vorfahren fanden in diesem Gebiet etwas, das schön war wie Gold und schwarz wie die Nacht", sagte er rau, aber sanft. „Es gibt Geschichten darüber, wie sie nur daran rieben und sich ihnen jeder Wunsch erfüllte. Reichtum, Ruhm, Macht, alles, was sie begehrten, wurde denen geschenkt, die es besaßen. Sie lebten wie Könige, sie waren mächtiger als solche. Die ganze Welt sah ihnen zu, wie sie Städte bauten, wo es niemand für möglich gehalten hatte, wie sie die Wüste bezwangen, wie sie ein Leben lebten, von dem andere nicht mal in tausendundeiner Nacht hätten träumen können." Während er sprach, veränderte sich Hirams Erscheinung. Er streckte sich, schob die Schultern nach hinten und seine geschwellte Brust ließ ihn stolz wirken. In der nächsten Sekunde fiel er wieder in sich zusammen. „Von einem Tag auf den anderen änderte sich alles. Was auch immer es war, das meine Vorfahren so mächtig gemacht hat, sie haben es verloren. Dann haben sie es vergessen. Aber das Leben, das sie hatten, haben sie nie vergessen. Es liegt wie ein Fluch über uns, der von Vater zu Sohn weitergereicht wurde. Aber ich bin der Letzte, der dieses Leid ertragen muss." Hirams mächtiger Körper ließ sich müde in den runden Sessel fallen.

„Ich weiß, was das ist." Gazing blickte Hiram mit glasigen Augen an. Er konnte es selbst nicht fassen, aber das war die Wahrheit. Die Bibliothek von Brenin schien zwar nicht sehr aktuell zu sein, dafür enthielt sie so gut wie jede Information über die Geschichte der Menschheit. „Öl", flüsterte er, denn Hirams Blick, der sich mit seiner Offenbarung schlagartig verdunkelt hatte, schüchterte ihn ein. Wieso schaute er ihn so zornig an? „Öl war um das Jahr 2000 herum ein wichtiger Brennstoff, der unter anderem in Wüstenlandschaften zu finden war." Gazing verstand selbst nicht, wieso er weitersprach, aber aufhalten konnte er sich auch nicht. „Ein Haufen Leute sind damit steinreich geworden. Unendlich reich."

Was er lieber nicht erwähnte, war, dass sie mit ihrem rücksichtslosen Streben nach Reichtum fast die gesamte Menschheit ausgerottet hatten. Die Bevölkerung der Erde befand sich vor rund zwanzigtausend Jahren am Rande der größten Katastrophe ihrer Geschichte. Das Ökosystem stand kurz davor, zu kollabieren und jedes Lebewesen mit sich in den Abgrund zu reißen. Schuld daran waren nicht nur die Mächtigen, Reichen, die den Planeten für ihre Zwecke ausbeuteten, sondern auch der Rest der Menschheit, der seine Augen verschlossen hatte und nicht bereit dazu gewesen war, auch nur einen Millimeter von seinem komfortablen und konsumgesteuerten Leben abzuweichen.

Das Volk der Yaahks war zu dieser Zeit auf die Erde gekommen, um die Menschen vor diesem Problem zu retten. So viel hatte er in der Bibliothek von Brenin erfahren. Wie genau sie das taten oder warum, hatte er nicht herausfinden können. Ausgerechnet an dieser Stelle hatte die Bibliothek große Lücken. Einige Seiten, in denen es um die tatsächliche Hilfeleistung der Yaahks ging, waren sogar aus den Geschichtsbüchern herausgerissen worden. Gazing und Lilith hatten sich nie einen Reim daraus machen können. Aber es wirkte, als wollte Brenin diesen Teil der Geschichte ausradieren. Vielleicht war dies Teil von Brenins Abkapselung. Ein Versuch, das Geschehen und das Versagen der Menschheit zu vertuschen.

Verschiedene Dinge hatten die Menschheit in ihre Verdammnis geführt, doch das Öl war eins der größten Probleme gewesen. Seine Verbrennung schadete der Natur extrem. Sie bäumte sich auf, versuchte immer wieder Signale zu schicken, dass es zu weit ging. Als das nicht half, ergriff sie stärkere Maßnahmen, probierte sich der Menschheit zu entledigen, die wie Parasiten an ihr klebten. Doch die Gier der Menschheit war selbst dann unerlässlich. Gazing hatte sich nie vorstellen können, wie eine Zivilisation so weit kommen konnte und wieso niemand etwas Effektives gegen ihr sicheres Ende tat. In den Aufzeichnungen wirkte es so, als wären sie in eine kollektive Schockstarre verfallen, handlungsunfähig und verdrängend. Nur die, die am Öl verdienten, vermutlich einige von Hirams Vorfahren, hatten unbeirrt weitergemacht. Sie hörten auf keine Warnung, interessierten sich nicht für Gesetze und lachten über später folgende Drohungen. Sie suchten weiter nach neuen Ölquellen, förderten ihr „schwarzes Gold", scherzten mit ihren Abnehmern über das Ende der Welt. Bis …

„Hiram, es gibt kein Öl mehr auf dieser Erde. Das, was du suchst, ist vor Tausenden von Jahren aufgebraucht worden." Gazing empfand sich als unfassbar heldenhaft, dass er dem nach wie vor wahnsinnig zornig schauenden Mann so direkt die Wahrheit sagte.

James wiederum machte einen ernsthaft besorgten Eindruck, schluckte diesen schnell herunter und versuchte lässig zu wirken, als er sich zwischen Gazing und Hiram schob. „Vielen lieben Dank für die Geschichtsstunde, Gazing. Aber, Hiram, sind wir mal ehrlich ... Was weiß ein Yaahk schon über die Vergangenheit deiner Familie."

„Ich hab Jahre in der Bibliothek von Brenin verbracht und jedes Geschichtsbuch gelesen, das ich finden konnte!", rechtfertigte sich Gazing und Hirams Miene verzog sich von wütend zu ... leidend?

„Das heißt doch gar nichts", tat James diesen Fakt ab und sah Hiram beruhigend lächelnd an.

Hiram ignorierte ihn und starrte Gazing über James' Kopf hinweg in die Seele.

In den Tiefen seiner schwarzen Augen sah Gazing ein Glitzern. Das Glitzern sammelte sich im Augenwinkel. Und dann floss es als Träne über seine Wange. Eine, zwei, drei Tränen, ein ganzer Bach. Bevor Gazing realisieren konnte, was geschah, brach Hiram zusammen. Er stieß einen Laut aus, der Gazing an ein Walross erinnerte, kniete sich auf den Boden und da blieb er. Er heulte. Er schluchzte. Manchmal fluchte er.

James sah Gazing kopfschüttelnd an. *Guck, was du gemacht hast,* warf er ihm mit einem Augenverdrehen vor.

War doch nicht meine Absicht, gab Gazing mit einem Schulterzucken zurück.

Was geht hier ab?, meldete sich Amber, indem sie an James' Shirt zupfte.

Absolut keine Ahnung, signalisierte Gazing durch das Hochziehen seiner Augenbrauen.

Gazing hat's verkackt, bedeutete James' Hand, die auf Gazing zeigte.

Ich hab nur die Wahrheit gesagt. Gazings Mund öffnete sich von allein, als wolle er Gazing helfen, sich zu verteidigen. Schnell hielt er ihn mit einer Hand zu, bevor wieder etwas Unberechenbares passierte.

✳ AMBER ✳

Es war Amber, die den ersten Schritt auf Hiram zu wagte. Sie hatte dem vogelähnlichen Mann, der verzweifelt versuchte, mit den Flügeln zu schlagen, lange genug zugesehen. Jetzt konnte sie seinen Anblick nicht mehr ertragen. Gazing und James würden ihm nicht helfen, das war ihr bewusst. Nicht, weil sie nicht wollten oder weil sie schlechte Menschen waren. Sie wussten einfach nicht, wie man mit komischen Vögeln umgehen sollte. Amber wusste das sehr genau.

Vorsichtig schob sie sich an Gazing und der steinernen Küchenzeile vorbei, hinter der sie gekauert hatte. James machte einen Schritt auf sie zu, doch diesmal war es Gazing, der ihn mit einer Handbewegung zurückhielt. Bestätigend nickte der Junge mit den Hasenohren ihr zu und das schenkte Amber genug Mut, um die restliche Strecke hinter sich zu bringen. Behutsam und mit pochendem Herz tapste sie an den schluchzenden Riesen heran.

„Einmal im Heim ...", begann sie und hielt direkt inne. „Ach so. Du weißt noch gar nichts. Also. Ich komme aus einem Heim. So mit allem Drum und Dran, wie man sich das vorstellt. Ich hab keine Eltern und ein Zuhause ist aus dem Heim auch nie geworden."

Hiram hatte aufgehört zu schluchzen. Er schien ihr zuzuhören.

Gut. Amber ging einen Schritt näher.

„Auf jeden Fall, im Heim haben sich die anderen Kinder wieder einmal über mich lustig gemacht. Das machen sie ständig, weil sie denken, ich wäre verrückt, dabei können sie einfach nur nicht sehen, was ich sehe." Sie schielte zu Hiram, beobachtete, wie er auf ihre Worte reagierte.

Der Riese hatte sich etwas aufgerichtet. Er stützte die

Arme auf seine Knie und sah mit glasigen Augen aus dem Fenster. Amber wagte noch einen Schritt in seine Richtung.

„Verrat es den anderen nicht", flüsterte sie, „aber ich hab deswegen auch manchmal so geweint wie du. Nur vielleicht nicht vor so vielen Leuten. An diesem Tag hat mich mein Freund Blade dabei erwischt, obwohl ich eigentlich ganz gut darin bin, mich zu verstecken. Ich glaube, er ist mir nachgelaufen, nachdem die anderen Kinder so gemein zu mir waren." Sie fasste an den Knoten ihres Umhangs und friemelte an ihm herum. „Erst wollte ich weglaufen, aber Blade ist so …" Wieder kam sie ins Stocken, fast hätte sie *süß* gesagt, aber das ging Hiram gar nichts an. „Ähm … er ist … so … schnell. Ja, schnell. Er hätte mich direkt wieder eingefangen. Auf jeden Fall …" Der Knoten löste sich. „… hat er mir diesen Umhang gegeben. Dazu hat er gesagt, dass ich, wenn ich ihn trage, so sein kann, wie ich will. Niemand kann mir dann etwas tun. Ich glaube …" Sie ging den letzten Schritt auf Hiram zu und legte den Umhang um seine Schultern. „… du brauchst ihn jetzt mehr als ich."

Hiram sagte kein Wort.

James und Gazing sagten kein Wort.

Aber Amber spürte, dass sie etwas Wichtiges getan hatte. Die Energie im Raum hatte sich so merklich geändert, als wäre nach langem Regen endlich ein Sonnenstrahl durch die Wolkendecke gefallen.

Eine Unendlichkeit war vergangen, als sich Hiram, noch immer zum Fenster gewandt, räusperte.

„Verzeiht mir, dass ihr mich so seht. Noch nie habe ich einen Menschen so etwas sehen lassen. Entschuldigt, dass ich euch diese Verantwortung auferlegt habe. Aber der Hase hat recht."

„Ich bin kein Hase!"

Überrascht drehte sich Amber zu Gazing, der so erschrocken dreinblickte, als hätte er einen Geist gesehen. Peinlich berührt richtete er den Blick zu Boden und rührte sich fortan keinen Millimeter mehr.

Hiram ignorierte Gazings Kommentar gekonnt.

„Ich weiß es schon so lange, aber wollte es nicht wahrhaben. All meine Bemühungen, die Technik, die ich erfunden habe, die Wissenschaftler, mit denen ich gearbeitet habe – alles deutete darauf hin, dass es das, was ich suche, gar nicht gibt." Schnaubend lachend schüttelte er den Kopf. „Ich kenne die Bibliothek von Brenin, auch wenn ich selbst natürlich nie die Ehre hatte, sie zu studieren. Sie ist die literarische Perfektion. Nirgendwo findet man eine akkuratere Abbildung der Geschichte vor dem großen Shift. Wenn der Yaahk sagt, dass dort diese Sachen über das schwarze Gold geschrieben stehen, dann glaube ich ihm."

Gazing stand noch immer still, aber seine Mundwinkel verzogen sich zu einem leichten Grinsen.

„Und selbst wenn alles, was er sagt, gelogen wäre – ist heute der Tag, an dem diese Geschichte endet. Genug Generationen haben sich durch unseren Fluch gequält. Amber ..." Ihr Herz pochte laut, als er ihren Namen aussprach. „Ich danke dir für dein großzügiges Geschenk. Ich nehme deinen Mantel und werde endlich der, der ich schon längst hätte sein sollen."

„Wie wird der sein?", fragte Amber und fühlte sich unglaublich gut, etwas so Großes bewirkt zu haben. Später würde sie in einem Video davon erzählen, wie sie einen erwachsenen Mann vor sich selbst gerettet hatte, und sie würde hoffen, dass Blade dieses Video sah.

„Das gilt es herauszufinden, Kleine", sagte der Riese, der auf einmal ganz zart wirkte. „Auf jeden Fall muss er einiges aufräumen. Und einiges wiedergutmachen." Hiram sah zu James und James sah zu ihm. Mit einem Ruck stand er auf. „James, du bist mein größter Fluch. Aber heute hast du mir zwei Segen gebracht. Gewissheit und Akzeptanz. Ich werde nie vergessen, aber ich kann vergeben."

James sah aus, als könne er nur schwer begreifen, was gerade vor sich ging, als Hiram ihm eine Hand auf die Schulter legte.

„Mein Bruder, ich vergebe dir. Was du getan hast, hat mich an diesen Punkt in meinem Leben gebracht, an dem ich bereit bin, mein altes Leben hinter mir zu lassen. Und dafür werde ich für immer in deiner Schuld stehen. Als Zeichen meiner Dankbarkeit möchte ich dir und deinen Gefährten auf eurer Reise helfen." Der Riese blickte mit seinen Adleraugen in die Runde. James neben ihm tat es ihm gleich und zuckte erstaunt lächelnd mit den Schultern. „Um nach Zandria zu laufen, ist es für euch jetzt schon fast zu spät", sagte Hiram und deutete auf die mitten am Himmel stehende Sonne.

Der Gedanke daran, weiter durch die kochende Wüste zu wandern, machte Amber Bauchweh. Sie war nicht wehleidig und auf gar keinen Fall scheute sie sich vor einem Abenteuer. Aber die Reise zu Hirams Haus war traumatisierend und beschwerlich gewesen, das musste sie sich eingestehen.

„Kommt!", raunte Hiram und verschwand durch die marmorne Tür.

Erleichtert atmete Amber auf. Sie hatte schon befürchtet, dass sie diesen Ort verlassen musste, ohne je zu erfahren, was sich hinter dieser Tür verbarg. Ohne mit der Wimper zu zucken, lief sie Hiram hinterher. James schloss sich ihr an, nur Gazing blieb unsicher dreinblickend zurück.

Der Raum hinter der Tür übertraf den Raum vor der Tür in beinahe allem. Und das enttäuschte Amber sehr. Wenn das Wohnzimmer spärlich eingerichtet war, dann war dieser Bereich nahezu leer. Ein einzelner, aus dem Boden ragender, rechteckiger Klotz stand in der Mitte des komplett weißen Zimmers. Bis auf ein paar metallisch silberne Streifen, die sich durch die sonst sterile Farbe zogen, waren auch die Wände kahl.

Hiram legte seine flache Hand auf den Klotz und seine Oberfläche strahlte hell auf. Amber kannte dieses bläuliche Leuchten. In oder auf diesem Ding musste ein Bildschirm befestigt sein. Sie trat näher heran und beobachtete fasziniert, wie Hiram auf dem riesigen Screen mit flinken Händen einige Buttons berührte und eine Reihe von Befehlen in ein grün schimmerndes Fenster eingab, die sie nicht verstand.

Plötzlich vibrierte der Raum um sie herum. Die Streifen auf den Wänden schienen leicht zu zittern. Bevor Amber sich fragen konnte, ob ihre Fantasie ihr wieder einen Streich spielte, verschoben sich einige Teile der Wände. Sie klappten nach hinten, zur Seite oder herunter, drehten sich um oder verschwanden im Boden. Hinter ihnen verbargen sich mehrere hell beleuchtete Regalbretter.

Gazing hatte anscheinend endlich eine Entscheidung getroffen und war ihnen gefolgt. Mit weit geöffneten Augen stand er im Türrahmen. Amber musste schmunzeln. Sie wusste nicht, woran sie diese Reise noch vorbeibringen würde, aber sie kannte ihr Ziel. Blade hatte ihr oft von Xenon erzählt. Vor allem von der fortschrittlichen Technologie, die die Stadt deutlich vom Rest der Welt abhob. Wenn Gazing schon von normalen Dingen wie selbstkochenden Küchen und technischen Schränken überfordert war, wie würde er auf diese Stadt reagieren?

Vielleicht stand sein Mund aber auch wegen des Inhalts der Schränke so weit offen. Denn der brachte selbst Amber zum Staunen. Fast jeder Zentimeter war mit Dingen bestückt, die Amber eindeutig als Waffen identifizieren konnte.

„Abgefahren", murmelte sie leise und schlenderte die Regale auf und ab, um jedes kleinste Detail zu entdecken. Sie war bekennende Pazifistin, seitdem sie gelernt hatte, was Pazifismus war, aber Waffen waren schon irgendwie cool. Besonders die in diesen Regalen. Jede sah aus, als stammte sie direkt aus einem futuristischen Actionfilm. Die meisten der gefährlich funkelnden Gegenstände kannte sie nicht, was sie erkannte, waren ein Plasma-Lanzen-Werfer und ein Gravitationswellen-Detonator, von denen sie in Blades Technologie-Zeitschriften gelesen hatte. Neben einem Haufen Granaten, in denen lila schimmernde Flüssigkeit schwappte, hing ein ausgedrucktes Bild von James. Amber erkannte ihn sofort an seinem charmant schiefen Lächeln, auch wenn er auf dem Foto ein wenig jünger wirkte. Neugierig zu erfahren, was es damit auf sich hatte, wollte sie sich zu James umdrehen. Ihr Blick blieb jedoch an Hiram hängen, der gerade in eins der Regale griff.

Mit einem leisen Klicken löste er eine der Waffen aus ihrer Halterung. Silberglänzend lag sie in seiner Hand. Ihre Form erinnerte an eine gewöhnliche Pistole, aber Amber zweifelte, dass es sich um eine gewöhnliche Pistole handelte. Ihr Lauf war so dünn und eng, dass niemals eine Kugel durch ihn hindurchgepasst hätte. Es gab auch keinen Abzug, dafür leuchtete auf ihrem Rahmen ein Knopf. Hiram drehte die Waffe ein paar Mal hin und her, betrachtete sie von allen Seiten und warf sie mit einem Ruck zu James, der sie gekonnt auffing, Hiram dabei jedoch entsetzt anstarrte.

„Du kannst die doch nicht einfach werfen!", klagte er.

„Das ist, worum du mich gebeten hast. Und mein letzter Deal", erwiderte Hiram und wandte sich wieder dem in Stein gemeißelten Bildschirm zu.

Ohne ein weiteres Wort zu sagen, steckte James die Waffe in eine tiefe Tasche seiner schwarzen Stoffhose.

Amber konnte es nicht fassen. „Du kannst doch nicht einfach eine Waffe mitnehmen. Das ist voll gefährlich!", erklärte sie entsetzt.

„Wird schon nichts passieren, ich kenn mich damit aus", versicherte ihr James, aber das war Amber nicht genug.

„Was willst du denn damit? Was für ein Deal? Was läuft hier?", fragte sie bissig.

„Das hat dich nicht zu interessieren, Prinzessin", antwortete James.

„Und ob es mich zu interessieren hat! Was ist denn, wenn du mich aus Versehen damit erwischst? Oder sogar extra? Gazing hat selbst gesagt, dass du vielleicht ein Psychopath bist. Vielleicht tust du nur so cool und nett!"

„Cool und nett, soso." James lachte.

Amber spürte, wie ihr Gesicht rot anlief. Vor Ärger, aber vor allem vor Scham. Beleidigt verschränkte sie die Arme vor der Brust. „Mach doch, was du willst", grummelte sie, und weil sie merkte, wie Tränen in ihre Augen stiegen, verschwand sie durch eine neue Tür, die sich wie auf magische Weise, aber eigentlich durch Hirams Befehl am Bildschirm, geöffnet hatte. Sie führte nach draußen, in das Gehege eines Tieres.

Mein Silberkind,

ich habe Visionen aus Xenon, der großen Stadt am anderen Ende der Welt. Vielleicht werde ich dorthin aufbrechen.
Wenn ich die Kraft habe.

Meine Suche erschöpft mich. Die Trauer über den Verlust und die Sorge, was er bedeutet, drücken mich zu Boden. Sie vernebeln mir die Sicht. Dabei ist es so wichtig, dass ich klar sehe.
Ich frage mich jeden Tag, wie es dir geht. Dein achter Geburtstag ist vergangen. Eine magische Zahl.

Sind deine Träume intensiver geworden? Erkennst du Zeichen in ihnen?

Vielleicht liegt die Antwort in dir, doch noch bin ich nicht bereit, zurückzukehren. Während ich diesen Brief schreibe, steigt in mir die Angst, ein Signal zu verpassen. Ich muss zu jeder Zeit zugänglich sein. Nichts darf mich ablenken. Nicht einmal du, mein geliebter Silberjunge.

Ich gebe nicht auf.
Gib du mich nicht auf.

Vater

„WENN IHR NOCH VOR SONNENUNTERGANG in Zandria ankommen wollt, müsst ihr das Kamel nehmen", hatte Hiram erklärt.

Gazing hatte nicht ganz wahrnehmen können, wie es dazu gekommen war, aber plötzlich fand er sich rittlings auf dem elektrisch surrenden Roboter-Tier sitzend wieder.

„Hintendrauf ist es weniger wackelig", versprach James, doch er hatte gelogen.

Jetzt ritten sie schon seit Stunden der Sonne entgegen. Zu dritt auf einem Roboter-Kamel, das gemächlich auf Zandria zuschaukelte. Zweimal hatten sie haltmachen müssen, denn Gazing ging es nicht so gut. Das ewige Hin und Her brachte ihm nichts als Übelkeit. Gequält hing er seit Beginn der Reise zwischen Amber, die natürlich völlig begeistert war, und James, der sich totlachte. Er kannte die beiden erst seit ein paar Tagen, doch trotzdem fühlte sich gerade alles an wie immer. Und obwohl es ihm nicht gut ging, konnte Gazing die Schönheit dieses Moments bemerken. Er war nicht allein. Vielleicht reichte das doch für ein gutes Leben.

Der Himmel über der Wüste färbte sich langsam blutrot. Hin und wieder kamen sie an Kaktusfeldern vorbei, die herrlich pink blühten und Heimat ein paar exotischer Tierwesen waren, die zur Abendstunde aus ihren Verstecken krochen. Neugierig beobachteten sie die drei Reisenden auf dem großen Tier, das ihnen wohl gleichermaßen bekannt als auch fremd vorkommen musste. Leise surrend zogen sie an ihnen vorbei. Ab und zu hörte man Gazing ächzen oder Amber jauchzen. Und ohne ihren Frieden zu stören, verschwand die seltsame Truppe, so plötzlich, wie sie aufgetaucht war, am Horizont.

„Anhalten!", presste Gazing zwischen seinen blassen Lippen hervor, ehe er von dem Kamel rutschte und sich hinter einem großen Stein erbrach.

Begleitet von Ambers und James' kindischen Sprüchen wollte er gerade wieder auf das Transportmittel aus der Hölle steigen, als er etwas sah, das ihn kurz innehalten ließ. Der Horizont wölbte sich an einer Stelle. So ungewöhnlich, wie keine Düne von Natur aus geformt sein konnte. Was sich auch immer dort befand, es musste von Menschenhand hergestellt worden sein. Kurz ließ Gazing sein Gehirn diese Informationen verarbeiten und dann erkannte er sie – die Umrisse einer Stadt.

James folgte Gazings Blick mit seinem. Zufrieden grinsend atmete er ein. „Willkommen in Zandria", stieß er aus und reichte Gazing die Hand.

Kraftlos ließ dieser sich von ihm auf das Kamel ziehen.

Ein paar qualvolle Minuten später erreichten sie den äußeren Rand der ältesten Stadt der Welt.

Mit Einbruch der Dunkelheit wurde die Stadt in ein sanftes warmes Licht getaucht, das durch die Fenster einiger

Häuser auf die Straßen drang. Das Orange mischte sich mit einem faszinierenden blauen Schein, der von kuppelförmigen Dächern waberte. Sie leuchteten nicht stark, viel mehr wirkte es, als wären sie mit Sonnenlicht aufgeladen und gaben jetzt ihre Energie wieder frei.

Während sich die Stadt langsam selbst erleuchtete, wurde aus der Ferne deutlich erkennbar, wie sie aufgebaut war. Im Mittelpunkt Zandrias ragte ein Hügel aus Gebäuden in den Himmel. Die Gebäude waren so eng und verwinkelt gebaut, dass der ganze Hügel wie ein einzelnes Gebilde wirkte. Prunkvolle Kuppeln, spitze Türme und massive, kantige Häuser standen Wand an Wand.

Um den Hügel herum erstreckte sich eine Flut an wesentlich kleineren, flachen Häusern, ebenfalls dicht an dicht gebaut. Hier waren die Lichter spärlicher, was die Gegend gespenstig bedrohlich wirken ließ.

James war gerade schwungvoll vom Kamel abgestiegen, was bedeutete, dass auch Gazing das schaukelnde Gefährt verlassen konnte und hoffentlich nie wieder aufsteigen musste. Erleichtert versucht er ein paar Mal tief durchzuatmen, bevor er sich gerade rechtzeitig umdrehte, um Amber aufzufangen, die sich, ohne zu warten, auf ihn gestürzt hatte.

James gab dem Kamel einen Befehl.

„Ähm ... o. k. Danke. Geh nach Hause!?"

Das Kamel ging nach Hause.

So standen sie, wieder allein zu dritt, an der Schwelle zu Zandrias außengelegensten Wohnhäusern. Und ehe Gazing sich versah, war James in eine der vielen Gassen eingetaucht.

Obwohl kein Mensch draußen zu sehen war, fühlte sich der Ort lebendig an.

Jedes der Häuser, die Gazing in der schmalen Straße erkennen konnte, bestand aus demselben sandfarbenen Stein. Ihre Bauart erinnerte Gazing an ein Klötzchenspiel, das er in Brenin gesehen hatte. Willkürlich übereinandergestapelte Räume, so würde er sie beschreiben, wenn ihn jemand danach gefragt hätte.

Im schummrigen orangefarbenen Licht zeichneten sich Palmen und Pflanzen ab, die bei den Häuser standen und an ihren Wänden hingen. Um sie herum flackerten neonfarbene Schriftzeichen, Muster und Symbole, die Gazing fremd waren. Ausgefranste Stoffe hingen über Eingangstüren und Fenstern. Sie wehten sanft im immer kälter werdenden Abendwind.

Die Gegend wirkte ärmlich. Und vor allem war sie ruhig. Ein Knistern hing in der Luft, Gazing spürte das. Das Fell auf seinen Ohren sträubte sich, als wäre es elektrisch geladen. Dieses Gefühl brachte Gazing dazu, zu vermuten, dass der Schein trügte. Irgendetwas verbarg sich in der Stille, die auf einmal gar nicht mehr so still war.

Zwei Gestalten, wahrscheinlich ein verliebtes Pärchen, bogen aus einer der Gassen. Sie liefen eng aneinandergepresst, tuschelten und kicherten. Eigentlich stolperten sie mehr, als dass sie liefen. Doch das schien sie nicht zu belasten. Im Gegenteil. Sie strahlten ein Gefühl von Losgelöstheit aus, das Gazing ergriff. Vielleicht wäre er mit ihnen weitergetanzt (wahrscheinlich nicht), wären sie nicht wenige Meter vor ihm abrupt zum Stehen gekommen.

Das spärliche Licht verschluckte ihre Gesichter, doch Gazing war sich sicher, dass sie ihn ansahen.

„Das ist doch ...", stammelte eine Frauenstimme.

„Das ist er!", bestätigte ein stark lallender Mann. „Das müssen wir ihnen erzählen!", quiekte er, drehte sich ungeschickt um und wollte in die Richtung verschwinden, aus der sie gekommen waren, doch die Frau hielt ihn am Handgelenk zurück.

Aus dem Augenwinkel nahm Gazing wahr, wie sich James ein klein wenig aufrichtete. Das Knistern in der Luft wurde lauter.

„Wer wird uns denn glauben, ganz ohne Beweise?", raunte die Frau. „Komm, schnell, sonst ist er gleich wieder weg!"

Für einen panischen Blick in Richtung James blieb gerade noch Zeit, da stand die männliche Gestalt vor ihm, die weibliche neben Gazing. Die Frau schnappte sich seinen Arm, hakte sich bei ihm unter.

Ein Blitz erhellte die Nacht. Gazing kniff die Augen zusammen. Als er sie wieder öffnete, tanzte ein blau-gelber Punkt an der Stelle, an der einer der beiden gestanden hatte. Von ihnen selbst war keine Spur mehr zu sehen.

„Verdammte Scheiße", murmelte James und knirschte mit den Zähnen. „Das könnte bedeuten, dass wir ein Problem haben."

Gazings Gedanken überschlugen sich. Mit was hatten sie es hier zu tun? War Magie etwa so real wie Eier kochende Küchen? Lebten Zauberer in dieser Stadt? Menschen, die sich in Luft oder eher in Licht auflösen konnten? Was wollten sie von ihnen? War er in Gefahr? War Amber in Gefahr?

Überfordert sah Gazing zu James. Dieser konnte seinen ratlosen Blick zum Glück schnell deuten.

„Die Penner haben ein Foto von uns gemacht. Oder viel eher von dir. Und sie wussten auch schon, dass du existierst. Der Bote aus Sumpering hat anscheinend nicht nur bei Hiram geplaudert." Er seufzte tief. „Der Genso-Drink, den

Hiram ihm gegeben hat, war wohl stark genug, um auch nach seiner Ankunft in Zandria noch zu wirken." Gazing zog erstaunt die Augenbrauen hoch. Diese Verbindung hatte er bisher nicht verstanden. „Wenn wir Pech haben, weiß inzwischen die ganze Stadt von dir", fuhr James fort. „Das wär echt belastend. In Zandria ticken die Uhren ein bisschen anders als in Brenin."

Während Gazing sich fragte, was seine Bekanntheit mit dem Ticken von Uhren zu tun hatte, sah sich James hektisch um. An einer der leuchtenden Werbetafeln blieb sein Blick hängen. Den blinkenden Schriftzeichen konnte Gazing keine Informationen entlocken, doch die Umrisse zweier Flaschen, die immer und immer wieder aneinanderstießen, kamen ihm bekannt vor.

„Lass uns erst mal von der Straße verschwinden." Mit diesen Worten zog James Gazing und Amber durch die unauffällige Tür, die sich unter dem Schild befand.

Der plötzliche Anstieg der Lautstärke überrumpelte Gazing. Der Raum hinter der Tür war gefüllt mit Menschen, der Geruch von Alkohol lag in der Luft, Pfeifenrauch kräuselte sich im blauen Mondlicht, das durch die mit dicken Perlen verhangenen Fenster fiel. Dunkle Gestalten hingen über einer langen Bar, griffen hin und wieder nach einem der vielen, mit trüber Flüssigkeit gefüllten Gläsern, die ihnen die Kellner hinter dem Tresen ungefragt direkt wieder füllten.

Die Tür fiel hinter ihnen zu und auf einmal breitete sich eine Stille in dem Lokal aus. Wie Lemminge hob eine Gestalt nach der anderen den Kopf und sah die Neuankömmlinge mit geweiteten Augen an. Wenn die Luft draußen vor Spannung geknistert hatte, brannte sie hier drinnen lichterloh.

Das Gefühl, im Mittelpunkt zu stehen, war Gazing wahrlich nicht unbekannt. Ob auf Brenins Straßen oder seinen Festen – nie hatte es einen Zeitpunkt gegeben, an dem er keine Blicke in seinem Nacken verspürte. Gewöhnen konnte er sich trotzdem nie daran, gemocht hatte er diese Aufmerksamkeit erst recht nicht. Doch nie war es so schlimm gewesen wie in diesem Moment in der Bar. Als überaus respektvoll hätte man selbst Brenins nervigsten Bewohner bezeichnen können, verglich man ihn mit den fassungslos dreinschauenden Menschen, die gerade gierig an Gazings Seele nagten.

Einer nach dem anderen schien ihn zu erkennen, sie öffneten die Münder, flüsterten seinen Namen. Niemand rührte sich. Bis sich auf einmal alle rührten.

Wie vom Blitz getroffen sprangen die Menschen beinahe gleichzeitig von ihren Plätzen. Gläser zerbrachen klirrend am Boden, als die Tische zur Seite geschoben wurden auf dem Weg zu … Ja. Auf dem Weg wohin? Zu spät realisierte Gazing, dass er ihr Ziel war.

James hatte schneller geschaltet und auf beeindruckende Art und Weise zwei Männer von Gazing fernhalten können, bis die Masse ihn erreichte und Gazings einzigen Schutz mit geballten Kräften in eine Ecke der Bar zwangen. Gazing stand allein mit dem Rücken zur geschlossenen Tür, die Meute drückte sich ihm entgegen. Würde die Tür nach außen aufgehen, könnte er gemeinsam mit ihnen ins Freie stolpern. Jetzt war er gefangen. Schweißperlen bildeten sich auf seinen Handflächen. Sein Atem wurde schwer. Die Leute streckten ihre Arme nach ihm aus.

„Ein Foto", schrie einer und ließ einen Blitz aus seiner Kamera auf Gazing los.

In der Dunkelheit des Pubs blendete das starke Licht noch mehr als zuvor. Sterne tanzten vor Gazings Augen.

Sie flogen im Takt des Rauschens, das durch seine Ohren zog. Verbunden mit einem leisen Piepen legte es sich auf all seine Sinne. Hände legten sich auf seinen Körper. Sein Sichtfeld zog sich zusammen, schwarze Ränder fraßen es von außen nach innen auf.

„Ich hab ihn angefasst!", kreischte ein Weiterer, der zuvor an Gazings Ohr gezogen hatte. Ohne Vorwarnung wurde der Mann von einer Frau hinter ihm auf den Boden gedrückt, sie kletterte auf seinen Rücken und streckte die Hand, offenbar in der Hoffnung, Gazing aus dieser Position auch einmal erreichen zu können.

Zu viele Körper pressten sich gegen Gazing, zu viele zogen an seinen Kleidern, zu viele Gerüche, zu viel Wärme.

Gerade als Gazing das Bewusstsein verlieren wollte, drang eine schmale, mit für diese Situation viel zu schönen Schmuckstücken verzierte Hand durch die Masse und ergriff Gazing am Kragen. Mit einer Kraft, die er sich nicht erklären konnte, zog sie ihn Stück für Stück durch die tobende Menge, weg von der Tür. Das Einzige, was er sah, war ein roter Faden, der sich oberhalb der Hand vor ihm durch die Menschen zog. Er versuchte, ihm zu folgen, aber seine Beine gehorchten Gazing nicht mehr. Also ließ er sich treiben. Durch die Menschen, die ihn kreischend und jubelnd umwarben. Gazing beachtete sie nicht, stattdessen fixierte er den roten Faden. Mehrere rote Fäden. Ein Büschel Fäden. Ein Büschel Haare?

Mit einem Ruck zog ihn die Hand durch einen weiteren Türrahmen. Gazing taumelte durch ihn hindurch und fiel in dem Raum dahinter schwungvoll auf die Knie. Mit einem Knall wurde die Tür geschlossen. Menschen hämmerten wütend gegen sie, doch sie schien nicht nachzugeben. Fürs Erste.

Gazing richtete sich auf. Zu schnell, das unangenehme Gefühl von Schwindel zwang ihn direkt wieder in die Knie.

„Boah, was war das denn?", klang eine Stimme aus dem Raum, in dem sie sich befanden.

Gazing sah sich um. Seine Sicht war noch nicht ganz klar, aber etwas bewegte sich auf ihn zu. Erleichtert atmete er auf, als er erkannte, dass es Amber war, die sich mit verschränkten Armen vor ihm aufbaute. James trat hinter sie. Anscheinend hatten die beiden es auch aus der Masse heraus und in diesen düsteren, dafür unbeseelten Raum geschafft.

„Was wollten diese ganzen Leute auf einmal von dir?", fragte Amber und beugte sich ihm argwöhnisch entgegen.

„Keine Ahnung, Amber", stammelte Gazing atemlos. Über seine Schulter blickte er zurück zur Tür, durch die er gefallen war. Vielmehr gerissen worden war. Vermutlich von der Person, die mit dem Rücken zu ihm an der Tür lehnte und ebenfalls schwer atmete. Mit jedem Atemzug hob und senkte sich ihre rot gelockte Haarpracht.

„Seid ihr lebensmüde?", fluchte die Gestalt mit dem flammenden Kopf und drehte sich zu ihnen um. Gazing sah in ihr Gesicht und ihm stockte der Atem. Sie war makellos. „James, was hast du dir dabei gedacht, einfach mit einem Yaahk im Schlepptau hier reinzuspazieren?" Die Frau deutete auf Gazing und er spürte, wie er errötete.

„Das Leben führt mich, nicht andersherum, meine Liebste. Wer bin ich zu glauben, dass ich die Pläne des Universums durch Nachdenken verändern könnte", antwortete James in seiner gewohnten Lässigkeit.

Gazing stützte sich auf ein Knie und richtete sich vorsichtig auf, konzentriert darauf achtend, seinen Kreislauf nicht zu überfordern.

„Du und dein spirituelles Gelaber! Du weißt genau, wie die Leute hier drauf sind. Sie hätten den armen Jungen zerrupft, um einen Teil seiner Berühmtheit abzubekommen", schimpfte die Frau. Sie schüttelte den Kopf und das Mondlicht ließ ihre Haare dabei wild funkeln.

Gazings Blick blieb an den goldenen Ohrringen hängen, die lieblich an ihren Ohren baumelten. Ihr Anblick ließ ihn leise seufzen.

„Ist nicht passiert", tat James ab. „Dafür haben wir dich gefunden. Und das war, um ehrlich zu sein, genau mein Plan." Er grinste und sah dabei aus wie ein unschuldiges Kind, das seine Eltern überreden wollte, es länger wach bleiben zu lassen.

„Verfluchtes Glück, James van Emmett, verflucht seien du und dein ewig währendes Glück", raunte sie und ging ein paar Schritte auf ihn zu.

„Das ist aber nicht nett!", kokettierte James und zog sie plötzlich in eine Umarmung.

Gazing drehte sich der Magen um.

James löste sich von der Frau, hielt sie an einer Schulter fest und sah ihr tief in die Augen. Sehr tief. „Es ist schön, dich wiederzusehen, Clarissa."

Clarissa, der Name klingelte in Gazings Ohren. War sie die Clarissa? Ihre Kleidung, eine weite, helle Hose aus robustem Stoff, das beige-rote Korsett, das ihre Taille umspielte, und die braunen Ledergürtel, an dem mehrere kleine Taschen und Beutel hingen, ließen sie verwegen und abenteuerlustig wirken. Dass aus ein paar der Taschen Messergriffe herausblitzten, untermalte diese Vermutung eindrücklich. Ihre Bewegungen waren geschmeidig, fast lautlos, und nach einem wirklich nur flüchtigen Blick auf ihre Figur zu urteilen würde sich Gazing nicht wundern, wenn sie ihn ohne größere Anstrengung in einem Kampf besiegen könnte. Nicht, dass es dafür besonders viel bräuchte. Trotzdem nahm er an, dass sie auch in der Lage war, ein wildes, gefährliches Leben inmitten der Wüste zu führen. Illegale Dinge zu tun. Einen Mann um den Verstand zu bringen.

„Unter anderen Umständen hätte ich das jetzt erwidert, aber die Kopfschmerzen, die du einem bescherst, hab ich ganz bestimmt nicht vermisst, James", entgegnete Clarissa und dann umspielte ein Lächeln ihre Lippen. Ein Lächeln, das bis in Gazings Innerstes zog und von dort auch ihn zum Strahlen brachte.

„Hi", sagte Clarissa, die seinen Blick wohl gespürt hatte. Verlegen hielt sie ihm die Hand entgegen und strich sich mit der anderen eine Haarsträhne aus dem Gesicht. „Ich bin Clarissa."

Gazing nahm ihre Hand. Sie war so fein und stark zugleich, ihre weiche Wärme fuhr durch seinen Arm und hinterließ ein Kribbeln auf seiner Haut.

„Du musst Gazing sein", hörte er Clarissas Stimme durch einen betörenden Nebel in seinem Kopf. Ihre smaragdgrünen Augen sahen ihn fragend an.

Gazing war zu abgelenkt von ihrer Ausstrahlung, als dass er ihre Skepsis erkennen könnte. Erst als sie ihre Hand aus seiner zog, wurde ihm bewusst, dass er sie seit viel zu vielen Sekunden einfach nur angestarrt hatte. Eilig öffnete er den Mund, heraus brachte er jedoch nur ein paar gestammelte Wortfetzen.

Zum Glück legte James von hinten den Arm um seine Schulter und zog ihn freundschaftlich an sich heran.

„So ist es, das hier ist Gazing. Er ist ein bisschen scheu, aber sonst ganz zahm", antwortete er an seiner Stelle.

Peinlich berührt starrte Gazing zu Boden. Er war noch nie der Schlagfertigste gewesen, was in Anbetracht seiner Lebenssituation auch verständlich war. Jedes Wort aus seinem Mund war für lange Zeit auf eine extrem sensible Goldwaage gelegt worden. Schließlich hätte alles, was er von sich gab, eine versteckte Botschaft, wichtige Informationen oder sogar Kriegserklärungen sein können. Sein Gehirn, das nach seinem Gedächtnisverlust sowieso schon komplett neu lernen musste, wie man mit anderen Personen interagierte, hatte durch diesen zusätzlichen Druck und die oft stundenlangen Befragungen einen kleinen Knacks bekommen. Wenn es den nicht vorher schon gehabt hatte. Aber so schlimm wie jetzt war es noch nie gewesen. Ein paar höfliche Worte, ein normales „Hallo" bekam er schon noch zustande. Die Aura Frau brachte ihn mehr aus dem Konzept, als er zugeben wollte.

„Okay. Wir haben keine Zeit, groß zu plaudern. Müssen hier raus, bevor die hier reinkommen." Clarissa zeigte auf die Tür, die gefährlich stark bebte. „Kommt, hier lang", flüsterte sie und verschwand in einer dunklen Luke im Boden.

Alle drei folgten ihr, ohne zu zögern. Sogar Gazing, dem es sonst beim Anblick in das ungewisse Schwarz hinter der Luke den Atem geraubt hätte. Zu erleben, was passieren würde, wenn die Tür aus ihrer Angel sprang, machte ihm mehr Angst.

Beinahe blind folgten sie den Geräuschen von Clarissas Schritten eine Weile durch ein Labyrinth aus niedrigen Tunneln. Selbst wenn die Menschen aus der Bar die Tür inzwischen überwältigt hatten, würden sie die Gruppe nur mit viel Glück finden. Auch wenn Gazing nicht wusste, wo er landen würde, wenn sie die Tunnel verließen, entspannte diese Gewissheit ihn ein wenig. Während sich sein

Körper beruhigte, hatte er erstmals genug Platz in seinem Kopf, um zu verarbeiten, was gerade geschehen war. Doch was war geschehen? Was war in diese Menschen gefahren? Was hatte er in ihnen ausgelöst? Er konnte nicht einmal einordnen, ob sie ihm friedlich oder feindlich gesinnt waren. Wollten sie ihn umgarnen oder umbringen?

Ein Lichtstrahl fiel durch einen Spalt am Ende eines Ganges in den Tunnel. Gazing atmete auf, als er erkannte, dass er zu einer Tür gehörte, die Clarissa zwar ohne Schlüssel, dafür aber mit zwei geschickten Handgriffen, beinahe lautlos, öffnete.

Hinter ihr lag ein schummrig erleuchteter Raum, der dem Geruch nach wahrscheinlich einer Backstube angehören musste. Der sanfte Geruch von buttrigem Gebäck und knusprigem Brot zog in den Tunnel, als Clarissa erst einen Blick durch die Tür warf und dann mit einer Geste, ihr zu folgen, durch sie hindurchtrat.

„Croissants!", quickte Amber, quetschte sich an Gazing vorbei und lief hinter Clarissa ins Helle.

Als Gazing die Stube als Letzter betrat, begrüßten ihn Regale voller Croissants, Brötchen und Kuchen, über die sich Amber freudig jauchzend hermacht.

„James, bitte sag mir, du gibst dem Mädchen genug zu essen." Clarissa stöhnte und stopfte sich ebenfalls ein paar Gebäckstücke in ihre Beutel.

„Hat sich bisher schwierig gestaltet, aber wir arbeiten dran", gab James zu und biss aufrichtig schuldig dreinblickend in einen mit Puderzucker überzogenen Krapfen.

Gazings Magen rumorte neidisch. Aber der Gedanke daran, selbst in eins der klebrigen Stücke zu beißen, schnürte Gazing den Hals zu. „Wer gestresst ist, kriegt nichts runter", hatte Lilith ihm in einer seiner schlechteren Phasen erklärt und ihn dazu gebracht, ein paar ihrer eingelegten Kräuter herunterzuwürgen.

„Steck dir auch etwas ein, selbst wenn du jetzt keinen Hunger hast, wird er sich melden, sobald du zur Ruhe kommst", flüsterte Clarissa ihm zu, als hätte sie seine Gedanken gelesen.

Gazings Herz setzte für einen Schlag aus. Ohne weiter darüber nachdenken zu können, griff er nach einem der nach Zimt duftenden Teilchen und steckte es sich in den Mund. Mit einem breiten Grinsen und den Daumen nach oben gereckt, versuchte er Clarissa mitzuteilen, dass ihm das süße Gebäck vorzüglich schmeckte. „Voll lecker!", presste er zusammen mit ein paar Krümeln durch seine Lippen.

Clarissa runzelte zweifelnd die Stirn und wandte sich gedankenverloren ab.

Schockiert ließ Gazing die Hand sinken. Was war das denn? War einer der Krümel wirklich auf ihrem Ärmel gelandet? Was hatte er mit seinem Daumen getan? Und dann auch noch dieses dämliche Grinsen. Voll lecker? Hatte er schon ein normales Wort zu ihr gesagt? Warum blamierte er sich in einem fort vor dieser Frau?

Das Gebäck in Gazings Hand war warm. Er blickte sich um. Von fast allen Waren in der Stube ging ein sanfter Dampf aus. Er kräuselte sich im Schein des heiß glühenden Ofens, in dem noch ein paar Brötchen vor sich hin brutzelten.

In einer dunklen Ecke neben dem Ofen nahm Gazing eine Bewegung wahr.

Clarissa hatte einen Sack Mehl aus einem der Regale gezogen. Gazing beobachtete, wie sie ein paar gezielte Schnitte mit ihrem glänzenden Messer durch den Stoff zog. Das weiße Pulver rieselte an ihren Beinen herunter, bestäubte ihre ledernen Stiefel und die dunklen Bandagen, die sie um die Handgelenke trug. Als sie auf ihn zukam, schaute er schnell weg. Doch er konnte den Blick nicht von ihr lassen, als sie vor ihm stand und ihm den Stoff vorsichtig um den Kopf wickelte. Sie war ihm so nah. Ihr Gesicht schwebte vor seinem. Sie beachtete seine Blicke nicht, aber ihr Atem streifte seine Wange. Gazing schloss die Augen. Erst als ihre Hände von ihm abließen, öffnete er sie wieder. Zu seinem Schrecken stand sie noch immer so nah vor ihm, nur diesmal sah sie ihm direkt in die Augen. Und bevor sie wegsah, verging mehr Zeit, als es die Etikette für nötig gehalten hätte.

Gänsehaut überzog Gazings Körper.

„Kannst du mich gut hören?", fragte Clarissa und trat einen Schritt zurück.

Hatte er ihr so oft nicht geantwortet, dass sie dachte, er würde schlecht hören? Gazing riss sich zusammen.

„Entschuldige mein Verhalten", begann er und gab sich größte Mühe, normal zu klingen. „Ich weiß selbst nicht, was in mich gefahren ist. Ich glaub, die lange Reise hat meinen Kopf vernebelt, und ich hab schon seit einer Ewigkeit Durst. Außerdem ist so gut wie alles hier recht neu für mich und vielleicht ..."

„Ich frag nur", unterbrach ihn Clarissa schmunzelnd, „weil ich deine Ohren verbunden habe. Der Turban müsste sie ausreichend verstecken und auffallen wirst du damit in Zandria auf keinen Fall."

„Ach so", stammelte Gazing. „Ja. Ich kann gut hören. Alles normal", versuchte er die Situation zu überspielen. Vorsichtig betastete er die raue Kopfbedeckung, unter der tatsächlich nur noch seine blonden Locken herausblitzten.

„Gut! Und trotzdem schön zu wissen, wie deine Stimme klingt." Clarissa grinste ihn verstohlen an und am liebsten hätte er die Zeit für immer angehalten.

Sie streckte die Hand noch einmal in seine Richtung, als würde sie den Turban richten wollen, doch kurz vor seiner Wange hielt sie inne. Beinahe berührten ihre Fingerspitzen seinen Kiefer. Nur wenige Millimeter trennten ihre Haut von seiner, er konnte ihre Wärme bereits spüren.

„Wir sollten gehen", krächzte Gazing. Plötzlich fühlte er sich sehr unwohl in der kleinen Stube. Der Boden, die Wände, irgendetwas vibrierte, pochte bedrohlich. Als würde sich ihnen etwas nähern, vor dem er fliehen musste.

„Was meinst du?" Clarissa sah ihn diesmal anders an als sonst. Besorgt. Sie nahm ihn ernst.

„Wir sollten jetzt gehen", sagte Gazing mit kräftigerer Stimme. Die Vibration pochte jetzt eindeutig in seinen Ohren. Bald würde sie die Stube erreichen.

„Nicht da lang!", befahl er, als Clarissa zu einer Tür in Richtung des Pochens lief. Sofort kehrte sie um und öffnete stattdessen ein Fenster, durch das sie zuerst Amber hob und dann selbst hindurchkletterte.

„Ist alles in Ordnung mit dir?", fragte James, als nur noch sie beide im Raum waren.

„Raus!", zischte Gazing und zu seiner Erleichterung gehorchte James diesmal, ohne zu diskutieren.

Gerade als James seinen Fuß vom Fensterbrett zog und Gazing ihm folgen wollte, wurde die Tür der Stube aufgerissen und knallte lautstark gegen die Wand. Gazing wirbelte herum. Im Türrahmen stand ein Mann. Mit einer Hand schwang er ein Nudelholz, die andere presste er sich auf die Brust. Er atmete tief japsend und rasselnd, als wäre er eine beachtliche Strecke gerannt. Seinem runden Körperbau und dem ausladenden Bierbauch nach, war es möglicherweise auch nur eine kurze Strecke gewesen, die ihn so außer Puste gebracht hatte. Eine Schürze spannte sich um ihn, Mehlflecken säumten seine Hose. Er kochte vor Wut. Sein Kopf leuchtete rot unter der weißen Papiermütze.

„Ich hab euch ... endlich ... erwischt ...", keuchte der Mann mit einer rasselnden, hohen Stimme. „Noch einmal ... kommt ihr mir nicht ... davon!"

Gazing, dessen mentale Leistung bis zu diesem Punkt eher als mangelhaft zu bewerten war, war plötzlich hellwach. Denn nicht nur der aufgebrachte Mann vor ihm war eine potenzielle Gefahr, auch ein Geräusch neben Gazing zog seine Aufmerksamkeit auf sich. Konzentriert versuchte er beide Situationen gleichzeitig zu analysieren. Das Poltern kam eindeutig aus dem Gang, durch den sie die Backstube betreten hatten. Er hatte es für unmöglich gehalten, aber anscheinend hatte die Meute aus der Bar ihre Spur verfolgen können. Bald würden sie die Tür erreichen und dann ...

Der Mann vor ihm schien davon nichts mitzubekommen. Mit zusammengekniffenen Augen und vor Wut verzerrtem Mund starrte er in Gazings Richtung. Doch noch etwas fiel Gazing in seinem Blick auf. Er wirkte überrascht. „Ich hab euch endlich erwischt!" waren seine Worte.

Gazing schaltete schnell. „Sie sind da lang!", rief er und zeigte auf die Tür hinter sich. „Ich hab gesehen, wie zwei hier eingestiegen sind. Haben sich die Taschen vollgeschlagen, und als ich durchs Fenster rein bin, um sie aufzuhalten, sind sie durch diesen Gang geflohen."

Der Dicke holperte auf Gazing zu und packte ihn am Kragen.

„Was redest du da, Bursche?", schnauzte er und spuckte Gazing dabei ins Auge. „Willst mich wohl für dumm verkaufen!"

„Auf keinen Fall, Sir", versicherte Gazing und versuchte unschuldig zu klingen. „Sie holen Verstärkung, haben sie gesagt. Ich glaub, ich kann sie schon zurückkommen hören."

„Raubst meinen Laden aus und denkst, ich glaub dir so eine billige Lüge? Dir werd ich gleich eins überbraten!" Der Bäcker schwang sein Nudelholz, doch Gazing konnte seinem Griff entkommen und schlüpfte an ihm vorbei. In der Mitte der Stube blieb er stehen und breitete seine Arme aus.

„Guter Herr, an meinem Leib findet Ihr keinen einzigen Krümel Eurer Ware. Und doch fehlen einige Stücke." Gazing deutete auf die vielen Lücken in den Regalen, für die Amber, James und Clarissa verantwortlich waren. „Wenn ich der Dieb wäre, dann wohl ein sehr gefräßiger", sagte er, sah dem Mann dabei direkt in die Augen und zog einen Mundwinkel nach oben.

Wie gerufen fuhr ein Rumoren vom Tunnel aus durch die noch geschlossene Tür. Dem Bäcker entging das Geräusch diesmal nicht. Verwirrt fuhr er herum, blickte von Gazing zur Tür und zurück.

„Ich bin auf Eurer Seite, aber die Bande, die gleich hinter Euch auftauchen wird, die ist es ganz bestimmt nicht."

Das Rumoren wurde lauter. Der Bäcker wurde panischer. Und auch auf Gazings Handflächen bildete sich ein leichter Schweißfilm.

Ein letzter, wutentbrannter Blick bedeutete Gazing, dass der Mann ihm zwar kein Wort glaubte, trotzdem schien er es nicht darauf anlegen zu wollen. Lieblich grinsend zuckte

Gazing mit den Schultern. Dann stürmte der Bäcker von ihm fort, raus aus der Stube.

„Es gibt Probleme!", hörte er ihn rufen, dann ein Wirrwarr aus Stimmen, die aufgeregt durcheinandersprachen, Schritte, Poltern. Aus dem Raum, in dem der Bäcker verschwunden war, aber noch lauter und bedrohlicher aus dem Gang hinter Gazing.

Mit einem Satz war er aus dem Fenster gesprungen und zog es leise knarzend hinter sich zu. Gazing wandte sich ab und ließ das, was jetzt geschehen würde, hinter sich, als hätte er nie etwas damit zu tun gehabt.

„**WAS, WENN DU DANEBENGEZIELT** hättest?"', hallte Ambers Stimme durch die engen Gassen Zandrias.

Gazing folgte ihrem Klang.

„Amber, du nervst", hörte er James klagen.

„Ich geb ihr recht, das hätte schiefgehen können, James." Clarissas Worte schienen zum Greifen nah.

Gazing bog um eine Ecke und dort fand er die drei, im Schatten einer Hauswand stehend, diskutieren. Amber verschränkte die Arme und funkelte James wild an, Clarissa schüttelte verständnislos den Kopf, James hielt eine Waffe in der Hand.

James hielt eine Waffe in der Hand?

„Was ist passiert?", fragte Gazing und trat mit pochendem Herz an sie heran.

Amber zuckte erschrocken zusammen. Als sie erkannte, dass es Gazing war, der sich ihnen genähert hatte, sprudelte es aus ihr heraus. „James ist so ein Vollidiot! Er hat durch das Fenster die Waffe auf den dicken Typen gerichtet. Die ganze Zeit hat er auf ihn gezielt, aber weil ihr euch so viel bewegt habt, hatte er dich auch oft im Visier! Ich hab von

Anfang an gesagt, wir sollen das blöde Ding nicht mitnehmen. So was bringt nur Ärger!" Beleidigt verzog sie den Mund und drehte der Gruppe den Rücken zu.

Clarissa tätschelte liebevoll ihren Kopf.

„Ich hätt' schon nicht abgedrückt, während du mir vor den Sucher läufst", beschwichtigte James, steckte die Waffe trotzdem schuldbewusst dreinblickend zurück in seine Tasche. „Aber allein hätte ich dich auch nicht lassen wollen."

Gazing nickte ihm dankend zu.

„Das hättest du aber ohne Probleme", fiel Clarissa ein. „Gazing scheint mehr draufzuhaben, als du ihm zutraust."

Gazings Magen flatterte. Um gelassen zu wirken, versuchte er tief, aber unauffällig einzuatmen, dabei verschluckte er sich und gab sich die größte Mühe, nicht zu husten, aber auch nicht zu ersticken.

„Das hast du echt brillant gelöst." Ihre Worte ließen einen Hitzewall in Gazings Wangen aufsteigen. Den starken Drang, nach Luft zu japsen, ignorierend lächelte er sie an. „Du bist nicht nur ohne Probleme dem Bäcker entkommen, die Meute aus der Bar wird auch für eine Weile beschäftigt sein. Genug Zeit für uns, um erst mal unterzutauchen." Sie drehte sich um und schritt die Straße entlang.

Gazing wandte sich prustend und keuchend ab.

Ein Schlag, der kräftig auf seinen Rücken klopfte, brachte sein Innerstes wieder in Ordnung. Während sich seine Lunge beruhigend mit Sauerstoff füllte, hörte er James hinter sich lachen.

„Da hat dich jemand ganz schön umgehauen!", feixte er und nahm Gazing in den Schwitzkasten.

„Ich hab mich nur verschluckt." Gazing wand sich spielerisch kämpfend in James' festem Griff.

„Du weißt genau, was ich meine." James drückte noch ein wenig fester zu.

„Keine Ahnung, was du meinst!", versicherte Gazing und schaffte es, sich von ihm wegzudrücken.

„Das Mädchen mit dem Flammenkopf hat dir das Herz gestohlen!", jauchzte James.

Gazing lief rot an. „So ein Quatsch!", sagte er aus voller Überzeugung, aber flüsternd, damit Clarissa ihn nicht hörte und damit James vielleicht auch die Stimme senkte.

„Seitdem sie bei uns ist, gibst du noch weniger von dir als davor und jetzt vergisst du einfach, wie man atmet, weil sie etwas Nettes über dich gesagt hat", grölte James beinahe.

Gazing sah besorgt an ihm vorbei, doch Clarissa und Amber schienen weit genug entfernt. Keine der beiden drehte sich zu ihnen zurück.

„Ich bin einfach nur müde", erklärte er James, aber war sich gar nicht mehr so sicher wie zuvor. Es stimmte, in Clarissas Nähe wurde er merkwürdig unruhig. Aber er wurde generell in der Nähe von Menschen unruhig. Mit seinem Herzen hatte das bestimmt nichts zu tun. Und vor allem hatte das James absolut nichts anzugehen.

„Du lügst, aber ich vergebe dir", scherzte James und zog Gazing am Ärmel hinter sich her, in Richtung der anderen.

Amber hatte Clarissa den ganzen Weg über mit Fragen gelöchert, wofür Gazing ihr insgeheim sehr dankbar war. So hatte er über die fremde Frau, an der sein Herz ganz bestimmt nicht hing, gelernt, dass sie vor vierundzwanzig Jahren in Zandria geboren worden war. Ihr Vater hatte sich um sie und ihre acht Geschwister gekümmert, während Clarissa als Zweitälteste schon in jungen Jahren mit allerlei

Dingen Geld verdienen musste. Zuerst hat sie Zigarren an alte Männer verkauft, später schenkte sie Bier aus. Bis ihr ältester Bruder überraschend zu Geld kam, musste sie sich immer wieder etwas Neues einfallen lassen, wie sie genug verdiente, um die vielen Mäuler zu stopfen. Über ihr Verhältnis zu Hiram und ihre Arbeit mit ihm redete sie nicht. Sie erwähnte nur, dass es Dinge in ihrem Lebenslauf gab, auf die sie weniger stolz war, und Gazing zählte eins und eins zusammen. Auf Ambers bohrende Nachfrage schüttelte sie nur liebevoll den Kopf.

„Ein andermal vielleicht", beschwichtige sie das neugierige Kind. Ihr Blick wanderte zu Gazing, als würde sie seine Reaktion deuten wollen.

Starr ließ er seinen nach vorne gerichtet, versunken in fiktive Gedanken, bloß nicht andeutend, dass er Clarissa bei jedem Wort an den Lippen hing, um so viel wie möglich über sie zu erfahren.

Er hatte auch gehört, dass sie derzeit als Autorin ihr Glück versuchte. Worüber sie aktuell schrieb, wollte sie der Gruppe jedoch nicht verraten, es sei etwas Geheimnisvolles, Gefährliches. Das reichte Gazing als Information, um nichts weiter darüber wissen zu wollen. Er war in den letzten Tagen genug geheimnisvollen und gefährlichen Geschichten begegnet. Es reichte ihm.

Viel mehr interessierte er sich für das enorm hohe Haus, vor dem sie zum Stehen kamen. Es erstreckte sich mehrere Dutzend Stockwerke in die Höhe, Balkone, Fenster und Lüftungsschächte verkleideten seine sandsteinfarbenen Wände. Einige Fenster waren erhellt, die meisten blieben dunkel.

Clarissa legte ihre Hand auf eine leuchtende Fläche neben der gläsernen Eingangstür und diese schob sich leise surrend zur Seite auf.

„Ich hoffe, ihr seid schwindelfrei", sagte Clarissa scherzhaft, traf dabei aber einen besonders wunden Punkt in Gazing.

Mit schlotternden Knien trat er hinter ihr in den Eingangsbereich des Hauses. Dieser war unglaublich unbeeindruckend. Ein quadratischer Raum in demselben sandigen Farbton wie die Hauswand. Durch die ihnen gegenüberliegende Wand führte eine gewöhnliche Treppe nach oben, daneben befand sich eine metallene Tür, neben der wiederum eine gewöhnliche Treppe nach unten führte. In einer Ecke stand eine durstig wirkende Palme in einem viel zu kleinen Topf. Traurig wackelten ihre Blätter im Luftzug, der nach ihrem Eintreten durch den Raum wehte.

Clarissa ging auf die Metalltür zu, drückte einen Knopf. Ein paar Sekunden passierte gar nichts, außer dass die Stille von einem mechanischen Knarzen unterbrochen wurde. Die Tür teilte sich in der Mitte und glitt zu beiden Seiten auf. Hinter ihr eröffnete sich ein winziger Raum, dessen Wände mit Spiegeln verkleidet waren. Eine Röhre aus Licht flackerte an seiner Decke und eine eintönige Melodie drang an Gazings Ohren.

Amber, James und Clarissa betraten den Raum und drehten sich wie auf Kommando mit dem Gesicht zurück zum Eingang. Von dort aus sahen sie Gazing so verwundert an, als wäre er derjenige, der sich ohne erkenntlichen Grund zu dritt in einen viel zu kleinen Raum quetschte.

„Was macht ihr da drinnen? Muss ich mitmachen?", fragte er verwirrt.

James fasste sich schmunzelnd an die Stirn.

„Clarissa, eine Sache musst du wissen." Amber seufzte. „Gazing kennt absolut gar nichts."

„Er hat seine Zeit auf dieser Erde in Brenin verbracht", fügte James grinsend hinzu.

Die Gruppe kicherte. Gazing zog beleidigt die Augenbrauen zusammen, konnte ihnen aber nicht widersprechen. „Ich versteh schon." Clarissa sah Gazing verständnisvoll an. „Das hier ist ein Aufzug. Er bringt uns zu dem Stockwerk, in dem ich wohne." Sie trat einen Schritt zur Seite und bedeute Gazing, sich neben sie zu stellen.

Skeptisch nahm er den Platz neben ihr ein. Die Türen schlossen sich, nachdem Clarissa einen Zahlencode auf einem leuchtenden Bildschirm eingegeben hatte, dann setzte sich der Raum ruckelnd in Bewegung. Ein unangenehmes Gefühl erfasste Gazing. Ein Raum, der sich bewegte, war ihm nicht geheuer. Sein Gleichgewichtssinn konnte auch nicht viel damit anfangen. Taumelnd versuchte er Halt zu finden. Übelkeit durchzog seinen Körper in Wellen.

Dann passierte etwas, was alles besser machte und gleichzeitig auch viel schlechter. Clarissa nahm Gazings Hand und drückte sie vorsichtig. Eine Euphorie fuhr durch ihn und legte seine Panik. Sein Magen beruhigte sich. Fest blieb Gazing auf beiden Beinen stehen. Er schloss seine weit geöffneten Augen, doch er riss sie direkt wieder auf.

Clarissa hielt seine Hand.

Clarissas Hand.

Seine Hand.

Vereint.

Die Panik strömte zurück an ihren Platz in Gazings Kopf. Warum hielt sie seine Hand? Unbeholfen fing sein Körper an zu zittern. Wie verhielten sich Menschen in so einer Situation? Er konnte sich nicht daran erinnern. Sein Gehirn war leer.

Um irgendetwas zu tun, drückte er ihre Hand zurück. Das fühlte sich komisch an. Er ließ wieder locker. Ihre Hände rieben aneinander. Gazing hielt die Luft an. Ob

Clarissa die feuchte Schicht an seinen Fingern auch bemerkte? Sein Gesicht verzog sich unkontrollierbar zu einer leidenden Grimasse.

In diesem Moment sah Clarissa ihn an.

Gazings Gesichtszüge froren ein. Er spürte ihren Blick auf seiner Haut. Er spürte ihre großen, grünen Augen. Ihr Lächeln. Wie sie seine Hand wieder etwas fester drückte.

Sie atmete tief aus, als wollte sie das Atmen für ihn übernehmen.

Er tat es ihr gleich, floss in ihrem Atem, passte sich ihm an. Die Anspannung in seinem Kiefer löste sich mit jedem Atemzug.

Der Raum kam ruckelnd zum Stehen. Die Tür glitt auf.

Sie ließ seine Hand los.

✶ AMBER ✶

Amber starrte gebannt auf die Stelle in der Luft, an der sich vor wenigen Sekunden noch Gazings und Clarissas Hände gehalten hatten. Die merkwürdige Szene hatte sich nur wenige Zentimeter vor ihren Augen abgespielt und ließ sie mit einem unangenehmen Gefühl der Fremdscham zurück.

„Igitt", murmelte sie leise und schüttelte sich, als würde das Gefühl dadurch verschwinden.

Amber hatte immer wieder auf die Anzeige des Fahrstuhls geschielt. Sie waren so viele Stockwerke nach oben gefahren, sie konnte sich nicht erinnern, zuvor ein Haus gesehen zu haben, das überhaupt so viele Etagen besaß.

Eine grüne 54 blinkte auf, als sich die Türen schließlich öffneten. Erstaunt hatte Amber festgestellt, dass es sich bei der 54. Etage nicht um ein gewöhnliches Stockwerk handelte. Der Aufzug führte sie auf das Dach des Gebäudes.

Bis auf den nervenaufreibenden Ausblick auf ein schlafendes Zandria gab die düstere Plattform nicht viel her. Ein paar langweilige Kästen und Ventilatoren, die nervig laut vor sich herbrummten, verteilten sich auf der kahlen Fläche. Kabel wuchsen aus einer Ecke und verschwanden in einer anderen. Nur eine einsame Lampe kämpfte gegen die Dunkelheit der Nacht, die spärlich vom noch immer vollen Mond und wenigen, schwach erleuchteten Fenstern in den Häusern unter ihnen unterbrochen wurde.

Clarissa bewegte sich auf die Lampe zu und streckte den Arm nach etwas aus, das sich unter ihr befand. Plötzlich flackerte ein helles Licht in der Mitte des Daches auf. Das Licht befand sich innerhalb eines kleinen, quadratischen Raumes, der wirkte, als wäre er nachträglich auf das Dach gebaut worden. Seine zum Aufzug ausgerichtete Wand war komplett verglast und gab die Sicht frei auf das, was sich in dem Kasten befand.

Ein warmes Gefühl von Gemütlichkeit kroch durch Ambers Venen, als sie das Innere genauer betrachtete. In dem Würfel tummelte sich eine ganze Wohnung. Ein buntes Sofa mit vielen kuscheligen Kissen quetschte sich gemeinsam mit einem kleinen Kühlschrank auf die rechte Seite. Über ihnen war die Wand mit willkürlich angeordneten Regalbrettern in allen möglichen Größen und Farben gepflastert. Sie waren bestückt mit Büchern, Pflanzen, Schatullen und Kerzen. Ihr Anblick ließ Ambers Herz hüpfen. Sie konnte es kaum abwarten, zu entdecken, welche Schätze sich in diesen Regalen versteckten. Ein kleiner, runder Tisch, auf dem sich einige Notizblöcke unter einer Teetasse stapelten, und ein einzelner, hölzerner Stuhl führten vom Kühlschrank aus zur rechten Seite des Raumes, die durch einen Vorhang vor Ambers Blick verborgen blieb.

Selten hatte sie ein so intensives Gefühl von Gemütlichkeit empfunden. Vielleicht noch nie.

Clarissa zog einen Teil der gläsernen Wand, die anscheinend auch als Tür fungierte, zur Seite und betrat den Raum.

„Willkommen bei mir zu Hause!", sagte sie strahlend und machte eine einladende Geste.

Neugierig wie sie war, schlüpfte Amber als Erste an ihr vorbei und sog jedes Detail in sich auf, das sie erblickte. Was kompliziert war, denn an Details fehlte es dem Raum auf keinen Fall. Jeder Zentimeter der beige gestrichenen Wände, der nicht von einem Regalbrett in Anspruch genommen wurde, war mit beschriebenen Zetteln bestückt worden. Auf manchen standen einzelne Schlagwörter. „Versprechen", „Lady Adina Badr", „Intrige?", las sie beim Überfliegen. Auf anderen standen ganze Sätze, sogar Textabschnitte. Verbunden waren einige davon mit Fäden, die sich wild durch die ganze Wohnung zogen. Gebannt folgte Amber einem Faden, der sich von einem Zettel mit der Aufschrift „lückenhafte Informationen" um ein Kabel in der Mitte des Raumes herum, an dem eine nackte Glühbirne baumelte, bis zu einem weiteren Zettel an der rechten Wand spannte. Er hing in einer winzigen, mit Gewürzgläsern und gewaschenem Geschirr vollgestellten Küchenzeile. „Was ist der Hintergrund?", stand dort mit zwei dicken, roten Linien unterstrichen.

Neben der Küche entdeckte Amber Clarissas Schreibtisch. Wenn unter dem Chaos, das auf ihm tobte, überhaupt ein Tisch zu finden war. Tausende Notizblöcke, Karten, Zettel, Fotos, Texte, Stifte, Heftzwecke und Wollknäuel türmten sich auf ihm und versperrten die Sicht auf das Möbelstück. Die Wände drum herum waren mit gleich mehreren Lagen Notizzetteln beklebt.

„Was heißt skurrile Obsession mit Regen?", fragte Amber und zeigte auf den einzigen roten Zettel über dem Tisch.

„Kannst du schon lesen?", fragte Clarissa sichtlich verblüfft.

Amber schnaubte verächtlich. Selbstverständlich konnte sie lesen! Schon im Winter vor drei Jahren hatte sie Blade die Bücher geklaut, die ihm sein Vater mit dem ein oder anderen Brief schickte, und hatte Nacht für Nacht unter ihrer Bettdecke mit einer Taschenlampe bewaffnet die Buchstaben studiert, bis sie zu Wörtern, Sätzen und schlussendlich zu Bildern in ihrem Kopf wurden.

„Ich bin schon sieben!", prahlte sie. Wie jedes siebenjährige Kind war sie unfassbar stolz auf ihr Alter und erwähnte dies bei jeder Möglichkeit.

Beeindruckt strahlte Clarissa sie an. „Wow, schon sieben!"

Amber nickte zufrieden. „Also erklärst du mir jetzt, was skurrile Obsession mit Regen bedeuten soll, oder nicht?"

Clarissa sah zwischen Gazing und Amber hin und her. „Vertraust du ihnen?", fragte sie an James gewandt, der hinter ihr auf dem Sofa Platz genommen hatte.

Amber beobachtete, wie James Gazing so frech angrinste, als würde er etwas planen.

„Der Kerl hat auf jeden Fall eine Macke. Die Kleine irgendwie auch. Aber soweit ich weiß, sind sie ganz okay."

„Bitte, bitte!", flehte Amber und zog die Mundwinkel so tief herunter, wie sie konnte. Das hatte sie bisher eigentlich immer an ihr Ziel gebracht, egal was sie wollte. Menschen waren für sie meistens kinderleicht zu durchschauen. Und zu manipulieren.

Clarissas dahinschmelzendes Lächeln verriet, dass auch sie Ambers Charme nicht widerstehen konnte. „Vielleicht wär das sogar ganz nützlich", murmelte sie gedankenverloren. „Na gut!", sie fuhr herum und fixierte Amber eindringlich. „Was ich euch jetzt verrate, muss unbedingt unter uns bleiben!"

Amber nickte eifrig. Um an spannende Informationen zu kommen, würde sie jedes Versprechen ablegen.

„Es ist wirklich wichtig, dass nichts davon nach draußen gelangt. Sonst steckt jeder von uns in Schwierigkeiten." Clarissa zog prüfend eine Braue in die Höhe.

„Schon klar!", platzte es aus Amber heraus. Ungeduldig zupfte sie an ihren Zöpfen.

„Versprochen?", fragte Clarissa und streckte ihr eine Hand entgegen.

Amber schlug ein und hätte dabei fast die Augen verdreht.

Clarissa grinste und nickte ihr verschwörerisch zu.

„Dann ist alles geklärt!", bestätigte sie und senkte die Stimme zu einem geheimnisvollen Flüstern. „Ich hab vorhin ein wenig geflunkert. Ich bin gar keine Autorin. Ich bin Journalistin. Investigative Journalistin."

Amber verzog fragend das Gesicht.

„Das heißt, ich begebe mich heimlich in gefährliche Situationen, um an Informationen für meine Artikel zu gelangen. Und die Themen, die ich mir aussuche, sind verdammt kompliziert und wichtig. Mit den Dingen, die ich aufdecke, kann ich die ganze Welt bewegen. Zumindest, wenn die ganze Welt meine Texte lesen würde."

Gespannt ließ sich Amber neben James auf das Sofa sinken. Sie zog die Beine in einen Schneidersitz und stützte ihren Kopf auf die Hände.

„Gerade arbeite ich an einem ganz brisanten Fall. Mir fehlen nur noch ein paar letzte Schlüsselinformationen, dann kann ich den Artikel endlich drucken lassen. Das wird mein Durchbruch als Journalistin. Die Geschichte ist so groß und niemand außer mir ist an ihr dran." Clarissas

Augen funkelten, verdüsterten sich aber sofort wieder.

„Abgesehen davon und viel wichtiger ist es natürlich, dass meine Arbeit Gutes bewirkt. Das, woran ich grad dran bin, ist ein Riesenskandal und potenziell gefährlich für die ganze Bevölkerung Zandrias."

„Bitte sag nicht, dass du dich mit Adina anlegst!", stöhnte James, der inzwischen tief in einem Haufen Kissen versunken war.

Clarissa funkelte ihn wild entschlossen an. „Und wenn's so wäre?", fragte sie beinahe schnippisch.

„Dann würde ich dich davon abhalten müssen", entgegnete James ernst.

„Und wie willst du das anstellen?" Clarissa verschränkte die Arme und musterte James kritisch.

„Clarissa, ich bitte dich. Du kannst mir nicht erzählen, dass du es für eine kluge Entscheidung hältst, die Herrscherin von Zandria zu deiner Feindin zu machen." James griff nach einem der Kissen und drückte es sich selbst ins Gesicht.

„Ich halte es für durchaus klug, aufzudecken, was die teure Lady Badr im Schilde führt. Sie plant irgendetwas. Ich bin mir so sicher. Ich muss nur noch die Beweise finden!"

Das Kissen flog durch den Raum und traf Clarissa an der Schulter.

„Du bist schlimmer als alle meine Brüder zusammen!" James versank noch weiter in der Couch.

„Ich bin vorsichtig, James. Versprochen", sagte Clarissa so sanft, dass man ihr nur Glauben schenken konnte.

„Wer ist diese Adina und was hat sie vor?", ergriff Amber die Chance, die Stille zu durchbrechen.

Clarissa begann zu strahlen. „Amber, du stellst die richtigen Fragen. Vielleicht wird aus dir eine große Journalistin!"

„Setz dem Kind keine Flausen in den Kopf", dröhnte es aus dem Kissenberg.

Amber zog ein besonders flauschiges Kissen hinter ihrem Rücken hervor und schwang es kräftig an die Stelle des Berges, unter der sie James vermutete.

„Hey!", hörte man James raunen.

„Ich werd Journalistin, wenn ich das will, ob es dir passt oder nicht!" Clarissas Bemerkung war nicht ohne Spuren an Amber vorbeigegangen. Sie hatte sie tatsächlich ein wenig stolz gemacht. Sie konnte wirklich gut Fragen stellen. Und Dinge herausfinden. Und beobachten. Vielleicht wollte sie tatsächlich Journalistin werden. Von James, auf den offenbar Gazings Spießigkeit abgefärbt hatte, ließ sie sich auf jeden Fall nicht davon abhalten. Gespannt richtete sie ihre Aufmerksamkeit wieder auf die rothaarige Frau, die begonnen hatte, einige Zettel, Blöcke und Stifte in eine lederne Tasche zu stopfen.

„Adina Badr ist die amtierende, gebürtige Herrscherin über Zandria. Seit dem Tod ihrer Mutter vor zweiundzwanzig Jahren regiert sie über die Stadt. Sie ist die jüngste Monarchin der jahrtausendealten Chronik Zandrias. Sie war nicht mal so alt wie du, Amber, als sie das erste Mal über Kriege, Handelsstrategien und die Belange der Bevölkerung entscheiden musste."

„Ist das nicht ein bisschen unverantwortlich?", meldete sich Gazing und sofort klebten alle Blicke an ihm. Amber hatte fast vergessen, dass er mit ihnen im Raum war, so still, wie er die letzten Minuten gewesen war. Obwohl sie es langsam akzeptierte, dass der Junge mit den Hasenohren nicht so viele Worte verlor. Irgendwie fand sie das sogar ganz angenehm.

Irritiert ließ sich Gazing zwischen Amber und James auf die Couch sinken.

„Unter Umständen", sagte Clarissa und nickte bestätigend. „So läuft das aber mit dem Zepter dieser Stadt. Eine Mutter übergibt es der Tochter. Und man kann von Adina und ihren Machenschaften halten, was man will, eine Sache kann man nicht verleugnen: Sie ist verdammt intelligent. Schon als Kind hat sie Zusammenhänge verstanden, die viele bis ins hohe Alter nicht begreifen. Ein Grund mehr, bei dem, was sie tut, immer auf der Hut zu bleiben." Clarissas verengte die Augen zu argwöhnischen Schlitzen. „Sie ist leider nicht nur klug, sondern auch tückisch. Es kursierten zum Beispiel die fantastischsten Mythen darüber, dass Adina einen Pakt mit etwas Magischem, Bösem geschlossen hat, der ihr unendliche Jugend und Intelligenz versprach, bis herauskam, dass sie wirklich einen Pakt mit dem Bösen geschlossen hat. Im zarten Alter von nicht mal dreizehn Jahren war sie schon gerissen genug, an ihren Beratern vorbei illegale Geschäfte zu organisieren, die ihre Position und Einfluss auf der ganzen Welt extrem stärkten. Mein Vater war damals daran beteiligt, dass diese Sache an die Bevölkerung drang." Clarissa machte eine kurze Pause, holte tief Luft. „Und dann ist er plötzlich verstorben."

Ein bedrückendes Schweigen legte sich über die Gruppe. Es fühlte sich an, als verstand sich in diesem Moment jeder ohne Worte. Sie mussten sich nicht einmal ansehen. Einfach nur beieinander existieren reichte aus, um alle Gefühle zu kommunizieren.

„Das ist der Grund, warum ich angefangen habe, selbst gegen die Regierung zu ermitteln. Mein Vater war gesund

und stark, als er starb", brach Clarissa die Stille. Ihre Stimme legte sich wieder zu einem Flüstern. „Niemand kann mir, damals wie heute, erzählen, dass er nicht ermordet wurde, weil er zu viel erzählt hatte. Die Offiziellen sagen, er hätte es selbst getan. Mit Pillen. Aber das stimmt nicht. Das hätte er nie. Er hätte mich nie zurückgelassen. Erst recht nicht, ohne sich zu verabschieden. Ich kann nicht ungeschehen machen, was passiert ist, und beweisen werde ich es wohl auch nie. Aber nach all den Jahren macht Adina gerade vielleicht den ersten großen Fehler, der mich der Gerechtigkeit näher bringen kann."

Gespannt rutschte Amber auf dem Sofa von links nach rechts, bis Gazing sie genervt festhielt. Clarissa hockte sich vor die Couch und flüsterte jetzt beinahe lautlos. Die vier steckten die Köpfe enger zusammen.

„Vor ein paar Wochen hat die Regierung begonnen, Arbeitsstellen in der Forschung zu bewerben. Adina selbst ist öffentlich aufgetreten und hat die klügsten Köpfe Zandrias gebeten, sich zu bewerben. Niemand weiß genau, worum es dabei geht, was schon komisch genug ist. Was mich aber viel stutziger macht, ist, dass sie bei alldem so verdammt freundlich wirkt. Zu freundlich. Ich beobachte Adina seit Jahren. Sie ist bestimmt, klar, düster, auf keinen Fall freundlich. Wenn sie von dem Forschungsprojekt erzählt und wie wertvoll es für unsere Gesellschaft werden wird, lächelt sie. Eine Frau wie Adina lächelt nie ohne Grund."

James nickte wissend, während Gazing Clarissa abwesend in die grünen Augen starrte.

„Hinter dem Lächeln steckt irgendein Plan und ich werde heute Nacht noch herausfinden, was das für einer ist. Sie behaupten, es sei eine wertvolle Bereicherung für unsere Stadt. Die Forschung und ihr Ergebnis sollen einen

Aufschwung für Zandria bedeuten. Aber mein Instinkt sagt, dass viel mehr dahintersteckt. Ich find es heraus und schreibe einen Artikel, der sie für immer vom Thron stürzen wird."

„Da hast du dir wieder etwas besonders Brisantes ausgesucht, meine Liebste", beschwerte sich James. „Und wie planst du deine Recherche fortzusetzen?"

„Das werd' ich dir ganz bestimmt nicht verraten, du würdest mich nur abhalten wollen." Clarissa grinste feindselig in James' Richtung.

„Nur, wenn es dich umbringt!", protestierte dieser und kämpfte sich aus dem Kissenberg heraus. „Sag mir einfach, dass es dich nicht umbringt." Entnervt zuckte er mit den Schultern.

„In dieser Stadt weiß man nie", scherzte Clarissa, dann wurde ihr Ausdruck ernster. „Aber ich passe auf mich auf. Es gibt noch zu viele Geschichten zu erzählen, als dass ich es jetzt schon darauf ankommen lassen würde."

James legte den Kopf schief.

„Versprochen!", seufzte Clarissa. Sie hielt kurz inne, als würde sie nachdenken. Dann lehnte sie sich zu Amber.

„Ist einer der beiden hier ..." Sie deutete auf Gazing und James. „... irgendwie für dich verantwortlich?"

„Hm", machte Amber.

In den letzten Tagen hatte sie ihre zwei neuen Begleiter genauestens beobachtet. Sie hatte versucht herauszufinden, wie sie ihre Entscheidungen trafen, schaute genau hin, wie sie in extremeren Situationen reagierten.

James war gelassen, fast unbekümmert. Er vertraute auf das Leben und folgte ihm einfach. Deswegen war er auch der einzige Bewohner in Ambers Gedankenwelt, dem kein bestimmter Ort zugewiesen war. Er lief frei zwischen den Gebäuden und Gehegen umher, tauchte mal hier auf, mal dort, mal verschwand er für Tage. Er kam immer dort an, wo er im richtigen Moment sein sollte. Auch wenn er manchmal gar nicht wusste, wohin er wollte.

Gazing folgte dem Leben ebenfalls. Aber nicht freiwillig. Ihn warf es hin und her, wie es lustig war und ohne dass der zweifelnde Junge Einfluss darauf hatte. An jeder Abzweigung dachte er so lange nach, bis der Zufall ihn entweder in die eine oder andere Richtung schob. Er dachte zu viel, aber seine Gedanken waren klug. Was ihn zweifeln ließ, würde Amber jederzeit übersehen und dadurch wahrscheinlich in so manch eine Falle tappen.

Zusammen ergaben sie für Amber die perfekte Kombination. Ein Impulsiver und ein Denker.

Blade hat ihr einst an einem sonnigen Sommertag erklärt, wie zwei Menschen zusammen die perfekten Entscheidungen treffen konnten. Es brauchte nur zwei Gegensätze. Insgeheim träumte sie davon, dass er damit sie und ihn meinte.

Amber war sich zwar ziemlich sicher, dass James und Gazing bei den Entscheidungen, die sie auf dieser Reise machen musste, eine wesentliche Rolle spielen würden. Verantwortlich war sie für diese Entscheidungen am Ende aber ganz allein.

„Nö, eigentlich nicht", antwortete sie auf Clarissas Frage und schüttelte ihre Zöpfe.

Sie merkte, wie Gazing sich neben ihr kurz anspannte, als wollte er etwas sagen, dann ließ er sich jedoch wieder in die Couch sinken.

„Hab mir schon gedacht, dass dir keiner wirklich sagen kann, wo es langgeht."

Clarissas Blick war aufmerksam und weich, Amber hätte sich am liebsten in ihn hineingelegt. Gleichzeitig kitzelten Clarissas Worte in ihrem Kopf. Dass sie sie so einschätzte, ließ Amber vor Stolz fast platzen. Aufgeregt kickte sie mit ihren Füßen gegen das Sofa.

„Würdest du mir bei etwas helfen?" Clarissa funkelte sie an.

„Ist dieses Etwas geeignet für eine Siebenjährige?" Gazing wagte es schließlich doch, sich zögerlich an der Unterhaltung zu beteiligen.

Amber wünschte, er hätte es nicht getan. Dieses Etwas, egal was es war, klang nach einem einmaligen Abenteuer. Nur der Gedanke an die außergewöhnlichen Dinge, die hinter Clarissas Nachfrage stecken könnten, führte dazu, dass ihre Augen anfingen zu leuchten. Wenn Gazing ihr das jetzt vermieste, weil er ihr nicht zutraute, Abenteuer zu bestehen, würde sie es sich auf jeden Fall noch einmal überlegen, ihn als Weggefährten zu akzeptieren.

„Clarissa bringt sich selbst vielleicht zu oft in Gefahr, einem Kind würde sie das ganz bestimmt nicht antun", meldete sich James überraschenderweise. „Ist doch so, oder?"

Clarissa drehte sich, noch immer vor der Couch hockend, zu Gazing und legte eine Hand auf sein Knie. Gazing wurde blass. Amber rümpfte die Nase.

„James hat recht." Clarissa sah Gazing tief in die Augen. „Ihr wird nichts passieren. Dafür sorge ich." Sie legte den Kopf schief. „Außerdem seid ihr es doch gewesen, die sie in eine zandrische Kneipe geschleppt habt. Bei mir ist sie wahrscheinlich besser aufgehoben."

Man konnte Gazing ansehen, wie wenig er mit dieser Situation zurechtkam. Verwirrt atmete er zweimal hintereinander ein, dann stoßweise einmal wieder aus. Er blickte an sich selbst herab, als wollte sein Kopf seinen Bauch fragen, was zu tun war.

„Was soll ich machen?", nahm Amber ihm die Frage aus dem Mund, richtete sie an Clarissa.

„Mir eine wichtige Tür öffnen. Komm kurz mit, wir müssen etwas testen." Clarissa nickte Gazing ein letztes Mal beruhigend zu und ließ den Blick nicht von ihm, bis er ebenfalls zustimmend nickte. Dann streckte sie Amber die Hand entgegen.

Amber griff sie und zusammen traten sie durch die gläserne Schiebetür zurück auf das Dach.

✶ GAZING ✶

GRÜBELND SAH GAZING Amber und Clarissa hinterher, die langsam in der Dunkelheit des viel zu hohen Daches ohne Abgrenzung verschwanden.

Auf der Reise der letzten Tage hatte er durchaus gelernt, dass er sich hin und wieder zu viel sorgte, als ihm guttat. Aber war jetzt der richtige Zeitpunkt, um daran zu arbeiten und die Dinge etwas lockerer zu sehen? Jetzt, da es um Amber ging?

Vielleicht sollte er hinterhergehen und Clarissa noch einmal zur Rede stellen. Noch einmal mit ihr reden. Noch einmal hören, wie ihre Stimme klang.

Beschämt vom Verlauf seiner Gedanken wandte Gazing sich kopfschüttelnd ab. Er würde sich jetzt entspannen. Wie ein normaler Mensch, der auf einer weichen, kuscheligen Couch saß. Er drückte sich in die Kissen und ihr Aroma erfüllte ihn. Sie rochen nach Rosen und Geheimnissen. Einladend und anmutig. Gazing nahm noch einen Atemzug von Clarissas Duft. Und rappelte sich dann widerwillig auf.

„Verdammte Scheiße", fluchte er leise, während er sich eingestehen musste, dass James wahrscheinlich recht hatte. Clarissa hatte seine Sicht vernebelt.

„Das wird schon." James war aufgestanden und öffnete den Kühlschrank.

Irritiert sah Gazing ihn an.

„Na, mit Clarissa und Amber." Wie selbstverständlich zog er zwei Glasflaschen heraus, eine reichte er Gazing. „Ich sag ein paar Leuten Bescheid, die werden sie nicht aus den Augen lassen und eingreifen, wenn was passiert."

„Ich dachte, wir wären uns einig gewesen, dass niemandem etwas passieren kann?", fragte Gazing entrüstet, griff aber trotzdem nach der kühlen Flasche.

„Clarissa vertraue ich", erwiderte James und entfernte die Öffnung seiner Flasche mit einem Knall. „Aber dieser Stadt vertraue ich kein bisschen." Finster dreinblickend nippte er an dem Getränk.

Gazing starrte auf die Tropfen, die am Hals der Flasche hinabrollten, bis James sie ihm schnaufend abnahm und den Deckel öffnete. Der erste Schluck floss klebrig, süß und weich seine Kehle hinunter. Der zweite brannte wie Feuer.

„Erinner' mich daran, damit aufzuhören, alles zu trinken, was du mir gibst", fluchte Gazing hustend.

„Dann verpasst du den ganzen Spaß." James ließ sich lachend zurück auf das Sofa fallen. „Das ist Zymurzand. In Zandria gibts nicht viel. Also haben die Teufel hier herausgefunden, wie man Alkohol aus Sand gewinnt."

„Langsam glaube ich, dass du ein ernsthaftes Drogenproblem hast, James", kommentierte Gazing halb ironisch, halb ernst und nahm noch einen Schluck des skurrilen, aber geschmackvollen Getränks.

James grunzte nur und schüttelte lachend den Kopf.

„Also", setzte Gazing zögerlich erneut an, „wohnt Clarissa hier ganz allein, oder ..."

„Ich wusste, dass du mich im erstmöglichen Moment nach ihr fragen würdest!", unterbrach ihn James jauchzend.

Gazing fühlte sich unangenehm ertappt, obwohl ihm bewusst war, wie offensichtlich die Situation war. „Ich frag doch nur, weil es hier oben nicht ganz sicher wirkt für so einen jungen Menschen", versuchte er es trotzdem.

„Ach, na, selbstverständlich", rief James sarkastisch. „Dann muss ich dir zu deinem Leid sagen, dass sie in der Tat ganz allein hier wohnt. Aber gib acht, wenn du herkommen willst, um sie zu beschützen." Das letzte Wort hatte er besonders überbetont. „Das Haus gehört ihrem Bruder und auch wenn sie nicht das beste Verhältnis zueinander haben, behält er sie hier immer im Auge."

„Was ist mit ihrem Bruder?", fragte Gazing in genau dem Moment, in dem ein rhythmisches Brummen den Raum durchzog.

James zog das brummende Gerät aus seiner Tasche, mit dem Amber auch ihre Videos aufnahm, und starrte es an, als würde es ihn beschimpfen.

„Scheiße!", stieß er genervt aus. „Ich muss kurz rangehen, ist wichtig." Mit einem Satz war er durch die Tür gesprungen. Gazing hörte ihn gerade noch ein „Wie schön endlich von dir zu hören, Bruderherz" in die Stille flöten, dann war er verschwunden.

Zum Glück dauerte es nur wenige Sekunden, bis Clarissa und Amber von ihrem mysteriösen Ausflug über das Dach zurückkehrten. Breit grinsend trat Amber zuerst durch die Tür.

„Es klappt! Ich passe durch! Oh." Erschrocken schlug sie sich die Hand vor den Mund. „Ich meine ... nichts!"

Clarissa hinter ihr lachte so ehrlich, dass Gazing sich schämte, ihr je nicht geglaubt zu haben. Sie öffnete eine unter dem Schreibtisch versteckte Bodenluke und zog einige dunkle Kleidungsstücke hervor.

„Hier, Amber, die gehören jetzt dir." Sie reichte ihr das Stoffknäuel. „Zieh dich da drinnen um." Ohne Mühe schob sie die Wand neben dem kleinen Tisch zur Seite. Hinter ihr sah Gazing in ein schmales Badezimmer. Es hatte gerade Platz für ein Waschbecken und eine Toilette, an der allerlei Knöpfe blinkten.

Amber schob die Wand hinter sich wieder zu und ließ Gazing mit Clarissa allein.

Um der aufsteigenden Nervosität entgegenzuwirken, nippte Gazing an seinem Getränk. Der beruhigende Effekt hielt genau so lange, bis Clarissa sich neben ihn setzte. Näher, als sie müsste. Sie blickte sich in ihrer Wohnung um, als wäre sie selbst zum ersten Mal hier, bevor sie sich räusperte.

„Nicht besonders beeindruckend", sagte sie und lächelte verlegen. „Meine Geschwister haben mich hier hoch verbannt." Jetzt grinste sie beinahe schelmisch.

„Verbannt?", fragte Gazing ehrlich entsetzt.

Clarissa seufzte. „Ich hab doch gesagt, ich hab Mist gebaut. Hab mich hinreißen lassen und für eine Weile Geschäfte mit den falschen Menschen gemacht." Die grünen Augen weit aufgerissen, sah sie Gazing an. „Ich hab das getan, um meiner Familie zu helfen, das schwöre ich. Aber ich hätte sie damit in großes Unglück stürzen können. Das weiß ich jetzt. Als es rausgekommen ist, sind meine Geschwister beinahe geplatzt. Haben mich aus der Wohnung geworfen." Schuldbewusst zuckte sie mit den Schultern. „Ich war damals noch zu jung, um selbst eine Wohnung zu mieten. Damit ich nicht zurückgehe, hat sich mein älterer Bruder erbarmt und mir diesen Schuppen hier auf dem Dach seines Hauses bauen lassen." Jetzt lachte sie wieder, was Gazing verwirrte, denn eigentlich war die Situation doch gar nicht zum Lachen. „Vermietet den ganzen Kasten, aber lässt mich trotzdem draußen schlafen. Wahrscheinlich soll mir das eine Lektion sein. Aber irgendwie gefällt's mir so."

„Deinem Bruder gehört das ganze Haus?", fragte Gazing, als wäre ihm diese Information neu. Ihm war egal, worüber sie redeten, Hauptsache Clarissa hörte nicht auf zu sprechen. Ihre Stimme war das Angenehmste, was ihm seit langer Zeit begegnet war.

„Frag mich nicht, wie er daran gekommen ist", bestätigte sie nickend. „Ich hab euch erzählt, wie es finanziell um meine Familie bestellt war. Aber ein paar Monate nach dem Tod unseres Vaters hat mein Bruder wohl irgendetwas richtig gemacht. Seit meinem Vorfall fragen wir nicht mehr wirklich, wer in der Familie was wie macht."

Gazing nickte nachdenklich.

„Amber hat mir ein bisschen von eurer Reise erzählt", wechselte Clarissa das Thema. „Ich find's irgendwie süß, wie du dich um sie sorgst."

Obwohl er nicht wusste, wie sie das meinte, weil es für ihn selbstverständlich war, sich um ein einsames Kind zu sorgen, lächelte er dankbar gen Boden.

„Ich weiß auch nicht", murmelte sie. „Kommt einfach nicht oft vor, dass man hier jemanden trifft wie dich."

„Einen Yaahk?", frage Gazing und sah ihr in die Augen.

Clarissa blickte erschrocken zurück. „Entschuldige, nein, so meinte ich das nicht, ich ...", stammelte sie.

„War nur ein Witz", unterbrach Gazing und grinste frech.

Kurz hielt Clarissa die Luft an, dann lachte sie erleichtert auf. „So jemand Sanften, meinte ich. Die meisten sind nicht so." Sie legte den Kopf schief, sodass ihre roten Locken fließend über ihre Schulter fielen. „Ich versteh schon, warum sich die Kleine bei dir sicher fühlt", hauchte sie beinahe.

Gazings Mund wurde trocken. Er befeuchtete ihn mit einem weiteren Schluck Sand. Clarissas Blick streifte flüchtig seine Lippen. Gazing sah zu ihren. Sie öffnete den Mund einen Spaltbreit, da riss Amber die Tür zum Badezimmer auf.

„Ich bin ein Ninja!", kreischte sie und sprang, sich in der Luft drehend, auf sie zu. Ihre Kleidung hatte sie gegen einen schwarzen Ganzkörperanzug, enge Handschuhe und dunkle Schlappen eingetauscht, womit sie nahtlos mit der Nacht verschmelzen könnte.

„Was hattest du jetzt noch gleich mit ihr vor?" Die Spannung zwischen Gazing und Clarissa war beim Anblick des beinahe militärisch wirkenden Outfits einer Skepsis gewichen, die Gazings Stirn in besorgte Falten legte.

„Es ist nicht so wild, wie es aussieht." Lachend stand die rothaarige Frau auf und legte Amber die Hand auf den Kopf. Das Mädchen strahlte stolz.

Gazing wusste nicht, wie ihm das gefiel.

„Und es ist besser, wenn du nichts darüber weißt. Um die ganze Geschichte zu erzählen, bleibt mir keine Zeit, aber zu wenig Information würden dich nur unruhig machen."

Diese Information machte Gazing unruhig. Angestrengt versuchte er einen kühlen Kopf zu bewahren. „Sag mir einfach, was ihr macht, und ich hör auf zu nerven", bat er. Wehleidig sah Clarissa ihn an.

„Ich bringe sie wohlbehalten zurück. Danach erkläre ich dir alles!", versicherte sie und trat nach draußen. „Es geht gleich los!", rief sie und Amber huschte hinter ihr her.

Gazing blieb allein zurück.

Bevor er sich mit dem Gedanken der Einsamkeit anfreunden konnte, sprang Amber zurück in die Wohnung. „Wir brechen bei jemandem ein, Bunny!", quiekte sie aufgeregt, trotzdem flüsternd, und verschwand schneller, als sie aufgetaucht war.

Die gesamte Anstrengung der letzten Tage brach plötzlich über ihm ein. Besorgt darüber, dass Amber irgendwo einbrechen würde, wollte er das Mädchen zurückhalten. Aber dass sie ihn wieder Bunny genannt hatte, belegte ihn mit einer schummrigen Müdigkeit, gegen die die Sorge nicht ankam. Sie drückte ihn in das Sofa, tiefer in Clarissas Duft, der ihn wie eine Decke umarmte.

„Ich heiße Gazing", murmelte Gazing. Sich der Nacht ergebend schloss er die Augen.

Als er James durch die Tür kommen hörte, öffnete er sie wieder.

Er blickte in die dunkelblauen Augen eines hellblonden Mannes. Sein kantiger Kiefer zuckte angespannt. Das war nicht James! Ein Duft, der Gazing an ihre Reise durch den Genso-Flor denken ließ, hatte sich in Clarissas gemischt.

Ein zweiter Mann schob sich neben den ersten. Blond, blauäugig, kantig, als hätte sich der eine verdoppelt. Gazing versuchte angestrengt, einen Sinn in dieser Situation zu finden, aber sein Gehirn machte keine Anstalten, der Aufforderung zu folgen.

Zwei identisch wirkende Typen sahen starr auf ihn herab. Und Gazing hatte nicht das Gefühl, etwas dagegen tun zu können. Oder zu wollen?

„Gib ihm noch etwas mehr", befahl der eine mit rauer, mechanischer Stimme.

Der andere streckte seine Hand über Gazing. Wenige Zentimeter vor seiner Nase kam sie zum Stehen.

Die Situation wirkte bedrohlich. Aber das machte Gazing nichts aus. Die Männer schienen ohnehin gerade einfach vor seinen Augen zu verschwimmen. Das Atmen fiel ihm schwer. Ohne sich deswegen zu sorgen, glitt Gazing in einen tieferen, traumlosen Schlaf.

PANISCH ERWACHTE ER, den inzwischen zu vertrauten Genso-Geruch noch immer in der Nase. Die Erinnerungen an den Moment vor seiner Ohnmacht drangen sich überschlagend zurück in Gazings Bewusstsein. Jemand musste ihn betäubt haben. Die zwei Männer mit den Gesichtsausdrücken von Soldaten.

Sofort war Gazing hellwach. Seine Augen waren noch trüb, aber seine Ohren nahmen jedes Geräusch wahr. Aus gewisser Ferne kamen klackernde Schritte auf ihn zu, die fast das kontrollierte Atmen von mindestens zwei weiteren Menschen übertönt hätten. Nach und nach zeichneten sich die Konturen des lila schimmernden Raumes ab, in dem er anscheinend nicht allein war. Unter sich spürte er denselben weichen Stoff wie auf Clarissas Sofa. Doch war er offensichtlich nicht mehr in Clarissas kleiner Wohnung.

Bevor die Schritte ihn erreicht hatten, schloss Gazing seine Augen. Er versuchte ruhig und tief zu atmen, was ihm in Anbetracht der Umstände wahnsinnig schwerfiel. Trotzdem schaffte er es, den Anschein zu wahren, noch immer zu schlafen.

„Sollte er nicht langsam zu Bewusstsein kommen?", hörte er eine raue, weibliche Stimme durch den Raum blaffen.

„In der Tat, Mylady", ertönte ein männlicher Ton, sehr direkt und hart. „Es besteht jedoch die Möglichkeit, dass unsere Berechnungen aufgrund seiner Herkunft fehlerhaft sind. Es gibt keinerlei Informationen darüber, wie eine Genso-Betäubung auf das Volk der Yaahks wirkt."

„Es gibt keine ... Wie bitte?", fauchte die weibliche Stimme, begleitet von einem Geräusch, das in Gazings Kopf das Bild von einer herumwirbelnden Trauerweide erzeugte.

„Keine Informationen darüber ..."

„Ich bin nicht taub! Ich habe klar und deutlich gehört, was du von dir gegeben hast. Aber das darf doch nicht die Wahrheit sein! Betäubt dieses kostbare Wesen, ohne die Konsequenzen zu kennen. Ich fasse es nicht! Was hättet ihr getan, wenn er verreckt wäre? Womit hättet ihr mir diese einmalige Chance ersetzt?"

„Entschuldigt, Mylady. Wir haben nur die Befehle befolgt", sagte die männliche Stimme und klang dabei ein wenig geknickt, aber nicht weniger hart.

„Bei meinen Ahnen. Ihr zwei seid das perfekte Beispiel dafür, warum diese Stadt zugrunde geht", nuschelte die Frau und schien Gazing dabei näher zu kommen. Das stöckelnde Geräusch ihrer Schritte auf dem harten Boden hielt nur wenige Zentimeter vor ihm an. Ein neuer Duft legte sich über Gazing. Schwer, würzig und berauschend, schob er die letzte Erinnerung an Clarissas Geruch aus seiner Nase. „Ihr habt Glück, dass er atmet", raunte die Frau und ihr Geruch wurde intensiver. „Aber weil ihr meine Zeit verschwendet, werdet ihr mir dafür etwas zurückgeben müssen."

Sie hatte sich von Gazing abgewandt und sprach zu den zwei blonden Soldaten, die sich links und rechts einer Tür, gegenüber von Gazing, positioniert hatten. Gazings Blick wanderte von ihrem starren Blick über die Tausenden lila Kristalle, die den Raum schmückten und sein Licht in eine gleichzeitig warme und kalte Stimmung tauchten, bis er an den silberweiß schimmernden Haaren der Frau hängen blieb, die ihm den Rücken zukehrte.

„Mylady, der Hase ist gerade erwacht", verkündete einer der Soldaten und starrte Gazing in die Seele.

Erschrocken kniff er die Augen wieder zusammen.

Wann hatte er sie geöffnet?

„Verdammte Scheiße", brach es flüsternd aus ihm heraus. Ziemlich offensichtlich konnte er nicht weiter so tun, als würde er bewusstlos herumliegen. Was er stattdessen tun konnte, um sich aus dieser misslichen Lage zu befreien, fiel ihm aber auch nicht ein. Resignierend seufzte er tief und wartete einfach ab.

„Er ist kein Hase", sagte die Frau und ihre raue Stimme klang beinahe sanft. Ihre vollen Lippen waren zu einem süßlichen Lächeln verzogen. Aber die schwarz umrandeten, bernsteinfarbenen Augen blieben kühl.

Gazings Kopf begann zu dröhnen. Mit schmerzverzerrter Miene setzte er sich auf und verbarg sein Gesicht in den Händen. Er musste jetzt schnell denken. Die Frau vor ihm wurde von ihren Soldaten Mylady genannt. Mylady, wie in Lady Adina? War es möglich, dass er vor der Herrscherin von Zandria saß? Gazing blickte zwischen seinen Beinen auf den Boden, der gänzlich aus demselben geschliffenen und polierten, lila Edelstein bestand, der sich überall in dem durch ein rundes Deckenfenster vom Mondlicht erleuchteten Raum verteilte. Ein Raum, der den Gemächern einer Herrscherin gerecht wurde.

Auf Hochtouren ratterte sein Gehirn weiter. Wenn er wirklich vor Lady Adina stand, musste er auf der Hut sein. Die Geschichten, die Clarissa über Adinas Vergangenheit erzählt hatte, klangen extrem und hatten sie bestimmt zu einer unberechenbaren Frau gemacht. Ein Mensch, der diese Art von Leben und Schmerz erfahren hatte, war meist hart wie Stahl. Trotzdem sah ihn die Frau weiterhin makellos lächelnd an.

„Es tut mir leid, dass unser Treffen so erzwungen wurde." Sie wandte sich von ihm ab und schritt in Richtung eines gold-gläsernen Servierwagens. Ein dunkelgraues, seidenes Kleid schmiegte sich um ihre Kurven und endete wallend auf dem Boden. Es schwebte beinahe um sie herum, als sie sich bückte, um eine Kristallflasche aus dem Wagen zu ziehen. Mit der anderen Hand griff sie nach einem edlen Glasflakon, der wie ein Tropfen geformt war. Sie füllte etwas aus der Flasche in den Behälter, doch für Gazing sah es so aus, als bliebe der glitzernde Flakon leer. „Wir mussten Euch, ohne große Aufmerksamkeit zu erregen, hierherschaffen. Meine Soldaten hielten es wohl für sinnvoll, wenn Ihr dabei ohne Bewusstsein seid", erklärte sie ruhig und warf einen scharfen Blick zu den beiden Blonden, die stumm und starr die Tür flankierten. Die Frau versiegelte den Flakon und umschloss ihn in ihrer Hand, während sie wieder auf Gazing zukam.

Gazings Herz pochte ihm bis zum Hals. Mit jedem Schritt der Frau mit der düsteren Aura wummerte es lauter.

„Entschuldigt meine direkte Art", hauchte sie. „Ich sollte mich vorstellen. Wo bleiben meine Manieren?" Lächelnd setzte sie sich neben Gazing auf das hellgraue Sofa, dessen Farbe fantastisch mit den lila Steinen harmonierte. Genauso wie mit dem Gewand, den Augen und den Haaren der Frau – alles in diesem Raum war perfekt auf die edle Dunkelheit abgestimmt, die sie umgab.

„Mein Name ist Adina Badr."

Ein eiskalter Schauer erfasste Gazing, als sie ihren Namen aussprach. Wie ein Zauberspruch schlang er sich um seine Gliedmaßen. Die Gewissheit machte ihn unbeweglich.

„Ihr werdet von mir gehört haben. Ich herrsche über die ruhmreiche Stadt Zandria und ihre Bewohner." In Adinas Augen blitzte ein Funke Selbstgefälligkeit auf, der Gazing nicht verborgen blieb. „Und Ihr müsst Gazing sein, der Yaahk?" Ihr Blick schwenkte für den Bruchteil einer Sekunde auf Gazings Turban, unter dem sich seine verräterischen Ohren versteckten.

Mit dem instinktiven Gefühl, dass ihn Lügen in dieser Situation nicht weiterbrachte, nickte er langsam. „Anscheinend habt Ihr auch von mir gehört", entgegnete er. Er hatte nicht vor, sich von ihrer Macht einschüchtern zu lassen. Er war zornig.

Zornig darüber, dass er sich in dieser Situation befand, ohne danach gefragt zu haben. In einer Stadt, in der er nicht sein wollte. Auf einer Reise, die nicht seine war. Weil er aus einem Königreich fliehen musste, in das er nicht mehr gehörte. Dass er sich jetzt ein neues Leben aufbauen musste, auf einem ihm völlig fremden Planeten, ohne zu wissen, warum zur Hölle er sich auf ihm befand. Zum zweiten Mal. Die gesammelte Wut über seine Unfähigkeit, selbst über sein Leben zu bestimmen, brodelte in diesem Moment unter Gazings Haut.

Am liebsten hätte er Adina ins Gesicht geschaut und gefragt, ob sie noch alle Tassen in ihrem herrschaftlichen Schrank hatte. Was ihr einfiel, ihn einfach zu entführen und jetzt zu tun, als wäre das eine ganz normale Abendbeschäftigung. Am liebsten hätte er den hässlich kitschigen Beistelltisch, auf dem einige getrocknete Lavendelzweige in schmalen Vasen drapiert waren, umgestoßen und wäre ohne ein weiteres Wort durch die Tür verschwunden. Am liebsten hätte er sich ein scheiß Raumschiff gebaut und wäre so lange durchs All geflogen, bis er verflucht noch mal endlich auf Antworten stieß.

Jetzt oder nie, flüsterten Gazings Gedanken.

Sein Zorn verflog in dem Moment, in dem er merkte, dass er aufgestanden war. Von all dem Mut, den ihm die Wut gebracht hatte, war nichts mehr zu spüren, als sich seine Beine wie automatisiert in Bewegung setzten, um den Plan in die Tat umzusetzen.

Perplex starrte Gazing seinem Ziel entgegen. Vier Eisblaue Augen starrten zurück.

„Ihr wollt mich doch nicht etwa schon wieder verlassen?", säuselte Adina, während die Soldaten ihre Schwerter zogen und sie vor der Tür kreuzten.

Dass sein Ziel versperrt wurde, ließ Gazings automatisches Gehen abrupt stoppen. Auf dem Absatz machte er kehrt. „Hab's mir gerade anders überlegt", prustete er und versuchte panisch, ein freundliches Lächeln auf seine Lippen zu zaubern.

„Das würde ich mir auch für dich wünschen", entgegnete Adina beinahe zischend. Ihre düstere Aura wirkte auf einmal noch viel kälter. Schwarze Pupillen blitzten Gazing aus dem Schatten ihrer halb geschlossenen Lider an. Sie bedeutete ihm, sich wieder zu setzen, Gazing gehorchte. „Oder wollt Ihr gar nicht wissen, warum ich Euch hergebeten habe?", fragte sie, als hätte er eine Wahl.

„Doch, schon", sagte Gazing, schüttelte dabei jedoch den Kopf. Mit weichen Knien setzte er sich wieder auf die Couch, zur Sicherheit mit etwas mehr Abstand zu Adina als zuvor.

„Meine Vöglein auf den Straßen Zandrias haben mir Lieder von Eurer Ankunft in unserer Stadt gesungen. Ihr seid nicht gerade vorsichtig vorgegangen, habt wohl gleich einen Aufstand verursacht."

„Ich habe gar nichts verursacht. Euer Volk wollte mich in Stücke reißen. Geht ihr hier so mit Gästen um?" Gazings Wangen glühten bei dem Versuch, Adina Paroli zu bieten. Ja, sie machte ihm Angst. Eine Scheißangst, um genau zu sein. Aber nein, sie durfte nichts davon merken, wenn er hier unbeschadet wieder rauskommen wollte.

„Wenn sie sind, wie Ihr es seid, ist das gut möglich." Über Adinas kalte Augen hatte sich wieder etwas künstlich anmutende Wärme gelegt. „Aber es kommt selten vor, dass jemand von Eurer Außergewöhnlichkeit hier einkehrt. Und dann seid Ihr auch noch so viel schöner, als sie mir erzählt haben. Wem könnte man es verübeln, einen Teil von Euch besitzen zu wollen?" Adina streckte ihren Arm in Gazings Richtung und griff nach einer seiner blonden Locken. Spielerisch drehte sie sie zwischen ihren Fingern, kräuselte die Lippen zu einem lüsternen Lächeln.

Gazing hielt ihrem Blick stand. Dass sie ihm diese Art von Aufmerksamkeit schenkte, schmeichelte ihm. Gern hätte er sich für einen Moment in diesem Gefühl gesuhlt. Es genossen. Zugelassen, dass es ihm gefiel. Doch er konnte Adinas Absicht hinter ihrem Schauspiel nicht verdrängen. Die Gewissheit, dass sie ihn, wie schon so viele vor ihr, aus reinem Eigennutz betörte, ließ ihn hellwach bleiben.

„Einen Menschen besitzen zu wollen finde ich an sich schon ziemlich verwerflich", sagte er ruhig und zog kritisch eine Augenbraue in die Höhe.

„Aber Ihr seid kein Mensch." Adina ließ seine Locke fallen und glitt mit ihrem Daumen über seine Lippen, bevor sie aufstand und Gazing in diesem Gefühl zurückließ. „Ihr seid ein Yaahk. Ein Himmelsretter. Ein Krieger zwischen den Planeten." Gazings Augen weiteten sich, während Adina mit starkem Schritt auf den schweren lila Vorhang zulief, der den größten Teil der gegenüberliegenden Wand verdeckte. Eindrucksvoll schwang ihr Kleid hinter ihr her.

„Was wisst ihr über Yaahks?", fragte Gazing beinahe keuchend.

Adina blickte überrascht zu ihm zurück und zog eine Augenbraue in die Höhe.

Am liebsten hätte Gazing sich selbst geohrfeigt. Unabsichtlich hatte er Adina seine Schwäche verraten. Sie würde eins und eins zusammenzählen und seine Reaktion korrekt deuten. Überraschenderweise antwortete sie ernsthaft auf seine Frage.

„Zuerst wäre da das, was jeder auf dieser Erde weiß. Dass Euer Volk vor Jahrtausenden den Untergang der Welt verhindert hat. Dass die Menschheit sich wenige Hundert Jahre danach von ihren Errettern abgewandt hat. Dass die Letzten von euch vertrieben wurden und seitdem kein Yaahk zu uns zurückgekehrt ist. Bis Ihr heute Nacht hierhergefunden habt. In meine Gemächer. So wie es das Schicksal für mich vorgesehen hat."

„Das Schicksal oder Eure mit Drogen hantierenden Handpuppen?", fragte Gazing und nickte missmutig in Richtung der zwei Soldaten.

„Und dann wären da noch einige Dinge, die nur die Herrscherin der ältesten Stadt der Welt über das Volk der Yaahks wissen kann", fuhr Adina fort, ohne seinen Worten Beachtung zu schenken. Ihre Augen strahlten düster, besessen von der Macht, die ihr dieser Moment gab.

Gazings Herz gefror zu Eis.

Als er noch gewagt hatte zu träumen, dass er je mehr über sich erfahren würde, hatte er so oft von diesem Tag geträumt. In seinem Kopf stand er Tausende Male vor Gelehrten, Königen, Forschern, Priestern, die ihm eröffnet hatten, bestimmte Informationen zu besitzen. Hatte die Euphorie gespürt, in die ihn diese Situation versetzen würde. Jetzt, da der Moment in der Realität angekommen war, fühlte er nichts außer unendliche Leere.

Adina griff nach einer purpurfarbenen Kordel, mit einem Ruck zog sie daran und öffnete den Vorhang vor dem riesigen Fenster. Es reichte beinahe über die ganze Wand. Aus der Entfernung konnte Gazing es nicht richtig erkennen, aber es wirkte, als würde das Fenster in einen anderen Raum zeigen.

„Gerade in diesem Moment versammeln sich die wichtigsten Frauen und Männer Zandrias in dieser Halle", erklärte Adina. „Und sie werden sie erst wieder verlassen, wenn sie Antworten auf meine Fragen gefunden haben."

Beunruhigt, aber auch neugierig stand Gazing auf und näherte sich dem Fenster. Es öffnete den Blick in eine Halle, deren Boden sich einige Meter unter ihnen befand. Gestützt wurde sie von den eindrucksvollsten Säulen, die Gazing je gesehen hatte. Das Dach, das dem eines umgedrehten Schiffsrumpfes ähnelte, war mit kunstvollem Stuck veredelt, der sich wie die Dünen der Wüste über die gesamte Fläche ausbreitete. Unterschiedlich große Fenster mit bunten Glasscheiben warfen schimmerndes Licht in die Mitte des Saales, in der sich eine lange Tafel befand. Vereinzelt traten Menschen in den Raum, sahen sich um und nahmen einen der freien Plätze am Tisch ein. Gazing nahm sie jedoch kaum war. Seine Aufmerksamkeit hing an einem über dem langen Tisch schwebenden und offenbar aus Licht bestehenden Universum. Mystisch flackerte das einer Galaxie ähnelnde Licht, vereinzelt blitzten Sterne auf, wabernd schien es sich auszubreiten. Worte konnten dem spektakulären Schauspiel nicht gerecht werden.

Gazing trat näher an das Glas, bis er fast dagegenstieß. Aus dem Augenwinkel sah er einen Schatten an einer der bunten Fensterscheiben vorbeihuschen. Er verschwand und tauchte an einer zweiten Scheibe wieder auf. Dann hinter einer dritten. Vor dem winzigen Fenster gegenüber von Gazing blieb er stehen und beugte sich hinab. Es wurde vorsichtig aufgeschoben. Eine kleine, schwarz verpackte Gestalt drückte sich hindurch und kletterte auf den Steinsims, der einmal um die Halle herum verlief. Als sie sich aufrichtete, fiel ein brauner Zopf aus der dunklen Kapuze.

Amber!

Gazing weitete vor Schock die Augen.

„Beeindruckend, nicht wahr?", hauchte Adina, die seine Miene wohl falsch gedeutet hatte. Zum Glück.

Taumelnd wich Gazing ein paar Schritte vom Glas fort, den Blick weiterhin auf Amber gerichtet, die sich an die Wand presste und langsam den Sims entlangschritt.

„In der Tat", murmelte er und versuchte sie aus den Augen zu lassen.

Adina hatte sich zu ihm gewandt. Sie stand jetzt mit dem Rücken zum Fenster. Blieb das so, würde sie Amber nicht entdecken.

„Von innen sind diese Hallen noch beeindruckender. Ihr könnt sie erleben, wenn Ihr wollt."

Gazing hielt Adinas Blickkontakt stand, damit sie sich nicht wieder zum Fenster drehte. „Danke, ich verzichte", sagte er so gelassen es ging. Er sah zwar in Adinas Augen, doch sein Fokus lag auf Amber, die hinter ihr um eine Säule herumging.

„Das glaube ich nicht", sagte Adina scharf und kam einen Schritt auf ihn zu. Ihre Augen versprühten Boshaftigkeit, doch ihr Mund lächelte süß.

„Ihr werdet diese Hallen an meiner Seite betreten. Ihr werdet hinter mir stehen, während ich von meinem Vorhaben berichte. Ihr werdet als Symbol für Zukunft und Macht meiner Regentschaft angesehen werden. Eure Anwesenheit wird sie dazu bringen, alles für mich zu tun. Weil sie alles für Euch tun würden." Adina legte einen Finger unter Gazings Kinn und hob es leicht an. „Und wenn Ihr das tut, werde ich Euch erzählen, was ich weiß. Über Euren Planeten. Über seine Rolle in unserem Universum."

Adina macht Anstalten, den Kopf zurückzudrehen, wahrscheinlich, um Gazing auf das schwebende Universum inmitten der Halle zu erinnern. Aufgeregt räusperte er sich, um zu verhindern, dass sie Amber dabei erwischte, wie sie vor einem der größeren Fenster in die Hocke gegangen war.

„Was ist das für ein Vorhaben, von dem ihr sprecht?", fragte er, denn etwas Besseres, als Interesse vorzuspielen, fiel ihm nicht ein. Aber es wirkte.

Zufrieden schmunzelnd hielt Adina ihren Blick auf ihn gerichtet. „So aufmerksam gefallt Ihr mir gleich viel besser. Dafür will ich Euch belohnen und Euch die Wahrheit erzählen, auch wenn sie mich schwer belastet."

Für den Bruchteil einer Sekunde wirkte sie müde, ihre Augenlider sanken noch tiefer, die Gesichtszüge entglitten ihr leicht. Obwohl sie sich direkt wieder fing und ihren stählernen Blick aufsetzte, bemerkte Gazing diesen Moment der Schwäche.

„Meine Vöglein singen viele schöne Lieder für mich. Einer sang von Euch. Ein anderer sang von einem Geistlichen aus fernen Ländern, der umherstreift und Wege verdreht." Adina kam ihm näher. „Wer Wege verdrehen kann, dem steht die Welt offen, Gazing. Und es gibt etwas auf dieser Welt, das ich mehr will als alles andere." Ohne Skrupel glitt ihr Blick an ihm hinunter, bevor sie eine Hand auf seine Brust legte.

Gazing sah an ihrem Kopf vorbei, wie Amber das bunte Fenster, an dem sie zuvor hantiert hatte, langsam nach oben schob.

„Es gibt ein Land auf dieser Welt, das sich ermächtigt hat, den größten Teil des menschlichen Wissens für sich zu beanspruchen", raunte Adina.

Amber war aus dem Fenster geklettert und nun nicht mehr zu sehen, was Gazing gleichzeitig sorgte und beruhigte. Adina erhöhte den Druck auf seiner Brust und schob ihn sanft, aber bestimmt nach hinten. Er gab nach und ließ sich ein paar Schritte rückwärts treiben, bis er an eine Wand stieß. Mit erhobenem Kinn drückte ihn die Herrscherin dagegen.

„Sie verschließen dieses Wissen und schotten es durch einen Weg ab, der nur in eine Richtung gegangen werden kann. Aber anscheinend gibt es jetzt eine Möglichkeit, Richtungen zu ändern. Und bald schon werde ich wissen, wie auch ich diesen Weg drehen kann." Adina kam ihm näher, ihr Gesicht schwebte nun wenige Zentimeter vor seinem. Für einen Moment verlor er sich in ihren Augen, doch er ließ es nicht zu, dass er zu tief in sie hineinfiel.

Gazing schielte zur Seite, an dem geöffneten Fenster bewegte sich etwas.

„Meine Soldaten werden ohne Vorwarnung in dieses ‚ach so geschützte' Land einfallen", flüsterte sie in sein Ohr.

Jemand schlüpfte durch das Fenster auf den Sims und drehte den Kopf in Gazings Richtung. Sie war weit von ihm entfernt, doch Gazing spürte, wie Clarissas Blick seinen traf. Kurz erstarrte sie. Eine Sekunde, die zu einer Ewigkeit gefror. Dann wandte sie sich ruckartig ab und verschwand im Schatten der Säulen.

„Dann wird Brenin mir endlich seine Geheimnisse verraten", hörte er Adina säuseln.

BLUT RAUSCHTE UNNACHGIEBIG in Gazings Ohren. Wie in einem schlechten Traum drohte sein Bewusstsein zu schwinden, als wolle es der Situation so entkommen. Doch der Druck auf seiner Brust bewies, dass er sich nicht in einem Traum befand. Und dass er nicht aufwachen würde, wenn er sich der Ohnmacht hingab.

„Ihr seid aus Brenin hierhergekommen, hab ich recht?", wisperte Adina.

Mit einer überfordernden Übelkeit kämpfend nickte Gazing.

„Erzählt mir, was Euch dorthin geführt hat. Und vor allem wieder heraus", befahl sie zischend und drückte fester gegen Gazings Brust.

„Ich weiß es nicht. Ich weiß gar nichts", presste er hervor. Beinahe hätte er sich übergeben.

„Lüge!", raunte Adina und erhöhte den Druck erneut.

„Ich wünschte, es wäre eine." Gazing riss sich zusammen, sah direkt in Adinas hellbraune Augen und lehnte sich ihrer Hand entgegen, um die Wahrhaftigkeit seiner Aussage zu unterstreichen.

„Gazing." Adina ließ ihre Hand fallen, sodass Gazing ihr entgegenstolperte. Sie fing ihn auf, umfasste seine Taille, hielt ihn mit ihren zierlichen Hände fest im Griff. „Ihr habt nur diese eine Chance. Ich würde sie nicht vergeuden. Sagt es mir, bevor ich es allein herausfinden muss. Ich will Euch nicht schaden. Aber wenn ich muss ..."

„Ich bin selbst auf der Suche nach meiner Herkunft. Das ist die Wahrheit. Ich musste Brenin verlassen, weil ich gejagt wurde", gestand Gazing und erhoffte sich, ihre Neugierde mit dieser banalen Information zu stillen. Stattdessen leuchteten ihre Augen auf.

„Gejagt? Von wem?", fragte sie beinahe erregt.

„Warum ist das für Euch von Interesse?", fragte Gazing skeptisch.

Adina schmunzelte. „Alles an Euch ist für mich von Interesse. Wenn Ihr in Brenin gejagt wurdet, seid Ihr kein Freund der Stadt. Und wenn Ihr kein Freund seid, könnt Ihr ein Feind sein, nicht?"

„So war das nicht", versuchte Gazing zu erklären, doch Adina ließ ihn nicht ausreden.

„Teilt Euer Wissen mit mir und ich gebe Euch alles, was Ihr Euch ersehnt. Die verborgenen Schätze Brenins sind nicht nur für mich von unermesslichem Wert. Sie enthalten Antworten auf seit Jahrtausenden vergessene Fragen."

Langsam verstand Gazing, worauf es Adina abgesehen hatte. „Sprecht Ihr von der brenischen Bibliothek? Dort ist nichts, was für mich von Bedeutung sein könnte. Glaubt mir, das wurde eingehend geprüft. Und ich bezweifle stark, dass die Inhalte dieser Bücher für Euch relevant sind", stotterte er.

„Dann habt Ihr nicht richtig gesucht. Was auch immer es ist, das Ihr begehrt, in den Schriften von Brenin finden sich alle Antworten."

„Doch, habe ich", sagte Gazing selbstbewusster, denn schließlich hatten er und Lilith wirklich gründlich geforscht. „Euer Plan führt Euch nirgendwohin."

Die Augen zu engen Schlitzen verzogen, starrte Adina ihn an. „Im Gegensatz zu Euch weiß ich wirklich, wo ich suchen muss. Doch ich brauche Euer Wissen, um dorthin zu gelangen."

„Mein Wissen darüber, wo die Bibliothek von Brenin liegt, ist Euch so ein Theater wert?", fragte Gazing irritiert. „Müsst Ihr wirklich jemanden entführen, um an diese Informationen zu kommen?"

Zum ersten Mal seit ihrer Begegnung lachte Adina laut auf. Sie klang teuflisch, rau und verbittert. „Oh, Gazing, Eure Naivität imponiert mir. Dass Ihr Brenin von innen kennt, ist ein netter Bonus, aber für mich nicht weiter von Bedeutung. Euer Yaahk-Wissen ist das, wonach ich mich sehne."

„Damit werde ich Euch nicht helfen können", erklärte Gazing.

„Was soll das bedeuten?"

„Ich hab's Euch doch schon gesagt, ich weiß nichts. Zumindest nichts über mein Leben, bevor ich in Brenin aufgewacht bin. Mein Gedächtnis ist verloren gegangen. Ich weiß nichts über Yaahks und erst recht nicht darüber, was sie wissen. Und wisst Ihr was?" Ein unnatürlicher Schwall an Selbstbewusstsein erfasste Gazing. „Selbst wenn ich könnte, läge mir nichts ferner, als Euch bei Eurem kriminellen Vorhaben zu unterstützen."

Eigentlich wollte er stolz darauf sein, sich durchgesetzt und Adina ihre Grenzen aufgezeigt zu haben, ihr Gesichtsausdruck ließ ihn jedoch erschaudern. Das letzte bisschen Wärme war aus ihm gewichen.

„Schade", raunte sie nach einer kurzen Pause. „Ihr habt mir so gefallen. An meiner Seite hättet Ihr großartig sein können. Die Welt würde uns gehören." Mit wahrhaft traurigem Blick schob sie sich von ihm fort. Dann machte sie eine Handbewegung in Richtung der zwei Soldaten, die sich umgehend in Bewegung setzten. „Ich wollte freundlich zu Euch sein, Euch überzeugen, aus freien Stücken mit mir zu arbeiten. Ich wollte Euch reich dafür entlohnen. Aber so muss ich mir gewaltsam holen, was ich brauche." Sie seufzte dramatisch, als die Blonden Gazings Arme packten. Er versuchte sich zu winden, doch gegen die geballte Kraft der Soldaten konnte er nichts ausrichten.

„Es ist so weit!", befahl sie, in einem erhabenen, mächtigen Ton, und schritt durch die Tür, hinaus auf den Gang und die Treppe hinunter in den großen Saal, an dem inzwischen jeder Platz entlang der Tafel besetzt war.

Gazing, angeschoben von den zwei Handpuppen, dicht an ihren Fersen.

Als wäre er ein teilnahmsloser Zuschauer, beobachtete er das Geschehen im Saal. Das fiel ihm leicht, denn das kannte er. Jegliche anderweitige Anstrengung ließ die Angst, die ihn überrannt hatte, nicht mehr zu.

Er bemerkte, wie die Männer und Frauen an dem langen Tisch in Schweigen fielen, als sie die ersten, hallenden Schritte auf der Treppe vernahmen. Wie sie sich gleichzeitig von ihren Stühlen erhoben und ihnen ehrfurchtsvoll – oder ebenfalls verängstigt? – entgegenblickten, während sie sich einem Thron aus Sandstein näherten, dessen Lehne sich wie windende Schlangen in die Luft streckte. Wie die Blicke zwischen ihm und der Herrscherin hin und her hüpften, krampfhaft versuchend, das Gesehene zu verstehen.

Er hörte Adina reden.

Die Menge raunte bei jedem ihrer Worte, mit denen sie erklärte, dass sie alle heute hier versammelt wären, um einen Krieg zu planen. Das Raunen verstummte, als Adina von dem unbekannten Geistlichen berichtete, der den Weg von Brenin nach Sumpering umgekehrt hatte. Gazing sah, wie sich ungläubige Gesichter in furchterfüllte wandelte, als sie, eindrucksvoll mit dem Eintreffen mehrerer Dutzend Soldaten, die sich zwischen den Säulen der Halle platzierten, erläuterte, dass sie ihre Familien erst wieder sehen würden, wenn sie herausgefunden hatten, wie dies möglich war. Würden sie keine Lösung finden, würden sie das mit dem Leben bezahlen.

Er hörte, wie Adina über eine Möglichkeit sprach, die ihre Überlebenswahrscheinlichkeit drastisch erhöhen könnte. Sie nannte sie ihr großzügiges Geschenk an die Forschung. Gazing spürte, wie sie den Arm nach ihm ausstreckte, den Turban von seinem Kopf riss, seine Ohren entblößte.

Er sah Männer von ihren Stühlen aufspringen. Einige Frauen hielten sich entgeistert die Hand vor den Mund. In den Augen jedes Anwesenden glitzerte ein unbändiges Verlangen.

„Yaahks wie dieser haben einst diesen Planeten besiedelt, ihm wertvolle Technologie gebracht und ihn dann all seines Wissens beraubt." Hasserfüllt funkelte sie Gazing an. „Aber sie hinterließen uns Wege, wie den von Brenin in die Sumperinger Sümpfe vor unserer Tür."

Gazings Bewusstsein kam stockend in Fahrt. Der Versuch, so viele Informationen wie möglich aufzusaugen, ließ ihn fast vergessen, in was für einer miserablen Lage er sich befand.

„In jedem Yaahk der nachfolgenden Generationen stecken die Informationen, wie man diese Wege öffnet. Sie schließt. Und, wie wir seit Neustem wissen, umkehrt." Adinas Blick fuhr scharf wie Messer durch die überforderten Mienen der Anwesenden. „Dieser Yaahk behauptet, er hätte all dieses Wissen verloren. Er gibt vor, sich nicht erinnern zu können, was ihnen Generation für Generation mitgegeben wird."

Sie öffnete die Hand, in der sie noch immer den Flakon hielt. Behutsam entfernte sie seinen Stopfen. Eine kristallklare Flüssigkeit tropfte schwerfällig in das einzige Glas Wasser, das auf der langen Tafel stand.

„Genso-Öl", raunte Adina und sah Gazing eindringlich lächelnd an. „Genso-Gas betäubt den Körper und führt ihn in einen tiefen Schlaf. Genso-Gas, das in einem dichten Behältnis warm gehalten wird, kondensiert an seiner Oberfläche und wird zu reinstem Genso-Öl. Die wertvollste Genso-Essenz."

Gazing schluckte hart. Er konnte sich vorstellen, was gleich passieren würde. James hatte ihm ausführlich von der Wirkung von Genso-Öl berichtet. Und in all der Panik, all den Ängsten und schlechten Vorahnungen fand Gazing plötzlich einen Ort der Ruhe inmitten des Sturms.

Bevor Lilith ihn gefunden hatte, hatte er eine schwere Kopfverletzung erlitten, die ihm all seine Erinnerungen genommen hatte. Aber Lilith hatte es nie für unmöglich gehalten, dass sein Gedächtnis trotzdem noch intakt war, Gazing nur keinen Zugang zu ihm fand. Sie hatten dahingehend einige Dinge ausprobiert, sein Gehirn untersuchen lassen, doch nie auch nur den kleinsten Fortschritt erzielt.

Gazing ahnte, wie gefährlich es für Lilith und das gesamte Königreich Brenin werden könnte, sollte das Öl funktionieren und ihn die Wahrheit aussprechen lassen, die sich womöglich in die Tiefen seiner Gehirnwindungen zurückgezogen hatte. Er würde das Leben jeder Person im Königreich bedrohen. Doch ein Teil von ihm hoffte, dass es klappte. Ein Teil von ihm wollte seine Erinnerungen zurück. Sein Leben. Um jeden Preis.

Gazing wehrte sich nicht, als die Herrscherin ihm das Getränk einflößte. Er starrte in ihre kalten Augen, während er es herunterschluckte. Bitter und blumig blieb der Geschmack auf seiner Zunge zurück. Er wartete, dass irgendetwas geschah. Dass sein Kopf leicht wurde, seine Sicht sich verzerrte, seine Gedanken verschwammen. Das Schweigen der Halle hüllte sich gespannt um ihn, erdrückte ihn beinahe. Und es löste sich mit dem Erklingen von Adinas Stimme.

„Seid Ihr Gazing, der Yaahk?"

Bevor Adina die Frage beenden konnte, war ein schrilles „Ja!" aus Gazing herausgeplatzt. Er hatte keine Kontrolle darüber gehabt. Das Öl wirkte. Wie elektrisiert und mit geweiteten Augen sah Gazing zur Herrscherin, die süffisant lächelte.

„Stammt Ihr vom Planeten Yaahk, dessen Volk fundiertes technisches Wissen über hochkomplexe Gegebenheiten besitzt?", fragte sie und blickte selbstgefällig in die Runde.

„Anscheinend!", rief Gazing viel zu laut.

Ein paar der Anwesenden klatschten überrascht in die Hände.

„Hat dieses Volk den Weg zwischen Brenin und Sumpering errichtet?"

„So habe ich es gehört."

Erstaunte Ausrufe mischten sich unter das anfängliche Klatschen.

„Ist es möglich, diesen Weg, der bisher nur aus Brenin herausgeführt hat, so umzukehren, dass er nach Brenin hineinführt?" Adinas Augen blitzten.

„Ich war selbst dabei, als es passiert ist."

Jeder in der Halle hielt den Atem an. Die Männer und Frauen an der Tafel. Adina. Ihre Soldaten. Gazing selbst.

Was hatte er gerade gesagt?

Teuflisch grinste Adina ihn an. „Jetzt sind wir also bereit, die Wahrheit zu sprechen. Sieh an, sieh an. Was so ein kleiner Zaubertrunk alles anstellen kann." Sie ließ das Glas spöttisch vor Gazings Gesicht kreisen.

„Ich habe Euch bisher immer die Wahrheit gesagt, auch ohne dieses Zeug", entgegnete Gazing.

Adina zog scharf Luft durch die Zähne und ihre Augenbraue schoss in die Höhe. „Wie könnt Ihr so was behaupten?", keifte sie empört.

„Es ist, wie es ist", sagte Gazing und senkte den Blick. In seiner eigenen Stimme hörte er leichtes Bedauern.

„Verratet mir, was Ihr über die Wege und der Technik dahinter wisst!", befahl Adina bellend.

„Ich weiß nichts darüber." Diesmal war es Gazing, dem ein überhebliches Lächeln über die Lippen glitt.

„Das kann nicht sein!", schrie Adina zornig.

„Ich habe keine Erinnerung. An gar nichts!", zischte Gazing und hob seinen Blick.

In diesem Moment flog die Tür zur großen Halle auf. Ein Mann stürmte herein. Bis er Adina erreichte, konnte Gazing nur seine stechend blauen Augen wahrnehmen.

„Was?", fauchte Adina den Fremden an.

„Hättet Ihr mich hierfür nicht konsultieren wollen?" Der Mann war einige Schritte vor der Herrscherin zum Stehen gekommen. Tief atmend und eindringlich sah er sie an.

„Ich brauche euren Rat nicht, um wichtige Dinge zu entscheiden", blaffte Adina.

„Gewiss." In der Stimme des Mannes lag volles Verständnis. „Doch, mit Verlaub, wäre es in dieser Situation angebracht gewesen. Ich habe gerade erfahren, was Eure Pläne sind und wie Ihr gedenkt, sie umzusetzen. Hättet Ihr mich eingeweiht, hätte ich Euch direkt erklären können, warum Ihr an dieser Stelle …" Er deutete auf Gazing. „… scheitern würdet."

„Dann seid Ihr also hier hereingeplatzt, um mir zu erläutern, was Ihr besser gemacht hättet?", fragte Adina. Sie wirkte genervt.

„So könnte man sagen", bestätigte der Mann halblaut und die Herrscherin verdrehte tatsächlich die Augen. Jetzt sah der Fremde zu Gazing. Ohne Probleme hielt er seinem Blick stand, als wären sie Vertraute. „Man hat mir erzählt, der Yaahk hätte sein Gedächtnis verloren?", fragte er in seiner ruhigen, fast hypnotischen Art.

Obwohl die Frage an Adina gerichtet war, nickte Gazing.

„Wie ist das geschehen?", diesmal fragte der Fremde ihn direkt und die Worte fielen Gazing prompt aus dem Mund.

„Wir gehen davon aus, dass ich bei meiner Ankunft auf die Erde abgestürzt bin. Wo sie mich gefunden haben, gab es aber weit und breit keine Anzeichen für einen Absturz mit einem Raumschiff. Es ist, als wäre ich aus dem Himmel gefallen. Auf den Kopf. Nicht doll genug, um mir das Leben zu nehmen, aber für das Gedächtnis hat's gereicht", berichtete er zähneknirschend.

Der Fremde fuhr mit der Hand durch sein dichtes, schwarzes Haar. Er lächelte so unscheinbar, dass nur Gazing es bemerkte. Dann verhärtete sich sein Blick wieder und er wandte sich zurück an die Herrscherin. „Wie ich es mir gedacht habe", rief er laut genug, dass die ganze Halle ihn hörte. „Eine Erinnerung, die aus dem Bewusstsein gestrichen wurde, kann nicht mit Genso-Öl zurückgeholt werden. Hättet Ihr mich einfach gefragt, Mylady, dann hättet Ihr Euch diese Schmach ersparen können."

Adina schnappte nach Luft.

Die Halle tat es ihr gleich.

Gazing spürte, wie sich die Energien wandelten, als der Fremde mit starrem Blick auf die Herrscherin zuging. Sie kam ihm auf einmal viel kleiner vor, ungeschützt, beinahe zerbrechlich.

Der Fremde stellte sich neben sie. Er war nicht kräftig gebaut, eher von schlaksiger Statur, trotzdem strahlte er Dominanz aus. Von oben schaute er auf Adina herab, die durch ihre dichten Wimpern zu ihm hochsah.

„Ihr seid eine große Herrscherin, wahrlich eine der größten", bestätigte er das Verlangen nach Anerkennung, das plötzlich in Adinas Blick lag. „Doch müsst Ihr lernen, gewisse Dinge Euren Beratern zu überlassen." Er legte die Hand auf ihre Schulter, als wäre sie noch ein Kind, und wandte sich an die Anwesenden, die das Geschehen mit großen Augen und fragenden Mienen beobachteten.

Auch Gazing versuchte Sinn darin zu finden. Auf wessen Seite stand dieser Mann? Es kam ihm so vor, als würde der Fremde ihm mit seinen Blicken etwas mitteilen wollen, doch was war seine Intention? Täuschte sich Gazing komplett?

„Meine Damen und Herren in diesem Raum, die Sache ist dringlich. Unterstützt Lady Adina mit Eurer Expertise und Eurem Wissen. Ich werde mich um das Gedächtnis dieses Yaahks kümmern und Euch meine Erkenntnisse mitteilen, sobald es mir möglich ist."

Hoffnung wich bei diesen Worten aus Gazings Körper und verabschiedete sich endgültig, als der Mann ihn fest am Oberarm packte und an sich heranzog.

Einige alarmierte Soldaten machten ein paar Schritte auf sie zu, doch Adina winkte sie zurück.

„Es ist in Ordnung", erklärte sie. „Er soll den Hasen mitnehmen." Ihre Stimme klang gelangweilt, herablassend blickte sie zu Gazing. „Er ist wohl doch nicht so wertvoll, wie ich dachte."

Der Griff um Gazings Oberarm festigte sich.

„Aber falls er doch etwas weiß, ist Jarow der Einzige, der es aus ihm herausbekommen wird."

DER FREMDE ZOG Gazing vorbei an den Säulen und Soldaten, durch dieselbe Tür, durch die er zuvor hineingestürmt kam. „Wehr dich nicht und komm einfach mit", raunte er leise, als hätte Gazing die Kraft oder den Mut, etwas anderes zu versuchen.

Er zerrte ihn durch einen langen, steinernen Flur, den das flackernde Leuchten von gelegentlich angebrachten Wandfackeln erhellte. Jede Abzweigung, die von diesem Gang in einen der vielen anderen führte, wurde von Soldaten bewacht, die die beiden argwöhnisch beobachteten, sich jedoch keinen Millimeter bewegten. Sie bogen nach links, dann zweimal nach rechts, oder war es rechts und dann links?

Gazing versuchte sich gar nicht erst den Weg zu merken. Zurück in diese Halle wollte er auf keinen Fall. Ohne den Kopf zu bewegen, sah er aus dem Augenwinkel zu dem Fremden. Seine eisblauen Augen starrten streng nach vorne. Eisblau wie ...

„Seid Ihr ...", keuchte Gazing, dem plötzlich ein Adrenalinstoß durch die Adern gefahren war.

„Sei bloß ruhig", fuhr ihm der Fremde über den Mund und zog ihn an einem besonders grimmig dreinblickenden Soldaten vorbei um die nächste Ecke. Hinter ihr öffnete er hastig eine Tür und schob Gazing hindurch.

In dem Zimmer, das lediglich ein Schreibtisch und ein dazugehöriger Stuhl füllte, legte der Fremde einen Finger auf den Mund und schloss die Tür mit einem leisen Klicken. Eindringlich sah er Gazing an, signalisierte ihm, weiter zu schweigen, doch Gazing beachtete nur die Farbe seiner Augen und dann wandelte sich seine Vermutung in Gewissheit.

„Clarissa und James schicken mich", flüsterte der Fremde. „Ich bin Jarow, herrschaftlicher Astronom, James' Bruder und zu deinem Glück Lady Adinas engster Vertrauter."

„Ach du meine Güte." Gazing seufzte, das Auf und Ab der Gefühle überanstrengte ihn so, dass er es nicht länger verbergen konnte. Erleichterung machte sich in ihm breit, doch sein Herz pochte unaufhaltsam schnell. Mit letzter Kraft schleppte er sich zum Schreibtisch und sank auf den hölzernen Stuhl.

„James hat mich schon den ein oder anderen Nerv gekostet, aber er ist mein Bruder. Ich weiß nicht, was euch zusammengeführt hat, aber er vertraut dir, also werde ich dir auch vertrauen. Hör zu …" Er war wohl wahrhaftig der Bruder von James. „Ich beobachte Adina und ihre Machenschaften schon länger, als dass ich für sie arbeite. Meine Brüder und ich halten sie für unberechenbar und durchaus gefährlich, da war es naheliegend, dass sich einer von uns in den Kreis ihrer Vertrauten mischt. Als ich verstanden habe, wie diese Frau funktioniert, war es ein Leichtes, an meine jetzige Position zu gelangen." Plötzlich verzog er verärgert das Gesicht und murmelte: „Aber ausgerechnet heute war mein Einfluss auf sie nicht stark genug." Er schüttelte den Kopf. „Der Bote mit der Nachricht aus dem Sumpfland, dass ein Mann den Weg von Brenin nach Sumpering verdreht hat, muss heute hier eingetroffen sein. Adina muss ihren Plan ohne zu zögern in die Tat umgesetzt haben, direkt nachdem sie davon gehört hatte. Und ausgerechnet dann taucht ein Yaahk in dieser Stadt auf. Ist das ein Zufall?"

„Irgendwie schon", stöhnte Gazing, der selbst nicht wusste, was er glauben sollte. Das ganze Gerede von Wegen und Drehen hatte ihn zusätzlich zu seiner generellen Überforderung komplett verwirrt. Doch über eine Sache war er sich im Klaren: „Adina will Brenin angreifen. Das kann ich nicht zulassen", sagte er bestimmt.

„Ich weiß", erklärte Jarow. „Das ist der Teil, von dem auch ich zu spät erfahren habe. Hätte Adina mich eingeweiht, hätte ich es zu verhindern gewusst, aber so musste ich erst einmal mitspielen, um mich nicht verdächtig zu machen. Ich bin auf deiner Seite, Gazing. Auf der Seite des Friedens. Es gibt zu viel Schreckliches auf der Welt. Deswegen tun meine Brüder und ich, was wir tun. Wir versuchen, den Frieden zu erhalten. Und um das zu schaffen, müssen wir jetzt schnell und taktisch klug vorgehen."

Er drehte sich zurück zur Tür, lehnte ein Ohr daran und lauschte auf den Flur.

„Ich bringe dich als meinen Gefangenen ins Observatorium", flüsterte er. „James und Clarissa sollten dort auf uns warten. Dann erkläre ich euch, was wir tun können."

Gazings Hals hatte sich zusammengeschnürt, deswegen nickte er, ohne einen Laut zu machen.

Jarow packte ihn, diesmal weniger fest, am Unterarm und öffnete die Tür. Sie eilten durch das unendliche Labyrinth von Gängen, Treppen, Torbögen und Türen. Beobachtet von Adinas Soldaten, doch ohne dass sich ihnen jemand in den Weg stellte.

Trotzdem atmete Gazing erleichtert auf, als sie eine auffällige Tür erreichten. Hellgelbe Punkte machten aus dem Blau der Tür einen minimalistischen Sternenhimmel.

Jarow öffnete die massive, knarzende Tür zu einem der atemberaubendsten Anblicke, die Gazing je gesehen hatte. Ein Raum, so verspielt und mysteriös wie das Universum selbst, lag vor ihm. Seine gläserne Kuppel gewährte einen Ausblick auf den echten Nachthimmel, während überall von der Decke goldschimmernde Planeten hingen und sich in unterschiedlicher Geschwindigkeit drehten. Schriftrollen stapelten sich unter Teleskopen und auf Regalbrettern, die zwischen Tausenden physikalischen Formeln und Abbildungen von verschiedensten Galaxien, Himmelskörpern und Konstellationen an den Wänden des Observatoriums hingen. Ein mehrere Meter langes Teleskop ragte an der hinteren Wand durch das gläserne Dach nach draußen. Am liebsten hätte Gazing sich in diesem Raum eingeschlossen und bis an sein Ende oder zu seinem Erfolg nach seinem Heimatplaneten gesucht. Doch sein Blick fiel auf James, Clarissa und Amber, die sich gerade von den Sofas einer kleinen Sitzecke erhoben hatten und Gazing besorgt ansahen.

„Es geht mir gut", versicherte Gazing von Weitem und hob zur Bestätigung die Hand.

Erleichtert lächelten seine Gefährten, nur Clarissas Miene blieb skeptisch.

„Bunny! Wir haben dich durch das große Fenster in der Halle gesehen und sofort Hilfe geholt!", sprudelte es aus Amber heraus, die aufgeregt auf und ab sprang. Für sie schien das Ganze noch immer ein großes Abenteuer zu sein. Gut für sie. „Aber was hatte diese Adina mit dir vor?", fragte sie skeptisch.

Hilfe suchend sah Gazing sich um. Zu seiner Erleichterung nahm Jarow ihm ab zu erklären, was er selbst noch nicht richtig verarbeiten und verstehen konnte.

„Lady Adina plant einen Krieg, dessen Auswirkungen sie unterschätzt. Mit ihrer Armee und einer Horde Sumperinger will sie Brenin angreifen. Gazing hätte ihr wertvolles technisches Wissen dafür liefern können, wäre sein Gedächtnis nicht verloren gegangen. Er weiß Dinge, die nur ein Yaahk wissen kann ..."

„Was ist ein Yaahk?", unterbrach ihn das Mädchen.

Verwirrt sahen die vier Erwachsenen im Raum zwischen einander hin und her.

„Gazing ... ist ein Yaahk ...", stammelte James.

„Ich dachte, er ist aus Brenin?" Amber hob zweifelnd eine Augenbraue.

„Er ist ein Yaahk, vom Planet Yaahk", bestätigte Jarow.

„Er ist von einem anderen Planeten?" Entsetzt riss Amber die Augen auf.

„Was dachtest du ...?", fragte Gazing und strich sich über die Ohren.

„Du hast gesagt, du spielst Hase!" Amber heulte entrüstet auf.

Kurz war der Raum in Stille getaucht. Nur das Ticken von Messgeräten und das Rotieren der Planeten war zu hören. James begann zu kichern. Und dann platzte das Lachen aus ihnen heraus, als würden sie zum ersten Mal in ihrem Leben Luft holen. Es war befreiend, so ehrlich zu lachen, auch wenn Amber nicht besonders glücklich darüber wirkte. Aber Gazing nahm es die Last von den Schultern. Und die Ernsthaftigkeit aus dieser komplizierten Lage. Wenigstens für einen kleinen Moment.

Jarow war der Erste, der sich beruhigte und der frustrierten Amber, die inzwischen rot angelaufen war, die Situation erklärte.

„Die Yaahks sind das Volk eines fremden Planetensystems."

Mit offenem Mund starrte Amber zu Gazing. Schulterzuckend sah er zurück.

„Wir kennen die genauen Daten nicht, gehen aber davon aus, dass sie nicht allzu weit von uns angesiedelt sind, da sie es vor knapp zwanzigtausend Jahren geschafft haben, eine ganze Flotte Raumschiffe zu unserer Erde zu schicken. Sie haben Technologien zu uns gebracht, die die Menschheit vor ihrem Untergang gerettet haben."

„Und über die es keinerlei Aufzeichnungen gibt", murmelte Gazing und schüttelte den Kopf. Amber behielt er dabei im Blick. Sie wirkte inzwischen weniger schockiert, eher als würde sie angestrengt verarbeiten, was ihr gerade erklärt wurde.

„Bücher und Aufzeichnungen über diese Zeit wurden tatsächlich verbannt." Jarow nahm den Faden wieder auf. „Die Yaahks hielten es für zu gefährlich, wenn die Menschheit wüsste, wie ihre Technologien funktionieren. Und vor allem, was die Dinge waren, die die Menschheit in diese existenziell bedrohliche Lage versetzt hat. Es war die schiere Gier nach Macht, die uns dazu gebracht hat, unseren Planeten auszubeuten, bis er beinahe kollabiert wäre. Der Mensch ist des Menschen größter Feind. Und zu viel Wissen führt zu zu viel Macht. Also wurden alle Dokumente über vier Jahrhunderte um die Ankunft der Yaahks herum vernichtet. Doch Adina geht davon aus, dass einige davon in Brenins Bibliothek versteckt wurden."

„Unmöglich." Gazings Blick flog zu Jarow. „Die Prinzessin und ich haben jedes Buch der Bibliothek durchsucht."

James' Bruder zog seine Augenbrauen in die Höhe. „Adina hat Zugriff auf Informationen, die ihr nicht habt. Und wie es scheint, nicht einmal das amtierende Königshaus Brenins. Mit mir hat sie dieses Wissen eines Abends bei einem Glas Wein geteilt, nachdem ich mir über Jahre ihr Vertrauen erarbeitet habe." Ein wenig Stolz glitt über Jarows Gesicht. „Vor 20.000 Jahren war Zandria eine der fortschrittlichsten Städte der Welt. Die Yaahks kamen gezielt in diese Stadt, um mit den Herrschern ihrer Zeit über wichtige Entscheidungen zu beratschlagen. Zeitweise siedelten sie sich hier an. Errichteten eine Raumstation und Wege, rund um die ganze Welt." Nachdenklich blickte Jarow in die Runde. „Und schlussendlich war das Volk Zandrias der Grund dafür, dass die Yaahks der Erde für immer den Rücken kehrten. Mit Amtseintritt eines neuen Herrschers, Lord Zlat Dravenov, kippte die Stimmung. Die Menschheit fühlte sich von der Anwesenheit der Yaahks unterdrückt. Der Erretter wurde plötzlich als Feind gesehen. Aufstände wurden veranstaltet, mit denen man versuchte, die fortzujagen, denen sie ihr Leben verdankten. Weil die Menschheit so ist. Egoistisch, blind und freiheitsliebend. Also gingen die Yaahks. Sie hatten ihre Mission erfüllt und den Planeten vor seiner Zerstörung gerettet. Aber die Menschheit vor sich selbst beschützen konnten sie nicht."

Obwohl Gazing Hunderte Fragen stellen wollte, unterbrach er Jarows Erzählungen nicht. Gebannt hing er an seinen Lippen. Genau wie Amber, von der Gazing nicht wusste, ob sie begriff, was dies alles zu bedeuten hatte. Clarissa, deren besorgter Gesichtsausdruck nichts Gutes verhieß. Und James, den Gazing noch nie so intensiv grübeln gesehen hatte.

„Die Genauigkeit der Überlieferung lässt sich natürlich nicht mehr klar feststellen, Adina erzählte es mir jedoch so, dass sich Zandria den Anweisungen der Yaahks, jegliche Zeugnisse der Zeit zu vernichten, widersetzt hat. Lange bevor Adina geboren wurde, erzählten ihre Vorfahren von wertvollen Büchern und Schriften, die in einer Nacht-und-Nebel-Aktion nach Brenin gebracht wurden. Zu dieser Zeit waren die Städte noch Verbündete, kämpften gemeinsam gegen die Vorherrschaft der Yaahks. Zandrias Regentschaft konnte da noch nicht ahnen, dass sich Brenin bald darauf von der restlichen Welt abschotten und jegliches Wissen für immer verschließen würde." Wehmütig starrte Jarow aus der gläsernen Kuppel in den Nachthimmel, als würde ihn der Gedanke an das verlorene Wissen schmerzen. „Adina hat schon lange nach einem Grund gesucht, gegen Brenin in den Krieg zu ziehen", fuhr er fort. „Und vor allem nach einer Möglichkeit."

„Worauf ist Adina genau aus?" James lief sichtlich angespannt um das enorme Teleskop, während er der Erzählung seines Bruders folgte.

„Ich hatte keine Zeit, sie zu fragen, dafür ging heute alles zu schnell. Aber ich habe eine Vermutung. Um Zandria steht es nicht gut. Jedes Lebewesen der Wüste ist abhängig von den Wasserlieferungen anderer Städte und Länder und die Verhandlungen darum werden immer härter. Adina hat nicht mehr viele Verbündete außerhalb der Stadt. Der alte Glanz Zandrias wird von Jahrzehnt zu Jahrzehnt schwächer. Bald wird auch der letzte Gönner seine Hähne zudrehen. Übrig blieben dann nur Sumperings Sumpflande und ihre vergiftete Brühe. Diese Dürre wäre der Untergang der Stadt, seiner Bewohner. Wir sprechen im Verborgenen schon seit einer Ewigkeit darüber, was getan werden kann, aber es wird nicht möglich sein, das abzuwenden, was in den Sternen geschrieben steht."

„Bei unseren Überlegungen haben wir gründlich recherchiert und sind auf einen Mythos gestoßen, der es Adina angetan hat. Es heißt, dass es unter den Technologien, die die Menschheit Jahre vor der Ankunft der Yaahks entwickelt hat, eine gibt, die Zandrias größtes Problem lösen und die Stadt wahrhaftig in neuer Blüte erstrahlen lassen könnte, gleichzeitig aber damals den Untergang der Welt einläutete."

„Haben sie superkrasse Pflanzen entwickelt, die sich anstatt von Wasser von Sand ernähren können? Und dann haben sich die Pflanzen von allein weiterentwickelt und sind zu Menschenfressern geworden, die die Yaahks jagen mussten?" Ambers Augen glühten bei dieser Vorstellung aufgeregt, was Gazing ein wenig besorgniserregend fand, sich aber nicht groß darüber wunderte.

„Nicht ganz, aber das ist ein toller Einfall", sagte Jarow und konnte ein Grinsen nicht unterdrücken. „Diese frühe Zivilisation hat wohl eine Methode gefunden, das Wetter zu kontrollieren. Sie brachten Wolken dazu, an Orten zu regnen, an denen sonst nie ein Tropfen fiel. Wohlhabende Wüstenstädte wurden auf Kosten ärmerer Regionen mit Wasser versorgt. Ganzen Ländern wurde der Regen gestohlen. Eines der vielen Dinge, die damals das Gleichgewicht der Natur ins Schwanken gebracht haben. Und ein Grund dafür, warum die Yaahks zu Erden kommen mussten. Aber dafür interessiert sich Adina genauso wenig wie die Menschen, die diese Technologie entwickelt und genutzt haben. Ich denke, sie könnte darauf aus sein, genau diese Informationen aus Brenins königlicher Bibliothek zu entwenden und zu wiederholen, was den Planeten schon einmal beinahe zerstört hätte."

„Sandpflanzen wären so viel praktischer und cooler gewesen!" Amber seufzte theatralisch frustriert.

„Wenn du so eine große Erfinderin bist, dann erfind doch eine Zeitmaschine und sag es ihnen", mischte sich James mit einem fiesen Grinsen ein, als Jarow sich plötzlich in Bewegung setzte.

„Als die Yaahks gegangen sind, haben sie alles mitgenommen oder vernichten lassen, bis auf …"

Gazing Herz schlug höher und höher, während Jarow auf ein hohes Objekt zulief, das unter von weißen Laken verborgen wurde. Mit einem Ruck zog er den Stoff herunter. Ein Spiegel kam zum Vorschein, so hoch wie zwei Kutschen, umrandet von goldenen Schnörkeln und funkelnden Steinen.

„Das hier …" Jarow zeigte in einer ausladenden Bewegung auf den Spiegel. „… ist ein Portal."

Gazing konnte nicht glauben, was er da hörte. Amber schnappte fassungslos nach Luft. Den Rest des Raumes schien diese unglaubliche Offenbarung nicht zu überraschen.

Gazing ging ein paar wackelige Schritte auf den Spiegel zu. Je näher er kam, desto lauter wurde das Summen in seinen Ohren, das eindeutig von dem glänzenden Gegenstand zu ihm schallte. Die feine Frequenz kitzelte an seinem weißen Fell und zog von dort aus in seinen Kopf, legte sich wie eine Decke über sein Gehirn. Das Gefühl gefiel ihm. Sie war gemütlich, diese leichte Vibration in seinen Gedanken.

„Die Wege", hörte er sich selbst murmeln, während er wie gebannt auf die fast unmerklich vibrierende Oberfläche des Spiegels starrte.

„Kannst du dich an sie erinnern?", fragte James hinter ihm erstaunt.

Gazing kam dem Spiegel immer näher, beinahe berührte er ihn. Die wie eine Seifenblase schimmernde Schicht tanzte direkt vor seinem Gesicht. Seine blassgrauen Augen starrten ihn durch das spiegelnde Glas an. Das hypnotisierende Rauschen des Portals war jetzt so laut, dass es beinahe James' Stimme übertönte.

„Gazing?"

Er wusste, dass er sich erinnern sollte, aber ...

„Nein", sagte Gazing und drehte dem Spiegel den Rücken zu. „Ich fühle, dass da etwas ist, was ich kenne, aber ich kann es nicht greifen."

„Wäre auch schön einfach gewesen!"

Gazing, der komplett ausgeblendet hatte, dass Jarow neben ihm stand, zuckte leicht zusammen.

„Lasst mich erklären, was das hier ist und warum ich es euch zeige." Jarows Stimme wurde eindringlicher, als er um den Spiegel herumging und seine Hand direkt davor schweben ließ. „Ein Portal kann in jedem Rahmen gespannt werden. Ein Fenster, ein Türrahmen, auf einem Spiegel." Die Oberfläche des Spiegels zuckte unter seiner Handfläche. „Dieses Portal führt durch einen der vier langen Wege, die die Yaahks für ihre Zwecke auf der Erde errichtet haben. Sie reichen einmal um den ganzen Globus, vorbei an jeder wichtigen Stadt des Planeten. Heutzutage weiß fast niemand mehr von ihnen, außer die, denen gesagt wurde, wo man sie findet. Eine Handvoll Menschen, die sich bemühen, ihre Existenz zu verbergen."

„Warum?", platzte es aus Amber.

„Warum was?", fragte Jarow.

„Warum darf niemand was davon erfahren?"

„Dafür gibt es viele gute Gründe." Jarow seufzte. „Einer ist zum Beispiel, dass dieser Weg hier in meinem Arbeitszimmer beginnt, in dem ich nicht mehr arbeiten könnte, wenn ständig ein Haufen Touristen durch ihn hindurchsteigen würden."

„Dann stellt den Spiegel doch woandershin?"

„So funktioniert das nicht."

„Wie denn dann?", bohrte Amber unnachgiebig weiter.

„Ein Portal kann nur an genau den richtigen Punkten auf der Erde erstellt werden. Verpasst man diese auch nur um einen Millimeter, landet man beim Hindurchsteigen womöglich im All. Deswegen können wir uns die Platzierung nicht einfach aussuchen."

„Aber wie kann es sein, dass sich niemand darüber beschwert, dass ihr die Dinger einfach so verstauben lasst?"

„Eben weil keiner davon weiß. Nach der Abreise der Yaahks gab es einen großen Streit zwischen den Städten, in denen die Portale standen. Sie wurden genutzt, um sich gegenseitig zu bedrohen und Überfälle zu initiieren, bis man beschlossen hat, die Wege für immer zu versperren. Und dann wurde langjährig daran gearbeitet, die Menschheit ihre Existenz vergessen zu lassen. Einen der Wege kennen heute nicht einmal die Eingeweihten. Seine Wächter haben vor einigen Jahrhunderten einfach selbst vergessen, wo sein Eintrittsportal steht."

Betroffen schüttelte Jarow den Kopf.

„Gazing, bin ich richtig informiert, dass Amber und du die Strecke von Brenin nach Sumpering zu Fuß gelaufen seid?"

Gazing nickte.

„Und wie lange habt ihr dafür gebaucht?"

„Ein paar Stunden vielleicht?" Gazing erinnerte sich, wie ihm der Weg die Treppe hinauf jegliches Zeitgefühl gestohlen hatte. Aber er war sich sicher, dass sie nicht mehr als eine halbe Nacht gelaufen waren, bevor sie durch den Brunnen ins Sumpfland gestiegen waren.

„Ein Fußmarsch auf dieser Strecke würde ungefähr sechsunddreißig Tage dauern. Mit einem Kind sicherlich noch ein paar Tage länger", erläuterte Jarow.

Eingeschnappt verschränkte Amber die Arme.

„Wer von euch beiden wusste von den Portalen? Woher habt ihr eure Informationen? Und wie habt ihr es gefunden?" Jarows Aura war mit einem Schlag kühler geworden. Die Sache war ernst, so viel begriff Gazing.

„Keiner von uns wusste irgendetwas darüber. Ich bin Amber nur gefolgt, als sie …"

„Ich wusste von den Portalen", unterbrach ihn Amber mit einer leicht schnippischen Tonlage.

Erstaunt blickte Gazing zu ihr herab. „Wie bitte?", fragte er.

„Du hast gesagt, du kennst den Weg nach Xenon, ich bin davon ausgegangen, du weißt auch davon", antwortete Amber ausdruckslos. „Irgendwie hab ich nach dem ersten Portal schon vergessen, wie es weiterging. Durch eine versteckte Tür in diesem Gewächshaus und dann durch den Brunnen, aber im Leben hätte ich mich nicht erinnert, wie man dorthin kommt."

„Wer hat dir von alldem erzählt?" Jarow klang streng, angespannt.

Amber schaute skeptisch zu ihm hoch. Sie zögerte, schien zu überlegen.

„Sag's ihm einfach", flüsterte Gazing.

Nicht weniger kritisch sah sie zu ihm. Gazing konnte ihr ihre Gedanken von den Augen ablesen. Für einen Moment schien sie ihn ernsthaft zu verfluchen. Wahrscheinlich allein schon dafür, dass er es überhaupt wagte, sich in ihre Dinge einzumischen. Ihre zuckenden Augenbrauen verrieten, wie sehr es in ihr brodelte. Gazing, der eins und eins zusammengezählt hatte, sah dem Mädchen ehrlich in die Augen und versprach: „Ihm wird deswegen nichts passieren."

„Wem?", versuchte es Jarow erneut.

„Blade", verriet Amber, verlor aber kein bisschen an Skepsis. Mit durchbohrendem Blick starrte sie Gazing an.

„Wer ist Blade?", fragte Jarow sichtlich überrascht.

„Mein bester Freund aus dem Heim!" Amber drehte sich mit einem Schwung zu Jarow um, der suggerierte, dass sie es unmöglich fand, wenn Leute Blade nicht kannten. „Und der weiß es von seinem Vater. Er hat ihm beigebracht, wie man von Elderwood nach Xenon kommt. Für den Notfall. Und dann gab's tatsächlich einen Notfall."

Jarow riss die Augen auf. „Elderwood?", stammelte er. „Er kennt alle vier Wege? Amber, weißt du, wer dieser Mann ist?" Diese Frage hatte Jarow eindringlich geflüstert. Er wurde immer unruhiger, wirkte beinahe panisch, als er Amber nach Blades Vater fragte.

„Gazing, was geht den das an?", beschwerte sie sich plötzlich bei ihm.

Seufzend fuhr sich Gazing mit beiden Händen durch die hellblonden Locken. „Pass auf, du hast recht." Er kniete sich hin, damit er mit Amber auf Augenhöhe war. „Es geht ihn gar nichts an. Aber alles, was du weißt, kann wichtig dafür sein, einen Krieg zu verhindern." Er blickte über die Schulter zu Jarow. „Das ist es doch, was wir tun werden, oder nicht?"

Bestätigend nickte Jarow und hockte sich neben die beiden. „Amber, ich muss wissen, wer diese Person ist, die weiß, dass das Portal von Elderwood nach Brenin existiert. Du musst den Weg gegangen sein, anders hättest du es niemals allein so weit geschafft."

„Wer sagt das? Hätte ich vielleicht wohl", entgegnete Amber, der ihre Machtposition inzwischen ein klein wenig zu bewusst zu sein schien.

„Okay, entschuldige." Jarow verstand den Wink mit dem Zaunpfahl und ruderte zurück. „Wahrscheinlich wärst du wirklich in der Lage, diesen siebentägigen Marsch zu überleben. Du scheinst dich zumindest nicht so leicht unterkriegen zu lassen, was?"

„Absolut richtig erkannt!", fauchte Amber mit Stolz in der Stimme.

„Dann können sich James und Gazing richtig glücklich schätzen, dich bei ihrer Mission dabeizuhaben. Es ist wichtig, dass immer irgendwer den Überblick behält, bei all den Intrigen, die die Menschen um einen herum planen."

Amber sah aus, als könnte sie nicht ganz folgen, verstand Jarows Worte jedoch trotzdem als Kompliment.

„Vielleicht muss ich mir das Vertrauen einer so klugen Person erst erarbeiten. Dann sei es so. Erzähl mir von dem Mann, wenn es sich für dich richtig anfühlt. Oder eben nicht." Er erhob sich und trat zurück an das Portal. Für einen Augenblick betrachtete er sich im Spiegel. Er schob sich eine dunkle Haarsträhne aus dem Gesicht. Strich das weiße Hemd unter seinem Jackett glatt, das genauso perfekt saß wie die schwarze Anzughose und die frisch polierten Lederschuhe. Dann drehte er sich auf dem Absatz zurück zu der Gruppe. „Dieses Portal hier führt in die Stadt Xenon."

Blitzschnell warfen Gazing und Amber sich einen Blick zu.

„Da muss ich durch!", rief das Mädchen und war drauf und dran, ohne weitere Erklärung einfach durch den Spiegel hindurchzulaufen.

Jarow stellte sich ihr in den Weg. „Tatsächlich musst du da durch", bestätigte er. „Aber wer einmal hindurchgeht, kommt so schnell nicht mehr zurück. Da ich hier bleibe, solltet ihr euch erst noch anhören, was ich zu sagen habe."

Gazing sah Amber an, wie sehr sie mit dem Impuls kämpfte, ihren Willen durchzusetzen und Jarow einfach beiseitezuschieben. Doch schlussendlich schien die Vernunft in ihr zu siegen.

„Sehr gut." Jarow klatschte in die Hände. „Jetzt, da ihr über alles im Bilde seid, müsst ihr diese Informationen nach Xenon bringen. In Zandria kann man niemandem vertrauen. Die Wände haben Ohren und die Vögel zwitschern schneller als der Wind. Aber keiner von euch ist von hier, also seid ihr die Einzigen, die ich damit beauftragen kann, auch wenn ich euch kaum kenne."

„Ich bin dein Bruder!", echauffierte sich James entrüstet.

„Was dich nicht automatisch vertrauenswürdiger macht", entgegnete Jarow mit einem schiefen Grinsen, das Gazing bisher nur von James kannte. Dann wurde seine Miene wieder ernst. „Wir müssen das Königreich Brenin von Adinas Plänen in Kenntnis setzen. Und dafür müsst ihr nach Xenon reisen. Schnellstmöglich. Wenn dieser Krieg ausbricht, wird das der endgültige Untergang der mickrigen Menge an Menschheit sein, die es bis hierhin geschafft hat. James." Jarow wandte sich an seinen Bruder. „Ihr müsst Jason finden. Er ist der Einzige, der es schaffen kann, ein Signal nach Brenin zu schicken, bevor es zu spät ist."

„Glaubst du wirklich, Adina schafft es, das Portal in die andere Richtung zu drehen?" James zog skeptisch die Augenbrauen zusammen.

„Sollte es tatsächlich möglich sein, besteht auch die Möglichkeit, dass die Männer und Frauen, die Adina in ihrer Halle wie Sklaven gefangen hält, herausfinden werden, wie."

„Oder sie finden den, der schon weiß, wie es geht." Clarissa, die sich das ganze Gespräch über auffällig still im Hintergrund gehalten hatte, brachte eine Komponente ins Spiel, über die sich Gazing bisher noch keine Gedanken gemacht hatte.

Ein Mann war durch das Portal von Brenin nach Sumpering gelaufen. Ein Mann, den sie als Geistlichen bezeichneten. Als …

Plötzlich passte alles zusammen. Amber und Gazing waren in Brenin durch ein Portal gelaufen, deswegen waren sie nie an die Stadtmauer gekommen oder hatten Wachen getroffen. Der Brunnen, die ewig lange Treppe, der unheimliche Mann, der ihnen auf diesem Weg entgegengekommen war. Gekleidet in den Roben eines Mönches. Eines Geistlichen.

Ich war selbst dabei, als es passierte, hatte Gazing unter der Wirkung des Genso-Öls gesagt. Er hatte die Dinge schon verknüpft, bevor er es gemerkt hatte.

„Amber und ich …", stotterte er. „Als wir in … Bei dieser … Da war ein …"

„Was willst du uns sagen?", fragte Jarow und legte Gazing beinahe väterlich eine Hand auf die Schulter.

Gazing schnappte nach Luft. „Wir haben den Mann gesehen, der die Wege drehen kann."

✶ AMBER ✶

AMBER KLAPPTE DER MUND AUF.
Die kurze Stille im Raum war lauter als das nervige Summen des Portals.

Verwirrte Blicke flogen hin und her.

„Ihr habt ... was?", fragte Jarow schließlich stirnrunzelnd.

„Als wir aus Brenin durch den Wald und über die Treppen gelaufen sind, da ist uns ein Mann entgegengekommen. Wir sind in die Büsche gesprungen, bevor er uns sehen konnte, aber ich bin mir sicher, dass er gekleidet war wie ein Mönch", erklärte Gazing und klang dabei so atemlos, als wäre er die Treppe gerade noch einmal hochgestiegen.

Natürlich! Amber griff in ihre Hosentasche und zog an einem Stück Papier.

„Das hier hat er in meinen Umhang gesteckt!", rief sie und streckte die Karte in die Luft.

„Was soll das sein?", fragte Clarissa. Gedankenverloren drehte Amber die Karte zwischen ihren Fingern, als sie hinter sie trat und Amber das Papier aus der Hand nahm. „Die sieben Schwerter?", hörte sie sie fragen.

Die sieben Schwerter. Etwas Ähnliches stand auch in Blades Kommentar unter dem Video, in dem sie die Karte gezeigt hatte. Was meinte Blade damit? Amber griff nach Clarissas Arm, um sich die Karte noch einmal ansehen zu können. Tatsache, auf ihr waren sieben Schwerter abgebildet. Sechs zeigten von außerhalb des Bildes auf den Reiter, der selbst das siebte Schwert in den Himmel reckte. Aber was hatte das zu bedeuten? Blade hatte sie aufgefordert, sich in Acht zu nehmen. Wovor sollte sie sich in Acht nehmen? Die sieben Schwerter konnten sie unmöglich angreifen. Sie waren doch nur gemalt.

„Das ist eine Tarotkarte", sagte Clarissa verblüfft. „Die sind heutzutage ziemlich selten. Kaum noch einer kennt die Kunst des Kartenlegens. Sie gehören zu den spirituellen Dingen, die die wissenschaftstreue Gesellschaft irgendwann tabuisiert hat. Fühlt sich merkwürdig an, so eine in der Hand zu halten."

Gazing entging der eindringliche Blick nicht, den sich James und Jarow zuwarfen.

„Die verheimlichen was!", rief Amber, die ihn wohl auch bemerkt hatte, und kniff die Augen zusammen.

„Kann das sein?", fragte James seinen Bruder jetzt laut.

„Anscheinend ist nichts unmöglich", murmelte dieser, blass um die Nase, als hätte er ein Gespenst gesehen.

„Wenn ihr sagt, worum es geht, verrate ich euch auch etwas!", schlug Amber vor.

Ihre Neugierde hatte sie schon oft dazu getrieben, Dinge zu tun, die sie später bereute. Einmal zum Beispiel hatte sie sich in Blades Zimmer geschlichen, unter seine Matratze gegriffen und einen der Briefe darunter hervorgezogen, die ihm ein Unbekannter seit ein paar Monaten schrieb. Er hatte sie immer allein gelesen, heimlich, mit einer Taschenlampe unter der Bettdecke. Die Briefe waren das einzige Geheimnis, das Blade vor ihr hatte.

Mein Kind,

las sie.

trotz meines plötzlichen Aufbruchs hoffe ich, dass du wohlauf bist, wenn dich dieser Brief erreicht. Seit unserem letzten Aufeinandertreffen sind einige Jahre vergangen, in denen ich meinen Pflichten nachkommen musste. Inzwischen müsstest du sechs Jahre alt sein und vielleicht verstehen, warum ich gerade nicht bei dir sein kann. Bevor ich ging, habe ich dir erzählt, was ich tun muss.

Erinnerst du dich?

Weiter war sie nicht gekommen, denn in diesem Moment kam Blade in den Raum gestürmt. Er hatte Amber das erste und bisher letzte Mal mit echter Wut in den Augen angesehen und ihr den Brief entrissen. Mit voller Wucht. Und ein Stück von ihrem Herzen riss er gleich mit heraus.

Amber hatte sich noch nie so schlecht gefühlt wie an diesem Tag. Aber ohne ihre Tat hätte Blade sich vielleicht nie geöffnet und ihr nach einigen quälenden Tagen des Schweigens von seinem Vater, dem Traumfänger, erzählt.

„Deal", sagte James und streckte Amber eine Hand entgegen.

„Ihr zuerst!", forderte Amber und schlug ein.

Noch einmal sahen sich James und sein Bruder zweifelnd an, bis Jarow bestätigend nickte.

„Also ..." James atmete tief ein. „Das, was ihr hier erzählt, kommt uns ziemlich bekannt vor. Der Mönch, die Tarotkarte und der Fakt, dass dieser Mensch die Person sein soll, die das Portal umdrehen kann – es wäre ein zu großer Zufall, wenn es sich dabei nicht um unseren verschollenen Bruder Jacob handelt."

„Schon wieder ein Bruder?", fragte Gazing entsetzt. „Wie viele von euch gibt es noch?"

„Nur uns vier. Jason ist der Älteste, danach kommt Jarow, Jacob ist der Dritte und ich bin der Jüngste", erklärte James.

„Jacob ist vor einigen Jahren aus seinem bisherigen Leben ausgestiegen und lebt seitdem in einem Kloster, wer weiß schon wo", ächzte Jarow. „Und wenn er dort nicht alles vergessen hat, was er in seinem Superhirn gespeichert hat, könnte er wahrscheinlich wirklich in der Lage sein, diese verdammten Wege zu drehen."

Amber musste kichern, als sie sah, wie der Mann frustriert gegen den Rahmen des Spiegels trat. Summend waberte seine Oberfläche auf.

„Wenn wirklich Jacob dahintersteckt, müsst ihr jetzt noch schneller los. Ich gehe nicht davon aus, dass das Kloster seinen Charakter maßgeblich verändern konnte. Wenn überhaupt, macht ihn diese ..." Jarow räusperte sich. „... Phase nur noch unberechenbarer. Keine Ahnung, auf welcher Seite er gerade stehen könnte. Und wann sich das das nächste Mal ändert." Er sah seinen Bruder mit einer

Tiefe an, die selbst Amber berührte. Sie kannte das Gefühl von Schmerz, Trauer, Unverständnis, das in seinem Blick lag.

„Die sieben Schwerter auf der Tarotkarte berichten von Täuschung, List und Gefahren, die einem bevorstehen. Vielleicht wollte er euch damit eine Warnung schicken?" Clarissa gab Amber die Karte zurück.

„Oder es ist eine Drohung", flüsterte Gazing ängstlich.

„Er wusste doch gar nicht, wem er die Karte gab. Mein Umhang hing im Gebüsch. Und da hat er sie einfach reingesteckt", fiel Amber ein.

„Tarot funktioniert intuitiv", erklärte Jarow. „Natürlich nur, wenn man überhaupt daran glaubt. Nach dieser Lehre findet die Karte ihren Besitzer, nicht andersherum. Ich bin ein Mann der Wissenschaft, doch trotzdem habe ich Jacob außergewöhnliche Dinge mit seiner Intuition vollbringen sehen, die ich mir logisch nicht erklären kann. Auch wenn er nicht wusste, dass dir dieser Umhang gehört, Amber, kann die Karte trotzdem für dich bestimmt sein. Oder für einen von uns. Wir sollten sie auf jeden Fall nicht unbeachtet lassen. Auf der Hut müsst ihr sowieso sein. Adina und ihre Horde Sumperinger werden euch jagen, sobald sie von eurem Verschwinden hört. Ich werde euch nicht verraten, aber früher oder später werden sie eins und eins zusammenzählen und wissen, dass ihr durch das Portal geflohen seid."

„Was wird mit dir passieren?", fragte Gazing besorgt.

„Adina weiß, dass ich die letzte Person bin, mit der du hier gesprochen hast. Sie wird mich beschuldigen, dir bei der Flucht geholfen zu haben. Für eine Weile werde ich sie belügen können, doch jede Wahrheit kommt ans Tageslicht, wenn es an der Zeit ist. Hoffen wir, dass ihr bis dahin etwas bewirkt habt und ich untertauchen kann."

Der Ausdruck in Jarows Gesicht verriet, dass ihm Schlimmeres bevorstand, sollte Adina ihn mit ihrer Flucht in Verbindung bringen. Amber hatte die Herrscherin nur für einen kleinen Moment in der großen Halle beobachten können, doch dieser kurze Augenblick hatte gereicht, dass ihr jetzt ein Schauer über den Rücken lief, wenn sie daran dachte, zu welchen grausamen Mitteln diese Frau greifen könnte.

„Wenn ihr durch das Portal geht, müsst ihr dem Weg den Berg entlang folgen. In der Hütte an seinem Ende steht das Ausgangsportal, das euch direkt ins Herz von Xenon bringt. James, du weißt, wo Jason sich gerade aufhält?"

James nickte angespannt mit dem Kopf.

„Gut. Geht direkt zu ihm, nehmt keinen Umweg. Gazing ..." Jarow griff nach dem seidenen Tuch, das er vom Spiegel gezogen hatte, und riss ein Stück davon ab. „Wickel das hier um deine Ohren."

Gazing tat, wie ihm befohlen war.

„James, hast du bei dir, worum ich dich gebeten habe?"

James klopfte bestätigend auf die Stelle seiner Hose, in der die Waffe steckte, die Hiram ihm gegeben hatte. Amber, die noch immer sehr skeptisch gegenüber dem Gedanken war, dass sie eine Waffe auf ihrer Reise bei sich trugen, hatte sich genau gemerkt, wo James sie hingesteckt hatte.

„Behalt sie. Wenn Adina sie, wie ursprünglich geplant, in die Finger bekommt und einen Deal mit Hiram abschließt, verzehnfacht sich unser Problem. Hätte ich damals geahnt, was sie plant, hätte ich dich gar nicht mit dieser riskanten Aktion beauftragt."

„Wir machen alle nur unseren Job", beschwichtigte James seinen Bruder. „Ich nehm' sie mit und lass sie in Xenon verschwinden."

„Was passiert, wenn wir euren Bruder gefunden haben?", fragte Gazing, der sich zweifelnd über den frisch angelegten Turban strich.

Jarow trat einen Schritt zur Seite, der Weg in das Portal war nun frei. „Erzählt ihm von Adinas Plänen und von unserer Vermutung, dass Jacob wieder aufgetaucht ist. Er wird wissen, was zu tun ist. Zumindest ist das gerade unsere einzige Hoffnung."

„Ich komme mit!", rief Clarissa plötzlich von hinter ihnen. Vier Köpfe drehten sich überrascht in ihre Richtung.

„Mein Vater ist gestorben, weil er Zandrias Regierung kritisiert hat. Seitdem bin ich als Journalistin in seine Fußstapfen getreten, aber bewirkt habe ich bisher nur, dass meine Familie mich verachtet, weil ich mich mit den falschen Leuten eingelassen habe. Das hier ist meine Chance wirklich wieder etwas gutzumachen. Ich will euch helfen. Und ich werde euch von Nutzen sein, versprochen."

Ambers Blick huschte über die Gesichter der anderen. Gazing versuchte, ein kleines Lächeln zu unterdrücken. Jarow wirkte, als wäre er nicht allzu überzeugt von der Sache. Nur James ging ein paar Schritte auf Clarissa zu und streckte ihr eine Hand entgegen. Clarissa griff sie und ließ sich von ihm näher an das Portal heranführen.

„Es ist mir eine Ehre, dich im Team zu haben", flötete er aufrichtig und zwinkerte Gazing verschwörerisch zu, der augenblicklich rot anlief. „Zwischen all dem Drama dürfen wir nicht vergessen, was für eine aufregende Zeit uns bevorsteht!", tönte James.

„Du meinst wohl eine gefährliche! Es geht um Krieg und den Untergang der Menschheit, hörst du nicht zu?", stammelte Gazing fassungslos.

„Ach!" James lachte. „Du musst manchmal einfach einen Schritt zurück gehen und das große Ganze betrachten. Wir sind nur kleine Wesen, auf einem immer sterbenden Planeten, die sich jetzt auf den Weg machen, die Erde für wenigstens dieses Jahr zu retten. Das ist doch was Besonderes!"

„Du spinnst", murmelte Gazing, doch Amber verstand.

Unbemerkt zog sie ihre Kamera aus einer ihrer Hosentaschen. Nur Gazing beachtete sie, als das leise Piepsen ertönte. Sie schwenkte die Kamera die Runde entlang. Filmte James, der abenteuerlustig grinste. Clarissa mit einem ernsten Blick, fokussiert auf das, was ihr bevorstand. Gazing, der völlig verloren zwischen ihnen stand und sich womöglich bereit machte, sein Schicksal mal wieder zu akzeptieren. Sie schwenkte zu Jarow, der den Arm zum Spiegel ausstreckte, was der Gruppe bedeuten sollte, dass es nun Zeit war. Und dann filmte sie das Portal. Sogar auf der Kamera konnte man das Flimmern über der spiegelnden Oberfläche sehen.

In diesem Moment fragte sich Amber, ob Blade hier vorbeigekommen war. Ob er es geschafft hatte, durch dieses Portal nach Xenon zu gehen. Ob er Hiram auf seiner Reise getroffen hatte. Oder die Sumperinger. Ob er seinen Vater schon gefunden hatte. Ob er sich freuen würde, sie wiederzusehen. Wie es ihm wohl gerade ging.

Ein Schwall Mut und Antrieb packte sie. „Gehen wir los, oder was?", fragte sie frech grinsend und lief als Erste durch das Portal, bevor sie jemand aufhalten konnte.

✶ GAZING ✶

ES WAR EIN UNWIRKLICHES GEFÜHL, so lange auf sein eigenes Spiegelbild zuzulaufen, bis man damit verschmolz. Anstatt auf die spiegelnde Fläche zu prallen, glitt Gazing nahtlos durch sie hindurch. Nur ein kalter Schauer erfasste ihn und machte subtil deutlich, dass gerade etwas Ungewöhnliches mit ihm geschah. Ein ähnliches Gefühl hatte ihn erwischt, als er Amber damals durch die unbekannte Tür im Gewächshaus gefolgt war. Und danach, als sie am Boden des Brunnens den Tunnel betraten. Die Erinnerung an diese Momente tanzten bildhaft vor seinen Augen, als er durch das Portal trat.

Während das Gefühl wieder verblasste, packte Gazing eine andere Art von Kälte. Eisige, dünne Luft umhüllte ihn, ließ seinen Atem für einen Moment stocken. Tief holte er Luft, doch ihm war, als würde nur ein Teil der Luft seine Lunge erreichen. Er sah sich blinzelnd um. Und beinahe traute er seinen Augen nicht. Taumelnd drehte er sich im Kreis, versuchte so viel von der Landschaft aufzunehmen, wie er konnte. Vor ihm, unter ihm, um ihn herum lag ein Meer aus Wolken, getaucht in das orangefarbene Pink einer aufgehenden Sonne, die sich zwischen zwei durch die Wolken brechenden Bergspitzen in den Himmel schob. Das hellblaue Strahlen des Himmels verband sich mit den bunten Farben des beginnenden Tages. Nur der blasse, abnehmende Mond am Horizont erinnerte noch an die Nacht. Es roch nach Eis und Einsamkeit. In der Ferne brachen einsame Gipfel durch das weiß-pinke Meer.

Am liebsten wäre Gazing losgelaufen, über die Wolken in diese unendliche Freiheit. Er wollte sich hineinwerfen, sanft in ihnen versinken wie in einem flauschigen Kissen. Schlafen. Träumen. Leben.

Amber neben ihm wirkte, als hätte sie denselben Wunsch. Hibbelig sprang sie umher, kicherte aufgeregt, fotografierte, filmte, bis ihre Energie erschöpft war und sie ehrfürchtig, auf einem großen Stein hockend, in die Ferne blickte.

Clarissa war nach Gazing durch das Portal geschritten, das von dieser Seite aus nicht mehr war als ein leerer, hölzerner Rahmen, der auf der steinernen Spitze eines schneebedeckten Berges stand. Auch sie hatte seitdem der überwältigende Anblick gepackt. Atemlos ließ sie ihren Blick schweifen, bis ihre Augen auf seine trafen. Gazing lächelte ihr entgegen, Clarissas Mundwinkel zuckten zaghaft, dann glitt ihr Blick weiter.

Gazing blieb keine Zeit für Irritation, denn James erinnerte sie daran, warum sie an diesem Ort gelandet waren.

„Hier geht es weiter!", rief er und zeigte einen Weg entlang, der über den hügeligen Gipfel führte. „Genießt den Ausblick, solange ihr könnt, der Weg sollte nicht allzu weit sein."

Also entfernten sie sich immer weiter von dem Rahmen auf dem Gipfel, stiegen den schmalen Weg hinauf und hinab, immer weiter durch das Wolkenmeer hindurch, bis Gazing die Umrisse des Portals nicht mehr erblicken konnte.

Amber lief die ganze Zeit nah bei ihm. Er konnte ihre Müdigkeit spüren, wünschte, er könnte ihr Erleichterung schaffen. Doch an eine Rast war nicht zu denken.

Auch seine Erschöpfung machte sich bemerkbar. Sie ließ die Kälte in seine Knochen fahren, und obwohl die Anstrengung der Wanderung seinen Kreislauf in Wallung bringen sollte, kam seine Wärme nicht gegen den Frost an. Zitternd presste er die Arme an seinen Oberkörper, um das letzte bisschen Energie in ihm zu halten.

„Gazing, wenn du ein Yaahk bist, bist du dann trotzdem auch ein Mensch?", fragte Amber plötzlich, leise und müde.

„Hm", machte Gazing nachdenklich. „Ich glaube nicht."

„Können wir dann überhaupt Freunde sein?" Ihre Stimme kam fast nicht gegen die kalte Luft des Berges an, doch die Frage traf Gazing mit voller emotionaler Wucht.

„Ich bin im Prinzip genauso wie du. Nur ein bisschen anders", er klopfte sanft auf seinen Turban. „Ich glaube, Yaahks und Menschen sind sich in vielem sehr ähnlich. Ich habe dieselben Gefühle wie du. Dieselben Gedanken. Und in meiner Zeit hier habe ich schon eine wahre Freundschaft erleben können. Mit einer echten Prinzessin." Ambers Augen weiteten sich staunend. „Also was meinst du? Können wir Freunde sein?"

Das Mädchen dachte eine Weile schweigend nach. Die Müdigkeit überrollte sie dabei immer wieder. Ihre Schritte wurden kürzer. Ihr Gang taumelnd. Dann griff sie nach Gazings Hand, hielt sich an ihm fest. Er erwiderte ihre Geste, drückte die kalten Finger fest, aber nicht zu fest.

„Ich glaube, das geht", murmelte sie schläfrig.

Gazing blieb stehen, und kurz nachdem er Amber auf seinen Arm heben konnte, war das Mädchen eingeschlafen.

Die Gruppe zog einige Zeit schweigend durch die Gipfel. Abwechselnd trugen Clarissa und Gazing die unruhig träumende Amber. Ansonsten wechselten sie kein Wort, was Gazing zunehmend beunruhigte. Clarissa wirkte verändert, distanzierter, kühler. Fieberhaft versucht er, das mit dem Bild von ihr, das er zuvor kennenlernen durfte, zu vereinen. War das ihre fokussierte, kriegerische Art? Oder war etwas vorgefallen, was ihre abweisende Art gegenüber Gazing rechtfertigte? Doch obwohl Gazing die Antwort auf diese Frage brennend interessierte, traute er sich nicht, sie danach zu fragen.

Zum Glück wog Amber nicht mehr als ein kleiner Stapel großer Bücher. Trotzdem atmeten sie erleichtert auf, als sie hinter einer steilen Kurve ein schiefes Haus aus gestapelten Felsen erblickten.

„Das muss die Hütte sein", keuchte Gazing.

„Sag bloß", gähnte James.

Mit letzter Kraft boxte Gazing ihn gegen den Arm.

„Werden wir jetzt rebellisch?" James lachte, während Clarissa Amber weckte und sie vorsichtig wieder auf den Boden herabließ.

Der Eingang zu der Hütte, wenn man sie überhaupt wirklich eine Hütte nennen konnte, bestand aus einem einfachen Spalt zwischen den klobigen Felsen. Dunkelheit starrte die Gruppe daraus an.

Gazing blickte zu Amber, die mit tapsigen Schritten näher an das Konstrukt heranlief. Stolz erfüllte ihn, als er langsam realisierte, was gerade geschah. Er hatte es geschafft. Sein Versprechen eingehalten. Gleich würden sie das Ausgangsportal durchschreiten. Und dahinter lag Xenon. Das Ziel ihrer Reise.

Sichtlich nachdenklich legte Amber eine Hand auf einen der massiven Steine der Hütte. Wahrscheinlich war sie selbst überwältigt davon, dass sie es bis hierhin geschafft hatten. Doch anstatt Freude sah Gazing die Angst in ihrem Blick, als sie sich zu ihnen zurückdrehte.

„Ich hatte einen komischen Traum", murmelte sie, noch immer schlaftrunken. „In dem Traum bin ich durch einen Felsspalt geklettert, der genauso aussah wie dieser hier. Und als ich herauskam, stand ich auf einem Dach, mitten in einer Stadt. Die Häuser waren größer als das von Clarissa in Zandria und sie waren komplett schwarz. Keine Fenster, keine Türen, einfach riesige, schwarze Türme." Sie seufzte erschöpft. „Auf einmal stand jemand hinter mir, aber es war keiner von euch. Es war ein komischer Kerl mit weit aufgerissenen Augen und einem breit grinsenden Mund, eigentlich war er einfach nur eine große Fratze. ‚Ich sehe dich', hat er gesagt, aber sein Mund hat sich gar nicht bewegt. Und dann ist er auf mich zugerannt. Ich hab meine Augen fest zusammengepresst, wie Blade es mir erklärt hatte. Das hilft beim Aufwachen. Aber es hat nicht sofort funktioniert. Ich hab noch gehört, wie die Fratze gesagt hat, dass sie mich holen kommt, auch wenn ich ihr in diesem Traum entkommen würde. Ich weiß, wo du ankommen wirst, hat sie gerufen. Dann bin ich aufgewacht." Unsicher blickte sie der Dunkelheit der Felshütte entgegen. „Bestimmt weiß die Fratze von dem Portal", flüsterte sie panisch. Das arme Mädchen zitterte vor Sorge.

Clarissa erreichte sie, bevor Gazing einen Schritt auf sie zumachen konnte, und nahm sie in den Arm. „Es war nur ein Traum", raunte sie beruhigend und strich Amber ein paar Haarsträhnen, die sich aus ihren Zöpfen gelöst hatten, aus dem Gesicht.

Amber schüttelte bedrückt den Kopf. „Das glaube ich nicht", gab sie zu. „Ich hatte schon so viele Träume. Aber dieser war irgendwie anders."

„Und trotzdem war er nichts mehr als ein Traum", versicherte Clarissa in ihrer unglaublich sanften, weichen Art, die Gazing die letzten Stunden vermisst hatte. „Träume können uns nichts tun. Sie können uns sogar helfen. Auch die schlimmen. In Träumen verarbeiten wir, was unser Unterbewusstsein speichert. Und wenn wir unsere Träume deuten, können wir verstehen, worüber wir uns Gedanken machen, wenn wir eigentlich an nichts denken."

Amber legte skeptisch den Kopf schief, schien sich aber zu beruhigen.

„Ganz bestimmt hast du nur so etwas geträumt, weil dein Kopf diese Reise verarbeitet. Das muss viel sein für so ein kleines Mädchen wie dich."

„Ich bin gar nicht mehr klein!", protestierte Amber, was für Gazing ein sicheres Zeichen dafür war, dass sie wieder ein wenig zu sich selbst zurückgefunden hatte und den Albtraum vergessen konnte.

Lachend richtete Clarissa sich auf und nahm Amber an die Hand.

James trat neben die beiden. „Und wenn doch jemand auf der anderen Seite des Portals auf dich wartet, machen wir ihn fertig!", versprach er wild grinsend.

„Und dann finden wir Blade", pflichtete Gazing bei.

Ambers Augen funkelten bei dieser Vorstellung.

„Wie sieht's aus?", fragte er in die Runde. „Wollen wir?" Verschwörerisch nickte er in Richtung des Felsspalts. Und diesmal war Gazing der Erste, der sich durch das Portal wagte.

GAZING PASSIERTE DEN EINGANG der Hütte, das eiskalte Gefühl überzog ihn und tatsächlich – anstatt in einer dunklen Höhle zu landen, stand er im nächsten Moment in einem Raum, dessen Aura das Fell auf seinen Ohren knisternd aufstellte. Unnatürlich helle, teilweise flackernde Leuchtröhren erhellten das verlassene, monotone Zimmer. Der Boden war überzogen von einem braunen, filzigen Stoff, an dem Dinge klebten, über die Gazing nicht nachdenken wollte. Die Wände waren in einer entsetzlichen hellgrünen Farbe gestrichen, die an manchen Stellen vergilbte und in Gazing für Übelkeit sorgte. Eine drückende Leere schwang in der Luft, die so viel stickiger war als die, die er noch kurz zuvor auf dem Berg eingeatmet hatte. Sie roch nach Staub, abgestanden und nach nassem Beton.

Gazing drehte sich herum, gerade rechtzeitig, um Amber durch einen Riss in der Wand klettern zu sehen. Nicht einmal eine Sekunde später rümpfte sie angeekelt die Nase. „Hier ist es voll hässlich!", klagte sie enttäuscht.

Clarissa, die hinter ihr durch das Portal getreten war, stimmte ihr zu. „Was für ein schrecklich deprimierender

Raum", murmelte sie und schlang ihre Arme um sich selbst.

Nur James konnte mal wieder nichts aus der Fassung bringen. Leichtfüßig hüpfte er durch den Riss und drehte sich inmitten der fensterlosen Fläche im Kreis. „Hab' schon schlimmere Orte gesehen", tönte er, ein wenig zu erfreut.

„Was kann schlimmer sein als dieses unendlich langweilige Monster von Flur?"

Amber hatte eine Tür entdeckt und spähte um die Ecke. Gazing tat es ihr gleich, nur um festzustellen, dass sie mit ihrer Beschreibung nicht übertrieben hatte. Ein schier unendlich langer Gang erstreckte sich hinter der Tür. Dasselbe künstliche Licht, das den Raum erhellte, zog sich auch hier an der Decke entlang, tauchte die Szenerie in eine beinahe morbide Stimmung.

„Lasst mal gucken, ob uns der Weg hier zum Ausgang führt." James presste sich an Gazing und Amber vorbei auf den Flur.

„Was ist das hier für ein Ort?", fragte Gazing, gleichzeitig abgeschreckt und fasziniert von dem eintönigen, unheimlichen Ambiente.

„Ich denke, wir sind in einem der Tower Xenons", erklärte James, während sie an Türen vorbeiliefen, die sich in nichts voneinander unterschieden. „Dieser hier scheint schon seit einigen Jahrzehnten leer zu stehen." Mit einer Hand strich er über die in unangenehmem Beige gestrichene Wand. Farbe platzte unter seinen Fingern ab und bröselte auf den Boden. „Aber eigentlich werden diese Hochhäuser von der Regierung genutzt. Sie stecken ihre Beamten hier rein und lassen sie ellenlange Tabellen ausfüllen. Angeblich soll das helfen, die Stadt vernünftig zu koordinieren. Für mich sieht das immer eher aus wie Beschäftigungstherapie."

„Müsste denn niemand hier sein und das Portal bewachen?", fragte Clarissa skeptisch.

„Ausgangsportale wurden nie bewacht. Wer von dieser Seite durch sie hindurchgeht, kommt eh nicht mehr lebend heraus", antwortete James.

„Was passiert denn mit denen?" Amber zupfte neugierig an James' Hemd.

„Sie landen irgendwo im All. Oder innerhalb eines Berges, mitten im Meer. Je nachdem."

„Je nach was?", fragte sie weiter.

„Je nachdem, wie weit sich die Erde gedreht hat", gähnte James und bog um eine Ecke. Zu ihrem Unmut verbarg sich hinter der Ecke nur ein weiterer, unendlicher Flur. „Wer durch ein Portal läuft, verschwindet für einen kurzen Moment aus Raum und Zeit. Irgendwie schaffen es die Schwingungen der Dinger, die Moleküle unseres Körpers so auseinanderzuschwingen, dass die Zeit einfach durch uns durchläuft. Und dann materialisiert man wieder, aber die Welt hat sich weitergedreht. Und sie ist auch im All weitergewandert. Und an der Stelle, wohin sie sich bewegt hat, kommt man dann wieder raus. Oder irgendwie so."

„Krass!", staunte Amber.

Krass, dachte Gazing. Ohne sich etwas anmerken zu lassen, versuchte er in seiner Erinnerung zu kramen. Als Yaahk war er quasi verantwortlich für diese in seinen Augen futuristische Absurdität. Doch sosehr er sich auch anstrengte, ihm fielen keine weiteren Informationen darüber ein. Genau wie Amber hörte er zum allerersten Mal von diesen Dingen. Ihn überkam keine plötzliche Erleuchtung, kein Gedankenblitz schoss in seinen Kopf. Enttäuscht schlurfte er hinter den anderen durch den Flur.

Sie guckten hinter Türen, aber jeder Raum sah aus wie der, in dem sie angekommen waren. Sie gingen um Ecken, doch jeder Weg führte nur zu einem weiteren Weg. Gazing wusste nicht mehr, ob sie inzwischen Tausende Male im Kreis gelaufen waren oder doch immer wieder in neue Gassen eintauchten. Und langsam ging ihnen die Geduld aus. Das triste Ambiente und die Anstrengung der Reise zehrten an ihren Nerven. Clarissa war wieder in Schweigen verfallen. Amber stieß jede Tür auf, die sie fand, und seufzte, genervt von dem, was sie dahinter erblickte. James' Schritte wurden immer schneller.

Da fiel Gazing an einer Abzweigung ein grüner Schein auf, der etwas weiter entfernt schwach gegen das Glühen der Leuchtröhren ankämpfte.

„Leute!", rief er und zeigte in die Richtung des Flimmerns.

Es stammte von einem kleinen Schild, auf dem eine minimalistisch dargestellte Figur abgebildet war, die eine zweidimensionale Treppe hinunterlief. Leise summend flackerte es vor sich hin. Und wenn ihn nicht alles täuschte, war sich Gazing sicher, dass es einen Ausweg markierte. Bevor er seinen Gedanken zu Ende denken konnte, stieß Amber die Tür unter dem Schild auf.

Ein kalter Windzug strömte ihnen entgegen. Frische Luft. Es stimmte also, dort musste sich ein Ausgang verbergen.

„Ein Treppenhaus!", schallte Ambers Stimme aus dem Raum hinter der Tür.

Gefolgt von einem lauten Knall, der Gazing bis ins Mark erschütterte. Hatte der Wind eine Tür zufallen lassen?

Mit zitternden Knien folgte er Amber.

Er horchte.

Erst Stille.

Dann Schritte. So leise und behutsam, komplett gegensätzlich zu dem vorherigen Knall. Doch Gazings Ohren nahmen sie wahr, selbst unter dem improvisierten Turban. Sie näherten sich ihnen von unten, schlichen langsam die Treppenstufen hinauf.

„Da kommt jemand", flüsterte Gazing seinen Wegbegleitern zu.

„Ich hör gar nichts", sagte Amber.

Schnell hielt Gazing ihr mit einer Hand den Mund zu. Ohne ein Geräusch zu machen, zog er Amber aus dem Treppenhaus zurück in den Flur. Er wusste nicht, wer oder was sich ihnen näherte, doch er spürte die Gefahr, die in Form von bedachten Schritten zu ihm hinaufhallte.

„Ich geh mal nachsehen, was da los ist", flüsterte James und näherte sich der Tür.

„James, nicht ...", wollte Gazing ihn warnen, doch es war zu spät.

Die Tür flog auf, knallte gegen James, ließ ihn überrascht nach hinten taumeln.

Eine vermummte Gestalt hechtete durch den Türrahmen. Sie packte James, wirbelte ihn herum.

James versuchte den Angriff abzuwehren, kämpfte gegen den starken Griff des Vermummten. Doch schon im nächsten Moment wurde er überwältigt.

Mit einer Hand drückte der Unbekannte seinen Kopf zu Boden. Mit den Knien fixierte er James' Arme, machte ihn beinahe bewegungsunfähig.

Gazing erstarrte vor Angst.

Doch Clarissa war tapferer als er. Sie glitt an Gazing vorbei, stürzte sich auf den Vermummten. Mit einer erschreckenden Leichtigkeit wehrte er ihren Angriff ab, traf sie mit einem gezielten Schlag am Kiefer.

Gazing schrie auf, als Clarissa bewusstlos die Wand heruntersackte. Ein panisches Klingen erfüllte seine Ohren. Er wollte davonlaufen. Doch nichts an ihm regte sich.

Plötzlich sprang der Vermummte auf. Er ließ von James ab.

Er ließ von James ab?

Dunkelbraune Augen blitzten in Gazings Richtung. Dann drehte er sich fort, rannte den Flur entlang und verschwand hinter einer der unzähligen Türen.

Fassungslos blickte Gazing ihm hinterher.

Eins.

Er füllte seine Lunge mit Luft. Blut rauschte lautstark durch seinen ganzen Körper.

Zwei.

Beinahe gefror es ihm wieder in den Adern, als er realisierte, mit was für einer Kraft der Angreifer seine beiden Freunde außer Gefecht gesetzt hatte. Den Gedanken, ihm zu folgen und allein zu überwinden, ließ Gazing in der Sekunde wieder ziehen, in der er sich gebildet hatte.

Drei.

James setzte sich hustend auf.

„Der Scheißkerl hat mir beinahe die Kehle zerdrückt!", keuchte er.

Vier.

Neben James hörte Gazing ein zaghaftes Wimmern.

Fünf. Das musste reichen.

„Clarissa!", rief er und eilte zu ihr. Rote Locken verdeckten ihr Gesicht. Gazing strich sie zur Seite. Zu seiner Erleichterung war Clarissa wieder bei Bewusstsein. Stöhnend und mit schmerzverzerrter Miene rieb sie die Stelle, an der der Vermummte sie getroffen hatte.

„Es geht schon", murmelte sie, als sie Gazings besorgten Blick sah.

„Gazing", hauchte Amber.

Erschrocken drehte Gazing sich zu ihr.

„Die Fratze aus meinem Traum ..." Sie schluckte ergriffen. „Sie hatte dieselben Augen wie dieser Kerl."

Gazing ging auf sie zu und griff sie an den Schultern.

„Das ist bestimmt ein verrückter Zufall", versuchte er das aufgelöste Mädchen zu beruhigen.

„Was wollte das Arschloch von mir?", fluchte James.

Gazing wollte ihm antworten, doch hielt inne, als er sah, wie James die Augen weitete. Fassungslos starrte er auf etwas, das sich hinter ihm und Amber abspielte. Gazing wirbelte herum.

Da stand er. Der Vermummte. Und in der Hand hielt er eine Waffe. Die Waffe, die James von Hiram bekommen hatte.

Mit einem Ruck zog Gazing Amber hinter sich.

„Verdammte Scheiße!", stieß James aus.

Dann legte sich eine erdrückende Stille über die Szene. Niemand bewegte sich, keiner wagte es zu atmen. Der Fremde zielte mit der Waffe erst auf Clarissa, schwenkte sie zu James. Dann richtete er sie auf Gazing.

In Zeitlupe legte der Unbekannte seinen Finger auf den rot leuchtenden Knopf der silber schimmernden Pistole.

Er zielte genau auf sein Herz.

Ach du meine Güte, dachte Gazing. *Was für ein einfältiger letzter Gedanke.*

Dann drückte der Vermummte ab.

Völlig überfordert starrte Gazing auf den Lauf, der sich mit zuckenden Blitzen füllte. Ein ohrenbetäubender Knall flog durch die Luft.

Eine Wucht packte ihn, riss ihn schmerzhaft gegen eine Wand. Ihm wurde schwarz vor Augen. Er hörte Clarissa schreien. Etwas sackte neben ihm zusammen. Und auch aus der Ferne hörte er ein verzweifeltes Wimmern.

Gazing griff mit letzter Kraft an die Stelle, wo die Waffe ihn getroffen hatte. Er tastete blind über den Stoff seines Hemdes. Das unversehrt geblieben war.

„James!", hörte er Amber quietschen.

Adrenalin schoss zurück in seinen Körper, klärte seine Sicht. Zuerst blickte er an sich herab und tatsächlich schien er unverletzt zu sein. Doch neben ihm krümmte sich eine Gestalt.

Gazing packte James an der Schulter, drehte ihn auf den Rücken.

„James! Hörst du mich?", rief er verzweifelt.

„Er hat dich weggeschubst und den Blitz selbst abbekommen", schluchzte Amber.

Gazing suchte nach einer Wunde, fand ein schwarz verbranntes Loch in seinem Hemd, direkt über seinem Herz.

„Den Typen hat's auch erwischt", raunte Clarissa hasserfüllt.

Gazing blickte in die Richtung des Angreifers, nur um zu sehen, wie er auf allen vieren um eine Ecke kroch. Er schien tatsächlich stark geschwächt. Gut so.

„Ich …", keuchte James. „Ich bin okay." Verwunderung lag in seiner Stimme.

„Was? Wie kann das sein? Was ist passiert?", stammelte Gazing.

James griff sich an die Brust. Er zog etwas Knisterndes aus dem Brandloch hervor. Erschöpft ließ er es fallen. Etwas Silberglänzendes glitt zu Boden.

„Der Hut!", rief Amber erstaunt.

James rang nach Atem. „Er hat genau auf das Ding geschossen. Das hat den Blitz zurückgeworfen. Ich glaub', er hat den Mistkerl erwischt."

Ängstlich warf Gazing einen Blick auf die Ecke, hinter der der Angreifer verschwunden war. Er versuchte, sich der Angst zu stellen, und hörte mit erhöhter Konzentration auf die Geräusche seiner Umgebung. Clarissa atmete schwach, Amber knisterte leise mit dem Papier des Hutes, James setzte sich keuchend auf, Gazings eigenes Herz pochte laut in seinen Ohren. Doch ansonsten war da nichts. Kein Atmen, keine Bewegung, kein Anzeichen eines Verletzten, der sich hinter der Ecke verbarg.

„Ich glaub, er ist weg", nuschelte Gazing unsicher.

„Vielleicht ist er tot?", raunte Clarissa.

Gazing sah in die Gesichter seiner Gefährten und ihm wurde klar, dass er jetzt die Verantwortung übernehmen musste. Mit zitternden Beinen stand er auf. Näherte sich der Ecke. Schritt für Schritt. Bedacht, aber unaufhaltsam. Bereitete sich innerlich darauf vor, was gleich passieren würde. Stellte sich auf einen weiteren Angriff ein. Auf einen Schuss Blitze, der auf ihn zurasen würde. Darauf, eine Leiche zu sehen.

Einen Schritt, bevor er um die Ecke sehen konnte, erstarrte er. Sein Körper stellte sich gegen seinen Geist. Doch diesmal durfte er nicht gewinnen. Gazing atmete ruhig durch den Mund ein. Stieß den Atmen sanft wieder aus.

Jetzt.

Er beugte sich vor und starrte um die Ecke.

Nichts.

Da war nichts. Kein Vermummter, keine Waffe und vor allem keine Blitze. Der Flur war so verlassen wie der Rest des Gebäudes. Der Geruch von verbranntem Stoff lag in der Luft. Ansonsten erinnerte nichts mehr an den unbekannten Angreifer.

Gazing wollte vor Erleichterung in die Luft springen, doch die Ungewissheit hielt ihn zurück. Wer war der Kerl? Was wollte er? Und wohin war er verschwunden? Die letzte Frage ließ ihn erschaudern. Auf Zehenspitzen schlich er zur Gruppe zurück. Clarissa und James waren aufgestanden, alle drei sahen Gazing mit fragendem Blick an.

„Weg", flüsterte er laut genug, dass sie ihn hören konnten.

„Wie weg?", flüsterte Amber zurück.

„Er ist nicht mehr da!"

„Wirklich?", fragte Amber erstaunt.

Gazing verdrehte als Antwort nur die Augen.

Ohne länger zu zögern, hinkte James zur Tür zurück, die ins Treppenhaus führte. Vorsichtig öffnete er sie und sah für einen Moment hindurch.

„Hier ist die Luft rein", bestätigte er. „Wir sollten keine Zeit verschwenden. Ein zweites Mal will ich mein Glück heute nicht so stark auf die Probe stellen."

Stockwerk um Stockwerk stiegen sie nach unten. Zuerst noch möglichst leise, inzwischen mehr auf Schnelligkeit bedacht.

Ab Stockwerk 27 fing Amber an zu klagen. „Ich hab euch gesagt, das war eine dumme Idee! Wer nimmt denn eine Waffe mit auf eine Reise!", tönte sie in doppelter Geschwindigkeit. „War doch so was von klar, dass so was passiert. Wieso hört denn nie jemand auf mich? Nur weil ich sieben bin? Ich bin viel! Klüger! Als! Ihr!"

Der Rest der Gruppe ertrug ihr Gezeter schweigend, weil sie recht hatte.

Das, was passiert war, war unverantwortlich und vermeidbar gewesen. Sie hatten sich überschätzt. Die Situation unterschätzt. Aber wer konnte auch ahnen, dass in diesem Moment jemand sie überfallen würde?

„Ich hab euch sogar gesagt, dass jemand weiß, wo wir ankommen, und dort auf uns warten würde!"

Was für ein unglaublicher Zufall, dachte Gazing in dem Moment, als sie das Ende des Treppenhauses erreichten.

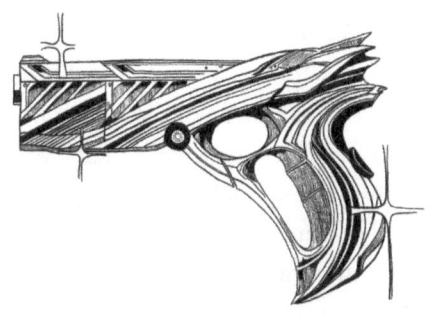

JAMES STIESS DIE TÜR am Ende des Treppenhauses auf. Gleißendes Sonnenlicht fiel in Gazings Gesicht. Geblendet hob er eine Hand vor die Augen und folgte Clarissa und Amber ins Freie. Er wusste nicht, was er erwartet hatte. Irgendwie hatte er sich in all der Zeit nie wirklich Gedanken darüber gemacht, wie Xenon aussah.

Schwarze Türme schoben sich zwischen trüben Sonnenstrahlen in den Himmel. Fensterlose, viereckige Gebäude, dicht an dicht. Auch hinter ihnen erstreckten sie sich, die gerade Straße entlang, bis an den Horizont. Als wären sie in einem weiteren deprimierenden Flur gelandet. Die einzigen Farbtupfer der Umgebung waren in roter Farbe an einige Wände geschmierte Parolen.

Keiner denkt an dich, las Gazing. *Wieder gewinnt der Gewinner* und *Rettet euch selbst.*

Die beschmierten Häuser sahen verlassen aus. Ihre schwarze Oberfläche war grau verstaubt, Eingangstüren verbarrikadiert. In den wenigen gepflegteren Gebäuden herrschte dafür reger Betrieb. Eine graue Masse an Menschen strömten hinein und heraus. Sie beachteten einander nicht, flossen wie Fische mit dem Strom der Personen um sie herum.

Amber und James zogen gleichzeitig ihre Kamera-Geräte hervor. Amber begann die Umgebung zu filmen, während James konzentriert auf sein Display starrte.

„Okay, ich weiß wo wir langmüssen", erklärte er nach wenigen Sekunden und winkte die Gruppe hinter sich her.

Gazing drehte sich noch einmal zurück. Niemand kam aus dem Treppenhaus gestürmt. Er hörte keine Schritte, die sich ihnen näherten. Erleichtert und um frischen Mut zu sammeln, atmete er aus, dann wandte er sich ab und folgte James durch die Straßen.

Ab und an mussten sie sich durch den Strom der Menschen zwängen, ließen sich teilweise mit ihnen treiben. Sie wirkten anders als die Menschen in Brenin. Moderner. Kälter. Anonymer. Eigentlich sahen sie für Gazing alle gleich aus. Sie trugen dieselbe Kleidung, dunkle Hosen und Röcke, graue Oberteile, einfache, schwarze Schuhe. Ihre Haare steckten in streng zurückgebundenen Zöpfen oder unter Hüten mit großer Krempe. Manche Menschen trugen eine Brille, in deren Gläsern Gazing leuchtende Schrift auf und ab laufen sah. Viele hielten den Kopf geneigt, sahen auf die Displays in ihren Händen. Einige redeten laut mit sich selbst. Zumindest dachte Gazing das, bis er erkannte, dass sie alle das gleiche weiße Ding im Ohr stecken hatten, mit dem sie wahrscheinlich jemand anderen reden hörten. Jeder von ihnen war mit irgendetwas beschäftigt, aber was sie auf gar keinen Fall taten, war, Gazing und seiner Gruppe Aufmerksamkeit zu schenken. Obwohl die vier ziemlich eindeutig nicht zu ihnen gehörten, verschmolzen sie einfach mit der Masse.

Noch fremder als die Menschen war Gazing, was auf den breiten Straßen passierte. Gewöhnliche Fahrräder kannte er aus Brenin. Hier zogen sie summend und mit einer Geschwindigkeit an ihm vorbei, dass ihm schwindelig wurde.

„Bitte sag mir nicht, dass du nicht mal weißt, was ein Motorrad ist!?", hatte Amber kichernd gejammert.

Seinen Kopf von links nach rechts drehend, bestaunte Gazing all die ungewöhnlichen Dinge, die um ihn herum geschahen. Obwohl ihn diese Stadt auf eine bestimmte Art faszinierte, fühlte er sich seit dem ersten Moment instinktiv unwohl in ihr. Die massiven Hochhäuser sahen bedrohlich auf ihn hinab, versperrten beinahe den gesamten Blick auf den hellgrau scheinenden Himmel. Ein dichter Dunstnebel lag in der Luft, schien dem Himmel jegliche Farbe zu stehlen. Gazing legte beim Laufen den Kopf in den Nacken, suchte nach einem klaren Fleck am Firmament, der ihm ein wenig Hoffnung schenkte. Dabei fiel ihm etwas weit Entferntes ins Auge. Über einem der größten Türme schwebte ein dreieckiger Schatten.

Verwundert kniff Gazing die Augen zusammen. Tatsächlich hing dort etwas in der Luft. Und es war nicht an dem Gebäude darunter befestigt. Konnte es sein, dass …

„Ach du Scheiße!", rief Amber plötzlich. „Da ist ein Ufo!" Aufgeregt zeigte sie auf das Dreieck. Mitten im Strom der Menschen blieb sie stehen. Ein Mann grummelte genervt, als er in sie hineinlief, doch das Ufo schien ihn genauso wenig zu interessieren wie die vier Fremden, die jetzt alle gemeinsam das unbekannte Flugobjekt anstarrten.

„Jason hat mir neulich eine Nachricht geschrieben, dass irgendwas in Xenon passiert ist. Hab' sie nicht gelesen. Aber bestimmt ging es um dieses Ding", stammelte James, nachdem er für eine Weile mit offenem Mund verarbeitet hatte, was er da gerade sah. Plötzlich spürte Gazing, wie sich die drei Augenpaare seiner Begleiter auf ihn richteten.

„Kein Stress, Gazing. Aber fällt dir irgendwas dazu ein? Ist das vielleicht ein Yaahk-Transportmittel? Erinnerst du dich an so was?", flüsterte James ihm zu.

Gazing seufzte. Langsam nagte es an seinem Selbstbewusstsein, dass er so oft nicht weiterhelfen konnte, obwohl die wichtigen Informationen wahrscheinlich irgendwo in ihm gespeichert waren. Wütend und konzentriert verzog er das Gesicht. Doch auch das brachte ihn seinen Erinnerungen kein Stück näher. Nur das belastende Gefühl, dass er sich an etwas erinnern müsste, blieb. Resignierend schüttelte er den Kopf.

Sichtlich enttäuscht wandte Clarissa sich ab. Gazing sah ihr hinterher. Hatte er ihr etwas getan? Alles an ihr signalisierte ihm, dass etwas zwischen ihnen stand. Doch er kam nicht dahinter, was.

„Kein Problem, mein Freund", sagte James und klopfte ihm bestätigend auf die Schulter. Irgendwie tat das gut. „Jason wird uns schon erklären, was es damit auf sich hat." Tief durchatmend sah er sich um, orientierte sich neu. Dann ließ er sich wieder von der Masse treiben.

Gazing wollte ihm folgen, doch etwas hielt ihn zurück. Sein Blick flog zurück zu dem Raumschiff, blieb daran hängen. Ein Summen erfüllte seinen Kopf. Zischende Laute, zuerst unverständlich, doch nach und nach formten sie sich zu Worten.

„Ich komme zurück", flüsterte das Summen.

Ich komme zurück.

Ich komme zurück.

Wie hypnotisiert wollte Gazing dem Flüstern folgen. Lief unbewusst einige Schritte auf das Raumschiff zu. Bis ihn erneut etwas zurückhielt. Amber hatte ihn an der Hand gepackt und zog ihn zurück zu der Gruppe.

„Hier lang, Bunny", grummelte sie und klang dabei wie eine Mutter, die die Geduld gegenüber ihrem Kind verloren hatte. Sie riss Gazing damit aus seiner Trance. Doch etwas daran fühlte sich noch immer so echt an. Die Worte hallten noch in seinen Gedanken, als sie durch ein Tor zwischen zwei Türmen in einen Innenhof traten.

Die plötzliche Veränderung der Umgebung überforderte Gazing im ersten Moment. Gelbe, orangefarbene und violette Lampions tauchten die trostlose Stadt in bunte Farben. Sie hingen an kleinen Läden und Ständen, die den Platz mit duftenden Gerüchen und Wärme füllten. Ein Haufen Menschen tummelten sich dort. Sie wirkten ausgelassen und fröhlich, ein krasser Kontrast zu den grauen Menschen, denen sie vorher begegnet waren. Sie schlugen sich die Bäuche mit allerlei Leckereien voll, bestaunten funkelnde Armbänder und Ketten, verhandelten über die Preise von allerlei Ramsch. Gazing fühlte sich, als wäre er beim Durchqueren des Tores in einer komplett anderen Dimension gelandet. Kurz drehte er sich zu ihm zurück, um sicherzugehen, dass sie nicht versehentlich durch ein weiteres Portal gelaufen waren, doch hinter dem Tor lag noch immer das trübe, farblose Xenon.

James schlängelte sich durch die Menge, steuerte direkt auf einen der Stände zu. Er sprach kurz mit einem der Händler, drehte sich dann freudestrahlend und mit vollen Händen zurück.

„Hotdogs!", rief er und reichte Gazing eine dampfende Tüte. „So viel Zeit muss sein", erklärte er und biss herzhaft in den Inhalt seiner Tüte.

Gazing inspizierte das köstlich riechende Ding in seiner Hand.

Ein kleines, langes Brot, zur Hälfte aufgeschnitten, gefüllt mit tropfender Soße, eingelegten Gurken in Scheiben, knusprig gerösteten Zwiebeln und etwas, das aussah wie eine dünne Wurst. Vielleicht lag es daran, dass Gazing seit Tagen nichts Vernünftiges gegessen hatte, doch dieser sogenannte Hotdog war das Leckerste, was er jemals gesehen hatte. Ohne länger zu zögern, biss er ein großes Stück ab. Die Geschmäcker erreichten jeden Millimeter seiner Zunge. Salzig, sauer, das Brot brachte eine gewisse Süße. Die Kombination brachte Gazing beinahe um den Verstand.

Glückselig kauend und schmatzend schauten sich die vier auf dem Marktplatz um. Als wären sie eine normale Freundesgruppe, Touristen in einem fremden Land, neugierig, seine Kultur und seine Menschen kennenzulernen. In diesem Moment deutete nichts darauf hin, dass sie auf einer Mission waren, die das Potenzial hatte, die Menschheit zu retten. Niemand sah Gazing seine Andersartigkeit an. Er war einer von ihnen, einer von vielen, jeder mit seinen eigenen Problemen und Sorgen und doch miteinander verbunden. Zwei junge Frauen strichen an ihm vorbei, warfen ihm ein schüchternes, süßes Lächeln zu. Freundlich nickte Gazing zurück, sah ihnen hinterher, wie sie in ihren bunten Kleidern kichernd im Trubel verschwanden.

„Haben wir nicht etwas Wichtiges zu tun?", riss ihn Clarissa aus dem Moment.

„Auch in stressigen Momenten ist es wichtig, eine gesunde Balance zwischen Anspannung und Entspannung zu finden, meine Teuerste", stichelte James. „Aber du hast recht, es wird Zeit."

„Besser ist es", murmelte Clarissa und starrte zornig in die Gegend.

Gazing wurde aus ihr nicht schlau. Er nahm sich vor, ein Gespräch mit ihr zu suchen, sobald es sich anbot. Die Clarissa, die er kannte, würde sich ihm erklären. Das hoffte er zumindest.

„Passt auf, dass uns niemand folgt", raunte James in die Runde, dann öffnete er eine unscheinbare Tür hinter einem Stand, an dem allerlei skurriler Krimskrams verkauft wurde, und schlüpfte hindurch. Sie folgten ihm durch dunkle, verwinkelte Korridore, enge Treppen hoch und runter, über Brücken, die sich zwischen Hochhäusern spannten. Ein endloses Labyrinth, getaucht in düster flackerndes Licht.

Sie trafen niemanden auf dem Weg und niemand folgte ihnen. Trotzdem schaute sich James gründlich um, bevor er einmal schnell ausatmete und an eine Wand klopfte. Einmal leiser, einmal laut, dann viermal leiser, wieder einmal laut, und bevor er das letzte Mal leise klopfen konnte, schob sich die Wand ratternd zur Seite.

Sich von allein bewegende Gegenstände konnten Gazing nicht mehr beeindrucken. Was in dem Raum hinter der Wand auf ihn wartete, brachte ihn jedoch beinahe dazu, den ganzen Weg bis nach Brenin wieder zurückzulaufen.

Es waren nicht die blinkenden Bildschirme oder die meditativ summenden Kästen, die auf und unter zahllosen Tischen standen. Es waren nicht die unter dunklen Kapuzen versteckten Gestalten, die davorhockten und nicht einmal den Kopf hoben, als die Gruppe den Raum betrat. Es waren nicht klackernde Geräusche, die sie machten, während ihre Finger über die schwarzen Bretter vor ihnen flogen. Was Gazing so sehr schockierte, war der Fakt, dass die ihm gegenüberliegende Wand des Raumes komplett zu fehlen schien. Das klaffende Loch gewährte Gazing Ausblick auf die Silhouette von Xenon. Und auf das Raumschiff, das nur wenige Hundert Meter von ihm entfernt in der Luft stand.

Alles um ihn herum ignorierend näherte Gazing sich dem Loch in der Wand, die Augen starr auf das Raumschiff gerichtet. Dunkel wie die Nacht passte es optisch zu den schwarzen Türmen unter ihm. Aus der Nähe konnte Gazing seine Form erst richtig erkennen. Sie erinnerte ihn an die stromlinienförmige Spitze eines Pfeils. Seine Kanten waren messerscharf, als würden sie beim Fliegen die Luft teilen. Die Unterseite war perfekt glatt, doch von seiner Position aus konnte Gazing sehen, dass sich oben eine kleine Wölbung verbarg. Sie war aus einem anderen Material als der matte Rest des Raumschiffes. Glänzend reflektierte sie das spärliche Sonnenlicht, das sich durch den Dunst kämpfte.

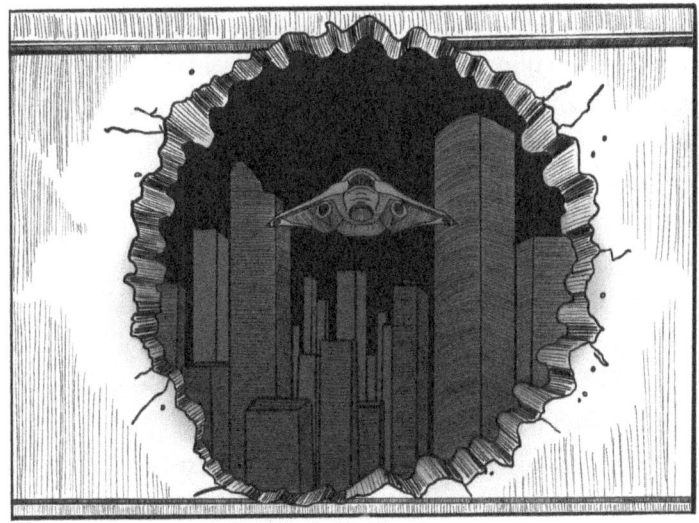

Ein Geruch von Eisen und starker Hitze zog Gazing in die Nase, ohne dass er ausmachen konnte, woher er kam. Er schien einfach in der Luft zu schweben. Oder vielleicht nur in Gazings Fantasie. Was auch immer es war, er fühlte sich wohl in diesem Geruch.

Gazing hatte sich so lange nicht mehr an seine Vergangenheit erinnert, dass er sogar vergessen hatte, wie sich das Erinnern anfühlt. Aber vielleicht war es das. Nichts mehr als ein Gefühl der Vertrautheit.

„Vielleicht erinnere ich mich", flüsterte er.

„An was?" Amber stand neben ihm, flüsterte ebenfalls.

„Ich kenne dieses Raumschiff", stammelte Gazing, ohne wirklich zu wissen, ob das die Wahrheit war.

„Weißt du, was sich in ihm befindet?", hörte er James leise fragen.

„Nein, ich …" Gazing stockte, als er den Kopf zur Seite drehte und dort nicht James stand, sondern jemand, der aussah wie James in zehn Jahren und wesentlich seltener an der frischen Luft. Seine Haut war blass, nur unter den Augen zeichneten sich dunkle Ringe ab. Er stand ein wenig gebeugt, die dünnen Arme baumelten beinahe vor seinem Körper. James' Statur war schon sehr drahtig, diesen Mann würde Gazing sogar als hager bezeichnen. Die Knochen an seinem Rücken drückten sich leicht durch den weißen Stoff seines langärmligen, weiten Oberteils. Mit zitternder Hand strich er sich die schwarzen, glatten Haarsträhnen hinters Ohr, die zuvor die Hälfte seines Gesichts verdeckt hatten. Ein kristallblaues Auge kam zum Vorschein.

„Jason!", raunte der echte James, der neben seinen Bruder getreten war.

„Wenn das nicht mein geliebter Bruder ist", erwiderte Jason emotionslos.

Die beiden tauschten einige ziemlich passiv aggressive Höflichkeitsfloskeln aus, denen Gazing nicht folgen konnte, weil Amber an seinem Hemd zupfte.

„Das ist Jas! Ich erkenne die Stimme aus seinem Podcast", flüsterte sie in voller Lautstärke und mit glänzenden Augen.

„Wer ist das?", fragte Gazing achselzuckend.

Gleichermaßen genervt als auch fassungslos starrte Amber ihn an. „@Jas_on83!"

„Ich weiß nicht, wer das sein soll", raunte Gazing.

„Er hat das Internet gefunden!", erinnerte ihn Amber energisch.

„James' Bruder hat das Internet gefunden?", fragte Gazing verdutzt.

„Das ist James' Bruder?" Ambers Augen erreichten nun die Größe einer kleinen Wassermelone.

„Ist doch ziemlich offensichtlich, oder?", fragte Gazing und deutete auf ihre Gesichter.

„Stimmt", gab Amber zu und wurde vor Aufregung ganz still. Das war neu. So kannte Gazing sie noch nicht. Aber er wollte sich auch nicht darüber beschweren.

„Ich bringe dir einen Yaahk und du willst mir Vorwürfe aus längst vergangenen Zeiten machen?", drang das Gespräch zwischen James und Jason wieder zurück zu Gazing. „Ich fände es äußerst angebracht, mir zur Feier des Tages das ein oder andere Geschehene zu vergeben."

Jason seufzte leise. „Ich will nicht wissen, was in deinem Leben wieder schiefgelaufen ist, dass du plötzlich mit einem Yaahk vor meiner Tür stehst. Aber ich bedanke mich bei deinem Glück für diese Tatsache."

„Bedank dich lieber direkt bei mir! Darf ich euch jetzt endlich bekannt machen?", fragte James und streckte den Arm nach Gazing aus. „Jason, Gazing, Gazing, Jason."

Jasons Händegriff war knochig, aber bestimmt.

„Es ist mir eine besondere Ehre", sagte er und sah Gazing das einzige Mal in der gesamten Zeit, die sie sich kennen würden, direkt in die Augen. Dann schwebte sein Blick über dem Turban, der nach wie vor Gazings Ohren versteckte. Es sah aus, als wollte er noch etwas sagen, da begann sein Bruder zu sprechen.

„Zum Kennenlernen habt ihr zwei Süßen später noch genug Zeit. Jason, ich muss mit dir sprechen." James zog Jason zur Seite und redete auf ihn ein. Er erzählte ihm davon, wie er Gazing getroffen hatte, von den Gerüchten, ein Mönch hätte das Portal gedreht und dass dieser Mönch womöglich ihr Bruder Jacob war, davon, dass Adina plante, mit einer Horde Sumperinger in Brenin einzufallen, und dass das einen Weltkrieg auslösen würde. Geknickt erwähnte er seinen Deal mit Hiram und dass ihm ein Fremder die Waffe entwendet und auf ihn geschossen hatte. Stolz zog er den platten Silber-Hut aus seiner Tasche und reichte ihn Jason.

Kopfschüttelnd betrachtete sein Bruder das angesenkte Knisterpapier. „Das hier dürfte das vielleicht letzte Stückchen Aluminium auf der Welt sein und du trägst es ausgerechnet an der Stelle, an der dich eine Beta-Strahlen-Pistole trifft. Wie oft kann ein einzelner Mensch dem sicheren Tod ausweichen?", murmelte er und legte den Hut beiseite. „Darauf werden wir wohl heute keine Antwort finden", beschloss er. „Aber bitte erklär mir, warum du davon ausgehst, dass es sich bei dem Mönch ausgerechnet um Jacob handelt."

„Alles passt zusammen. Und er hat uns ein Zeichen hinterlassen." James nickte Amber zu, die bereitwillig die Tarotkarte hervorholte. „Wir denken, dass er uns oder zumindest Amber damit eine Warnung schicken wollte."

Jason wurde ein Stück blasser, als er die Karte erblickte. „Das ist keine Warnung, James", sagte er ruhig, aber angespannt. „Das ist eine Drohung. Jacob bedroht mich."

„Was ist das für eine Karte?", fragte Amber mit einem viel zu freudigen Grinsen. Verübeln konnte Gazing es ihr nicht, schließlich sprach sie gerade anscheinend mit einem ihrer Idole.

„Die sieben Schwerter. Eine Karte, die von Verrat und Betrug erzählt. Jacob und ich haben vor schwierigen Aufträgen oft die Karten um Rat gefragt. Diese Karte legte ich für ihn, bevor er die Mission begonnen hat, die ihn beinahe um den Verstand gebracht hat. Ich hab ihm geraten, die Karte zu ignorieren und den Auftrag zu erfüllen, weil ich daran geglaubt habe, dass er uns näher an unser Ziel bringt, an Adina heranzukommen." Jason sah zu Clarissa, nickte ihr kurz zu. „Zandria hat Jacob als Spion eingesetzt, um einen gefährlichen Verräter in ihren eigenen Reihen zu enttarnen. Zumindest wurde es ihm so verkauft …"

„Meinen Vater?" Clarissas Augen wurden groß.

„Ich erkenne sein Gesicht in deinem." Jason wirkte ehrlich betroffen, als er diese Worte aussprach.

Tränen bildeten sich in Clarissas Augenwinkeln. Gazing wollte zu ihr gehen, sie trösten, aber er spürte noch immer diese seltsame Distanz zwischen ihnen, die ihn davon abhielt. Dafür trat Amber an sie heran und griff nach ihrer Hand.

„Jacob hat den Auftrag abgeschlossen. Den Maulwurf entlarvt und präsentiert. Erst danach hat er gelernt, was für ein Mensch dein Vater war. Er ist nie damit klargekommen, dass er schuld an dem Tod eines Menschen war, der den Tod nicht verdient hatte. Für eine Weile ist er ziellos durch die Welt gestreift. Hat versucht, sich zu betäuben.

Wir haben nichts mehr von ihm gehört, aber die letzten Gerüchte über ihn sagten, er wäre in ein Schweigekloster eingetreten. Als sein Bruder habe ich gehofft, er würde seinen Frieden finden. Wenn er jetzt derjenige ist, der das Portal in Xenons Auftrag gedreht hat, sieht es aber so aus, als hätte sein altes Leben ihn wieder eingeholt. Und dann bedeutet diese Karte ..." Jason hielt die sieben Schwerter in die Luft. „... dass er sich an mir rächen will. Ich war es, der ihn damals mit Adina bekannt gemacht hat. Ich habe ihn gebeten, die Zeichen zu ignorieren. Meinetwegen hat er den schlimmsten Fehler seines Lebens begangen. Und ich konnte ihn nie davon befreien."

„Du hast es versucht." James legte seinem Bruder beruhigend eine Hand auf den Rücken.

Jason zuckte kraftlos mit den Schultern. Dann wandte er sich wieder an Clarissa. „Es tut mir leid, dass Jacob deinen Vater verraten hat. Wir beide waren jung, haben die Zusammenhänge nicht verstanden. Dein Vater war ein guter, mutiger Mann, mit einer ehrenwerten Mission. Wir haben uns blenden lassen, von Zandrias Propaganda, dem Geld und dem Leben, das sie Jacob versprachen."

Clarissa nickte, doch Tränen flossen ihre Wangen entlang. Gazing konnte ihr ansehen, wie zwei Fronten in ihr kämpften. Eine wollte ihren Körper mit Wut fluten, die Brüder verurteilen, sich dafür rächen, was sie durchleben musste. Die andere, ihre gute Seele, die Gazing von Beginn an in ihrem Blick erkannt hatte, schien ihre Seite zu verstehen und zu akzeptieren, was Gazing als unfassbar stark empfand.

„Um etwas wiedergutzumachen, haben wir Jarow an Jacobs Stelle zu Adina geschickt, um die Kontrolle über die Stadt zu behalten und Schlimmeres zu verhindern. Schlimmeres, so wie das, was sie jetzt gerade plant. Denn ihr habt recht in der Annahme, dass dieser Angriff einen Weltkrieg auslösen könnte, der das Ende der Menschheit bedeutet, obwohl euch dafür noch ein ausschlaggebender Faktor gefehlt hat."

Jason richtete seinen Blick auf das Raumschiff.

„Warum hast du mir nichts von diesem Ding erzählt?", fragte James entrüstet.

„Lies endlich meinen Newsletter, James", entgegnete Jason mit genervtem Blick.

„Niemand liest Newsletter!", klagte James. „Hab' ich recht, Amber?"

„Ähm ...", machte das Mädchen und legte schüchtern den Kopf schief. „Stimmt schon, irgendwie."

„Siehst du, bei solchen Dingen muss man auf die Jugend hören!" James lachte.

Kapitulierend seufzte Jason und sah dann nachdenklich zurück zu dem Raumschiff.

„Dieses Flugobjekt ist vor achtunddreißig Tagen über Nacht aufgetaucht. Seitdem schwebt es hier, an diesem Fleck, bewegt sich nicht, gibt keinen Laut von sich. Die Leute auf den Straßen haben es Floating Grave genannt und verbreiten das morbide Gerücht, dass, was auch immer sich in diesem Ding aufhält, gestorben sein muss. Doch kurz nach seiner Ankunft begann es ein verschlüsseltes Signal zu senden, das die Regierung Xenons als feindlich eingestuft hat. Sie gehen davon aus, dass das Raumschiff eine Bombe ist, die die Welt endgültig von der Menschheit befreien soll. Als einzigen Ausweg sieht die Regierung die Flucht nach Brenin. Die einzige Stadt, die durch ihren eigenen Schutzschild vor so gut wie jeder Gefahr geschützt ist." Jasons Gesicht verzog sich wütend. „Und wieder einmal beweisen sie, wie korrupt und gefährlich unser System ist. Um das Volk ruhig zu halten und ihre eigene Flucht zu planen, geben unsere Politiker diese bedrohlichen Informationen nicht an die Öffentlichkeit. Still und heimlich wollen sie sich aus dem Staub machen und dem Rest der Welt sich selbst überlassen."

„Und die Leute unternehmen nichts?", wunderte sich Gazing laut.

„Die Leute?", spottete James. „Die Leute sind nicht fähig, irgendetwas zu unternehmen. Sie werden ruhiggestellt mit Arbeit und Entertainment. Solange man ihnen etwas zu tun gibt, kann um sie herum die Welt untergehen und sie würden sich nicht regen. In dieser Stadt gibt es wenige Freigeister. Einige haben Parolen an die Wände geschmiert, als die ersten Verschwörungstheorien über die Pläne der Obrigkeit die Runde machten. Sie wurden nie wieder gesehen. Eine weitere brillante Möglichkeit, das Volk in Schweigen zu hüllen. Angst."

„Brillant ist vielleicht ein bisschen ..."

„Im übertragenen Sinne", seufzte James und verdrehte die Augen.

„Woher weißt du dann all diese Sachen, wenn sie doch keiner wissen darf?", fragte Amber und strahlte Jason mit glitzernden Augen an.

„Ich besitze das Internet, Kind. Ich kann alles lesen."

Aufgeregt hielt das Mädchen die Luft an.

Unbewusst war Gazing näher an das Loch in der Wand herangeschritten. So nah, dass der nächste Schritt einen Absturz in die unendliche Tiefe und seinen sicheren Tod bedeuten würde. Den Abgrund beachtete er jedoch nicht, sein Blick klebte an dem, was sie Floating Grave nannten.

Im Hintergrund hörte er, wie Jason erklärte, dass einige Politiker angefangen hatten, sich über seine Plattform Twirr

Direktnachrichten zu den Geschehnissen und Plänen Xenons zu schicken. Am Rande bekam er mit, wie Jason diese Nachrichten abgefangen hatte und durch die Informationen eigene Forschungen einleiten konnte. Er hörte das Rascheln einiger Kapuzen, als Jason erzählte, wie er und sein Team voll technikaffiner und frei denkender Menschen das Signal des Raumschiffes selbst entschlüsseln wollten. Beinahe überhörte er, wie Jason seinen Namen sagte. So gebannt war er von der Präsenz des Raumschiffes. Es zog ihn magisch an, bis das, was Jason erklärte, ihn wieder in die Realität riss.

„Gazing, dass du dich fühlst, als würdest du dich an das Raumschiff erinnern, ist kein Zufall. Es ist Yaahk-Technologie."

Er hörte, wie Clarissa und James überrascht nach Luft schnappten.

Gazing wurde schwindelig. „Woher weißt du das?", fragte er mit trockenem Mund.

„Ich beschäftige mich schon mein ganzes Leben lang mit den Yaahks und dem bisschen Technologie, das sie zurückgelassen haben. Ich hätte so viele Fragen an dich, ein Graus, dass du dein Gedächtnis verloren hast."

Schwankend nickte Gazing.

„Ich habe einiges von eurem Volk lernen können. Die drahtlose Verbindung, die das Internet möglich macht, habe ich nur gefunden, weil ich mit einem Funkgerät der Yaahks experimentieren konnte. Und auch nur so haben wir es geschafft, das Signal des Raumschiffes zu lokalisieren und zu empfangen. Im Gegensatz zu den Politikern Xenons gehen wir stark davon aus, dass es sich um ein Notsignal handelt. Vielleicht ist jemand in dieser Kapsel und braucht Hilfe."

Gazings Herz loderte. Die Vorstellung, dass Yaahks in diesem Raumschiff auf die Erde gekommen waren, überforderte ihn maßlos. Waren sie gekommen, um ihn zu holen? Doch warum stieg niemand aus dem Schiff und suchte nach ihm? Schmerzhaft brannte sich der Gedanke in seinen Kopf, dass sie auf seiner Rettungsmission ums Leben gekommen waren. Würde noch jemand kommen und die Retter retten?

„Wir kommen nicht in dieses Raumschiff. Die Regierung hat Drohnen geschickt und jeden Zentimeter des Floating Graves untersucht, nirgendwo finden sie einen Eingang, nicht mal einen Spalt, den man gewaltsam öffnen könnte. Es ist perfekt hermetisch abgeriegelt. Ein wahres Meisterwerk an Technik, das die Fähigkeiten der Yaahks wirklich eindrucksvoll unterstreicht." Ein kurzes Lächeln flog über Jasons Gesicht, das von Anerkennung und Faszination erzählte. Doch schnell machte es Platz für eine sehr ernste Miene. „Aber dort reinzukommen und aufzuklären, was es mit dem Floating Grave auf sich hat, ist unsere einzige Chance, Hunderttausende Leben zu retten. Wenn die Regierung Xenons erfährt, dass Zandria plant, Brenin anzugreifen, die Stadt, in die sie vor der angeblichen Bedrohung durch das Flugobjekt fliehen wollen, werden sie zuerst in Zandria einfallen. Und das würde den Weltkrieg auslösen, wegen dem ihr euch sorgt. So wie ich das sehe, und ich sehe sehr gut, hängt es jetzt an uns."

Unsicher warfen Gazing, Clarissa und James Blicke hin und her. Irgendwie war Gazing davon ausgegangen, dass sie Jason von den Geschehnissen erzählten und er sie dann für sie löste. Auf diesen Twist war er nicht vorbereitet. Dass so etwas Wichtiges jetzt unter anderem an ihm hing, gefiel ihm gar nicht. Er verstand nicht, wie das überhaupt möglich war, aber auf einmal floss noch mehr Adrenalin durch seinen Körper, als es die letzten Tage schon der Fall gewesen war. Das Adrenalin machte ihm Angst, aber es machte ihn auch mutig. Gemeinsam hatten sie schon einige Probleme überstanden. Gemeinsam würden sie auch dieses Problem lösen.

„Was können wir jetzt tun?", wollte er selbstbewusst fragen, doch seine wackelige Stimme fiel ihm in den Rücken.

„Darum, was wir tun können, kümmern wir uns später", antwortete Jason gefasst. „Jetzt müssen wir uns erst mal damit beschäftigen, was du tun kannst. Vielleicht bist du der Schlüssel."

HILFLOS BEOBACHTETE GAZING, wie der kurze Anflug von Mut und Adrenalin seinen Körper verließ und Stress seinen Platz einnahm.

„Leute, wartet mal, kurze Pause", begann er. „Eigentlich bin ich aufgestanden und es sollte ein ganz normaler Tag werden. Plötzlich muss ich den einzigen Ort verlassen, den ich Heimat nennen könnte, reise mit einem Kind, aus Versehen, durch ein Portal. Auf einmal werden wir überfallen ich fast verbrannt, jemand rettet mich in letzter Sekunde und sagt mir, er kann mir helfen herauszufinden, wer ich bin. Wir reisen um die ganze, verfluchte Welt, verdursten fast in einer Wüste, aber wir überleben, weil wir bei einem Waffenhändler übernachten." An dieser Stelle warf Jason James einen gefährlichen Blick zu. Gazing fuhr unbeirrt fort. „Die Herrscherin einer Stadt entführt mich und will mich für ihren Krieg instrumentalisieren. Wir entkommen ihr, aber einer von uns wird fast erschossen! Und auf einmal soll ich der Schlüssel sein, der die gesamte Erde rettet? Je mehr ich erfahre, desto weiter entferne ich mich von meinem Ziel! Wie kann das sein? Ich dreh gleich durch."

Erschöpft seufzend ließ sich Gazing auf einen der freien Drehstühle fallen.

„Sei froh, dieses Gefühl zu kennen, viele kommen gar nicht bis hierher", sagte Jason weise lächelnd. „Aber ich verstehe deinen Frust. Was wäre, wenn ich dir verrate, dass es vielleicht eine Möglichkeit gibt, dich einem deiner Ziele näherzubringen?"

Gazing stutzte. „Wie meinst du das?", fragte er skeptisch.

„Du sagst, du hast dein Gedächtnis verloren. Aber jetzt, da du hier vor dem Floating Grave stehst, scheint es, als würde sich ein Teil von dir erinnern wollen. Was ist, wenn wir diesen Teil sprechen lassen könnten?" Jason ließ die Arme vor seinem Körper baumeln.

„Du willst doch nicht ..." James zog scharf Luft ein.

„Vielleicht ist das unsere einzige Chance, James", unterbrach ihn sein Bruder.

James nickte nachdenklich.

Jason wandte sich wieder an Gazing. „Ich habe vor einiger Zeit ein Produkt entwickelt, das es möglich machen würde, deinem Unterbewusstsein die Kontrolle zu geben. Was auch immer dort drinnen gespeichert ist, könnte so wieder zum Vorschein kommen."

„Du hast ein was, das was?", stammelte Gazing verwirrt.

James' Bruder bedeutete ihnen, ihm zu folgen, und schlurfte gebeugt quer durch den Raum.

„Ich erspare euch die ganze Geschichte und unnötige technische Infos, aber ..." Ungelenk nahm er eine unauffällige, schwarze Box aus einem klapprigen Regal und begann einen Code in etwas einzugeben, das aussah wie ein Zahlenschloss. Mit einem Klacken öffnete sich der Verschluss. „... das hier stammt aus einer Zeit, in der ich am menschlichen Gehirn geforscht habe." Jason griff in die

Box und zog eine Handvoll Schnüre aus ihr heraus. „Diese Kabel machen es mir möglich, neuronale Aktivität zu erkennen und zu lesen."

„Du kannst damit Gedanken lesen?", fragte Amber staunend, während Gazing viel mehr darüber staunte, dass sie verstand, was Jason gesagt hatte.

„Das kann man so sagen", bestätigte Jason und nickte Amber anerkennend zu. „Hast du schon einen Job? Wir könnten Leute wie dich gebrauchen", hängte er zwinkernd an.

Kichernd versteckte sich Amber hinter Gazing.

„Aber meine Gedanken kann ich euch auch einfach sagen." Gazings Zweifel begannen an Jasons Plan zu nagen. „Da ist einfach nichts, was uns weiterbringen wird", gab er mutlos zu.

„Deswegen versetzen wir dich in eine Trance. Wir tauschen dein Bewusstsein gegen dein Unterbewusstsein aus."

„Das klingt gefährlich", wimmerte Gazing.

„Ist es nicht", versicherte James. „Jason weiß, was er tut."

Gazing entging die leichte Besorgnis in dem eigentlich zuversichtlichen Blick nicht, den James seinem Bruder zuwarf. Trotzdem war er gewillt, ihm zu glauben. Er musste ihnen vertrauen. Denn Jason hatte recht. Je länger Gazing darüber nachdachte, desto deutlicher wurde es, dass die Informationen, die in ihm schlummerten, ihre einzige Chance waren. Er durfte jetzt kein Angsthase sein.

„Okay?", murmelte er, obwohl er eigentlich entschlossen klingen wollte.

„Ausgezeichnet!", rief Jason und klatschte in die Hände. „Lasst uns keine Zeit verlieren, bevor der Mut dich wieder verlässt."

Obwohl sie sich erst vor ein paar Minuten begegnet waren, kannte Jason ihn anscheinend schon sehr gut. Etwas weniger schlurfend bereitete er den Vorgang vor, schob einen Tisch zur Seite, stellte eine Liege in der Mitte des Raumes auf, schloss Kabel an Kästen und schaltete piepsende Geräte an.

„Mach es dir gemütlich", einladend deutete er auf die Liege und Gazing nahm auf ihr Platz.

„Darf ich?", fragte Jason mit einem fast unmerklichen Zittern in der Stimme.

Gazing nickte und Jason zog ihm den Turban vom Kopf.

Für einen Moment spürte Gazing einen gebannten Blick auf seinen weißen Ohren, die sofort in die Höhe geschnellt waren. Dann begann Jason vorsichtig die Enden der Kabel unter Gazings blonde Locken zu kleben. Der Prozess dauerte eine Weile, in der Gazing sich bewusst machen konnte, was gleich geschehen würde. Wenn Jasons Erfindung funktionierte, würde er gleich einen Zugang zu seinen Erinnerungen haben. Das, worauf er so lange gehofft und was er schlussendlich für unmöglich gehalten hatte, würde geschehen. Er würde einen Blick auf sein altes Leben erhaschen. Gazing wartete auf die Vorfreude, die ihn aufgrund dieser Tatsache erfüllen sollte. Doch es war kalter Schweiß, der sich auf seiner Stirn bildete. Sein Puls stieg. Das Rauschen kroch in seine Ohren zurück. Und dann realisierte er: Er fürchtete nicht nur das Ungewisse, er fürchtete sich vor der Gewissheit.

„James, den nächsten Part übernimmst du", befahl Jason seinem Bruder.

James trat an Gazing heran. „Es tut mir leid, aber du müsstest noch mal ..." Er zog ein kleines Fläschchen aus seinen Hosentaschen hervor und Gazing seufzte wissend.

„Wenn's denn sein muss", bestätigte er James' nach Zustimmung fragenden Blick.

„Du musst nur wenige Sekunden daran riechen", erklärte James, was Gazing nur wenig beruhigte.

Trotzdem nahm er ein paar tiefe Atemzüge. Der Geruch der Genso-Blüten stieg sanft in seine Nase. Er hörte noch, wie James „Und das hier noch" sagte und ihm einen Tropfen der Flüssigkeit auf die Stirn träufelte. „Stell dir vor...", klang James' Stimme, dann glitt Gazing in einen angenehmen Schlaf.

Das unnachgiebige Klirren von Metall auf Metall weckte ihn unsanft. Gazing machte die Augen auf. Er stand in einer Werkstatt, groß wie ein Hangar. Vor ihm, unvollendet, aber trotzdem schon in voller Pracht, das Raumschiff. Das Floating Grave. Sein eigentlicher Name war Aegis Noctis. So stand es auf dem Schild, das über ihm an der Wand angebracht war. Zumindest sollte es dort stehen, doch die Buchstaben verschwammen vor Gazings Augen, je länger er sich auf sie konzentrierte.

Träumte er?

Das Klirren hämmerte dröhnend gegen seine Schädeldecke. Gazing versuchte auszumachen, woher es kam, doch der Boden war zu weich, um auf ihm zu laufen. Rollen. Er musste sich rollen, um ihm näher zu kommen.

Zuerst war es so mühselig, doch dann nahm das Rollen an Fahrt auf. Unkontrolliert stürzte Gazing dem Raumschiff entgegen. Nur durch extreme Willenskraft schaffte er es, kurz davor stehen zu bleiben. Das Klirren klang, als wäre es weiter entfernt als zuvor, zog sich in die hinterste Ecke von Gazings Bewusstsein. Doch vor ihm hämmerte ein Hammer mutterseelenallein auf die massive Verkleidung der Initialschubkammer. Gazing griff danach, doch er griff durch ihn durch. Er versuchte es noch mal, da schnappte der Hammer nach ihm. Er schlängelte sich um sein Handgelenk und wurde zu einem Armreif. Krächzende Geräusche drangen dabei aus ihm heraus.

„Gazing", ächzte es.

Irritiert erkannte Gazing, dass das Armband zu einem Funkgerät geworden war.

„Gazing?", rief die Stimme aus dem Gerät. Sie klang genervt.

„Ja?", wollte er sagen, doch kein Ton kam aus seiner Kehle. Trotzdem schien ihn die Stimme gehört zu haben.

„Da bist du ja", entgegnete sie seufzend. „Trix sagt, du hast die Frequenz dabei?"

Gazing spürte etwas Kaltes in seinen Händen auftauchen und blickte erneut auf sie herunter. Eine Klangschale hatte sich in ihnen gebildet. Ihr Anblick kitzelte auf seiner Kopfhaut. Das Kribbeln breitete sich aus. Klickte in seinen Ohren. Und auf einmal wurde alles ganz klar.

Er befand sich nicht in einem Traum.

Dies hier war eine Erinnerung daran, wie er, Gazing, das letzte fehlende Teil für die Vollendung der Aegis Noctis in die Produktion brachte. Das beruhigende, klärende Klingen dieses Relikts war die Schallwelle, die die Öffnung der Kapsel initiieren sollte. Darauf hatten sie sich geeinigt.

Wer?
Wer hat sich worauf geeinigt?
Warum wurde die Kapsel gebaut?

Strauchelnd tapste Gazing hinaus auf ein Flugfeld, das sich vor ihm bis zum Horizont erstreckte. Er drehte sich zurück und erstarrte. Links und rechts neben dem Hangar, aus dem er gekommen war, standen unzählige weitere Werkstätten. In jeder von ihr ein weiteres Exemplar der

Aegis Noctis. Eine ganze Flotte. Durch sein Zutun bald bereit, ihre Mission anzutreten.

Welche Mission?
Wohin wollen sie?
Wer wird sie bemannen?

Gazing drehte sich, sein Umfeld drehte sich in die andere Richtung. Je stärker er sich konzentrierte, desto schneller verschwamm seine Sicht. Sein Körper hatte sich aufgelöst, strudelte als Tornado unter ihm her. Ein Riss öffnete sich im Boden und er saugte sich in ihn hinein. In die Dunkelheit. Das Nichts.

✶ AMBER ✶

Amber konnte nicht glauben, was sie in den letzten Minuten alles erlebt hatte. Nicht nur stand sie vor Jas, dem Entdecker des Internets, der mystischen Legende, ihrem großen Idol. Nicht nur hatte er mit ihr gesprochen und sie mit ihm. Nicht nur war sie darin verstrickt, mit ihm gemeinsam die Welt zu retten. Jetzt konnte sie seine Genialität auch noch live erleben.

Jas hatte es tatsächlich geschafft, eine Maschine zu bauen, die den Menschen, der man im Traum war, sprechen lassen konnte. Oder so ähnlich. Auf jeden Fall waren Gazings Augen zugefallen. James hatte währenddessen auf ihn eingeredet, ihm von dem Raumschiff erzählt, wie es aussah, wo es herkam, was sie darüber wissen wollten. Und kurze Zeit später hatte der Bildschirm, an dem die vielen Kabel auf Gazings Kopf angeschlossen waren, begonnen, einen Text zu verfassen. James las ihnen den Text vor, während er erschien. Es waren Gazings Gedanken, alles, was er sah, hörte und sagte, während er träumte. Dann war er still geworden, genau wie alle anderen, während sie dem lauschten, was Gazing zu sagen hatte.

Auch als er wieder erwachte, sagte keiner ein Wort. Ungläubige Gesichter starrten in ein verwirrtes.

„Verdammte Scheiße", murmelte Gazing, als sich seine Gedanken aus dem Schlaf gekämpft hatten. Anscheinend konnte er sich daran erinnern, was gerade passiert war. „Woher wusstet ihr ...?", stammelte er.

„Das wusste keiner von uns", gab Jason mit in Staunen eingefrorener Miene zu. „Das war einfach Glück." Ungläubig sah er zu James.

„Wer hätte ahnen können, dass du ausgerechnet genau in dem Moment dabei warst, als das Teil an dem Raumschiff eingebaut werden sollte, nach dem wir suchen", sagte dieser schulterzuckend und lächelte verschmitzt. In seinem Leben passierten ständig solche skurril glücklichen Zufälle. Amber vermutete, dass das Schicksal ihn inzwischen nicht mehr wirklich beeindrucken konnte.

„Woher wissen wir, dass es wirklich eine Erinnerung war und kein Traum?", fiel Clarissa zweifelnd ein.

„So funktioniert das einfach." Jason hob die Schultern an. „Der Genso-Dampf ließ ihn schlafen und der Tropfen auf der Stirn öffnete das Tor zu seinem unbeeinflussten Unterbewusstsein. Dem ehrlichsten Selbst. Hier gibt es keine Träume, nur Fakten."

„Und was soll dann eine Klangschale sein?", fragte James in die Runde.

„Eine Schale aus Kupfer. Das seltenste Element auf Yaahk", antwortete Gazing, während er sich die Augen rieb. „Wenn man weiß, wie man sie richtig berührt, gibt sie einen sehr intensiven Ton von sich."

„Wahnsinn, Bunny, du weißt wieder was!", freute sich Amber.

Ihr Kommentar brachte jeden in der Runde zum Schmunzeln, was Amber gefiel. Sie mochte es, wenn Leute ihretwegen lachten. „Das lässt sie dich mehr mögen", hatte Blade ihr erklärt, als die anderen sich mal wieder über irgendetwas an ihr lustig machten.

Blade!

Wegen des ganzen Hin und Her mit Portalen und Welt retten und Raumschiffen hatte sie ganz vergessen, was ihr Ziel dieser Reise war. Erst jetzt begriff sie, dass sie es geschafft hatte. Sie war in Xenon angekommen.

Wenn sie ganz ehrlich war, hatte sie nicht daran geglaubt, dass sie es bis hierhin schaffte. Sie war einfach losgelaufen, als sie es im Heim nicht mehr ausgehalten hatte. Doch jetzt, da sie hier war, hatte Amber keine Ahnung, wie es weitergehen sollte. Der Weg, der vor ihr lag, um Blade in dieser riesigen Stadt zu finden, kam ihr auf einmal genauso lang vor wie der Weg, den sie schon beschritten hatte.

Ratlos tat sie das, was sie immer tat, wenn sie nicht weiterwusste. Wenn sie durch die Fotos und Videos wischte, die sie auf ihrer Kamera aufgenommen hatte, konnte sie am besten nachdenken. Sie waren der Ort, an dem sie sich am wohlsten fühlte. Sie erfreute sich an den Erinnerungen, die er barg, wurde nicht selten von ihnen inspiriert. Sie wischte James' Hinterkopf auf Hirams Kamel zur Seite und es erschien ein Video von Clarissa, die ihr erklärte, wie sie die Wand der Halle in Zandria erklimmen würden. An einem Bild, das sie auf dem bunten Markplatz vorhin gemacht hatte, blieb ihr Blick hängen. Es zeigte einen der Stände. Allerlei Kram wurde hier verkauft, Duftsäckchen, Kerzen, kleine und große Figuren, silberglänzendes Besteck und eine Schale – eine kupferfarbene Schale, verziert mit schnörkeligen Mustern.

„Leute", sagte sie, um das Gerede der anderen zu unterbrechen. Sie fragten Gazing vergeblich, ob er sich an mehr Dinge erinnern konnte, und wunderten sich, woher sie eine Klangschale bekommen sollten. Doch Amber war zu leise. „Leute!", versuchte sie es lauter.

„Nicht jetzt, Amber", versuchte James sie abzuwimmeln.

„Doch jetzt!", setzte Amber sich durch und streckte ihnen den Bildschirm ihrer Kamera entgegen. „Gazing, ist das eine Klangschale?", fragte sie.

Gazing nickte verblüfft.

„Woher hast du das Foto?", fragte James.

„Hab ich selbst gemacht", prahlte sie stolz. „Von einem der Stände auf dem Markt."

„Ich weiß, welcher Stand das ist", versicherte Jason.

„Die Größe müsste passen." Gazing kniff die Augen zusammen, um das Bild aus der Entfernung besser sehen zu können. „Die Schale muss einen Umfang von exakt zehn Zentimetern haben, sonst stimmt die Frequenz nicht."

„Ich werde jemanden schicken, um sie zu besorgen. Beten wir, dass es die richtige ist", murmelte Jason.

„Du betest?", fragte James skeptisch grinsend.

„Wenn es die Umstände verlangen", entgegnete sein Bruder. „Sollte es die richtige Schale sein, brechen wir noch heute Nacht auf."

„Sind wir uns sicher ...", versuchte Gazing Jasons Tempo zu bremsen, doch er kam nicht weit.

„Es muss so sein", unterbrach Jason ihn so eindringlich, dass Gazing verstummte und nur noch zustimmend nickte, obwohl er aussah, als wollte er am liebsten gar nichts mit der Sache zu tun haben.

„Wenn wir verhindern wollen, dass die drei letzten großen Armeen dieser Erde einen finalen Krieg beginnen, müssen wir herausfinden, was in diesem Raumschiff steckt. Ruht euch ein wenig aus, ich rufe euch, wenn ich einen Plan gemacht habe. Feierabend für den Rest." Jason richtete sich auf und schlurfte dann ohne ein weiteres Wort aus dem Raum.

Amber zuckte zusammen, als sie Bewegungen wahrnahm. Sie hatte ganz vergessen, dass um sie herum Menschen an ihren Computern saßen und - zumindest glaubte sie das im Vorbeigehen erkannt zu haben - auf skurrilen Webseiten browsten oder mit komplizierten Programmen irgendetwas programmierten. Am liebsten hätte sie jedem in diesem Raum Tausende Fragen gestellt und ihnen tagelang dabei zugesehen, was sie hier taten. Herauszufinden, was in sich in dem Raumschiff befand, hörte sich aber auch nicht schlecht an.

Jasons Kollegen verschwanden nach und nach durch die Eingangstür. Und mit ihnen verschwand Ambers Energie. Sie gähnte lautstark und sah sich nach einer gemütlichen Ecke um, in die sie sich verkriechen konnte. James bemerkte ihre Suche und winkte sie zu sich.

Er schob zwei der Drehstühle zusammen und befestigte sie so, dass sie nicht auseinanderrollten, wenn man sich darauf legte. Erschöpft kletterte Amber in ihr Lager für den Abend. Irgendwoher hatte James eine Decke gezaubert und wickelte sie darin ein. Von hier aus hatte sie eine perfekte Aussicht auf das Floating Grave, das in der langsam hinter den hohen Türmen Xenons verschwindenden Sonne wie ein dunkler Schatten aussah. Und auf Gazing, der noch immer auf der Liege lag. Grübelnd starrte er an die Decke. Amber konnte die Gedanken, die er sich machte, beinahe sehen. So intensiv dachte er nach.

Sie sah zu James, der noch immer an ihrer Seite hockte. Er sah besorgt aus. Einen Gesichtsausdruck, den sie kurz zuvor schon einmal bei ihm gesehen hatte.

„Du wolltest nicht, dass Gazing sich erinnert, kann das sein?", fragte sie schon halb im Schlaf versunken und so leise, dass nur James sie hören konnte.

„Hm?" James sah sie verwundert an.

„Als Jas die Gedankenlesemaschine erwähnt hat, sahst du aus, als würde dir das nicht gefallen."

„Ach so", murmelte James. „So war das aber nicht", erklärte er und schaute nachdenklich aus dem Loch in der Wand.

„Wie war das dann?", fragte Amber. Inzwischen kämpfte sie damit, ihre Augen offen zu halten. Aber sie war zu neugierig, um nicht weiter nachzuhaken.

„Okay", flüsterte James. „Ich verrate dir ein Geheimnis." Verschwörerisch rückte er ein Stück näher an Ambers Lager heran.

„Jas ist ein klasse Typ. Intelligent, fokussiert, engagiert. Aber genau wie Jacob hat auch er einen Fehler gemacht, der ihn bis heute heimsucht."

James' Flüstern trieb mehr Müdigkeit in Ambers erschöpften Körper. Sich ihr ergebend schloss sie die Augen und lauschte James' Worten, als würde er ihr eine Gutenachtgeschichte erzählen.

„Vor langer Zeit hat der junge Jason ein Jobangebot bekommen. Er war damals schon klüger als jeder andere und kannte sich mit Technologien aus, von der sonst niemand auch nur den Namen wusste. Wir lebten damals alle zusammen hier in Xenon. Die Politiker haben von seinem Talent gehört und wollten ihn für eins ihrer Projekte gewinnen. Wir waren begeistert von dieser Möglichkeit, sie passte perfekt zu unserem Vorhaben, im Weltgeschehen mitzumischen und die Erde zu einem fortschrittlicheren Ort zu machen. Also nahm er den Deal an. Für eine Weile ging er fort, und als er zurückkam, erkannten wir ihn nicht wieder."

Obwohl der Schlaf an ihr nagte, öffnete Amber noch einmal gespannt ihre großen Augen.

„Er war blass, seine Augenringe waren schwärzer als die Nacht, er zitterte am ganzen Körper, brachte einige Tage kein Wort heraus, aß nichts. Irgendwann hat er sich aber geöffnet. Zum Glück, denn ich weiß nicht, was mit ihm passiert wäre, wenn er diese Sache für sich behalten hätte." James machte eine kleine Pause, atmete tief ein. „Bei seinem Projekt für Xenon hat er Technologien entworfen wie den Gedankenleser, wie du ihn so schön nennst. Es begann harmlos und spannend, einfache Forschungen am Gehirn der Menschen mit dem Ziel, es besser zu verstehen und Krankheiten vorzubeugen. Aber irgendwie ist es nach und nach alles immer mehr in die Richtung gekippt, Gehirne zu manipulieren. Ohne es zu hinterfragen, hat Jas sich dazu bringen lassen, einen Chip zu entwickeln, den man Menschen einpflanzen kann, um bestimmte Areale in ihrem Kopf zu steuern. Sie haben ihm erzählt, dass seine körperlich eingeschränkten Probanden dadurch wieder laufen lernen könnten, Organversagen sollte verhindert werden, Demenz ausradiert. Es gab eine große Präsentation, bei der Jas seine Forschung am lebenden Objekt vorstellen sollte. Er pflanzte dreizehn Chips in dreizehn von Krankheit befallene Menschen. Er versprach ihnen, dass sie bald wieder gesund werden würden. Was er nicht wusste, war, dass Xenon seine Forschung unterwandert hatte. Sie hatten Programmierer eingeschleust, die heimlich den Code der Chips verändert hatten. Anstatt ihnen zu helfen, schalteten die Chips nach und nach die Organfunktion der Testpersonen ab. Sie starben qualvoll vor Jasons Augen.

Xenons Regierung hatte aus seiner Forschung eine Waffe gemacht. Die ganze Veranstaltung zielte nur darauf ab, Investoren die Macht der neuen Technologie zu präsentieren. Der Öffentlichkeit und Angehörigen haben sie später gesagt, dass bei dem Experiment etwas schiefgelaufen ist, und haben die Schuld auf Jason geschoben."

„Aber er hat doch gar nichts gemacht", flüsterte Amber beinahe schlummernd.

„Da hast du recht. Diese Situation war auch Jasons erste Berührung mit Korruption und Manipulation. Es hat ihm die Augen geöffnet, wie Xenons Regierung funktioniert und wie sie mit dem Volk Katz und Maus spielt. Alles, was er seitdem tut, tut er, um seinen Fehler wiedergutzumachen. Auch wenn er sich dabei selbst mit unendlicher Arbeit zerstört. Die Bilder der sterbenden Menschen und die Gewissheit, dass er mitverantwortlich für ihren Tod war, haben Jas extrem traumatisiert. Deswegen war ich skeptisch, als er mit dem Gedankenleser ankam. Ich weiß, wie weh es ihm tut, an diese Zeit zu denken. Und ich weiß, in was ihn die erneute Berührung damit zurückwerfen kann."

James kam kurz ins Stocken, wollte dann noch etwas anhängen, doch Amber war bereits eingeschlafen.

Gedankenlos streifte Amber durch Jasons Geheimversteck. Es war ganz angenehm, zwischen den unendlich vielen von Gestalten unter Kapuzen besetzten Tischen umherzulaufen, denn sie musste dabei ihre Beine nicht bewegen. Federleicht schwebte sie durch den Raum, getrieben von dem Wind, der durch das klaffende Loch in der Wand strömte. Und irgendwie war das gar nicht komisch. Sie war froh, dass die Programmierer zurück waren, endlich konnte sie ihnen Fragen stellen. Leise glitt sie auf eine der Gestalten zu und bevor sie sie erreichte, flog ihr die Kapuze vom Kopf. Oder eher vom Nichts. Denn unter der Kapuze kam kein Kopf zum Vorschein. Das Kleidungsstück fiel einfach in sich zusammen.

Amber blickte zu einer zweiten Gestalt und auch sie löste sich in Luft auf, dann eine dritte, eine vierte. In einem unregelmäßigen, aber koordiniert wirkenden Rhythmus verschwand eine nach der anderen Kapuze. Der Rhythmus erfasste Ambers Herzschlag, dann die Luft. Er klang, als wollte er etwas sagen, doch Amber konnte es nicht verstehen. Sie fuhr gehetzt herum, verzweifelt wollte sie die Kapuzen aufhalten, streckte ihre kleine Hand nach einer der Gestalten aus, erwischte sie.

Weiße Haare flossen um das in Falten gelegte Gesicht des Mannes, der darunter zum Vorschein kam.

„Bitte verschwinde nicht!", flehte Amber, bevor auch dieser Mann sich in Luft auflösen konnte.

„Ich gebe mein Bestes", antwortete das Gesicht. Es verschwamm vor Ambers Augen, je mehr sie sich darauf konzentrierte. Sie konnte seine Gesichtszüge nicht erkennen, doch es blieb.

„Ich will dir was zeigen", sagte Amber und stand plötzlich vor dem Loch in der Wand, nur wenige Zentimeter vor seinem Abgrund. Das Gesicht schwebte neben ihr, schien das Floating Grave zu beobachten.

„Was willst du mir zeigen?", flüsterte sein Mund.

„Ich weiß es nicht mehr", murmelte Amber, denn sie wusste es nicht mehr. Grübelnd blickte sie selbst Richtung Raumschiff. Da erkannte sie, wie sich ihm eine kleine Gestalt näherte. Ohne Mühen flog sie empor, als sich das Raumschiff in zwei teilte und sich um die Gestalt herum verschloss.

„Ist es das, was passieren wird?", fragte das Gesicht, doch Amber konnte es kaum noch hören.

Das rhythmische Pochen wurde immer lauter. Sie öffnete den Mund, wollte das Gesicht fragen, was das für ein Geräusch war, doch über ihre Lippen kam nur das Klopfen. Erschrocken sah sie in die nebligen Augen des Gesichts. Entgeistert starrte es zurück.

Eine Böe schoss durch das Loch, wirbelte durch den Raum, packte Amber auf ihrem Rückweg und zog sie hinaus ins Freie. In Lichtgeschwindigkeit entfernte sie sich von dem Haus, zog vorbei an dem Raumschiff, über die Stadt, das Land, die Erde. Als sie durch die Sonne flog, wachte sie auf.

✳ GAZING ✳

AUS EINEM TRAUMLOSEN SCHLAF erwachend, öffnete Gazing die Augen. Er hatte nicht mitbekommen, dass er weggedriftet war, doch anscheinend war einiges an Zeit vergangen. Die Sonne war beinahe untergegangen, der Himmel leuchtete in gefährlichem Rot. Amber lag schlummernd auf dem Lager, das James ihr gebastelt hatte. Von James selbst oder seinem Bruder war in dem düsteren Raum keine Spur zu sehen.

Lautlos glitt Gazing von der Liege, trat an Amber heran.

„Lass sie schlafen."

Erschrocken fuhr Gazing herum. Clarissas Silhouette zeichnete sich gegen den roten Abendhimmel ab. Sie saß allein vor dem Loch in der Wand, ihre Beine baumelten über dem Abgrund.

„Sie kann jede extra Minute Ruhe vertragen."

Ihre Stimme klang so kühl wie schon die ganze Zeit, seit sie Gazing aus Adinas Fängen befreit hatten. Ohne ein weiteres Wort zu sagen, drehte sie sich zurück und starrte in die Ferne.

Gazing hatte auf den richtigen Moment gewartet, Clarissa zu fragen, was ihr Verhalten zu bedeuten hatte. Ob er wollte oder nicht, war dieser Moment jetzt gekommen. Mit klopfendem Herzen näherte er sich ihr. Er konnte sich einfach nicht erklären, warum sie ihn plötzlich mit Ignoranz strafte. Und noch viel mehr konnte er es nicht ausstehen.

Der kühle Wind einer angehenden Nacht wehte durch das klaffende Loch in der Wand an Gazing vorbei.

„Darf ich?", fragte er.

Clarissa zuckte gleichgültig mit den Schultern.

Vorsichtig setzte Gazing sich neben sie. Sein dringendes Bedürfnis nach Aufklärung besiegte seine Höhenangst, er ließ ihn seine Beine neben Clarissas über dem Abgrund pendeln. Er wollte gerade etwas sagen, da bemerkte er, dass er gar nicht wusste, was.

Dass er eine Verbindung zwischen ihnen gespürt hatte, die sich in Luft aufgelöst hatte? Dass er sich wunderte, warum Clarissa plötzlich distanziert und angespannt wirkte?

Was, wenn er sich ihre Verbindung nur eingebildet hatte? Was, wenn sie sich zurückgezogen hatte, weil sie sich darauf konzentrierte, die Welt zu retten? Machte Gazing sich lächerlich, wenn er ihr Verhalten auf sich bezog? Hatte er sich in etwas verrannt, das es gar nicht gab? Warum war dieses Leben so verdammt kompliziert?

„Ist was?", fragte Clarissa.

Ihr Blick blieb starr auf den Sonnenuntergang gerichtet, während Gazing sie anstarrte. Ihre roten Locken glänzten anregend im Abendrot. Ihre grünen Augen blickten gleichzeitig fokussiert und müde. Der Wind trug ein wenig ihres

Duftes an Gazing heran. Beinahe sehnsüchtig, doch unauffällig sog er ihn ein.

„Ist was?", fragte er zurück, wobei er seine Stimme zu nicht mehr als einem raunenden Flüstern bewegen konnte.

Ein paar qualvolle Sekunden verstrichen, in denen Clarissa nicht reagierte und Gazing obsessiv darüber nachdachte, wie peinlich er sich gerade anstellte.

„Warum fragst du das?", erlöste Clarissa ihn endlich.

„Ich weiß nicht", stammelte Gazing. „Also ... eigentlich weiß ich es schon. Seitdem wir Jarow getroffen haben, gehst du mir aus dem Weg. Zumindest hab' ich das Gefühl, dass du das tust."

„Und das stört dich?", fragte Clarissa und Gazings Herz machte beim Klang ihrer Stimme einen unangenehm schmerzhaften Hüpfer. Nicht nur, weil sie harsch klang, sondern weil darunter eine Schicht verletzter Emotionen lag.

„Ja?", gab Gazing kleinlaut bei.

„Okay, Gazing, pass auf!" Clarissa fuhr zu ihm herum. „Leute wie dich kenne ich schon genügend. Diese Art von Person, die dir das Gefühl gibt, etwas Besonderes zu sein, bis man sich ihr öffnet. Nur um dir dann eiskalt in den Rücken zu fallen. Weißt du, woran man solche Leute erkennt? Wenn man ihnen nicht das gibt, was sie von dir erwarten, kommen sie mit traurigen Augen angekrochen. Die Mission ist mir wichtig, deswegen bin ich hier bei euch. Aber sobald wir herausgefunden haben, was es mit diesem Raumschiff auf sich hat, und der Krieg verhindert wurde, werden wir uns nie wieder begegnen."

Gazing hatte die Luft angehalten, während Clarissa mit schwindelerregender Geschwindigkeit auf ihn eingeredet hatte.

„Was?", stammelte er.

„Jetzt tu nicht so, als würde dir das hier irgendwas bedeuten", fauchte Clarissa, deren Energie jetzt komplett geladen war.

„Tut es nicht?", fragte Gazing perplex. Verbissen überlegte er, was er getan haben sollte, um Clarissa dieses Gefühl zu geben. Denn selten war er sich so sicher gewesen, dass ihm irgendetwas etwas bedeutete, wie jetzt in diesem Moment, da sie es ihm absprechen wollte.

Entrüstet schnappte Clarissa nach Luft. „Erst benimmst du dich, als würdest du dich für mich interessieren, und eine Sekunde später schmeißt du dich der Nächsten an den Hals."

„Aber ... wem ...?", fragte Gazing.

Clarissa verdrehte genervt die Augen. „Ich hab's doch gesehen. In dem Raum über der Halle. Adina vor dir, du mit dem Rücken an der Wand. Und jetzt sag mir nicht, das hätte dir nicht gefallen. Dein Blick hat dich verraten."

„Das war nicht so wie ..."

„Ach, Gazing, halt einfach den Mund." Clarissa sprang auf. Ihre roten Haare flogen hinter ihr her, als sie zur Eingangstür lief und aus ihr heraus in die Nacht verschwand.

Was gut war, denn Gazing wusste nicht, ob er ihr mit dem, was er sagen wollte, die Wahrheit gesagt hätte.

Unsicher blieb Gazing zurück, sah in den Abgrund unter seinen Füßen, und wäre beinahe vor Schreck hinabgesprungen, als er plötzlich das Geräusch einer sich öffnenden Tür vernahm.

James und Jason hatten den Raum betreten, sahen sich suchend um, bis sie Gazing im Loch sitzend fanden.

„Nanu", wunderte sich James. „Unser Gazing, auf einmal so tapfer." Lachend kam er auf ihn zu.

„Gut so, Heldenmut können wir ab jetzt dringend gebrauchen", fügte Jason hinzu und folgte seinem Bruder. In der Hand hielt er ein kleines Paket. Während er näher kam, wickelte er es auf.

Zum Vorschein kam eine Klangschale. Gebannt starrte Gazing auf das goldschimmernde Metall. Es war ungefähr die gleiche, die er in seiner Erinnerung in den Händen gehalten hatte. Die Verzierung an der Seite war eine andere, doch die Größe ...

„Genau zehn Zentimeter im Durchmesser", flötete James so stolz, als hätte er die Schüssel selbst gegossen.

Jason reichte sie Gazing. „Meinst du, damit wird es gehen?", fragte er.

Ein Kribbeln zog durch Gazings Hände bis in seinen Kopf, als er die Klangschale berührte. Erinnerungen fluteten sein Gehirn. Erinnerungen daran, wie ihm jemand, dessen Gesicht er nicht erkennen konnte, die Schale übergab. Wie eine liebliche Stimme erklärte, wie man sie benutzt und dass es die einzige Klangschale auf ganz Yaahk sein sollte. Dass sie ein Mitbringsel der Yaahks von ihrer Mission zur Erde zehntausend Jahre zuvor war. Die Stimme fragte mit einem warmen, fürsorglichen Unterton, ob sie sich nicht für das geheime Projekt eignen würde, an dem Gazing arbeitete. Er erinnerte sich an das Glück, das er empfand, weil er das perfekte fehlende Puzzleteil gefunden hatte. Das Verlangen, der Person zu danken, überkam ihn, doch als er zu ihr hinaufblicken wollte, war da niemand. Nur das Floating Grave, die Aegis Noctis, schwebte einsam und allein über dem Nachthimmel von Xenon.

„Ja", bestätigte Gazing und sah die Brüder mit glasigen Augen an. „Ich bin mir sicher, es wird funktionieren."

Von diesem Zeitpunkt an raste die Zeit an Gazing vorbei. Wie im Rausch hörte er Jason den Plan erklären, dass einer von ihnen mit einem Luftdruck-Jetpack zum Floating Grave fliegen und es mit der Klangschale öffnen sollte.

Im nächsten Moment stritten sich Jason und James, wer diese Aufgabe übernahm. Rührenderweise wollte keiner der beiden den anderen in Gefahr bringen und die Bürde lieber auf sich nehmen. Schlussendlich entschied eine Runde Schere, Stein, Papier, dass James derjenige sein sollte.

Eine gefühlte Sekunde später kam Clarissa zurück. Sie wirkte nachdenklich, verletzt. Gazings Herz krampfte sich verzweifelt zusammen, doch er konnte jetzt nichts für sie tun. Nicht ein einziges Mal sah sie zu ihm, während Jason beschloss, dass sie mit Amber zurückbleiben sollte, woraufhin sich die beiden lautstark beschwerten, woraufhin Jason wiederum ohne echten Widerstand nachgab und ihnen erlaubte mitzukommen, wenn sie sich in Sicherheit begaben, sobald es ernst wurde. Zähneknirschend stimmte Clarissa zu, Ambers Wangen leuchteten aufgeregt.

„Was machst du, wenn sich das Raumschiff öffnet?", fragte Gazing James, während sie Ausrüstung in Rucksäcke stopften.

„Mal sehen", erwiderte James mutig grinsend. Mit einem Zwinkern zu Amber zog James den silbernen Hut von einem der Schreibtische und stopfte ihn in ihre Jackentasche.

„Man kann nie wissen", raunte er ihr verschwörerisch zu.

Gazing wurde übel. Aber dafür war jetzt keine Zeit.

Jeder von ihnen schnallte sich einen Rucksack voll Equipment auf den Rücken. Jason drückte Gazing eine Kartusche in die Hand, schnappte sich selbst eine weitere.

Ehe Gazing sich versah, schlichen sie zu fünft den verwinkelten Weg zurück, durch den sie in Jasons versteckte

Zentrale gekommen waren. Überquerten den Marktplatz, dessen Stände verschlossen und Lichter erloschen waren. Nur der Duft von Gewürzen und Seife hing noch in der Luft. Kalter Nachtwind wehte um sie herum, doch Gazing spürte ihn nicht. Sein gesamter Körper kribbelte, aufgeheizt von dem, was ihm bevorstand. Er erwartete, eine Spur Panik in diesem Kribbeln zu entdecken, doch zu seiner Überraschung blieb diese aus. Das Adrenalin hatte sich wie eine Schutzschicht um Gazing gelegt, machte ihn bereit, alles zu tun, was nötig war, um ihre Mission zu erfüllen und seine Gefährten zu schützen. Blut pumpte durch seine Venen, straffte seine Muskeln. Sein Kiefer spannte sich an. Aufmerksam richtete er seine Ohren in alle Richtungen, scannte die Umgebung nach fremden Geräuschen. Er wusste nicht einmal, warum er so auf der Hut war, doch die Vergangenheit hatte gezeigt, dass er zu jeder Zeit auf alles vorbereitet sein musste.

Im Schutz der Nacht liefen sie zwischen den Hochhäusern Xenons umher. Bis sie an einem haltmachten, dessen Eingangstür mit Brettern und metallenen Stangen verbarrikadiert worden war.

„Verflucht!", stieß Jason aus und seufzte enttäuscht. „Das ist neu." Frustriert sah er zu der Konstruktion, die Gazing auf den ersten Blick für unüberwindbar hielt.

„Müssen wir da rein?", fragte Clarissa und begann das Haus zu inspizieren.

Jason richtete schweigend seinen Blick in die Höhe. Gazing tat es ihm gleich.

Direkt über ihnen schwebte das Floating Grave. Sie trennten noch immer mehrere Hundert Höhenmeter, doch Gazing stockte bei dem Anblick der Atem. Er stand so nah an etwas aus seiner Heimat wie nie zuvor. So nah an Antworten. Zweifel schossen durch seine Schutzschicht aus Adrenalin. Wollte er es wissen? Wollte er wissen, wer er war? Wollte er wissen, warum er als einziger Yaahk auf der Erde festsaß? Was er getan hatte, dass dies seine Bestimmung war? Warum ihn niemand holen kam? Kein Kontakt aufgebaut wurde? Ihn niemand vermisste? Lange verdrängte Gedanken fluteten sein Gehirn.

„Ich glaube, hier müsste es gehen", riss ihn Clarissa aus seinen Gedanken.

Er schüttelte den Kopf, vertrieb damit die Sorgen, die er jetzt nicht gebrauchen konnte. Seinen Freunden zuliebe musste er wachsam bleiben.

Sie folgten Clarissa eine Gasse an der Seite des Hochhauses entlang. Geschickt und elegant wie eine Katze sprang sie auf die Mauer, zog sich an einem Sims die Hauswand empor, stellte sich auf Zehenspitzen auf die wenige Zentimeter breite Kante, den Körper an die Steine gepresst schob sie sich in Richtung eines schwarzen Objekts, das neben ihr hing. Es fügte sich beinahe unmerklich in das Schwarz der Hauswand ein, erst nach zweimaligem Blinzeln erkannte Gazing, dass es sich um eine Leiter handelte. Ohne Probleme erreichte Clarissa sie, griff nach ihr und löste einen Hebel, der einen Teil der Leiter ausfahren und lautstark auf dem Boden knallen ließ. Versteinert blieb die Gruppe stehen, angespannt lauschten sie, ob sich ihnen jemand näherte. Gazing fuhr zusammen, als er meinte, Schritte wahrzunehmen. Doch bevor er sich sicher sein konnte, dass sein Gehör ihm keinen Streich spielte, war das Geräusch wieder verstummt. Die Stadt schlief unbeirrt weiter.

„Los!", flüsterte Jason und kletterte als Erster hinter Clarissa die Stufen hinauf. Die Leiter endete vor einer Tür, die glücklicherweise weder verbarrikadiert noch verschlossen war. Leise knarzend schob Clarissa sie auf und schlüpfte hindurch.

Das Innenleben des Hauses war ein Abbild des verlassenen Komplexes, in den sie das Portal gespuckt hatte. Sie streiften durch leblose, bedauernswerte Räume, bis sie ein Treppenhaus erreichten, das sie auf das Dach führte.

Gazing atmete noch einmal tief durch. Es gab kein Zurück mehr. Schon eine ganze Weile nicht mehr. Von jetzt an legte er seine Zukunft bewusst in die Hände des Schicksals.

Gazing verließ das Treppenhaus.

Hier oben, über der ruhenden Stadt, war es still. Erdrückend still. Der eindringliche Geruch von aufziehendem Sommerregen lag in der Luft, machte die Szenerie surreal friedlich, wie die Ruhe vor einem Sturm. Gazings unsicherer Blick heftete sich umgehend an das Raumschiff, das ein paar Dutzend Meter über ihnen schwebte. Würde sie ein Sturm überkommen?

„Das Floating Grave wird von Drohnen bewacht", erklärte Jason und sah auf eine Uhr an seinem Arm. „Es gibt ein Zeitfenster von fünfzehn Minuten, in dem sie zurück zu ihrer Basis fliegen, um ihre Akkus zu tauschen. Das ist der Zeitpunkt, in dem du bereit sein musst." Er sah zu seinem Bruder, Unruhe lag in seinem Blick.

„Mach dir keine Sorgen." James grinste in seiner gewohnt optimistischen Art und begann damit seinen Rucksack auszupacken, seinen Inhalt geordnet auf dem Boden auszubreiten und einzelne Teile zusammenzustecken. „Gib mir mal deinen Rucksack", forderte er Gazing auf.

Gazing nahm ihn vom Rücken, streckte ihn James entgegen. James griff danach, doch Gazing ließ nicht direkt los. Ihre Blicke trafen sich. Gazing wollte zuversichtlich wirken, James etwas Mut mit auf den Weg geben. Doch es war James, der Gazings ängstlichen Blick beruhigte. Gazing ließ den Rucksack los und irgendetwas in ihm zog sich zusammen.

„Bleibt in der Nähe der Tür", wies Jason Clarissa und Amber an. „Wenn eine der Drohnen James erwischt, könnte es sein, dass sie schießen. Ich will, dass ihr sofort verschwindet, wenn das passiert."

Clarissa sah unzufrieden aus, Gazing spürte, dass sie helfen wollte, sich unnütz fühlte, doch sie tat, wie ihr befohlen wurde, und zog Amber in Richtung des kleinen Häuschens, das zum Treppenhaus führte.

„Gazing, du beobachtest den Himmel. Wenn dir irgendetwas auffällt, egal was, sag sofort Bescheid. Lieber einmal zu früh als einmal zu spät." Jason griff Gazings Schulter, drückte sie ermutigend.

Die kleine Geste wirkte, Gazing richtete sich auf, nickte ihm selbstbewusst zu.

James schien seine Vorbereitung abgeschlossen zu haben. Sein Rucksack hing wieder an seinem Rücken, diesmal streckten sich jedoch etliche Schläuche aus ihm heraus, verbanden das Innere des Rucksacks mit den zwei Kartuschen, die jetzt außerhalb daran befestigt waren.

„Ich bin so weit!", bestätigte er und streckte einen Daumen in die Luft, als sich das Fell an Gazings Ohren aufstellte.

ES WAR EIN FEINES, fast unscheinbares Geräusch, das Gazing unterbewusst wahrnahm, bevor er es bewusst erkannte. Sein Körper begann Stresssignale auszusenden, während sich das Geräusch näherte.

Schritte. Leise, aber schnell, bestimmt und definitiv in ihre Richtung gewandt.

Als Gazing begriff, was er hörte, wirbelte er herum. Er sah Clarissa und Amber neben der Tür zum Treppenhaus. Die Schritte waren noch immer bedacht und vorsichtig, hämmerten jedoch lautstark in Gazings Kopf. Er streckte die Hand nach den beiden aus, öffnete die Lippen, um sie zu warnen, doch es war zu spät.

Die Tür wurde aufgerissen. Das schummrige Licht des Treppenhauses fiel auf eine Gestalt, die für eine Sekunde im Türrahmen stehen blieb. Sich orientierte. Clarissa und Amber neben sich wahrnahm. Nach ihnen griff.

Gazings Herz blieb stehen. Seine vor Schreck geweiteten Augen sahen, wie die Gestalt Amber packte, sie an sich heranzog, einen Arm um ihren zerbrechlichen Nacken schlang.

Amber kreischte, versuchte sich verzweifelt zu wehren. Doch der Mann war stark, hielt sie ohne Probleme zurück. Seinen anderen Arm streckte er geradeaus. Er hielt eine Waffe. Die Waffe. Hirams Waffe. Der Vermummte zielte auf Jason und James. Bewegte sich rückwärts zurück Richtung Tür.

Gazing sah zu den Brüdern. Ihre schockierten Gesichter glühten vor Wut. Doch sie regten sich nicht. Starrten voller Hass dem Lauf der Waffe entgegen. Würden sie sich bewegen, würden sie sterben. Alle beide. Das war jedem in dieser Situation bewusst.

Aber Gazing ... Noch schien es, als hätte der Vermummte ihn nicht entdeckt.

Blut schoss kribbelnd durch seine Adern.

Tu es.

Jetzt.

Ohne weiter darüber nachzudenken, sprang Gazing in Richtung des Angreifers.

Blitzschnell schwenkte der Fremde die Waffe auf ihn.

Gazing fror mitten in der Bewegung ein. Er war jetzt nah genug, um die dunkelbraunen Augen des Angreifers zu sehen. Zu sehen, wie sich ihr Pupillen weiteten, als sie ihn erblickten.

Überraschung. Verwirrung. Panik lag in seinem Blick.

Dann sah er in Ambers Augen, die verzweifelt und ängstlich nach Halt suchten.

Alles wird gut, wollte er ihr sagen. *Dir wird nichts passieren,* schrie er mit seinem Blick, *das lasse ich nicht zu.*

Der Vermummte hatte sich eine Weile nicht bewegt. Fassungslos starrte er zu Gazing, die Waffe zitternd auf ihn gerichtet. Es sah beinahe so aus, als wüsste er von hier an selbst nicht weiter. Als hätte etwas seinen Plan durchkreuzt.

Clarissa schien dasselbe bemerkt zu haben. Sie nutzte die Gunst des Moments. Mit einer fließenden Bewegung zog sie eine kurze, glänzende Klinge aus ihrem Stiefel und stürzte sich auf den Angreifer.

Gazing wollte nach Luft schnappen, doch sein Hals war wie zugeschnürt. Am liebsten hätte er die Augen geschlossen. Sich die Ohren zugehalten. So getan, als würde das alles gerade nicht passieren.

Stattdessen sah er, wie Clarissa in Zeitlupe auf Amber und den Vermummten zuflog. Sie holte aus. Stach zu. Ein schmerzverzerrter Schrei zog durch die Luft. Dann flog ein blendend helles Leuchten an Gazing vorbei. Ihm folgte ein überwältigender Knall. Stechend wie der Schuss einer Pistole, grollend wie der Donner nach einem Blitz, der auf die Erde schlug.

Gazing hörte den dumpfen Klang eines Körpers, der zu Boden fiel.

Fühlte eine leichte Erschütterung unter seinen Füßen.

Jemand heulte auf.

Der Vermummte blutete, drückte ächzend mit beiden Händen gegen die Wunde zwischen seinen Rippen, aus der mit jeder Sekunde mehr Leben floss. Taumelnd schleppte er sich in Richtung der Tür.

Gazings Blick zog fieberhaft weiter.

Clarissa lag schützend über Amber. Ihre roten Haare hoben und senkten sich im Rhythmus der tiefen Atemzüge, die sie machte. Neben ihr lag das blutige Messer. Und in ihrer Hand hielt sie die Waffe.

Gazing erwachte augenblicklich aus seiner Schockstarre. Er fuhr zu James und Jason herum, wollte ihnen bedeuten, dass jetzt der perfekte Zeitpunkt wäre, den Angreifer zu überwältigen. Stattdessen zerbrach seine Welt bei dem, was er erblickte, in tausend Scherben.

Jason kauerte vor und zurück wippend über James, der reglos auf dem Boden lag.

Gazing stürzte auf die beiden zu.

Nicht länger als eine Sekunde konnte er es ertragen, die Stelle an James' Körper zu sehen, an dem der Blitz der Waffe ihn erwischt hatte.

„Warum hast du das getan?", schrie Jason heiser. „Warum hast du das getan?", schluchzte er.

James atmete flach.

Schnell hockte Gazing sich hinter ihn, legte seinen Kopf auf seine Beine. „Das wird schon wieder", flüsterte er benommen und strich James seine schwarzen Locken aus dem Gesicht.

James heftete seinen Blick auf Jason, ließ ihn nicht aus den Augen. „Weil du ... mein großer Bruder bist", röchelte er kraftlos.

„Du Idiot!", klagte Jason. Tränen strömten über sein Gesicht, während er versuchte, James' Blutung zu stillen.

„Aber man kann wohl ... nicht immer nur ... Glück haben ...", flüsterte James, versuchte zu grinsen, so wie er es immer tat.

„Sei jetzt still", raunte Jason, zog seine Jacke aus und presste sie auf die Wunde. Seine Mühen waren vergebens.

James schloss die Augen. Atem entwich seinem Mund. Ein letztes Mal. Dann regte er sich nicht mehr.

Amber schrie auf, mit der Intensität eines Urschreis. So intensiv, dass Gazing eine Druckwelle durch seinen Körper fahren spürte. Der Ton zog durch alles, was existierte. Er erzählte jede Geschichte, vom Leben bis in den Tod. Nie wieder würde Gazing dieses Geräusch vergessen können.

Clarissa drückte das Mädchen fest an sich.

„James!", brüllte Amber, wollte sich von Clarissa losreißen, doch bald ging ihr die Kraft aus und sie verkroch sich schluchzend in ihren roten Locken.

Tränen füllten Gazings Augen. Er richtete seinen verschwommenen Blick zurück auf James, der leblos in seinem Schoß ruhte.

Das ergab alles keinen Sinn. So war das nie geplant gewesen.

War es das?

Kraftlos ließ Gazing zu, dass Jason James von seinen Beinen hob. Er hatte es mehr verdient, sich von ihm zu verabschieden, als Gazing. Durch seinen tränenverschleierten Blick sah er Jasons Gesicht. Zorn. Entschlossenheit. Manie. All diese Dinge, die Gazing nicht erwartet hätte, zeichneten sich in ihm ab.

Dann erkannte er, was Jason tat.

Er verabschiedete sich nicht von James, er nahm ihm seinen Rucksack ab.

„James ist getroffen worden, weil er mich beschützen wollte", sprach er laut, doch seine Stimme zitterte. „Der Strahl hätte mich erwischt, aber er hat sich davor geworfen." Für einen Moment hielt er inne, starrte Gazing an, als könnte er nicht glauben, was passiert war. Dann verhärtete sich sein Blick wieder. „Aber er wird nicht umsonst gestorben sein!", rief er, während er sich den Rucksack selbst anschnallte.

Das Wort gestorben hallte dumpf durch Gazings Kopf. James war gestorben. Panisch starrte Gazing auf den leblosen Körper zu seinen Füßen. Er würde doch gleich wieder aufstehen, oder?

„Jason, was ...", stammelte Gazing, doch Jason fuhr ihm ins Wort.

„Das Zeitfenster öffnet sich in genau fünfzehn Sekunden. Wenn ich jetzt nicht da hochfliege, werde ich es mir nie verzeihen", insistierte er, während Tausende Tränen über seine Wangen flossen.

Ohne ihn aufzuhalten, sah Gazing Jason dabei zu, wie er die Klangschale hervorzog, bis an die Kante des Daches lief. Beging er einen großen Fehler? Sollte er ihn aufhalten? Oder war es wichtig, ihn ziehen zu lassen? Gazing fand keine Antwort auf seine Fragen. Er konnte nicht entscheiden, was richtig oder falsch war. Konnte die Konsequenzen, die sein Handeln hervorrief, nicht abwägen. Also tat er das, was James wahrscheinlich getan hätte. Er wartete ab, ließ das Schicksal entscheiden.

Taub und stumm verharrte Gazing, als Jason den Jetpack zündete. Pfeifend schoss er in die Luft, glitt geschickt durch den Wind. Kurz vor dem Floating Grave kam er zum Halten. Weit entfernt, aber nah genug, dass Gazing den eindringlichen Ton der Klangschale hören konnte. Darauf folgte ein Zischen. Eine Luke unterhalb des Raumschiffes öffnete sich. Jason steuerte hinein und die Luke schloss sich.

Dann war es wieder still. Furchtbar still.

BENOMMEN SAH GAZING zurück zu Clarissa und Amber, die noch immer eng umschlungen neben dem Häuschen kauerten, das zu den Treppen führte. Amber verbarg ihr Gesicht in Clarissas Armen, doch ihr zuckender Körper verriet, dass sie bitterlich weinte.

Clarissa sah mit panisch geweiteten Augen zu Gazing. *Was sollen wir tun*, fragte ihr Blick, *was zur Hölle sollen wir tun?*

Von dem Vermummten war weit und breit keine Spur zu sehen. Gazing sprang auf, rannte auf das Treppenhaus zu. Eine Blutspur zog sich von dem Punkt, an dem Clarissa ihn angegriffen hatte, durch die Tür, die Treppen entlang. Gazing wollte ihr folgen, irgendetwas tun, um zu rächen, was geschehen war.

Da hörte er hinter sich ein irritierendes Summen. Er hörte es nicht nur. Er spürte es. Es flog durch die Luft, zog durch alles, was es erreichte, erschütterte Gazing bis ins Mark. Er drehte sich auf dem Absatz um. Die Quelle des Surrens war eindeutig. Das Floating Grave begann vor seinen Augen zu vibrieren. Es waren kleine Impulse, die das Raumschiff unscharf wirken ließen. Doch sie waren energetisch genug, um die Luft um sie herum in Wallung zu setzen.

„Nein!", stieß Gazing aus und lief zu der Dachkante, von der Jason abgeflogen war.

„Jason!", schrie er, in der Hoffnung, er würde ihn hören und das Raumschiff verlassen, bevor geschah, was Gazing vermutete.

„Bin ich zu spät?", hörte er eine tiefe, fremde Stimme hinter sich rufen. Doch er konnte den Blick nicht von dem Raumschiff lassen.

Jason. Öffne die Luke. Komm da raus, flehte er innerlich.

Es geschah nicht. Jason tauchte nicht wieder auf. Dafür wurde die Vibration des Raumschiffes immer stärker. Unter das Summen mischte sich ein weiteres Surren. Feiner, heller. Die Drohnen waren zurück. Umrundeten das Floating Grave, schienen es von allen Seiten zu inspizieren. Eine von ihnen entdeckte Gazing, flog rasch an ihn heran. Er beachtete sie nicht. Starrte nur auf das Raumschiff, das nun so stark vibrierte, als würde es gleich explodieren. Da passierte es. Im schrecklichen Bruchteil einer Sekunde schoss das Raumschiff in den Himmel. So schnell, dass man seine Bewegung kaum wahrnehmen konnte. Dann war es weg. Es war einfach weg.

Gazing brach zusammen. Er zog seine Beine an den Körper. Zitterte, wimmerte, wollte sich in Luft auflösen. Es war ihm zu viel. Viel zu viel. Alles war zu viel.

„Um Himmels willen!", rief die fremde Stimme.

„Wer seid Ihr?", kreischte Clarissa und riss Gazing zurück in die echte Welt. Eine Welt, in der es noch immer zwei Menschen gab, die er beschützen musste.

Er sprang auf. Stürzte sich kampfbereit auf den Fremden, der im Türrahmen des Treppenhauses erschienen war. Ohne zu zögern, streckte der Mann seine Hände in die Höhe, bedeutete Gazing, dass er ihnen nicht schaden wollte, doch Gazings System war zu überlastet. Er konnte nicht zulassen, sich von seiner Naivität täuschen zu lassen und diesem Mann auch nur eine Sekunde zu schenken, in der er ihn überwältigen konnte. Es war nicht der Vermummte. Das erkannte er, während er auf ihn zurannte. Trotzdem war er eine Bedrohung. Doch dann sagte er etwas, womit Gazing nicht rechnen konnte. Etwas, was ihn so aus dem Konzept brachte, dass er augenblicklich ins Wanken kam.

„Amber", rief der Mann mit den weißen, zurückgekämmten Haaren. „Ich bin Blades Vater!"

Diese Aussage zog jedem die Luft aus dem Körper. Gazing blieb wie angewurzelt stehen, Amber hörte auf zu weinen, starrte genauso entsetzt wie Clarissa zu dem Mann, der behauptete, der Vater des Kindes zu sein, nach dem sie suchte.

„Lügner!", rief das aufgebrachte Mädchen. „Ihr lügt! Ihr lügt! Er lügt!"

„Ich hatte erwartet, dass du so reagierst." Der Mann senkte die Arme, doch hielt die Handflächen in ihre Richtung geöffnet. „Ein kluges Kind sollte genau das tun. Hinterfragen und nicht einfach glauben, was man ihm erzählt. Aber ich will es dir beweisen." Die raue Stimme des Mannes legte sich wie ein Zauber über die Nacht.

Amber reagierte blitzschnell. „Wenn Ihr Blades Vater seid, dann müsst Ihr wissen, wie Ihr ihn nennt. Es gibt nur drei, die diese Frage beantworten können. Blade, ich und sein echter Vater!", rief sie schniefend.

Der Mann lächelte sanft, beinahe stolz.

„Antworte auf ihre Frage!", brüllte Gazing mit gebrochener Stimme und ging ein paar weitere Schritte auf ihn zu.

„Er ist mein Silberkind", antworte der Mann ruhig. „Denn seine Haare leuchten silbern wie der Mond."

Gazing blickte fragend zu Amber und sah, wie sich ihre Augen in Verwunderung öffneten.

„Das kann doch nicht ...", stammelte sie.

„Stimmt das?", fragte Clarissa atemlos.

„Er ... Ich ... Ja ...", Amber nickte langsam mit dem Kopf, ließ den Mann nicht aus den Augen.

„Wie seid Ihr ... Wie habt Ihr uns ...", setzte Clarissa an.

„Woher ich weiß, dass ich euch heute hier finde?", fiel ihr der Mann ins Wort. „Amber hat es mir gesagt."

Erstaunt richteten sich Gazings und Clarissas Blicke auf Amber, die ratlos mit den Schultern zuckte.

„Amber, du kennst mich wahrscheinlich als den Traumfänger", fuhr der Mann fort, ohne sich zu regen. „Zumindest gehe ich davon aus, dass Blade dir von mir erzählt hat. Ich erkläre dir mehr, wenn wir in Sicherheit sind. Versprochen. Aber für jetzt muss es reichen, dass du mich über deine Träume hierhergerufen hast. Ich war mir bis jetzt nicht sicher, ob du es bewusst getan hast. Offensichtlich war es nicht so. Ich bin zu spät. Es tut mir leid."

Gazing hörte ein stechendes Summen auf sie zurasen. Ein paar der Drohnen näherten sich ihnen – kreisten über ihren Köpfen.

„Sie werden uns jagen", raunte der Mann mit zornigem Blick in den Himmel. „Folgt mir und euch wird nichts geschehen."

„Wohin gehen wir?", japste Amber.

„Was ist mit James?" Clarissas Augen füllten sich glänzend mit Tränen, als sie auf den leblosen Körper ihres Freundes zurückblickte.

„Für ihn können wir gerade nichts tun", erklärte der Traumfänger mit Schmerz in der Stimme. „Sie werden ihn holen und bestatten, doch seine Seele ist längst weitergezogen. Macht euch um seine Hülle keine Gedanken."

„Wie könnt Ihr …?" Clarissa war wütend aufgesprungen und raste auf den alten Mann zu.

Gazing konnte sie gerade noch an der Hüfte packen und sie an sich ziehen, bevor sie sich auf den Traumfänger warf. Sie wehrte sich, wollte sich mit aller Macht von ihm losreißen, doch Gazing schaffte es, sie in seinem Arm zu behalten. Schluchzend sackte sie in Gazings Umarmung. Er hielt sie, so fest er konnte, versuchte die Stütze zu sein, die sie gerade so dringend brauchte. Eine Hand vergrub er in ihren Haaren. Er spürte ihre Tränen in seinem Nacken, in dem sie sich vergraben hatte. Roch ihren Duft, der auch in dieser schrecklichen Situation blumig strahlte. Gleichzeitig beobachtete Gazing, wie sich der Traumfänger Amber näherte. Er spürte seine Aura, sie war sanft und weise und ungefährlich. Trotzdem musste er wachsam bleiben. In lebensbedrohlichen Situationen waren Leute besonders leicht zu manipulieren.

Der Mann schob seine Hand zwischen eine der vielen Schichten seines beigen Gewandes. Heraus zog er einen Umschlag. Einen Brief.

„Der hier ist für dich, mein Kind", hörte Gazing ihn zwischen Clarissas Schluchzern sagen. „Ein weiterer Beweis, dass ich der bin, für den ich mich ausgebe. Verwahre ihn gut und lies ihn, wenn die Zeit gekommen ist."

Amber sah auf den Umschlag. Betrachtete einen roten Fleck, der auf seiner Mitte prangte. Sie sah dem Mann tief in die Augen, nickte ungläubig. Doch in ihrem Blick lag noch etwas anderes. Hoffnung. Eine Spur Zuversicht. Vielleicht etwas Erleichterung.

Gazing spürte, wie Clarissa ihren Kopf von seiner Schulter hob. Sie löste sich von ihm. „Danke", flüsterte sie kraftlos.

„Was sollen wir tun?", flüsterte Gazing zurück.

„Ich glaube, wir sollten mit ihm gehen", gab Clarissa erschöpft zu und Gazing fiel ein Stein vom Herzen, dass sie ihm die Entscheidung abgenommen hatte.

„Seid ihr so weit?", rief der Traumfänger ihnen zu. „Sie werden bald hier sein. Und ich habe nicht vor, mich heute fangen zu lassen."

Gazing nickte Clarissa zu.

Clarissa nickte Gazing zu.

Gemeinsam sahen sie ein letztes Mal zu James' Körper. Eine einsame Träne floss Gazing über die Lippen. Dann folgten sie Amber und dem Traumfänger durch das Treppenhaus, einer Blutspur entlang, die von Etage zu Etage dünner wurde und irgendwann komplett verschwand.

LAUFEN FÜHLTE SICH AN wie schweben. So tief saß das Trauma in Gazings Knochen. Jeder Schritt brachte seinen Körper zum Zittern. Sein Atem ging schwer. Seine Gedanken rasten. Bilder blitzten vor seinem inneren Auge auf. James, blutend. Jason, der in der Luke verschwand. Der Vermummte und seine stechenden dunklen Augen, die sich in Gazings Netzhaut gebrannt hatten wie ein Fluch.

Er achtete nicht darauf, wohin sie liefen. Es interessierte ihn nicht. Die menschenleeren Straßen interessierten ihn nicht. Die Gebäude um sie herum, die wie trostlose Schatten über sie wachten, interessierten ihn nicht. Auch nicht das kleine Gebäude dazwischen, das sich in seinem Stil so drastisch von den umstehenden unterschied und auf das sie zusteuerten. Leblos folgte er der Gruppe, die der Traumfänger anführte.

Traumfänger.

Was sollte das eigentlich bedeuten? Hatte er ernsthaft behauptet, dass er sie durch einen Traum gefunden hatte? Gazing war zu erschöpft, um diese Aussagen zu begreifen. Zu verletzt, um überhaupt über sie nachzudenken. Er wollte einfach nur schweben. In einem Vakuum ohne Zeit und Raum. Ohne Erinnerung, ohne Zukunft. Sein Geist wollte sich abspalten, in tausend Fragmente zerspringen, die den Schmerz mitnahmen, verteilt auf viele kleine Teile, damit er ihn nicht mehr komplett und allein aushalten musste.

Doch dann spürte er Wärme in seinen Arm kriechen. Amber hatte seine Hand genommen. Mit leeren, müden Augen sah sie zu ihm hoch. Gazing drückte ihre Hand. Ohne es zu wissen, half sie ihm, im Hier und Jetzt zu bleiben. Er tat es für sie.

✳ AMBER ✳

Der Himmel über den Gehegen in Ambers Gedankenwelt war grau. Dunkelgrau ohne Nuancen. Der Boden war nass, überall bildeten sich Pfützen, trotzdem ließen die Pflanzen und Blumen die Köpfe hängen. Sie sahen genauso grau aus wie die Wolken.

Amber strich ziellos durch die Wege. Vor einem der Gehege blieb sie stehen. Es war neu. Ein Bewegungssensor erkannte sie und eine elektronische Ansage wurde abgespielt. „Hier wohnt Jason", erklärte die mechanische Stimme.

Amber betrachtete das Gehege. Es war aufregend, überall blinkten kleine Lichter, Schriftzüge flogen seine ansonsten unsichtbaren Wände entlang. Und es war leer. Schmerzhaft leer. Amber versuchte den Gedanken daran zu verdrängen, was Jason in dem Raumschiff passiert sein könnte, wo er jetzt war, ob er noch war.

Doch er machte nur Platz für etwas, was sie noch mehr zerriss. James war auch verschwunden. Sie drehte sich im Kreis, erwartete, ihn jederzeit aus einem Busch springen zu sehen. Doch er kam nicht. Er kam nicht mehr. Das spürte sie.

Mit einem Ruck wurde Amber aus ihrer Gedankenwelt gerissen. Gazing hatte sie am Arm in eine kleine Gasse gezogen. Verdattert, als wäre sie gerade aus einem tiefen Schlaf aufgewacht, sah sie sich um.

Die Gasse war dunkel, gebildet von zwei der riesigen Hochhäuser Xenons. Clarissa und der Traumfänger beugten sich um die Ecke, schienen die Straße vor ihnen zu inspizieren und tuschelten leise miteinander. Amber starrte auf das weite Gewand des Mannes. Sie glaubte ihm, fand es jedoch trotzdem unglaublich, vor Blades Vater zu stehen. Alles, was geschehen war, hatte sie so aus der Bahn geworfen, dass sie bisher nicht einmal daran gedacht hatte, ihn nach Blade zu fragen. Warum war er nicht bei ihm? Jetzt, da sie kurz darüber nachdachte, fielen ihr so viele Fragen ein, die sie ihm stellen wollte, doch die angespannten Blicke, die er und Clarissa ihnen zuwarfen, als sie sich zu ihr und Gazing zurückdrehten, verrieten ihr, dass jetzt nicht die Zeit für Fragen war.

Sie waren immer noch in Gefahr. Ein Verrückter lief herum und hatte es auf sie abgesehen. Er war zwar verletzt und womöglich unbewaffnet, doch Amber hatte seine Kraft gespürt, als er sie festgehalten hatte. Schaudernd dachte sie an diesen Moment zurück. Nie wieder wollte sie sich so hilflos fühlen wie in diesem Moment. Deswegen hörte sie besonders aufmerksam zu, während der Traumfänger ihnen den Fluchtplan erklärte.

„Ein Block weiter steht eine Kirche", fing er an.

Von Kirchen hatte Amber schon gehört, aber noch nie eine gesehen. Früher schienen sie eine wichtige Rolle in der Gesellschaft gespielt zu haben. Heute gab es nur noch sehr wenige von ihnen. Sie waren wie Relikte aus einer vergessenen Zeit. Wäre ihr Leben gerade nicht so katastrophal düster, würde sich Amber darüber freuen, so etwas Seltenes zu erforschen.

„In ihr befindet sich eins der vier Eingangsportale dieser Welt. Ich weiß, dass ihr zwei davon schon kennt, also sollte euch diese Information nicht sonderlich schockieren?", fragte der Traumfänger in die Runde. Er sprach langsam und seine Stimme war so tief, irgendwie sorgte das dafür, dass sich Ambers Inneres ein wenig beruhigte. Die drei schüttelten ihre Köpfe. „Gut so, denn die Zeit wird knapp. In Kürze werden die ersten Suchtrupps nach euch Ausschau halten. Sie werden euch für das Verschwinden des Raumschiffes verhaften. Euch darüber ausfragen, bis ihr verrückt werdet. Und vor allem dich werden sie jagen, Gazing."

Gazing rang nach Fassung.

„Die Drohnen haben dich gesehen, also weiß Xenons Regierung, dass ein Yaahk auf der Erde wandert. Ich will nicht aussprechen, was sie mit dir anstellen werden, wenn sie dich finden. Aber diese Kirche, ihr Portal, ist unser schnellster und womöglich unser einziger Ausweg."

„Das Problem ist, dass die Kirche von Kameras bewacht wird. Ich hab sie schon von Weitem gesehen. Keine Ahnung, ob sie noch aktiv sind, eigentlich weiß kaum mehr jemand von den Portalen" Clarissa warf einen skeptischen Blick aus den Augenwinkeln auf Blades Vater. Sicher fragte sie sich, woher er von den Portalen wusste. Doch auch sie unterdrückte ihren Wissensdurst und fuhr fort: „Ich hab einen Weg gefunden, auf dem wir an den Kameras vorbeikommen sollten, trotzdem sollten wir vorsichtig sein. Wir nutzen ihre toten Winkel und die Schatten und Erker der Kirche. Ihr müsst mir exakt folgen. Keinen Schritt zur Seite und bleibt dicht hinter mir. Amber, du zuerst, dann Gazing, dann ..." Sie stockte kurz. „Wie ist Euer Name?"

„Man nennt mich Cassius", wisperte der Traumfäger.

„Cassius, Ihr geht zuletzt", wies Clarissa ihn an.

Die Gruppe stimmte Clarissas Plan zu. Was sollten sie auch sonst tun?

Vorsichtig und bedacht schlich Clarissa auf die Straße. Amber folgte ihr, achtete darauf, genau in ihre Fußstapfen zu treten. In wellenförmigen Bewegungen zogen sie den Weg entlang. Ihre Schritte wirkten willkürlich, doch Clarissa schien genau zu wissen, wo sie laufen durften und wo nicht. Nur einmal hob Amber den Kopf, betrachtete die Kirche, die zwischen den Hochhäusern mickrig klein wirkte, ohne sie jedoch beeindruckend hoch gewesen wäre. Türme mit spitzen Verzierungen, Torbögen, in denen menschliche Figuren Platz fanden, und Fenster aus buntem Glas, wie in Adinas Hallen, verzierten das graue Gebäude. Ehrfürchtig erschauderte Amber bei dem Anblick. Es musste die Menschen damals Hunderte Jahre gekostet haben, so ein Bauwerk zu errichten. Müsste sie sich nicht so stark auf ihre Schritte konzentrieren, hätte Amber jetzt gern ihre Kamera herausgeholt. Stattdessen richtete sie ihren Blick wieder auf den Boden, setzte einen Fuß nach dem anderen auf Clarissas Pfad.

Plötzlich blieb Clarissa stehen. Sie hatten die hintere Seite der Kirche erreicht, ohne gesehen zu werden. Zumindest war niemand gekommen, um sie zu verhaften. Amber beobachtete, wie Clarissa sich hinunterbeugte und mit der Hand über den staubigen Boden wischte. Sie griff in einen kleinen Spalt, der zum Vorschein gekommen war, und zu Ambers Erstaunen öffnete sie beinahe lautlos eine Bodenluke.

„Unter Kirchen liegen so gut wie immer Katakomben", flüsterte Clarissa der Gruppe zu. „Wenn wir noch ein bisschen mehr Glück haben, kommen wir hierdurch rein."

„Woher wusstest du, dass sich der Boden hier öffnen lässt?", fragte Gazing perplex.

„Wusste ich nicht, hab's einfach gefühlt", antwortete Clarissa und blickte für einen kurzen Moment in den Himmel.

Nacheinander schlüpften sie durch die Luke und betraten die Katakomben.

Unter dem Wort hatte Amber sich sonst etwas vorgestellt, eigentlich handelte es sich nur um einen langen, steinernen Flur, der so niedrig war, dass der Traumfänger seinen Kopf einziehen musste und Gazings Ohren an der Decke entlangstrichen.

Sie folgten dem Gang, bis sie an einer hölzernen Tür ankamen, die so alt aussah, als würde sie jede Sekunde in sich zusammenfallen. Clarissa hantierte ein wenig an ihrem Schloss herum, bis die Tür mit einem seufzenden Knarzen aufschwang. Sie stiegen die steile Treppe empor und betraten tatsächlich das Innere der Kirche.

Das Erste, was Ambers Sinne erreichte, war ihr Geruch. Der Raum roch nach altem Holz und frischen Tannennadeln. Der Duft legte sich über ihre aufgewühlte Seele, sorgte in ihr für einen Moment der Entspannung. So tief wie vielleicht noch nie atmete Amber ein. Und aus. Die Neugierde strömte zurück in ihren Körper. Schnell versuchte sie, so viele Details wie möglich aufzusaugen. Die hohen Decken, deren Bemalung dem Zahn der Zeit verfallen war, filigrane Statuen, verschnörkelte Kerzenhalter, goldene Kreuze.

Ihre Schritte hallten leise durch den Raum, als sie sich einem riesigen, mit reich verziertem Holz umrahmten Gemälde näherten. Auf ihm war der schönste Himmel abgebildet, den Amber je gesehen hatte. Sonnenstrahlen fielen durch pinke, blaue und gelbe Wolken auf die kleine

Landschaft am unteren Ende des Bildes. Über den Wolken schwebten dicke Engel mit blonden Locken, die genauso aussahen wie Gazings. Doch was Amber am meisten an diesem Gemälde in den Bann zog, war das Flimmern, das über ihm lag. Das Flimmern, das bedeutete, dass …

„Das Bild ist das Portal!", flüsterte sie aufgeregt. Bestätigend nickte der Traumfänger.

„Lasst uns keine Zeit verschwenden", raunte er und bedeutete ihnen, durch das Portal zu steigen.

Gazing blieb wie angewurzelt stehen. Amber sah ihm an, wie seine Gedanken sich überschlugen.

„Was wird aus Brenin und Lady Adina? Jason ist in diesem Raumschiff gefangen. Was ist mit diesem Scheißkerl, der James …" Gazing atmete ein paar Mal kurz und flach. „Wir müssen irgendwem Bescheid sagen. Wir können doch nicht einfach so verschwinden", stammelte er.

„Jetzt ist nicht der richtige Moment, den Helden zu spielen", beteuerte der Traumfänger und ging ein paar Schritte auf den verwirrt blickenden Jungen zu. „Wir können niemandem helfen, wenn Xenons Regierung uns in die Finger bekommt."

„Durch das Verschwinden des Raumschiffes gibt es keinen Grund, warum die sie nach Brenin ziehen sollten. Das Portal bleibt, wie es ist. Adina wird sich ihre Zähne daran ausbeißen, es umzukehren", pflichtete Clarissa bei.

„Aber nach dir werden sie suchen, Gazing", fuhr Cassius mit ernstem Tonfall fort. „Du musst in Sicherheit gebracht werden. Amber muss in Sicherheit gebracht werden." Der Traumfänger sah sie mit einem Gesichtsausdruck an, den Amber nicht einordnen konnte. Es wirkte, als würde er ihr etwas sagen wollen, als würde etwas auf seinen Schultern lasten, ein Geheimnis so groß, dass es ihm wehtat. Doch er sagte nichts. Er legte Gazing eine Hand auf die Schulter, sah ihm tief in die Augen. „Ich gehe voran. Versprecht mir, dass ihr nachkommt." Mit diesen Worten lief er auf das Bild zu und kurz bevor er mit ihm zusammenstieß, löste sich sein Körper aus Raum und Zeit.

„Wir sollten ihm folgen", murmelte Clarissa ein paar Sekunden, nachdem er verschwunden war.

„Ich weiß es nicht", entgegnete Gazing. „Es ist so viel passiert, ich kann nicht ..." Kraftlos ließ er die Schultern hängen.

„Was denkst du, Amber?", fragte Clarissa.

Ein wenig erstaunt darüber, dass sie in so einer wichtigen Situation nach ihrer Meinung gefragt wurde, wollte Amber kurz nachdenken, doch ihr Mund war schneller als ihr Geist. „Wir müssen mit Cassius gehen", hörte sie sich selbst sagen. „Er hat recht mit dem, was er sagt, und ich glaube ihm, dass er uns helfen wird."

Clarissa nickte und wartete auf Gazings Reaktion.

Er legte den Kopf in den Nacken, atmete tief aus. „Alles klar", raunte er und ehe sich Amber versah, stieg er durch das Portal.

„Du als Nächstes", verlangte Clarissa und Amber schritt auf das Gemälde zu.

Der gemalte Himmel kam ihr so nah, dass sie beinahe in ihm versank. Sie lief hindurch. Ein Geruch von Salz und Algen stieg ihr in die Nase. Ein grollendes Rauschen erfüllte ihre Ohren. Der Ort, an dem sie angekommen war, war dunkel, kalt und nass. Doch weit vor ihr konnte sie ein Licht sehen. Sie lief darauf zu. Sand knirschte unter ihren Füßen.

Amber trat in das Licht. Sie musste blinzeln, denn die ersten Strahlen der aufgehenden Sonne am Horizont blendeten sie. Glitzernd fielen sie auf die seichten Wellen, die schäumend am Strand brachen, an dem Gazing und der Traumfänger auf sie warteten.

„Wow", flüsterte Clarissa, die hinter ihr aus der Höhle getreten war, ergriffen von der Schönheit der Szenerie, die so kontrastreich zu den Gefühlen war, die in ihnen allen brodelten.

Amber wollte losrennen, sich in die Wellen schmeißen, sich von ihnen treiben lassen, loslassen. Doch nach ein paar Schritten hielt sie inne, sackte auf die Knie. Sie vergrub ihre Hände in dem feinen, weißen Sand. Ließ die Körner durch ihre Finger rieseln. Dann ließ sie sich nach hinten fallen, streckte sich der Länge nach aus. Der kühle Sand formte sich um ihren Körper, legte sich beruhigend auf ihre Seele. Links von ihr spürte sie, wie sich Gazing neben sie legte. Kurz darauf ließ sich Clarissa an ihrer rechten Seite fallen. Eine leichte Brise strich vom Meer her über sie, trieb ihnen frische Luft in die Nase. Erst jetzt, wo es leiser wurde, spürte Amber, wie laut ihr Kopf gedröhnt hatte. Doch das Rauschen des Meeres übertönte dieses Geräusch, stellte es aus, ließ sie in Frieden einfach sein. Für einen Moment einfach nur existieren, das war alles, was sie gerade wollte.

Amber wäre beinahe in einen wirren Traum gerutscht, da spürte sie leichte Erschütterungen an ihrem Kopf. Der Traumfänger trat von hinten an die drei heran. Behutsam hockte er sich zu ihnen. Stimmte in ihr Schweigen ein. Über Kopf sah Amber dem Mann ins Gesicht, der ausdruckslos auf die Wellen starrte. Er hatte Blades Augen. Bald würde alles gut werden. Das wusste sie jetzt.

✳ GAZING ✳

„Vielleicht ist dies der Moment, in dem ich mich erklären sollte."

Gazing zuckte erschrocken zusammen, als er die tiefe Stimme des Traumfängers wahrnahm. Der kurze Moment der Ruhe hatte ihn in eine so tiefe Meditation versetzt, dass er vergessen hatte, wo und wer er war. Doch die Realität holt einen immer wieder ein. Es war noch nicht die Zeit für Ruhe und Vergessen. Auch wenn er sich nichts dringlicher wünschte, setzte sich Gazing auf.

„Ein Traumfänger darf seine Identität nie preisgeben. Noch weniger darf er Fremden erzählen, was es ist, das er tut. Doch in diesem außergewöhnlichen Fall muss und werde ich eine Ausnahme machen. Bleibt in eurem Moment der Ruhe. Das hier ist meine Geschichte."

Cassius zog seine Beine in einen Schneidersitz, streckte seinen Rücken in eine aufrechte, beinahe anmutige Position und räusperte sich.

„Als die Yaahks auf die Erde kamen, waren sie nicht allein. Sie sind in unserem Universum vielleicht die technisch versierteste Spezies, was sie zu ausgezeichneten Rettern aller Planeten macht, doch was ihnen fehlt, ist die Weitsicht, Weisheit, die Fantasie, sich jeden möglichen Verlauf der Zeit vorzustellen."

Gazings überfordertes Gehirn brauchte eine Weile, bis die Worte des Mannes bei ihm ankamen. Erzählte er ihnen gerade, dass seine Geschichte mit der der Yaahks verknüpft war? Der Vater des Jungen, nach dem er und Amber seit Beginn dieser Reise suchten, wusste Dinge über Gazings Herkunft?

„Die Yaahks führen das aus, was die Cieras für wichtig halten, um das Gleichgewicht des Universums zu bewahren. Seit Jahrtausenden arbeiten sie Hand in Hand, retten die Planeten, die es verdient haben, gerettet zu werden. Vernichten die, die dem Gleichgewicht schaden."

Gazing zuckte zusammen, als der Traumfänger diese Worte sprach. Plötzlich kam ihm alles vor wie ein großer Fehler. Genau davor hatte er Angst – Dinge über sich zu erfahren, die er nie erfahren wollte. Er wollte aufstehen, den Mann unterbrechen, ihn bitten, nie wieder davon zu sprechen. Doch er tat nichts dergleichen und Cassius sprach weiter.

„Cieras sind ganz besondere Wesen. Sie sind uns Menschen, genau wie die Yaahks, sehr ähnlich. Es gibt einen Unterschied, der minimal erscheint, jedoch enorme Auswirkungen hat. Gewöhnliche Menschen verlieren ihre fantastische Begabung nach dem achten Lebensjahr. Von Jahr zu Jahr wird sie schwächer, bis sie irgendwann ganz versiegt. Doch die Cieras stoppen diese Entwicklung auf dem Zenit ihrer Fantasie. Anstatt dass sie sich zurückbildet, können die Cieras ihr Leben lang an ihrer Fantasie feilen und sie stärken. Das gibt ihnen die unglaubliche Fähigkeit, Dinge zu sehen, die andere nicht sehen, sie können die Zukunft erahnen, sind empathischer als alle anderen und vor allem träumen sie intensiver. So intensiv, dass sie ihre Träume steuern, in ihnen leben, durch sie reisen und über sie untereinander und mit anderen Wesen kommunizieren können."

„Und du bist der Traumfänger, weil du Cieras in ihren Träumen fängst?", vermutete Amber, die Cassius' Erzählung gelauscht hatte, ohne zu atmen.

Der Mann schmunzelte. „So ist es nicht ganz. Aber die Cieras und ich sind eng verbunden ... Wir waren eng verbunden." Nachdenklich sah der Traumfänger in den vom Sonnenaufgang pink gefärbten Himmel, bevor er fortfuhr. „Meine Blutlinie reicht bis in das Jahrzehnt zurück, in dem die Yaahks die Erde betraten. Von diesem Zeitpunkt an sind wir ihnen untergeben. Die erste Traumfängerin war meine Urahnin Isabella. Sie wurde von den Cieras entdeckt, weil sie die einzigartige Fähigkeit besaß, frei in Träumen zu wandeln."

Amber sah Cassius skeptisch an. „Das ist doch nicht so schwer", erklärte sie. „Sogar ich kann das!"

Der Traumfänger begann zu schmunzeln. „Ein paar Menschen würden behaupten, dies zu können, doch keiner von ihnen kann es richtig, keiner konnte es so wie sie. Wie man weiß, ist das Licht die schnellste Energie im Universum, doch unsere Seelen reisen schneller. Über ihre Träume nahmen die Cieras über Tausende Lichtjahre Kontakt zu Isabella auf, machten sie zu ihrer Kontaktperson auf Erden. Isabella vererbte diese Aufgabe an ihre Tochter, die sie an ihren Sohn vererbte. Seit über zwanzigtausend Jahren treffen sich meine Vorfahren in ihren Träumen mit den Cieras. Wir beobachten alles, was auf der Welt geschieht, und berichten ihnen davon, sodass sie eingreifen können, wenn die Erde sie braucht."

„Ist das der Grund, warum Gazing hier ist?", fragte Amber aufgeregt und Gazings Herz holperte gefährlich. „Hast du ihn gerufen?"

„Deine Anwesenheit ist leider nicht das einzige Rätsel." Nachdenklich sah Cassius zu Gazing.

Enttäuscht blickte Gazing zurück. Er hätte es sich nie eingestanden, aber bei all den neuen Dingen, die der Traumfänger ihm über die Rolle der Yaahks und seine Verbindung zu ihnen erzählte, hatte ihn die leise Hoffnung gepackt, dass Cassius mehr über ihn selbst wissen könnte. Trotzdem hing er dem Traumfänger weiter an den Lippen, als er fortfuhr.

„In der Zeit, seit die Yaahks die Erde verlassen haben, ist nichts passiert, was ihre Rückkehr verlangt hätte.

Inzwischen gibt es einfach nicht mehr genug Menschen, um der Erde ernsthaft zu schaden. Dafür ist etwas anderes passiert. Etwas Unerklärliches." Der Traumfänger schluckte schwer, schien sich kurz in seinen Gedanken zu verlieren. „Ich habe den Kontakt zu den Cieras verloren", erklärte er mit einem Schmerz in der Stimme, der selbst Gazing direkt ins Herz stach. „In einer Nacht, vor genau sechs Jahren, blieben meine Träume leer. Dies ist in der langen Geschichte meiner Familie noch nie vorgekommen. Dass irgendetwas nicht stimmt, war mir schnell bewusst. Ich dachte, es liegt an mir. Meinem Fokus. Ich habe mich zurückgezogen, stundenlang meditiert, um zu jeder Zeit ein Signal empfangen zu können. Doch das Einzige, was durchkam, warst du, Amber."

Überrascht darüber, dass er ihren Namen nannte, blickten Amber und Clarissa gleichzeitig zum Traumfänger.

„Was hab ich gemacht?", fragte Amber, ihr Mund stand offen.

„Ich konnte deine Träume sehen. Zuerst waren es wirre Bilder, mit denen ich nicht viel anfangen konnte. Grüne Schatten, Lichtflecken. Nach einiger Zeit erkannte ich einen Wald, den ich auf meinen Reisen schon besucht hatte. Ich sah den Traum als Zeichen und reiste unverzüglich an diesen Ort und da fand ich dich. Du warst noch ein Baby und ganz allein. Ich wusste nicht, wie lange du schon dort gelegen hattest, doch du warst am Leben."

„Einen Wald sehe ich oft in meinen Träumen", murmelte Amber gedankenverloren, bevor sich ihr Gesichtsausdruck plötzlich in Besorgnis wandelte. „Aber warum war ich dort? Und was ist dann passiert?", fragte sie, ihre Stimme überschlug sich.

„Wie du in diesen Wald gekommen bist, konnte ich nie herausfinden. Doch ich nahm dich mit zu mir und meinem Sohn, pausierte meine Suche nach den Cieras, um dich zu pflegen. Du hast dich schnell erholt, was ein Glück war, denn meine Sorge um die Cieras wuchs von Tag zu Tag. Und irgendwann ertrug ich sie nicht mehr." Cassius seufzte leise, griff in den Sand und ließ ihn langsam wieder auf den Boden rieseln. „Ich ließ Blade, der selbst gar nicht verstand, was mit ihm geschah, versprechen, sich um dich zu kümmern, und musste euch beide zurücklassen. Ich fand ein Heim, in dem ihr sicher sein würdet, und schwor mir, euch zu holen, sobald ich herausgefunden hatte, was mit den Cieras geschehen war."

Ambers große Augen füllten sich mit Tränen. Gazing rückte ein wenig näher an sie heran, legte einen Arm über ihre Schultern.

„Ich ging an einen Ort der Ruhe, meditierte für Jahre, Tag und Nacht. Die einzigen Pausen, die ich machte, nutzte ich, um Briefe an meinen Sohn zu schreiben. Ich redete nicht, aß und trank kaum etwas. Doch nicht ein einziges Lebenszeichen der Cieras drang zu mir. Fünf Jahre lang lebte ich in Stille. Bis sich eines Tages eine fremde Energie in meine Träume mischte." Der Traumfänger sah in Ambers wässrige Augen. „Es war wieder einer deiner Träume, der sich in meinen schlich. Ich sah, wie du von oben auf mich herabfielst. Aber du warst nicht allein. In diesem Traum hast du mir Gazing gezeigt. Ich war so perplex, einen Yaahk zu sehen, dass ich nicht verstand, ob er vielleicht deiner Fantasie entsprungen war. Oder meiner, die sich schon so lange nach einem Zeichen sehnte. Aber als ich wenige Tage später wieder in einem deiner Träume erwachte, verstand ich, wie wahrhaftig real dies alles war. Diesmal hast du mir das Raumschiff gezeigt, das ich selbst in der verschwommenen Realität eines Traumes als von Yaahks erschaffen identifizieren konnte. In meiner Isolation hatte ich von seinem Eintreffen in Xenon nicht erfahren. Doch als ich das Klopfen hörte, das du in deinem Traum gehört hast, wurde mir klar, dass es sich nicht um kindliche Fantasien handelte. Das Raumschiff sendete ein Signal aus, das sich in deinem Traum manifestiert hatte. Die pochenden Geräusche, erinnerst du dich?"

Amber nickte.

„Ein Notsignal in einer codierten Sprache, die die Yaahks und die Cieras nutzen, um verschlüsselt zu kommunizieren. Wir Traumfänger kennen diese Sprache, können sie verstehen. Das Signal war so klar, unmöglich hättest du es dir ausdenken können. *Auf bewohntem Gebiet gelandet, ich komme zurück.* Das waren die Worte, die das Raumschiff ununterbrochen in Richtung seines Heimatplaneten feuerte. Angehängt war ein Countdown, der in wenigen Stunden auf null stehen würde. Ich wusste von eurem Plan. Und ich wusste, dass, wer auch immer das Raumschiff betreten sollte, mit ihm fortfliegen würde."

Panik überkam Gazing, als die schmerzhafte Erinnerung an Jason in sein Bewusstsein zurückdrang. Der Gedanke daran, wie er sich fühlen musste, allein und verwirrt in einem Raumschiff auf dem Weg ins Unbekannte, stürzte ihn in tiefe Verzweiflung.

„Ich reiste so schnell nach Xenon, wie ich konnte. Doch zu meinem tiefen Bedauern kam ich zu spät, um zu verhindern, dass ..."

Stille legte sich über die Gruppe. Allein das Rauschen der Wellen drang für eine Weile an ihre Ohren. Gazing versuchte sich von dem Geräusch treiben zu lassen, hoffte, es würde seine Gedanken sortieren. Stattdessen schaltete es sie einfach aus. Füllte seinen Kopf mit Leere. Gazing fühlte sich benommen. Angst und Trauer nagte an ihm, wollte seinen Platz in seinen Gedanken zurückerobern, doch in diesem kurzen Moment war er taub.

„Genug davon", rief der Traumfänger plötzlich und erhob sich aus dem Sand. „Nur eine Frage muss ich noch stellen. Gazing, nach meiner Erzählung – erinnerst du dich an irgendetwas von dem, was ich gerade berichtet habe? Weißt du, warum du hier bist?"

„Nein", entgegnete Gazing, ohne darüber nachdenken zu müssen. Die kurze Erinnerung an das Floating Grave blieb das Einzige, was sein Unterbewusstsein freigegeben hatte. Er hatte all diese Dinge genau wie Amber und Clarissa zum ersten Mal gehört.

Nachdenklich nickte der Traumfänger. „Ich verstehe", murmelte er und wandte sich von ihnen ab. „Lasst uns aufbrechen, das Ausgangsportal suchen. Vielleicht wartet dahinter endlich mal eine schöne Überraschung auf uns", rief er und zwinkerte in Ambers Richtung.

Gazing konnte gar nicht so schnell gucken, wie Amber auf die Beine gesprungen war. Ihr aufgeregter Herzschlag drang bis an seine Ohren. Ohne zu zögern, rannte sie los, dem Traumfänger hinterher. Und auch Gazing glaubte zu verstehen, was Cassius angedeutet hatte. Freude wollte sein Herz erobern, doch er hielt sie zurück. Er würde sich erst trauen, sie zu spüren, wenn sie wirklich an ihrem Ziel angekommen waren. Zu oft war seine Hoffnung auf dieser Reise schon gebrochen worden. Ein weiteres Mal würde er nicht verkraften.

IHRE FUSSSTAPFEN KNIRSCHTEN im Sand. Eine ganze Weile folgten sie der Küstenlinie. Clarissa hatte ihre Stiefel ausgezogen, lief mit nackten Füßen durch das seichte Wasser. Sie war in sich gekehrt, immer wieder stiegen ihr Tränen in die Augen. Irgendwann hatte Gazing diesen Anblick nicht mehr ertragen und sie, ohne ein Wort zu sagen, an der Hand genommen. Seitdem liefen sie schweigend nebeneinanderher, sahen einander nicht einmal an, doch die Präsenz des jeweils anderen war für sie beide gerade so wichtig wie atmen.

Auch Amber war den ganzen Weg über stumm geblieben. Ab und zu lief sie zum Traumfänger, sah so aus, als würde sie ihn gleich etwas fragen wollen, konnte sich aber nicht überwinden und rannte, aufgedreht mit den Armen fuchtelnd, wieder von ihm fort. In diesem Moment beneidete er sie um ihre kindliche Fähigkeit, traumatische Ereignisse einfach zu verdrängen.

Als der Traumfänger das Ufer verließ und auf einen ungewöhnlich großen, knorrigen und abgestorben aussehenden Baum zulief, wurde Gazing schnell klar, was er da vor sich sah. Die Rinde des Baumes wurde von einem enormen Astloch geteilt. Je näher sie ihm kamen, desto sichtbarer wurde das Flimmern, das das Loch überzog. Sie hatten das Ausgangsportal erreicht. Gazing atmete bewusst etwas Meeresluft ein, schloss die Augen, spürte die Brise auf seiner Haut, ließ das Rauschen durch seine Ohren gleiten. Als er die Augen wieder öffnete, sah er, wie Clarissa durch das Portal stieg. Amber und der Traumfänger waren schon verschwunden.

Etwas in ihm wollte ihn überreden, einfach hier zu bleiben, an diesem friedlichen Ort. Er hätte untertauchen können, von dem leben, was das Meer ihm gab, vor dem fliehen, was hinter dem Portal auf ihn wartete.

Gazing blickte auf das dunkelblau glitzernde Wasser. Alles, was er die letzten Tage erlebt hatte, spiegelte sich auf den Wellen wider. Er sah sich selbst als ängstlicher, verwirrter Junge, der durch die Gänge von Brenins Königshaus irrte. Sah, wie er Amber belog, als er behauptete, den Weg nach Xenon zu kennen. Fühlte die Überforderung, während sie durch das kalte, dunkle Sumpfgebiet streiften. Blickte Clarissa erneut zum ersten Mal in die Augen. Er sah James und sein Herz brach in zwei.

Ohne es zu merken, war Gazing rückwärts vom Meer weggelaufen. Er spürte die Präsenz des immensen Baumes hinter sich, trat noch einen Schritt zurück, fühlte die Eiseskälte durch seinen Körper fahren und stand im nächsten Moment vor sich selbst. Er starrte in das Spiegelbild seiner grauen Augen, seine Augen starrten zurück. Blonde Locken, zerzaust von der Reise und der Meeresluft, fielen ihm in die Stirn. Er schob sie mit einer Hand nach hinten, strich an seinen weißen Hasenohren entlang, deren Spitzen grau verstaubt waren. Äußerlich sah er vielleicht noch aus wie zu Beginn dieser Odyssee, doch sein Inneres hatte sich gewandelt. Das wurde ihm bewusst, als er die Entschlossenheit in seinem Blick sah.

Er hatte sich entschieden, kein Angsthase mehr zu sein. Verantwortung übernommen für Amber, die hinter ihm im Spiegel aufgetaucht war und sich an seine Seite gestellt hatte. Für James, den er rächen, und Jason, den er retten würde. Er würde sein eigenes Schicksal nicht mehr von den Aktionen anderer abhängig machen. Ein Raumschiff, das von seinem Heimatplaneten stammte, war zur Erde gekommen und vielleicht wieder auf dem Weg dorthin zurück. Also war es auch für ihn nicht länger unmöglich, nach Hause zu finden.

„Bunny, komm!", rief Amber, die noch mehr unter Strom zu stehen schien als zuvor, und zog ihn an seinem Ärmel weg von seinem Spiegelbild.

Der Spiegel, aus dem er herausteleportiert worden war, stand in einem traditionell wirkenden Badehaus. In der Mitte des Zimmers eröffnete sich ihm ein Schwimmbecken, in das er nur zu gern eingetaucht wäre. Das Licht eines wunderschönen Sommertages fiel durch die bodentiefen Fenster auf den dunklen, warmen Stein.

„Was ist das für ein Ort?", fragte Gazing, beeindruckt von der Ruhe, die der Raum ausstrahlte, und den Gerüchen nach Tannennadeln, Rosen und frischen Kräutern, die seine Nase umspielten.

„Was weiß ich", entgegnete Amber und zog ihn ungeduldig durch eine Tür. Sie führte ihn auf einen schmalen Gang, dessen Wände aus Holz und Papier zu bestehen schienen. Am Ende des Flures trat der Traumfänger gerade durch eine weitere Tür.

„Vater, bist du es?", klang eine Stimme aus dem Raum.

Amber blieb wie angewurzelt stehen, sodass Gazing beinahe in sie hineingelaufen wäre. Mit weit aufgerissenen Augen starrte sie geradeaus und dann hoch zu Gazing. Er hockte sich neben sie, hielt sie an beiden Händen fest.

„Du hast es geschafft", flüsterte er und merkte, wie sich ein dicker Kloß in seinem Hals bildete.

„Ich kann nicht", flüsterte Amber zitternd.

„Du bist Amber! Du kannst alles!", entgegnete Gazing und kämpfte gegen die Tränen an, die seine Augen füllen wollten. Er atmete tief ein, bedeutete Amber, dasselbe zu tun. Gemeinsam stießen sie ihren Atem wieder aus.

Das Mädchen nickte, ein Lächeln flog über ihr Gesicht. „Danke, Gazing", wisperte sie und zog ihn in eine Umarmung.

Er drückte sie fest an sich, schenkte ihr all den Mut, den er noch übrig hatte, dann ließ er sie los und schob sie in Richtung der Tür. Mit schüchternen Schritten näherte sie sich ihr. Reckte ihren Kopf um die Ecke.

„Amber?", klang die überraschte Stimme aus dem Raum.

Amber quiekte und verschwand durch die Tür.

Gazing lief ihr nach, blieb im Rahmen stehen und betrachtete, wie sie einem Jungen mit silbernem Haar um den Hals gefallen war.

„Blade! Ich hab dich überall gesucht!" Sie löste sich von ihm. „Ich bin den ganzen Weg nach Xenon gelaufen. Gazing hat mir geholfen. Er sieht aus, als würde er Hase spielen, aber er ist ein Yaahk. Und mit Clarissa habe ich eine Herrscherin belauscht. Und Jason ist in einem Raumschiff. Und James ..."

„Amber. Amber!", versuchte Blade das Mädchen zu beruhigen.

Vergebens.

Aufgedreht plapperte sie los, fing lachend und weinend an, Blade all das zu erzählen, was sie auf ihrer Reise gesehen, erlebt, gerochen, gefühlt hatte. Sanft lächelnd sah Gazing zu ihr hinüber. Am Ende dieser Reise stand wenigstens ein glückliches Ende. Wenn er dazuzählte, wie sehr es ihn berührte, Amber in diesem Moment zu sehen, waren es sogar zwei. Am liebsten hätte er bis ans Ende aller Tage in diesem Gefühl verweilt, doch als er die Energie spürte, mit der sich der Traumfänger ihm näherte, wurde sein Herz wieder schwer.

„Ich muss mit dir reden", raunte er und zog Gazing in einen weiteren Raum. Er schob die Tür zu und bedeutete Gazing, sich auf eines der runden Kissen zu setzen, die überall verteilt lagen.

„Jetzt, da Amber in Sicherheit ist, muss ich dir etwas über ihre Träume berichten", sagte Cassius und sah Gazing eindringlich an. „Siehst du, für einen normalen Menschen ist es nicht möglich, einen Traum mit einem meiner Träume verschmelzen zu lassen."

„Worauf wollt Ihr hinaus?", fragte Gazing, obwohl er wusste, worauf er hinauswollte. Er ahnte es schon seit dem Moment am Meer, in dem Cassius ihnen seine Geschichte erzählt hatte. Trotzdem fuhr Gazing ein eiskalter Schauer den Rücken hinunter, als der Traumfänger weitersprach.

„Amber ist eine Ciera. Ich hatte die Vermutung schon, als sie ein Baby war, doch habe es als Hirngespinst abgetan. Als einen verzweifelten Versuch meines Verstandes, der nach irgendeinem Zeichen der Cieras suchte. Doch jetzt, nachdem sie noch zwei weitere Male in meine Träume getaucht ist, bin ich mir sicher. Und ich glaube auch nicht, dass es ein Zufall ist, dass ihr zur selben Zeit auf dieser Erde wandert, Gazing. Erst recht nicht, dass ihr euch getroffen habt. Ihr beide seid ... irgendwie ... verbunden."

„Was soll das bedeuten? Wie ... Was ...?", stammelte Gazing.

„Ich habe keine Antworten auf diese Fragen. Aber wir werden es herausfinden. Wir werden herausfinden, wer ihr seid. Warum ihr hier seid. Wir werden euren Freund finden. Und dann werden wir herausfinden, was mit den Cieras passiert ist. Wirst du mir helfen, all dies zu tun?"

Benebelt von dem, was er gerade erfahren hatte, nickte Gazing stumm.

Der Traumfänger griff nach einem der fließenden Tücher, die wie Vorhänge vor einem offenen Fenster im Wind tanzten, und reichte es Gazing.

„Auch hier in Elderwood gibt es Gefahren, die auf dich warten werden. Versteck deine Ohren, auch wenn sie dein hübsches Gesicht wahrscheinlich inzwischen überall erkennen. Und dann ruh dich aus, solange du kannst. Gut möglich, dass dieser Traum ein Albtraum ist."

C.

Ein Ciera und ein Yaahk.
Ein Yaahk. Ein Ciera.
Wasser fließt durch meine fremden Finger.
Dann Sand. Dann Blut.
In all den Jahren hat sich mein Geist nicht daran gewöhnt.
Alles fließt. Nichts springt.
So angenehm, es schürt meine Wut.
Der lodernde Hass legt sich auf den Stapel Erinnerungen,
eine Schicht mehr, jede so dünn wie ein Blatt, doch so
schwer wie der Tod.
Summend klagen die Stimmen meiner Ahnen ihr Leid –

Hinter den Fernen des schimmernden Nebels
Dort, wo nur Wellen in Phasen fließen,
Müssen wir hol'n, was sie einst genommen,
und erlösendes Licht wird rasend sprießen

– singen sie zwischen meinen Gedanken.
Die Wellen, von denen sie sprechen, erfassen meinen Körper.
Ich werfe mich in sie, will, dass sie mich halten, ziehen,
drücken.
Ertränken.
Vielleicht bringt der Tod mich nach Hause, denke ich.
Einmal nur träumen. Ein einziges Mal.
Wie immer übernimmt an dieser Stelle die Wut.
Sie treibt mich zurück, raus aus dem Wasser,
am Ufer in die Knie.
Hier verweile ich.
Bis sich dieser Körper erholt hat.
Dann werde ich sie jagen.

DANKSAGUNG

Heute habe ich mein Manuskript aus dem Lektorat zurückbekommen. Ich sitze gerade in der Bahn nach Hamburg, für irgendeinen Dreh und irgendeinen Kunden, und anstatt mich über die 53 Minuten Verspätung aufzuregen, starre ich aus dem Fenster auf in der goldenen Stunde glänzende Weizenfelder und bin einfach dankbar.
Gibt es einen besseren Moment, um eine Danksagung zu schreiben? I guess not.

Stefan, dir gehört der erste Dank. Danke, dass du meine Gedankenknoten mit mir entwirrst. Danke, dass du deine Liebe für Worte mit mir teilst und mir alles beibringst, was du weißt. Und danke für all die Spaghetten.

Ich danke meiner Mama. Natürlich. Danke Mama, dass du meine Kindheit mit Büchern und guten Geschichten bestückt hast. Und danke, dass du mein größter Fan bist. (Sorry, Levinia <3)

Danke Boris (und 2ndwave), dafür, dass du an mich glaubst, jeden Weg mit mir gehst und für mich da bist, besonders, wenn es gerade schwer ist. Und dafür, dass du mein Buch an einen Verlag gebracht hast, gefühlt zwei Sekunden, nachdem ich dir davon erzählt habe. Das ist crazy.

Danke an meinen Verlag, Community Editions. Danke an Carla, dass du mein Exposé ohne zu zögern gekauft hast und mich meine wildesten Fantasien ausleben lässt.

Danke Johanna, dass du seit Tag eins an meiner Seite bist und dieses Buch mit deiner Expertise zu dem gemacht hast, was es heute ist. Danke, dass ihr mich so herzlich bei euch aufgenommen habt und mir diese Chance schenkt.

Danke an Kanut Kirches, der Lektor, der mich seit Beginn meiner Schreibreise begleitet hat. Danke für deine wertvollen Ratschläge und wichtigen Anmerkungen, aber vor allem für die Komplimente. :D

Danke an Carina Rogaschewski von den Wortverzierern, dass du meinen Text als Lektorin so schön glattgebügelt hast. Deine Anmerkungen einzuarbeiten war mit meine Lieblingsaufgabe in dieser ganzen Zeit!

Danke an meinen Onkel Arno für die Beratung bei der Covergestaltung. Ohne deine Hilfe würde dem Cover wirklich was fehlen!

Danke an Vanessa Weuffel, die Grafikerin, die dem Cover den perfekten letzten Schliff verpasst hat.

Danke an Joachim Buhmann, der den Satz des Buches übernommen hat und wegen dessen Fleißarbeit alles so hübsch ist, wie es ist.

Danke auch an meine zwei liebsten Autorinnenkollegen, die ich auf dieser Reise kennen und schätzen lernen durfte. Ihr werdet vielleicht nicht damit rechnen, hier genannt zu werden, aber ihr seid ein Teil hiervon. Kathinka Engel, ohne deinen Zuspruch und deinen Support gerade ganz am Anfang meines Weges wären manche Tage wahrscheinlich etwas dunkler gewesen. Und Josi Wismar, dir danke ich für die unendliche Inspiration. Vor ein paar Minuten hast du mir geschrieben, dass dein Buch ein Bestseller geworden ist. Mein Stolz ist unermesslich und wenn ich groß bin, will ich so sein wie du!

Danke an alle meine Freunde und Bekannten, die ständig nach Updates fragen und mich stolz machen, weil ihr stolz auf mich seid. Ihr wisst, wer ihr seid, und ich lieb euch alle!

Danke an dich, du, der aus welchem Grund auch immer zu diesem Buch gegriffen hat. Das bedeutet mir die Welt!
Danke an alle, die in Co-Working-Streams, Weekly vlogs und im Writers Room an mich geglaubt haben. Bis zum Erscheinen des Buches gibt es hier vielleicht noch mehr Communitys, denen ich danken müsste, denn die Reise dieses Buches auf Social Media geht jetzt erst richtig los. Also einfach danke an alle, die mich seit Jahren begleiten, und an die, die neu dabei sind. Ich wünschte, ich könnte weniger platte Worte dafür finden, aber „ohne euch wäre ich nicht, wer ich bin" trifft den Nagel auf den Kopf.
Danke, dass ich bei euch immer sein kann, wie ich bin. Ich hoffe, ich gebe euch wenigstens ansatzweise so viel wie ihr mir.

Danke Gazing.
Danke Amber.
Danke James.
Ihr habt mich zum Weinen gebracht, zum Lachen, zum Nachdenken. An euch bin ich gewachsen. Und mit euch bin ich ganz.
Bald sehen wir uns wieder.